龙兄龙弟

杨荣军·著

海峡出版发行集团 | 海峡文艺出版社

图书在版编目(CIP)数据

龙兄龙弟/ 杨荣军著. 一福州:海峡文艺出版社，
2024.11

ISBN 978-7-5550-3887-0

Ⅰ.Ⅰ247.5

中国国家版本馆 CIP 数据核字第 2024R0F307 号

龙兄龙弟

杨荣军　著

出 版 人　林　滨
责任编辑　林鼎华
出版发行　海峡文艺出版社
经　　销　福建新华发行(集团)有限责任公司
社　　址　福州市东水路 76 号 14 层
发 行 部　0591－87536797
印　　刷　福建东南彩色印刷有限公司
厂　　址　福州市金山浦上工业区冠浦路 144 号
开　　本　720 毫米×1010 毫米　1/16
字　　数　350 千字
印　　张　22.5
版　　次　2024 年 11 月第 1 版
印　　次　2024 年 11 月第 1 次印刷
书　　号　ISBN 978-7-5550-3887-0
定　　价　60.00 元

如发现印装质量问题,请寄承印厂调换

前　言

　　鸦片战争后,中国近百年历史风云变幻。中国人民历经屈辱与磨难,最终在中国共产党的领导下,在血与泪的洗礼中站起来了!之后,中国的发展虽然经历了不少的曲折和坎坷,但是中华民族的凝聚力和向心力却越来越坚不可摧。

　　祖国完全统一是历史所趋、人心所向,任何人不能阻挡和破坏,任何倒行逆施之举都是螳臂当车。基于此,作者潜心创作了这部以"促进祖国完全统一"为主题的长篇小说,希冀能驱邪扬正,能为中华民族伟大复兴事业贡献力量。

　　情感是一部好小说的根基和灵魂,从传播的角度来讲,也是一部小说被读者接纳和认可的内驱力。本书的最大特点即是在弘扬主旋律的前提下,深入挖掘中华民族传统价值观的素材,找到令读者认可和动容的情感点,从而既突出主题,又使内容鲜活、生动。

　　海峡两岸血浓于水的亲情,正是本书的情感基点,也是两岸和平统一的根基。有了这个根基,祖国完全统一的愿望必将实现。正如习近平总书记在党的二十大报告中所言,国家统一、民族复兴的历史车轮滚滚向前,祖国完全统一一定要实现,也一定能够实现!

一

1927年8月1日凌晨，寂静的南昌夜空，突然响起密集的枪声。紧接着，枪炮声、呐喊声混成一片，爆炸声震天动地，巨大的火光冲向夜空……

轰轰烈烈的南昌起义于此时此刻爆发了。

一个高大的年轻男子匆匆行走在夜色中。他头戴一顶褐色的宽檐帽，左手拿着一把油纸伞，右手提着一只棕色的医药箱。他的额头上沁满了汗珠，脸上显出惊慌之色。他转过一个街角，拐进一条宽大的巷子里。巷子口的墙上刻着三个醒目的红色大字：陆家巷。

不一会儿，他来到一家店门口，停下，右手将箱子放在地上，揩了一下额头上的汗珠。他微微抬头，店面招牌上"崇草堂"三个金色大字隐约可见。他走近店门，右手轻轻敲门……

"谁呀？"一女子在门内轻声询问。

"兰儿，是我呀，青山。"年轻男子轻声回答。

只听见大门"吱呀"一声响，兰儿探出脑袋，眼神里满是担忧。

"这么晚回来？我以为你在刘掌柜家睡了呢。"兰儿接过青山手中的药箱，语气中带着责备。

青山一边把兰儿往里面推，一边急切地说："进屋里说，进屋里说。"

一进屋，青山就快速地将店门关严实了。刚转过身，又忍不住回头看了一下门闩。兰儿紧张地问："出什么事啦？没见过你这么仔细。"

青山一边用毛巾擦汗，一边说："又打仗了，震天动地啊，你没听见一点吗？"

兰儿把医药箱放在桌子，关切地问："谁跟谁打啦？看把你吓得满头大汗。"

青山拍拍身上的尘土说："我哪知道呢？大概又是闹什么革命吧。听刘掌柜说，很可能是国民党内讧呢。"

兰儿给青山端来洗脸水，皱着眉说："你跟刘掌柜跑过去看啦？不要命吧？"

青山一边洗脸，一边自嘲道："借我们几个胆也不敢呢。我们就在他家二楼远远地看着，虽说隔那么远，感觉整个屋子也还在抖动。"

青山洗完脸后，兰儿把洗脸水倒入洗脚盆，回过头看看青山，脸上显出一丝忧郁。

青山微笑着说："看你这副神情，早知道我不说了。"

兰儿右手摸摸肚子，嘴上幽幽地感叹："唉，总是你打我我打你的，也不知道哪天能天下太平，哪天能过个清静日子？"

青山靠近兰儿，摸一摸兰儿细嫩的双手，脸上掩饰不住喜色。青山笑盈盈地说："你担心肚子里的孩子？"

兰儿点点头。

青山拍拍兰儿的臂膀说："才两个多月呢，别想那么远了。说不定过一段时间，天下就太平无事了呢。"

兰儿淡淡地回应："但愿吧。"

青山坐在一把竹椅上，一边洗脚一边逗兰儿开心："我跟你说啊，这胎肯定是个儿子，你信不信？"

兰儿脸色顿时明朗起来，笑盈盈地贴近青山。青山兴奋地用手摸摸兰儿的肚子，又重复一遍说："你信不信？这胎肯定是个儿子。"

兰儿欣慰地说："我当然信。你是孩子他爹，我不信你信谁？"

青山听了又兴奋地把耳朵贴在兰儿的肚子上。兰儿幸福地摸摸青山的另一只耳朵，嘴上甜甜地说："还早着呢。"

青山不作声，只全神贯注地倾听着肚子里孩子的声响，神情跟小孩一般可爱。兰儿见青山沉醉于其中，便任其自找乐子、自找快慰。一会儿，兰儿关心地问："刘掌柜他爹的病怎么样？有点起色了吗？"

青山抬起头，一脸自信地说："好多了，再吃几服药应该能认得人了。"

兰儿听了脸上满是宽慰，接着又问："这么晚了，刘掌柜没留下你睡？"

青山一边用毛巾擦脚，一边笑着说："哪能呢？人家死活不肯让我走，担心我路上不安全。"

兰儿嗔怪道："那你为何还要回来？却了人家一片好意。"

青山摸摸兰儿的手背说："我还不是记挂你和秀秀嘛。"

兰儿听了心里一热，嘴上说："以后太晚了，就不要回来了。兵荒马乱的，叫我心里害怕。"

青山乐呵呵地回应："没事。我福大命大造化大。"

兰儿听了立刻板着脸说："你别逞能，记住我说的话就是。"

青山赶紧哄着兰儿："好好好。我听你的就是。"

青山说完马上又问："秀秀她有没有念叨我？"

兰儿微笑着说："怎么不念叨？你都把她惯成千金小姐了。她还能不念叨？"

青山兴奋地问："她怎么念叨我了？"

兰儿说："她呀，一个晚上都在问，爹怎么还不回来呀？怎么还不回来呀？"

青山听了心里无比受用，笑眯眯地就要去看熟睡的女儿。兰儿一把拉住了青山，说："让她好好睡吧，别去吵醒她。"

青山点头说："好。"

兰儿从抽屉里取出一块糕点递到青山手上，笑盈盈地说："饿了吧？"

青山接过糕点大咬一口，边吃边说："还是你亲手做的好吃。"

兰儿会心一笑，转瞬又感叹起来："要是能不打仗，天天过太平日子，那该多好啊。"

青山边吃边点头。

兰儿继续感叹："只要世道好，咱们就一直守着崇草堂，好好给乡亲们看病，好好过日子，不愁吃不愁穿的。"

青山抹一下嘴巴，笑呵呵地说："好了好了，别再感叹了。"

兰儿用手掸掉青山落在衣服上的糕点屑，深情地看着青山说："我就担心你晚上去出诊，一颗心总是悬着。"

青山爽朗一笑，握着兰儿的手说："等以后咱们儿子长大了，能接替我了，我就时时刻刻、一天到晚陪着你。"

兰儿听了青山宽慰人的话，立刻双手抱紧了青山的腰，一脸娇嗔地说：

"你呀，就会说哄人开心的话。"

……

第二天一大早，青山还未起床，两个年轻的伙计就在柜前柜后不停地忙碌着。两个伙计中，大的虚岁二十，叫明古；小的刚满十二，叫铁柱。明古负责给顾客抓药、称药，铁柱做的是各种杂活、粗活，比如用铡刀切药材，用碾子碾碎药材等。

由于早上贪睡了一会儿，青山来到前台时，大堂里已经挤满了前来看病、抓药的顾客。众人一看到青山，立刻喧嚷了起来——

有顾客兴奋地说："哎哟，你总算来了。快点给我看看这孩子吧。"

有顾客亲热地说："杨老弟啊，你开的药可真管用。我娘的气色是一天比一天见好啊。"

有顾客拉着青山的手说："掌柜的，你先给我瞧瞧吧，我来得可是最早的呀。"

青山客气地给众人拱拱手，满脸赔笑道："对不住啊。请大家一个一个来，不要急，不要急。"

有顾客笑盈盈地问："掌柜的，听说昨晚城北打起仗来啦。您听说没？"

另一个顾客赶紧接嘴："是啊，我一大早起来，左邻右舍就唠叨个不停呢。掌柜的您消息广，快给大伙说说吧。"

两人的这一话题立刻使大堂热闹了起来。大家都满脸期待地看着青山，青山却故作一脸惊讶的样子说："什么？又打仗啦？我可是睡在云里雾里，半点消息都没有啊。"

一个顾客立即开玩笑说："唉，还以为你知道得比我们多呢。原来你是天塌下来了都不知道啊。"

大家失望的脸上马上又露出了开心的笑容。

青山呵呵笑道："是啊，惭愧，惭愧。"

说话间，青山就坐在诊台前，有条不紊地给大家看起病来。一个多时辰之后，诊堂里的患者渐渐稀少下来。等到看完最后一个患者，青山疲倦地伸了个懒腰。这时，铁柱看一眼明古，闷闷地说："哎呀，累死我了。"

明古正低着头整理一个抽屉里的药材，见铁柱跟他发牢骚，便笑盈盈地说："累了就歇会儿呗。反正现在又不急着要你做什么。"

铁柱不搭理明古，走到青山身边笑嘻嘻地说："师哥，今天中午吃什么？"

青山笑眯眯地回答："我哪晓得呢？你问你嫂子去呗。"

铁柱吐一下舌头，又去找明古说话了。

青山笑着摇摇头。片刻后，青山站起身，正欲进内室休息一会儿。就在这时，一个衣衫褴褛的老汉探头探脑地站在门外。老汉皱着眉头，一副想进来又不敢进来的样子。青山见状，快步走到老汉跟前，欠身询问道："老人家，您是身体不舒服还是？"

老汉点点头，又摇摇头，然后脸带歉意地转身欲离去。青山一把拉住老汉并仔细地打量了一下，突然兴奋地说："您是张伯吧？半月前您来给大娘抓过药？"

张伯眼睛一亮，赶紧回应："掌柜的，您记性真是好啊。"

青山关切地问："大娘的病怎么样？好些了没？"

张伯一脸感激地说："好多了，好多了。老妈子现在能吃能睡，就是下地还没什么力气，想着请您再开几服药调理一下。"

青山赶紧说："行，行。进来吧。"

张伯却站在原地不动，脸上露出尴尬之色……

青山疑惑地问："怎么啦？"

张伯惭愧地低下头说："唉，家里没钱抓药了。这个月的口粮，都是赊了邻里的呢。"

青山听了心里一酸，嘴上却宽慰道："没事，张伯。钱的事以后再说，给大娘调理身体要紧。"

张伯支支吾吾地说："这——这怎么好呢？"

青山不容张伯多想，嘴上说"进来，进来。"就挽着张伯的手往里面走。张伯一脸难为情地跟着青山到柜台前……

青山给张伯包药的时候，突然停顿了一下。稍后，青山背着张伯，将几枚铜圆用红纸包好，悄悄地藏进一个药包里。张伯手里提着几个药包，嘴巴嗫嚅着想说什么。青山握住张伯的手，笑盈盈地叮嘱道："记得水开了一定要用小火哦。"

张伯点点头，眼里噙着泪花。

二

清晨，药店门口停着一辆马车。黑色的马儿健壮高大，不时地打着响鼻。马车车厢的围帘颜色鲜艳，彰显着一派喜庆的氛围。店里的伙计明古和铁柱来来回回地往车厢里搬东西。秀秀左蹦蹦，右跳跳，一会儿在外面跟两人说说话，一会儿又跑到店里去了。年近七旬的马夫王伯蹲在不远处吸着旱烟，眼神悠然地看看马车，又看看东方的红日……

一会儿，青山搀扶着兰儿走了出来。兰儿挺着个大肚子，两人一边走一边说话，喜悦之情溢于两人脸上。初升的阳光照射着他们，使得他们笑盈盈的脸上像打上了一层金光。青山来到明古身边，拍拍他肩膀上的灰尘，语重心长地叮嘱道："老弟，一路上多留点心。记住啊，万一碰上了歹人，只管破财消灾，切莫逞强斗狠。切记啊，切记!"

明古频频点头："师哥你放心吧。我心里有数。"

青山又叮嘱道："嫂子一送到，你就立即赶回。记住了，店里少不得你。"

明古爽快地回应："好嘞。"

青山看看天，又说："太阳落山前要赶回来的。晚上还有好多事呢。"

明古响亮地回答："知道啦，师哥。"

青山拍拍明古的臂膀，眼神里满是不舍……

铁柱摸摸秀秀的小脑袋，一脸讨好地说："秀秀，我想回去跟师父住几个晚上，你帮我跟你爹说说呗。"

秀秀笑嘻嘻地回应："好吧。但是爹要是不答应，你可不要怪我。"

铁柱催促秀秀："不要啰唆。快去快去。"

秀秀飞快地跑到青山身边，笑眯眯地扯着青山的衣角说："爹，柱子叔想回去跟爷爷住几天，你就答应了吧?"

兰儿看看铁柱，又看看秀秀和青山，脸上堆满了笑容……

青山故意板着个脸说："不行。现在店里走不开。等你弟弟做'百日宴'的时候，就让你柱子叔回去住个够。"

"哼，小气鬼！"秀秀白一眼青山，气呼呼地跑回铁柱身边。

铁柱沉闷着个脸说："算了吧。"

秀秀见铁柱一脸不悦，就故意挤眉弄眼逗他笑。铁柱突然拉着秀秀的手，笑嘻嘻地说："走，帮我一起搬东西。"

秀秀应一声："好。"两人就手拉着手，欢欢喜喜地跑去店里了。青山和兰儿看着他们俩亲密的样子，脸上都露出温馨的笑容。

一切准备停当后，青山扶着兰儿踏上马车，眼神里满是不舍。青山叮咛道："记住了，孩子一生下来，你就赶紧捎个信来。"

兰儿点点头，也是一脸的不舍。

王伯坐在前面，已经整装待发。明古坐在王伯身旁，笑盈盈地看着铁柱。青山走到王伯跟前，拉着王伯的手说："这一路上，就全靠您'掌舵'了。"

王伯爽快地回应："放心吧。"

青山点点头说："嗯，走吧。"

王伯扬起马鞭，喊一声悠长的"走——嘞"。马儿乖巧，应声踏起小步。青山和铁柱站在店门口挥着手，看着马车缓缓走远。秀秀从车厢里探出个小脑袋，欢快地叫道："回乡下啦。我们回乡下啦。"

兰儿拍拍秀秀的胳膊说："哎呀，你能不能安静点？"

秀秀俏皮地说："我天生就静不下来嘛。要不你重新把我放回你肚子里去？"

兰儿听了气恼不已，立刻做出一副恐吓的样子说："你再胡说八道，看我不把你的嘴撕烂。"

秀秀吓得吐了一下舌头，赶紧老老实实地坐着，神情像一只乖巧的小猫。兰儿见状，立刻偷偷地笑……

秀秀口中说的乡下，是一个叫作白马寨的杨氏村庄。白马寨始建于明朝，是个古寨。其地形依山傍水，风景秀丽，面向外地的交通也甚为便利。中午时分，兰儿和秀秀等一行四人就到达杨家村。刚到村口，就碰见本家的一个大娘。秀秀欢快地叫道："三奶奶，三奶奶。"

三奶奶喜笑颜开地回应："哎哟，我的乖秀秀回来啦。"

兰儿和明古也笑着跟三奶奶打着招呼。三奶奶笑呵呵地说："好啊，回来了好啊。"

一会儿，马车就来到村庄池塘边。秀秀眼尖，远远看见爷爷背着个沉甸甸的竹篓，健步如飞地朝他们走来。秀秀急切地叫道："停下，停下。"

王伯赶紧勒住缰绳，口里"吁"个不停。马车还未停稳，秀秀就急着跳下了车。兰儿生气地说："看你一副猴急样，摔不死你。"

秀秀朝兰儿做个鬼脸，便飞快地朝爷爷跑去，一边跑，一边叫道："爷爷，爷爷。"

爷爷来到秀秀跟前，弯下身，开心地抱一抱秀秀。祖孙俩亲昵了片刻，爷爷便拉着秀秀的小手，快速地走近马车。明古兴奋地迎了上去。兰儿也面对爷爷，缓缓地移动脚步。明古激动地握住爷爷的双手，然后将爷爷装满药材的背篓卸了下来，放在自己的肩上。明古心疼地说："师父，您不要一次背这么多。"

爷爷笑着回应："你看我像老了吗?"

兰儿看着爷爷，满脸堆笑地叫一声："爹。"

爷爷欢喜地"嗯"一声，接着又说："回来就好，回来就好啊。"

爷爷又朝王伯笑一笑，王伯笑着点点头，彼此就算是打过招呼了。很快，一家人有说有笑就走进了自家院门，奶奶闻声快步迎了出来。奶奶看着兰儿大大的肚子，激动的心情顿时溢于言表……

兰儿看着奶奶，开心地叫一声："娘。"

奶奶欢喜地应一声，然后拉着兰儿的手，一个劲地说："快进屋，快进屋。"

杨家老屋是一幢典型的南方乡下民居，青砖黛瓦，高墙翘檐，近似徽派建筑风格。房屋前面有一个大大的院子，后面还单独砌了一个宽敞的厨房，这样整体上看起来，就显得比一般人家殷实、阔气多了。院里两侧，左边种了一棵石榴树，树上正开满鲜艳的红花，右边种了一棵柚子树，翠绿的枝叶间挂满了一个个乒乓球大小的柚子果。靠着院墙根，除了院门等开口处，地上栽满了各种花卉和药材，有蜜蜂和五颜六色的蝴蝶在其间穿梭、飞舞……

秀秀被一只红色的蝴蝶吸引得在院子里跑来跑去。

马车在院子里停了下来，王伯跟往常一样，麻利地卸去套在黑马身上的绳索后，就牵着黑马往院子外走去。爷爷走到王伯身边，亲昵地拉着王伯的手，笑着说："辛苦了，老哥。给马儿多喂点饲料，等下回去还要更卖劲呢。"

王伯吸着旱烟，笑眯眯地说："老弟又备了好多药材吧？青山店里最近可忙得不可开交呢。"

爷爷点点头，脸上露出欣喜。

王伯又说："依这情形看，以后恐怕更多的药材，还是要到市场上进咯。"

爷爷笑着回应："还是自己采的更放心一些。辛苦是辛苦，但是看病救人的事，一点也马虎不得啊。"

王伯吐了一口长长的烟雾，感慨不已地说："也就是你的药材地道，才能在城里站得住脚啊。"

爷爷舒心地笑一笑。

王伯见爷爷开心，又继续说："当然啦，青山的本事自然没得说。"

爷爷又舒心地笑一笑。

王伯心知爷爷最中意二儿子青山，便由衷地感叹："还有青山他那骨子里的厚道，那可都是顺了你啊。"

爷爷听着王伯发自内心的赞叹，不知不觉就想到"父子偏性"这四个字，于是脸上的笑容就更加灿烂了。爷爷轻轻拍一拍王伯的臂膀，笑眯眯地说："都是您说得好啊。"

王伯却一脸认真地说："老弟，我可是有一句说一句啊。青山的医术和厚道，那可不是我一个人说的，是大伙都交口称赞的啊。"

爷爷听了开心不已地说："老哥啊，咱们哥儿俩今天一定要好好地喝几杯呀。"

王伯痛快地回应："好啊，老弟你说怎么喝就怎么喝。"

王伯说着就走出了院门，爷爷笑眯眯地看着王伯一脸开心地牵着马走远。

爷爷跟王伯唠嗑的时候，明古正独自把车厢里的行李往屋里搬，额头上不知不觉就冒出了汗珠。王伯离开后，爷爷赶紧过来帮忙。明古笑呵呵地说：

"师父，没多少东西。您歇着吧。"

爷爷笑一笑，双手抱起一个包裹往肩膀上一放，就快步往屋里走去。明古看着爷爷步履轻盈的样子，心里既佩服又欣慰。兰儿和奶奶站在堂屋里，奶奶摸摸兰儿的肚子，笑眯眯地说："你先去歇着吧。等下我叫你吃饭。"

兰儿笑着摇摇头，说："我来帮你烧火吧。"

奶奶开心地点点头，说："你要是不累，跟我说说话就行。"

兰儿笑盈盈地回应："好。"

于是，婆媳俩欢欢喜喜地走进后面的厨房。兰儿便坐在灶前烧火，奶奶站在大锅边，双手麻利地切菜、炒菜。婆媳俩一边说着闲话，一边准备着丰盛的午饭，两人此时此刻心里都格外的愉悦和舒坦……

三

辰巳时分，"崇草堂"药房里挤满了人。青山和铁柱忙得不可开交，直到午时店里才渐渐清静了下来。青山放下手中的算盘，转过身，看着还蹲在一旁用铡刀切药材的铁柱，不禁心疼起来。青山拍拍铁柱的肩膀说："铁柱，歇会儿吧，现在不急。"

铁柱右手背抹一下额上的汗水，抬头看着青山，一脸沉闷地问："明古什么时候回来？"

青山不作声，笑盈盈地看着铁柱。

铁柱又重问一遍："明古什么时候回来？"

青山回应道："怎么？才刚刚半天，就想念你明古哥了？"

铁柱嗫嚅着嘴巴，想说什么却又说不出来。

青山笑一笑，从抽屉里拿出一块冻米糖糕点，走到铁柱跟前说："吃吧。"

铁柱笑嘻嘻地接过糕点，嘴上说："师哥，我是真的想念明古哥呢。"

青山乐呵呵地回应："好啊，想念好啊。"

一会儿，铁柱吃完了糕点，不知不觉地说："师哥，店里少了明古，看样子还真是不行呢。"

青山看着铁柱，笑眯眯地说："你才知道啊？"

铁柱愣了一下，马上笑着说："我早就知道啊。"

青山伸个懒腰，站起身又走到铁柱身边，摸摸铁柱的头说："今天中午咱俩就吃盖浇饭，老何家的。怎么样？"

铁柱赶紧说："我还是吃拌粉吧，再来一个瓦罐汤，绝杀！"

青山调侃铁柱："你呀，天天早上都吃瓦罐汤，怎么就吃不厌？"

铁柱乐呵呵地自嘲道："我要是吃得厌，就不会长成现在这个球样咯。"

青山听了呵呵笑道："你这话倒是说得贴切。看样子你嫂子一天不回来，你就一天要抱着瓦罐汤了。"

铁柱问道："嫂子起码要过三四个月才回来吧？"

青山点点头说："差不多吧。"

青山说完，眼前不知不觉就浮现出兰儿抱着小孩笑盈盈的样子。

……

下午，明古和王伯按时返程。王伯驾着马车疾奔，车厢里满载着各种药材。马车进入一片茂密的山林，松软的泥土里留下两条深深的车辙，坚硬的沙土路面上扬起一团团尘土。林子里空气清爽，鸟儿和鸣。王伯和明古一脸愉悦地陶醉于其中……

王伯喉咙痒痒，不知不觉就唱起熟稔于心的《赶山歌》：

山路迢迢嘞，水儿清清哟——

太阳高高嘞，云儿飘飘哟——

哥哥赶山路嘞，心里苦又孤哟——

妹妹眼睛水灵灵嘞，盼着哥哥早点归哟——

明古笑着说："王伯，这歌你唱了有上千遍吧？"

王伯兴奋地回应："来吧。一起唱一个。"

王伯说着，酒劲一上来，右手就猛地一甩鞭子——马儿挨了皮肉之苦，立刻狂飙起来。明古立刻说："慢点哦，慢点哦。"

王伯收起鞭子笑一笑，然后清了清嗓子，又悠长嘹亮地唱了起来。明古深受感染，也不知不觉跟着唱了起来。于是，马蹄有节奏的踢踏声、一老一少响亮而悠长的歌声，还有林子里各种鸟儿的鸣叫声，交响着、混合着在林子里飘荡和回鸣……

不久，马车出了林子，两人的歌声渐渐停歇。两人相视一笑，舒坦和惬意充盈于脸上。一会儿，马车进入宽阔的田间大路上。田间稻禾一片翠绿，有三三两两的农人在各自的稻田里忙乎着。有的在禾穗上捉着虫子，有的在清理藏在禾苗间的稗子草，有的在水渠里装网捉鱼虾……

明古看着余兴未了的王伯，笑着说："今天喝尽兴了吧？"

王伯兴奋地说："还好哦。你师父也难得喝了这么多。"

明古赞叹道："你酒量可比我师父大多了。"

王伯谦虚地说："可不敢这么说。你师父二三十岁的时候啊，可没有几个人能喝得过他。"

明古笑着问："依你这样说，我师父现在是老了？"

王伯说："谁说你师父老啦？我是说啊，你师父现在喝酒可不像年轻时那样随性了。他知道照顾身体，又懂得养生，可不能跟我这样的粗人相比——我可是想喝就喝、要醉就醉。"

明古笑盈盈地听着，不时点头回应。

王伯看一眼明古，又接着说："青松的酒量也很不错，像他爹。我跟他喝过两次，每次我都醉醺醺的，他却跟没事一样。"

明古一听，更是饶有兴致地问："哦？青松的酒量这么好？"

王伯说："反正啊，我是佩服得很。但是他即便酒量好，也不能完全由着性子喝——你想啊，酒辣伤嗓子。唱戏的毁了嗓子可就没戏了！"

明古听得津津有味，心里想问什么嘴上却没说。王伯兴奋地问明古："你不知道青松在京城唱戏？"

明古微笑着回应："知道一点，不是很清楚。"

王伯点一下头，感叹道："唉，这个青松啊，大老远地跑去京城唱戏，可没把你师父气死咯。"

明古好奇地问："听人说，青松是在京城给人家做上门女婿，这是真是假？"

王伯愣了一下，转瞬说："是真的。很多年前，你师父喝醉了亲口跟我说过。你可不许跟别人说。"

明古点点头，又兴趣盎然地问："我师父很气恼吧？他老人家是最要面子的。"

王伯立刻说："这还用说？要不然亲父子还跟仇人似的。"

明古若有所思地点点头。

一会儿，王伯又一脸夸张地说："青松几年都难得回老家一次，如果不是心里记挂他老娘，恐怕连回家的路都不记得了。"

明古立刻问："他自己做人家上门女婿，觉得没脸面回来，这是主要原因吧？"

王伯断言道："那可不是。青松这小子可想得开。主要还是你师父不想见他——讨厌他是个戏子，不入流的行当。"

明古皱着眉头问："我印象中记得，师父偶尔也会哼几句京戏呢。他没那么讨厌戏子吧？"

王伯听了立刻笑道："这你就不懂了。打个比方说吧，男人十个就有九个好色，对不对？但是你见过哪个去嫖妓的男人，希望自己的女儿去卖淫呢？你说是不是？就是这个道理嘛。"

明古低着头，满脸的不好意思。

王伯看一眼明古，笑眯眯地说："我这么说，你总明白了吧？"

明古点点头，心里却涌起一股说不出的滋味……

王伯又绘声绘色地说："你师父喝醉了酒这样跟我感叹，'一个大老爷们，整天嘴上'咿咿呀呀'的靠卖脸卖声音过日子，成什么体统！'"

明古回应道："我师父的话自然没错，但是京城里那么多人爱看京戏，总得有人去演、有人去唱啊。你说是不是？"

王伯笑道："你这么说也有道理，可是放在青松身上就是不行啊。"

明古问："为什么？"

王伯解释说："你知道的，你师父一家可是祖传了多少代的中医世家，给皇亲国戚看过病的都有好几代呢。你师父能容忍自己儿子辱没了这个荣耀？"

明古点点头说："那自然是不许。我听青山师哥说，师父还曾被省里衙门举荐去给老佛爷看病呢。"

王伯说："确实有这事。你师父也亲口跟我提起过。"

明古问："那他老人家为什么不去呢？这是多大的荣耀啊。"

王伯解释说："你师父讲啊，自从他祖爷爷在道光年间做御医，后来被同僚迫害致死后，他爷爷就立下家规，再不许子孙后代给朝廷效力了。"

明古恍然大悟地说："哦，原来是这样啊。怪不得青山师哥常常跟我们念叨一句'只念苍生疾苦，莫问当朝时事'。"

王伯说："这应该是他们家的祖训吧。可惜青松这小子是既忘了祖训，又无心学医。你说你师父会喜欢他吗？"

明古点点头说："听说青松小时候很喜欢习武，师父开始很喜欢他的。怎么后来会弄成这样？"

王伯一脸无奈地说："这点他就跟青山不一样了。这小子对拳脚功夫很感兴趣，可是你师父一让他行医抓药，他就跟一只蔫猫似的。"

明古听了一笑，又问道："那后来唱戏又是怎么回事？"

王伯甩一下马鞭，笑着说："这个说来就更有趣了。"

明古兴奋地问："怎么有趣了？"

王伯绘声绘色地说："那还是青松很小的时候啊，有一年你师父去京城访友，顺便就带着他去见见世面，没想到晚上跟友人去听了一场京戏，这小子竟然就入了迷。一直赖着不肯回去。"

明古睁大了眼睛问："那后来呢？"

王伯笑呵呵地说："后来就更好玩了。小时候你能管得住，长大了你还能拖得住他的腿？谁能想得到，后来他竟偷偷跟人跑去京城了。那一年他还不到16岁呢。"

明古惊叹不已地说："哇，好个青松！他还真是敢想敢做！"

王伯也感叹："是啊。可惜走错了路，放着好好的家业不要，偏偏要去做一个戏子。"

明古点点头，然后一脸同情地说："我师娘为了这事，好像没少掉眼泪。"

王伯又感叹："儿大不由娘啊。先不说去干什么，就说京城离家那么远，做娘的就好像丢了个儿子。"

明古一脸伤感地说："唉，真是各人有各人的命啊！"

王伯见明古这般感慨，却笑呵呵地说："这大千世界啊，奇奇怪怪的人、奇奇怪怪的事多着呢。"

明古听了笑着摇摇头。

王伯看一眼明古，用力一甩鞭子，又兴奋地唱起了《赶山歌》。

……

太阳西斜，金色的阳光透过街口，铺满了陆家巷的青石砖路面。铁柱坐在药房门口右边的一把椅子上，脚下踩着一个青石做的药碾子。圆形的碾子卡在一个放了药材的凹槽里，在他的脚下前后不停地来回滚动着。在铁柱的双腿上，放着一个圆形的竹编的团箕，团箕里铺满了切断的药材，一边是大块粗糙的，一边是细小精细的。铁柱低头挑拣着药材，时不时抬头朝明古回来的方向看一眼……

药店里，偶尔有人急匆匆地进来，然后又急匆匆地提着药包离去。青山坐在药柜前，温和亲切地接待着前来问诊和抓药的病人。闲暇时，他就左手拿着一本《本草纲目》，右手握着两个精致的山核桃，一边看书，一边使山核桃在掌中不停地转动……

时光缓缓流逝，太阳慢慢西沉。突然，铁柱的手脚停了下来，他似乎听到踢踏踢踏的马蹄声正由远而近。铁柱一转身跑进店里，兴奋地说："明古回来了，明古回来了。"

青山眼睛一亮，说："准备搬东西。"

铁柱应一声："好。"马上又跑了出去。铁柱站在门口，一脸激动地看着街口方向。马车一进入铁柱的视线，铁柱就跑着迎了上去。铁柱一边跑，一边朝明古和王伯招手。等到近一些时，明古也朝铁柱招了招手，王伯朝铁柱笑一笑，然后右手勒住了缰绳。马儿慢慢停住脚步，明古跳下车，右手拿着一个小布袋，笑盈盈地在铁柱眼前晃动。铁柱兴奋地说："给我，给我。"

明古故意把手中的小布袋举得老高老高，铁柱不停地跳起来抢。铁柱边抢边说："你快点给我，快点给我。"

明古一脸挑逗地说："你自己拿啊，自己拿啊。"

两人逗弄了一会儿，明古摸摸铁柱的脑袋，就笑呵呵地把包着覆盆子的小布袋给了铁柱。铁柱迫不及待地解开小布袋的系绳——顿时，一粒粒鲜红欲滴的覆盆子便展现在铁柱眼前。铁柱顾不上洗手，抓起几粒覆盆子就往嘴里送……

明古笑着问："甜不甜？"

铁柱一脸开心地说："好甜。"

明古又笑着问："我走了，你和师哥累不累？"

铁柱笑嘻嘻地说："不累。"

明古又问："想不想我？"

铁柱笑嘻嘻地说："不想。"

明古张着嘴还想问什么，铁柱立马塞几粒覆盆子到明古口中，诙谐有趣地说："看还能不能堵住你的嘴。"

明古一边嚼着覆盆子，一边扬起右手，装作要打人的样子说："好呀，你这个兔崽子。"

铁柱拔腿就跑，一边跑一边回头叫道："你快来追呀，快来追呀。"

王伯远远地回头看一眼两人，然后笑眯眯地摇摇头……

一会儿，马车在店门口停下。青山闻声立刻快步走了出来。青山看着王伯，笑盈盈地说："辛苦了，王伯。"

王伯笑着点点头，跳下车，就蹲在一旁悠然地吸起旱烟来。

明古小跑着跟青山招手："师哥，我回来了。"

青山微笑着说："不要急，东西等下再卸。"

铁柱跑到青山身边，把省下的半袋覆盆子递到青山眼前，笑嘻嘻地说："师哥你快尝尝，好吃得很呢。"

青山笑盈盈地说："是吗？那你都吃了吧。"

铁柱挑一个又大又红的硬塞到青山口中，说："你尝一个嘛。好甜呢。"

青山边吃边说："嗯，真的好甜。"

铁柱得意地笑笑，然后自己又一粒一粒地品尝起来。

明古走到铁柱身边，右手拍一下铁柱的屁股，说："搬完了东西再吃嘛。又没有谁会抢你的。"

铁柱不搭理明古，走到一旁继续津津有味地品尝……

青山微笑着问明古："一路上可好？"

明古一边撸起袖子，一边说："顺顺利利呢。"

青山又关切地问："师父和师娘都好？"

明古回应道："都好，都好。"

明古说着就麻利地从车厢里抱起一袋药材往店里走去。青山走近车厢，弯下身子，双手也麻利地把一袋药材扛在肩膀上。铁柱舔着嘴唇，笑嘻嘻地对青山说："师哥你不要急，我这就来了。"

明古从店里走出来，听了铁柱的话接嘴："你吃饱了再说吧。小兔崽子！"

青山和王伯一听，都呵呵地笑了起来。

四

初夏时节，杨家老屋的院子里，瓜果累累，绿意盎然。左边，石榴树上的红花已经变成一个个青色的小果。右边，柚子树上的果子，已经有鹅蛋般那么大了。树底下，地面上爬着长长的梨瓜藤蔓，有的地方正在开花，有的地方已经结出花生般大小的梨瓜……

辰时时分，和煦的阳光照射在两棵硕果累累的树上。调皮的秀秀在院子里跑来跑去，央求爷爷给她摘柚子果吃。爷爷笑着跟她说："还没熟呢，吃不得。"

秀秀撒着娇说："吃得，吃得。"

爷爷只好用竹竿顶了一个下来，嘴里一个劲地说："浪费了，浪费了。"

秀秀把柚子果端在手心里，看一看又闻一闻，一副兴奋不已的样子。

三奶奶从屋里端出一盆水倒在墙根下，笑着对爷爷说："你看，秀秀这孩子就是可爱。"

爷爷笑着摇摇头，然后一脸关切地问："屋里都还好吧？"

三奶奶开心地说："都好，都好。"

爷爷笑着点点头。

三奶奶又表情丰富地说："接生的阿婆讲，这胎准是个男孩呢。"

爷爷听了立即笑开了嘴，说："那就好，那就好。"

三奶奶一边往屋里走，一边又说："你就等着好消息吧。我进去忙了。"

爷爷看着三奶奶进屋的背影，激动的心情久久不能平复。秀秀把青青的柚子递到爷爷眼前，笑嘻嘻地说："爷爷，你给我剥皮。"

爷爷手指捏一捏秀秀的小脸蛋，说："等下剥了皮你不吃怎么办？"

秀秀手指指着自己的脸说："不吃你就打我的脸。"

爷爷看着秀秀淘气的样子，乐呵呵地说："打人不能打脸哦。待会儿你要是不吃，你就等着爷爷打你的屁屁吧。"

秀秀俏皮地说："待会儿我要是吃了，我就打爷爷的屁屁。"

爷爷笑着摇摇头，然后亲昵地摸摸秀秀的脑袋。接着，爷爷用一把小刀缓缓地划开柚子皮。秀秀兴奋地在爷爷身边跳来跳去。秀秀抬头看到石榴树上绑着一根红丝带，赶忙问道："爷爷，树上今天怎么挂了红丝带呀？"

爷爷笑眯眯地说："因为你今天要做姐姐啦。你娘要给你生个弟弟啦。"

秀秀淘气地说："爷爷，你是说弟弟就要从我娘肚子里出来了是吗？"

爷爷又捏一捏秀秀的小脸蛋，乐呵呵地说："对啊，对啊。"

秀秀眼睛一亮，转身就要往屋里跑去。爷爷一把拉住秀秀说："傻丫头，弟弟还没有哭出声呢。等弟弟哭出声了，你再赶紧去看。"

秀秀眨巴着眼睛问："为什么要等弟弟哭出声呢？"

爷爷笑着敷衍："因为弟弟没有姐姐乖，没有姐姐听话啊。"

秀秀听了一脸得意地应道："那好吧。"

爷爷笑着摇摇头。一会儿，爷爷把一瓣柚子肉递到秀秀手上，说："吃吧。"

秀秀拿着柚子肉，立刻欢快地跑了起来，一边跑，一边叫嚷着："吃柚子啦，吃柚子啦，弟弟我们一起来吃柚子啦。"

爷爷拉住秀秀的小手，笑眯眯地催促她："快吃呀，疯丫头。"

秀秀盯着爷爷的眼睛问："苦不苦？"

爷爷故意板着脸说："不是你自己要吃吗？苦不苦你自己尝。"

秀秀腼腆地笑一笑，然后伸出小舌头，舔了一下剥开的柚子肉，又俏皮地看一眼爷爷……爷爷故意诱导她："你这样怎么能尝到味道？要咬。用牙齿咬。"

秀秀闭着眼睛咬一口，飞快地嚼了几下，又忙不迭地吐了出来——只见秀秀两只眼睛顿时眯成了一条缝。

爷爷笑着问："好不好吃？"

秀秀笑嘻嘻地把柚子肉递给爷爷，说："好吃，爷爷你尝一下。"

爷爷笑着用手推辞。秀秀踮起脚尖，一个劲地想把柚子肉往爷爷嘴里塞。爷爷摸摸秀秀的脑袋，笑眯眯地说："爷爷不吃，省给秀秀吃。"

秀秀淘气地说："爷爷是个大坏蛋。"

爷爷脸上堆满了笑容，满怀深情地把秀秀抱在怀里——就在此时，屋里突然传来婴儿洪亮的啼哭声。爷爷兴奋不已地跟秀秀说："快去看你弟弟。"

秀秀拔腿就往屋里跑。爷爷快步跟在秀秀后面。

秀秀进了兰儿的房间，爷爷则一脸焦急地在堂屋里等着消息。不一会儿，奶奶抱着刚刚啼哭的婴儿从兰儿房间里走了出来。奶奶激动地说："他爹你看，果然是个男孩！"

爷爷赶紧把孙子抱在怀里，一个劲地说："太好了，太好了！"

就在老两口欣喜不已时，三奶奶突然在里面急急地呼唤："快来快来！还有一个，还有一个！"

奶奶愣了一下，马上就往兰儿房间里跑去。一会儿，爷爷又听见里面传来洪亮的啼哭声。片刻后，三奶奶快步走了出来，一脸激动地跟爷爷说："双胞胎啊！大喜啊，大喜啊！"

爷爷手中抱着大孙子，一双眼睁得大大地看着三奶奶。三奶奶拍一下爷爷的胳膊，乐呵呵地说："你还愣着干什么呢？快给老大做个标记啊。等下不小心抱乱了，真分不清谁大谁小呢？"

爷爷回过神来，赶紧说："对对对。"

三奶奶又激动地提醒爷爷："快放鞭炮啊，放大大的鞭炮啊。"

爷爷激动地说："对对对。放鞭炮，放鞭炮。"

不一会儿，"噼里啪啦"的鞭炮声就在院子里响了很久很久。秀秀展开双手，欢快不已地在院子里一边跑一边叫道："我有弟弟啦！我要做姐姐啦，我要做姐姐啦！"

爷爷看看秀秀，又看看怀中的孙子，脸上烂漫得跟三岁小孩一般。

……

近午时分，崇草堂药房里外仍有许多人在等待着抓药——有的安然地在外面晒着太阳，有的焦急地在里面踱来踱去，有的坐着静静地想着心事。明古在药柜前有条不紊地一会儿称量，一会儿打包。铁柱端坐在一旁，腿上放着一个精致的铜制捣臼，他左手紧紧地扶着捣臼，右手专注地用捣锤不停地在里面捣着。明古看一眼铁柱，问道："你捣好了没有？快点。"

铁柱瞪一眼明古，说："你就知道催。"

明古不搭理铁柱，从抽屉里取出三张方形的桑皮纸，只见每一张桑皮纸的外面，都赫然用红章印着"崇草堂"三个楷字。明古将桑皮纸铺开，等着铁柱捣臼里的药末。明古又看一眼铁柱，催促道："好了没？快拿过来。"

铁柱应一声："好了好了。"就赶紧站起身，双手端着捣臼走到明古跟前。明古接过捣臼，小心地把里面的药末均等地倒在三张纸上。铁柱凑近明古，小声地建议："以后我们还是备着点吧。省得你总是催我，急死人。"

明古板着脸，用不容商量的语气说："这可不行。这个药不能早早地备着，必须现用现捣，师父怎么说的你都忘记了？"

铁柱轻轻地说："哼，就你记得！"

明古摸摸铁柱的头说："你不要发牢骚，以后我来帮你。"

铁柱脸上露出了笑容，说："那你记住了。"

明古点点头，笑眯眯地说："我告诉你，师哥说晚上咱们做酥油麻饼吃。"

铁柱眼睛一亮，赶紧问："真的？"

明古说："骗你是小狗。"

铁柱舔一下嘴唇，说："太好了，太好了。"

明古看着铁柱一脸馋相，笑着摇摇头。一会儿，明古把仔细绑好的三个药包递给铁柱说："给外面那个晒太阳的大叔。"

铁柱接过药包，轻轻地问："这样的天还晒太阳，他怎么就不怕热？"

明古沉下脸说："你少问一句好不好？要是人家都像你这样壮实，还来求医问药干吗？"

铁柱听了笑嘻嘻地拍一下自己的脑袋，然后快步朝门口走去。一会儿，铁柱又站在明古身边，悠闲地看着明古给下一个患者配药、打包。片刻后，铁柱问："师哥呢？还在里面给那个大爷扎针吗？好久了。"

明古一边用苎麻绳子绑着药包，一边回答："嗯，快一个时辰了。"

铁柱点点头，突然调侃明古："哪天你也露一手，扎一个给我看看？"

明古见铁柱哪壶不开提哪壶，就生硬地推一下铁柱，说："走开走开。"

铁柱笑嘻嘻地问："怎么？这个你也不开窍？"

明古叹一口气说："那么多穴位，记住这个忘记那个。还有扎深了又不行，扎浅了又没用。你以为那么容易？"

铁柱问："那你怎么不多练练？"

明古灰心丧气地说："多练又有什么用？没把师哥气死。"

铁柱朝针灸室望一眼，笑嘻嘻地说："看样子咱俩是半斤八两，估计一辈子都跟那些银针无缘了。"

明古很不高兴地说："谁跟你半斤八两？快去把那些鱼腥草晒一下。"

明古说着双手就把铁柱往边上推，铁柱俏皮地说："哼。自己没悟性，还死要面子。"

明古瞪一眼铁柱，嘴上轻轻地说："看我等下怎么收拾你。"

铁柱手里拿着捣臼，一边走，一边回头朝明古挤眉弄眼。明古不再搭理铁柱，右手掂了掂刚刚绑好的药包，然后朝门口叫道："李大娘，您要抓的药好了。"

李大娘快步走了过来，满脸开心地说："多谢，多谢。"

明古笑盈盈地回应："不客气，不客气。"

接着，明古又拿着一张新的药单，认真仔细地配起药来。就在这时，一个中年男子快步走进店里，一进门就高声叫道："青山老弟！青山老弟！"

明古抬头一看，赶紧笑着打招呼："陈掌柜您好啊。师哥在里面扎针呢。"

陈掌柜笑着对明古点点头，嘴上应道："好，好。"

陈掌柜三步并作两步来到针灸室门口，一看见青山就说："恭喜老弟啊！你有儿子了，还是双胞胎呢！"

"双胞胎？"青山手里拿着一根银针，愣愣地没反应过来。

陈掌柜来到青山身边，用力拍一下青山的肩膀说："是啊，双胞胎呢。你小子真行啊，一下子撸出来两个。哈哈哈。"

青山兴奋地问："几时生的？"

陈掌柜说："昨天上午辰时生的。我刚好回去办事，这不就给你带来喜讯了？"

青山紧紧握住陈掌柜的手说："多谢啊老兄。这可真是……"

"真是个啥？先给喜糖吧。"陈掌柜乐呵呵地打断了青山。

腿上扎满银针的大爷也乐呵呵地说："是啊，赶紧给大伙吃喜糖吧。"

青山立即回应："这就去买，这就去买。"

陈掌柜开玩笑说："我可要吃双倍的哦。"

青山呵呵一笑，赶紧把铁柱叫到身边说："快去买喜糖，还有桂花糕，都要多买点。快去快去！"

铁柱激动不已地说："好哦。好哦。"

铁柱来到柜台前问明古拿钱，明古开玩笑说："这下你又要长几斤肉了。"

铁柱笑嘻嘻地朝明古挤眉弄眼，拿着钱就飞快地跑了出去。店内外来看病抓药的人一下子围到青山身边，都笑呵呵地给青山道喜。顿时，欢声笑语充满了整个店堂……

有人笑着说："恭喜啊，掌柜的。我今天可是沾了喜气啊。"

有人羡慕不已地说："掌柜的，你可真是有福气啊。"

有人开玩笑说："掌柜的，既然是双胞胎，那喜糖也得是双份的啊。"

青山忙不迭地给大家拱手致谢："好好好，同喜同喜！好好好，双倍喜糖……"

一阵热闹过后，青山回到针灸室，见陈掌柜跟来针灸的大爷聊得正欢，便笑盈盈地问："什么事让你们聊得这么起劲啊？"

陈掌柜朝青山竖起大拇指，说："大爷不停地夸你呢。大爷担心这条腿就要瘸了、废了，没想到竟然让你给救活了。"

大爷想趁机跟青山亲近一层，赶紧说："是啊，青山。我对你真是佩服得不知说什么好啊！青山啊，你收个徒弟吧。我把我侄孙介绍给你——这孩子可机灵了。"

青山点头笑一笑，然后委婉地拒绝："大爷，您的好意我心领了。等合适的时候再说吧。"

大爷不想轻易放弃，又提醒青山："好，好。你可不能忘了这茬哦。"

青山赶紧回应："好、好、好。"

陈掌柜笑着拍拍青山的臂膀，然后站起身说："我还有点事，就不打扰你给大爷针灸了。"

青山立刻拉住陈掌柜的手说："有什么事啊？今天可不许走。无论如何，咱哥俩今天都要好好喝几杯！"

陈掌柜见青山一脸的诚意，就豪爽地回应："好啊，喝几杯就喝几杯！"

五

今天是青山一对双胞胎儿子出生一百天的喜庆日子，爷爷奶奶开开心心地张罗着给兄弟俩做"百日宴"庆贺。随着客人的陆续来到，杨家院子和堂屋里逐渐热闹了起来。大家围坐在一张张饭桌前，嗑瓜子、吃点心，说着客套话，谈论着家长里短，沉浸在一派喜庆、欢乐的氛围之中。

堂屋门口，两边各摆放着一只精巧玲珑的青石小狮子。小狮子背上留有一个插蜡烛的小孔，两支大大的红烛插在上面燃得正旺，金黄的火苗不时地跳跃，火苗周边的蜡油缓缓地朝着凹槽往下流……

奶奶和兰儿分别抱着老大、老二，满脸灿烂地在众人中间踱来踱去，一会儿跟这拨客人聊几句，一会儿跟那拨客人聊几句。人生第一次当主角的兄弟俩，额头中间都点了一个喜庆的红印。兄弟俩面对各种陌生的面孔，面对客人们的各种逗弄和嬉笑，竟然都是一副不哭不闹、淡定不惧的可爱模样。因此，奶奶和兰儿脸上的自豪之情，更是在众人眼中一览无余。爷爷脸上也是洋溢着幸福和得意之色。爷爷笑眯眯地坐在堂屋里，跟家族里的几位长者亲热地唠着家常、说着贴心话……

近午时分，一辆疾速行驶的马车在院门口不远处戛然停下。青山、明古、铁柱和王伯一行四人急匆匆地从城里赶了回来。片刻后，青山满脸激动、大踏步地走进了院门。

秀秀一见青山，就飞快地跑了过去，嘴上叫道："爹，爹。"

青山右手捏一下秀秀的小脸蛋，然后满脸堆笑地朝大家拱手致意。随后，青山又一一问候在场的长辈。长辈们笑盈盈地说："恭喜啊，青山。恭喜啊，你这小子好福气啊。"

青山乐呵呵地回应："多谢，多谢。"

秀秀一见铁柱就手握糖果凑了过去，笑嘻嘻地说："给。"

铁柱欢喜地接过糖果，右手食指弯成"7"字形状，深情地在秀秀鼻梁上轻轻刮了一下。秀秀淘气地一笑，然后开心地拉着铁柱的手往屋里走去。

正午时分，酒宴开始。明古和铁柱一脸灿烂地在院门口点起鞭炮，鞭炮声"噼里啪啦"响了很久很久。大家坐定后，爷爷身边的一位德高望重的长者站起身，端起酒杯，一脸慈祥地对大家说："今天是咱们杨氏家族大喜的日子啊。'天'字辈双胞胎兄弟天仁、天义的'百日宴'喜酒，本来是应该在祠堂里喝的。为什么呢？不仅仅是因为双胞胎难能可贵，预示着我们杨氏家族人丁兴旺，更是因为南生老弟的宅心仁厚以及对我们家族的贡献啊。大家说是不是啊？"

大家听了立即表示赞同："对啊。说得好，说得好。"

长者继续说："但是南生老弟呢，还是坚持在自家做酒款待亲朋，这可是难得的谦卑啊。来，让我们一起敬南生一杯。"

家族中的成年男子听了立刻响应，都端着酒杯站了起来。爷爷赶紧摆摆手，激动不已地说："南生不敢当啊，不敢当啊。"

一中年男子接嘴说："是啊，您一家祖祖辈辈，都是我们杨氏家族的荣耀啊。"

另一个长者说："南生啊，你就不要谦卑了。来来来，干了。"

长者说完就率先一口气干了。爷爷见状赶紧举起酒杯，眼含热泪说："好好好。我也敬大家。来，干了，干了。"

于是，大家都乐呵呵地把第一杯酒干了。接下来，大家便开始随意吃菜，开始与身边的人闲谈起来，有兴致高的还欢欢喜喜地划起拳来。青山端着酒杯，里里外外逐桌给大家敬酒、劝酒。一位长者拉着青山的手，语重心长地说："青山啦，你可一定要好好栽培这对双胞胎啊，不要辜负我们家族对他们的厚望啊。"

青山笑呵呵地回应："会的，会的。您老放心。"

……

戌时，堂屋北面靠墙的一个高高案几上，两支大大的红烛将整个屋子照得明亮而温馨。兰儿坐在堂屋东边，双手拿着一双精致的婴儿鞋，饶有兴致地欣赏着。她的右脚尖，轻轻地一上一下踩着一个落地式的摇篮，摇篮里，小天义眯缝着眼睛，似睡非睡的样子——而哥哥小天仁则在另一个摇篮里甜甜入睡，只见他睡着的样子憨态可掬，小嘴巴偶尔"吧唧"一下嘴角流出的口水。

青山和爷爷围坐在西边的一张八仙桌前。桌子上，青山眼前放着一本账簿和一个算盘，另一边则堆满一摞摞刚洗好的碗和盘子。青山眼睛盯着账簿，右手熟练地拨弄着算盘上的珠子。爷爷悠然地吸着旱烟，静默的神情看似在想着什么心事。奶奶坐在他们身边的一把竹椅上，一边手中洗着碗和盘子，一边有一句没一句地跟爷爷唠叨着家常……

奶奶说："要是青松和青莲都回来了就好了。他们看到这对双胞胎侄子，肯定会欢喜不已的。"

爷爷说："青莲肯定会。这孩子不忘本，顾娘家人。"

奶奶说："青松也一样，自己亲侄子也会喜欢。"

爷爷脸上露出不悦，说："不要再提他。"

奶奶为青松抱打不平，说："戏子就戏子。靠本事吃饭，又不偷不抢。"

爷爷看一眼奶奶，退让一步说："你有理，你有理。"

奶奶见爷爷退让，自己却又感叹起来："唱戏哪里不可以唱？偏偏远天远地要跑到京城去。"

爷爷自顾自吸烟，装作没听见。青山停下手中的活，安慰奶奶说："娘，哥每次回来不都说，他在京城过得很好嘛。就是心里总惦记着你们二老。"

奶奶听了更加伤感起来，说："一个人飘零在外，能好到哪里去？"

青山笑着提醒："娘你这话就糊涂了，哥怎么是一个人？哥也是两个孩子的爹呢，还有嫂子呀。"

奶奶感叹一声，把话题转向女儿青莲，说："你姐也是，嫁到哪里不好？偏偏就要嫁到宜春去。兄妹没一个让人省心的。"

爷爷听奶奶这么说自己女儿，忍不住接嘴："青莲现在哪里不好？哪一年没回来看我们？"

奶奶被爷爷的问话噎了一下，立刻又辩解说："我又不是说这孩子没孝心。我是说一年才能见上一两次，心里总念叨她。难道你就不挂念？"

爷爷听了不作声，闷闷地吸了一口烟，接着吐了一团大大的烟雾……

青山为了缓和沉闷的气氛，笑着问爷爷："爹，想你年轻时满世界跑，天南海北的美味可没少品尝吧？"

爷爷一脸"警惕"地看着青山，说："你问这个是什么意思？"

青山笑盈盈地说："爹，你不要这样看着我。我想说的是，我姐是不是因为这个，才总是喜欢跟着你、赖着你呀？"

爷爷听了立刻舒展了眉头，笑呵呵地说："可能吧。有谁不好吃？我也好吃呀。"

青山继续问："那姐是真的喜欢跟你学医吗？"

爷爷满脸欣慰地说："应该是。她从小就说，喜欢闻各种各样的中药材的香味，也真是奇怪。"

青山被爷爷这话深深吸引住了，目不转睛地看着爷爷。爷爷继续说："你姐长大了之后呢，就更爱学，手脚也更勤快，所以愿意跟着我到处跑。"

爷爷说到这，奶奶忍不住插嘴："哼。两兄妹都是反着来。男儿好好的家业丢弃不管，女儿偏偏喜欢到处游山玩水，还说去找什么名贵药材。"

青山立刻被奶奶打趣的话语逗笑了。

爷爷听了一愣，马上说："游山玩水？你说我和青莲是去游山玩水？呵呵呵，亏你说得出来。"

奶奶笑眯眯地说："难道不是？早知道青莲会嫁到那么远，我打死也不让她跟你出去瞎逛。"

爷爷反问道："那你这是在抱怨青莲过得不好呢？还是自己心里别扭呢？"

奶奶没好气地回答："都是。怎么啦？哼！"

爷爷悠然地吸一口烟，不急不慢地说："青莲的公公婆婆可疼她呢，这个你又不是不知道。女婿就更不要说，你还想要找个什么样的人家？"

青山笑盈盈地插嘴："是啊，娘。爹说的可都是事实啊。"

爷爷见奶奶不回应，就继续开导她："你就知足吧。不就是远点吗？天下哪有十全十美的事？"

奶奶心里渐渐宽敞，嘴上却不饶："哼，就你知道？就你说得有理？"

爷爷笑一笑，又欣慰地说："等以后通了火车，青莲回娘家，比现在我们去城里还方便呢。跟你讲，现在北方很多地方都在修铁路呢。"

奶奶听了眼睛一亮，赶紧问道："咱们到青莲家也能坐火车？"

爷爷磕了磕烟斗，一脸得意地说："当然啦。到时候青莲想回来就回来，你想去看她就随时去看她。"

奶奶立即停下洗碗，右手拉了拉青山的衣角，求证似的问青山："你爹说的话当真？"

青山回过头来笑呵呵地说："那当然。爹走南闯北什么事不知道？"

爷爷假装没听见娘儿俩说话，背着他们笑眯眯地看着《两个小孩骑着鲤鱼跳龙门》的墙画。奶奶用一种仰慕的眼神看一眼爷爷，嘴上却鄙夷道："哼，什么事都知道。换着我跟青莲到处去游山玩水，也一样知道。"

青山听了奶奶这诙谐的话语，"扑哧"一声笑了。兰儿也被奶奶诙谐的话语逗得笑出了声。青山深情地看一眼兰儿，走到兰儿身边，蹲下身子，笑眯眯地对着还没睡着的小天义说："傻小子，你快点长大吧。等长大了，爹就带你们哥俩坐火车去姑姑家玩。你们奶奶要是愿意，也跟咱们一起去游山玩水。"

青山说完，就俏皮地看着奶奶……

奶奶愣了一下，片刻后便快步走到青山身边，扬起右手"狠狠"地拧了一下青山的耳朵，嘴上"恨恨"地说："你这个臭小子。什么时候学得跟你爹一样，说话也拐弯抹角了？"

青山赶紧捂住耳朵，笑嘻嘻地讨饶："娘我不说了，不说了。"

奶奶"哼"一声，看着爷爷忿忿地说："上梁不正下梁歪。"

爷爷一脸委屈的表情问道："我又哪里得罪你了？"

奶奶憋住笑说："哼。你没得罪我？我看你们两个就是穿一条裤子，都是一路货色。"

爷爷又一脸无辜的表情说："这？这说的是什么话？"

青山笑呵呵地说："爹，咱们说不过人家，还是认了吧。谁让咱们是一路货色呢？"

青山诙谐幽默的话语一出口，奶奶和兰儿立刻呵呵笑了起来。爷爷无奈地摇摇头，脸上却满是愉悦和惬意。一家人就这样诙谐地说笑着，偌大的屋子里充满了一种别有情趣的家的氛围……

……

第二天辰时，平缓的林间小路上，一辆马车在不紧不慢地行驶，不时惊起路边草丛中的鸟儿。清爽的阳光穿过高大的林木，斜射在红土路面上，在马车身后画下一道道树影。王伯驾着马车，载着青山和明古，正精神抖擞地赶回城里的崇草堂药房。明古坐在王伯身边，眼神里满是兴奋。青山独自坐在后面车厢里，透过前面的帘口，一脸愉悦地跟两人说话……

王伯说："青山，我看天仁的性格，大了是个学医的料子。"

青山说："这么小，你怎么知道？"

王伯说："就看他的神情，像你。别的我也说不上来。"

青山问道："那天义呢？"

王伯说："天义可能要调皮些，手脚没个停。"

青山笑道："你这么一说，好像还真是。明古你觉得呢？"

明古笑道："我可说不来。我心里喜欢天仁，我逗他，他总朝我笑。"

青山呵呵一笑说："天义不朝你笑？"

明古说："也笑。但是眼睛不总是看着我，小家伙脑袋转个没停，一会儿看看这，一会儿看看那。"

青山笑着点点头，转过另一个话题说："过几天我要去樟树一下，一个朋友弄了一些药材来，你想不想一起去？"

明古眼睛一亮，赶紧问："店里怎么办？"

青山说："没事，歇业一天嘛。这些药材很难得，人家特意帮我们留的。"

明古兴奋地说："那我去。"

王伯笑道："你当然要去。等天仁天义都长大了，青山就不带你去了。"

青山笑道："等天仁天义长大了，就让明古带着他哥俩去。我不去。"

王伯开玩笑说："等过十年左右，明古的孩子恐怕也有七八岁了。"

明古一脸害羞地说："王伯你别拿我取笑。我一辈子不娶老婆。"

青山呵呵笑道："你想打一辈子光棍？"

王伯赶紧接嘴："你别听他瞎说。他现在这个年纪，看到自己心仪的女子，心里早就痒痒了。"

明古脸一红，赶紧岔开话题说："王伯，你上次唱的《赶山歌》真好听，再唱一个给我们听听吧。"

王伯认真地说："你别打岔。哪天碰到合适的女子，我给你撮合撮合怎么样？"

明古红着脸说："我，我都从来没想过这事呢。"

王伯看一眼明古，满嘴挑逗的语气说："明古我跟你讲，有老婆跟没老婆的日子，那可完全是不一样哦。"

明古故作不屑地说："怎么不一样？还多了一张嘴吃饭。"

王伯调侃道："嘿嘿，你现在当然嘴硬。小子，等你有了老婆，你就不会再说这样的话了。"

青山笑着拍拍明古的胳膊，满口怂恿的语气说："王伯是一番好意。明古你要是心里有合适的女子，就跟王伯讲，王伯如果能成全你的姻缘，也是积了一桩美德。"

明古羞赧不已地说："哪里有嘛？哪里有嘛？"

王伯笑道："你记住你师哥的话。有，你就跟我讲，我一定成全你的好事。到那时候啊，你小子晚上说梦话都会念叨我的恩情咯。"

青山也笑道："是啊。有了老婆，就有了个家。小孩子一出世，转眼之间就大了。到时候天仁天义，还可以多几个玩伴呢。"

明古不接话，脸上却流露出无限向往的神情。王伯又看一眼明古，开玩笑说："你小子要是也有青山一样的福气，找个老婆或许也能给你生个双胞胎哦。哈哈哈。"

明古回头看着青山，一脸着急地说："师哥你看，王伯总是拿我开玩笑呢。"

青山呵呵笑着，眼前渐渐浮现出天仁天义长大了的样子……

六

十年后的一天，阳光西斜，晚霞漫天。杨家老屋院子里地面上，铺满了一个个大大小小的团箕，团箕里晒着各种各样的中药材。奶奶蹲在一个团箕边，双手正轻轻地翻弄着晒干了的金银花。爷爷坐在屋檐下，"吱吱呀呀"地拉着一把年代久远的二胡。爷爷微微闭着眼睛，嘴里轻轻地哼着曲子，一副悠闲自得的样子。奶奶转过身，抬头看着爷爷问道："金银花可以装起来了吧？"

爷爷看一眼团箕说："可以。还有鱼腥草也装起来。别的再多晒几天。"

奶奶应一声："好哦。"双手就将金银花往一个撮箕里扒，然后又竖起撮箕把里面的金银花倒进一个麻布袋里，接着，又开始收拾鱼腥草……就在这时，院子外传来两个小孩的笑闹声，还有几只鹅洪亮的叫声。爷爷眼睛一亮，立刻停下手中的二胡，笑眯眯地朝院门口走去。爷爷边走边说："小家伙回来了咯。家里又不得安宁咯。"

奶奶看着爷爷说："你问问他们饿不饿？桌子上还有热的发糕。"

爷爷点点头，走出院门就笑眯眯地看着兄弟俩——小家伙各自背着小书包，正一股劲地追赶着两只大白鹅玩。兄弟俩一看到爷爷，立刻欢快地朝爷爷身边跑来，嘴里甜甜地叫道："爷爷，爷爷。"

一只鹅见兄弟俩不再追赶自己，便反过来紧紧地追赶着兄弟俩不放。兄弟俩立刻手拉着手，张牙舞爪地把这只挑衅的鹅吓跑了。爷爷见状，立刻笑呵呵地吟唱："鹅鹅鹅，曲项向天歌……"

兄弟俩赶紧接下一句："白毛浮绿水，红掌拨清波。"

爷爷弯下身，一手抱着天仁，一手抱着天义，乐呵呵地问："跟爷爷说说，今天学了什么？有没有让先生生气？"

天义抢着说："学了打算盘。"

"打算盘？那口诀都记不记得？"爷爷笑眯眯地问。

天义自信满满地说："当然记得。"

天仁也不甘落后，赶紧催促爷爷："爷爷你快点考吧。"

爷爷点点头说："好。用口诀打算盘，爷爷就不考了，爷爷考考你们这些口诀的日常应用，好不好？"

兄弟俩异口同声地说："好啊。好啊。"

爷爷笑着问："形容一个人做事干脆利索，怎么讲？"

兄弟俩没想到爷爷出这样的考题，都摸着自己的后脑勺，想了半天也想不出来。爷爷摸摸兄弟俩的脑袋说："这样吧，爷爷给你们提醒最前面一个数字，好不好？"

兄弟俩抬头看着爷爷，点点头。

爷爷说："这个答案的最前面一个数字是：三。"

天义转了转眼珠子，立刻脱口而出："三下五除二。是不是？"

爷爷摸摸天义的脑袋，开心地说："嗯，答得好。以后要记住了。"

天义笑嘻嘻地看着爷爷，脸上满是喜悦和激动。

天仁见天义抢先赢了第一题，便一脸着急地说："爷爷你快出第二题。"

爷爷想了想说："第二题是这样的，你们看，这不马上就要吃西瓜了吗？假如爷爷摘下一个大西瓜，让你们平分着吃，怎么讲？"

天义想了一下，赶紧抢答："八退一还二。"

爷爷笑眯眯地摇摇头。

天仁赶紧说："二一添作五。"

爷爷又摸摸天仁的脑袋，开心地说："不错不错。这个以后也要记住了。"

天仁见自己跟天义打了个平手，脸上立刻露出灿烂的笑容。天义朝天仁做一个鬼脸，然后赶紧催促爷爷："爷爷，你赶紧出下一题吧，我们还没有分出胜负呢。"

爷爷呵呵一笑，然后问道："除了算学，别的还学了什么？"

天义说："还学了《千字文》。"

天仁说："还有《论语》。"

天义又说："爷爷，《论语》先别考，才刚刚学呢。"

爷爷爽快地说："好。那就先背背《千字文》的最后四句。"

天义立刻回答："孤陋寡闻，愚蒙等诮。谓语助者，焉哉乎也。"

爷爷一脸赞叹地说："好，好。那最前面四句又是什么？"

天仁赶紧抢答："天地玄黄，宇宙洪荒。日月盈昃，辰宿列张。"

爷爷听了两只手都竖起大拇指，对着兄弟俩说："不错不错。都没有让爷爷失望。"

天义抬头看着爷爷，笑嘻嘻地问："我们都答对了，有奖励吗？"

爷爷兴奋地说："有有有。奶奶留了发糕在桌子上呢。"

兄弟俩听了拔腿就朝院子里跑，嘴里大声喊着："奶奶，奶奶。我要吃发糕，我要吃发糕。"

奶奶笑眯眯地朝兄弟俩走来，左手端着一碗发糕，右手拿着两双筷子。兄弟俩立刻抢过奶奶手中的筷子，猴急似的吃了起来。奶奶摸摸兄弟俩的脑袋，嘴里嗔怪道："慢点，慢点。没有谁跟你们抢。"

正在这时，爷爷看见私塾先生远远地快步朝自己走来，手里仿佛拿着什么东西。等到看得真切时，见原来是一支毛笔和一本书。爷爷笑盈盈地迎了上去，嘴里客气地说道："先生好啊。"

先生笑着回应："这是天义忘记在学堂里的。"

先生说着就把书和毛笔递到爷爷手中。爷爷满脸歉意地说："真是过意不去啊，还劳烦先生特意送过来。"

先生摆摆手说："又不远，权当活动活动筋骨嘛。"

爷爷笑一笑，然后恭敬地请先生去屋里喝茶。先生婉言谢绝："不客气，不客气。聊几句就走。"

爷爷又笑一笑，就随口问起兄弟俩在私塾里的学习情况。先生一脸开心地回答："都好着呢。我很喜欢这两个孩子。"

爷爷笑着说："让先生多费心了。这两个孩子调皮，我就怕他们在课堂上给您捣乱呢。"

先生却欣慰地说："哪里会哟？这两个孩子聪明着呢。"

爷爷点点头，然后又细致地问道："先生您感觉这两个孩子有什么不一样？"

先生稍微想了一下说："天义这孩子呀，聪明，机灵，讨人喜欢。表面上看起来强势、霸道，内心深处却……"

"却什么？"爷爷不自觉地打断了先生。

先生微笑着说："这孩子表面上强势，心底里却很柔软。"

爷爷若有所思地点点头，又笑着问："那天仁呢？"

先生一脸欣赏地说："天仁这孩子嘛，也聪明机灵，但是比天义更静得下心来。尤其可贵的是，这孩子心胸宽广、忠厚实诚。"

爷爷又点点头，然后拉着先生的手说："先生您洞察微毫，真是让人佩服啊。能请到您这样的先生，真是我们杨氏家族的福气啊。"

先生谦虚地说："不敢当，不敢当。有您这样尊师重教的长者，才是杨氏家族的福气啊。"

爷爷笑呵呵地说："惭愧，惭愧。"

先生却紧紧握住爷爷的双手，敬重有加地说："您太谦虚了。听你们族里的长者说，村里学堂的建设，还有孩子们的学费，可都是您无私奉献的啊。这真是让人敬佩啊。"

爷爷赶紧摆摆手说："分内的事，分内的事啊。"

先生听了立即朝爷爷竖起大拇指。爷爷赶紧挡住先生的大拇指，笑盈盈地说："不敢，不敢。"

于是，两人彼此敬重、彼此交心，你一言我一语地说了许久。

……

夏初的一个上午，阳光绚烂。天仁天义各自手里拿着一个小渔网，提着一个大肚小口的竹篓去捉蝌蚪。兄弟俩上身穿着背心，下面穿着短裤。天义头上还戴着一顶大人戴的草帽，样子看起来滑稽又可爱。兄弟俩走出院门，有说有笑……

奶奶站在院门口叮咛："记住了，栽了禾的田里不要去，不能糟蹋了庄稼。"

兄弟俩齐声回答："知道了，知道了。"

田间大路上，兄弟俩一会儿走走，一会儿跑跑。没过多久，兄弟俩来到一片未栽禾的水田边。天义停下来低头看看，突然兴奋地叫住天仁："快来看，这里好多蝌蚪。"

天仁过去一看，激动地说："哎呀，真的好多。"

兄弟俩立刻下到田里，都将各自的竹篓稳稳地摁进泥巴里面，然后就用小渔网捉起蝌蚪来。不一会儿，兄弟俩就捉到很多。突然，天仁看见一棵水草下面竟然藏着一只硕大的泥鳅。天仁屏住呼吸，小心翼翼地把渔网靠近过去——瞬间，大泥鳅就被结结实实地网住了。天仁激动不已，提起网兜就朝天义叫道："天义你快看，好大的泥鳅。"

天义赶紧过来，然后把头凑近网兜细细地打量起来。

天仁一脸自豪地说："怎么样？好大吧？"

天义看着天仁，笑嘻嘻地说："放我篓子里吧？"

天仁马上拒绝："不行，是我捉到的。"

天义一脸讨好地说："你是哥哥呢。给我吧。"

天仁皱着眉头，心里开始犹豫……

天义趁此机会，迅速地把大泥鳅放进自己的竹篓里。天仁一愣，赶紧扔掉渔网，双手紧紧抓住天义的竹篓。天仁脑袋凑近竹篓的小口，还想再看几眼自己捉到的大泥鳅。天义以为天仁想再抓回去，赶紧用手捂住竹篓的小口说："别看别看，等下就还给你。"

天仁大度地说："我只想再看一下，又不会抢回去。"

天义不信天仁的话，笑嘻嘻地看着天仁，右手却紧紧地捂住小口不肯让天仁多看一眼。天仁笑着说："好吧。你就一直捂着吧。"

就在兄弟俩僵持不下时，远处也有一个小伙伴，正拿着渔网和竹篓在水田边左看看、右看看。天仁看见了他，立刻一边招手，一边叫道："维维——维维——快到这里来。这里有好多蝌蚪。"

维维一听，立即飞快地往这边跑来。天义趁机把竹篓夺下，一边快步走开，一边回头跟天仁说："你怎么叫他过来？他捉掉了，我们的鸭子就不够吃了。"

天仁却大度地说："这有什么关系？这里捉没了，我们再去别处捉。"

天义"哼"一句，赶紧操起渔网来捉蝌蚪，生怕被维维捉走了。天仁看着天义匆忙慌乱的样子，立刻呵呵笑了起来……

半个时辰后，兄弟俩和维维都收获满满，各自提着自己捉到的小蝌蚪，笑盈盈地走在回家的路上。兄弟俩一来到自家院门口，就激动不已地朝屋里大声喊叫："奶奶，奶奶。快把鸭子给端出来。"

奶奶在里面听到了声音，立即响亮地应道："好嘞，好嘞。"

一会儿，奶奶双手端着一个又大又圆的扁平竹笼子，快步从堂屋向院子里走来——只见笼子里装满了"叽叽喳喳"叫个不停的小鸭子。透过笼子的一个个小孔，可以看见里面的小鸭子都伸长了脖子，彼此你推我挤，充满了生机和活力。奶奶把笼子放在院子中间，蹲下身，将里面的小鸭子快速地一只只抓了出来。很快，满地的小鸭子就都在院子里寻找着吃的……

兄弟俩赶紧把自己竹篓里的蝌蚪倒在了地上——鸭子们见到了美食，瞬间都围拢了过来。一眨眼工夫，一只只小蝌蚪就成了鸭子们的腹中之物。嘴快的，已经肚子撑得滚圆滚圆，开始在院子里悠然地踱来踱去。

兄弟俩蹲在一旁，兴奋不已地看着鸭子们争抢着美食。天义像突然想起了什么，赶紧用手在自己竹篓里抓了又抓，然后又将竹篓倒过来，在地上磕了两下。终于，一只活蹦乱跳的大泥鳅出现在眼前了。天义一脸自豪地说："奶奶，我捉到的大泥鳅。"

奶奶笑眯眯地摸摸天义的脑袋说："你要是能多捉几只就好了。奶奶就用新鲜的辣椒煎给你们兄弟俩吃。"

奶奶话音刚落，天仁就急急地说："奶奶，这只泥鳅是……"

"是被天仁看见了。我捉到的。"天义赶紧把天仁想说的话堵住了。

天仁嘴巴嗫嚅着，似乎还想说什么，天义立刻朝天仁眨眨眼睛。天仁嘟着嘴，给了天义一个白眼，天义则笑嘻嘻地朝天仁扮一个鬼脸。天仁立刻被天义逗乐了，也笑嘻嘻地回应了天义一个鬼脸。奶奶见兄弟俩在阴阳怪气地搞小动作，就皱着眉头问："干什么呢?"

兄弟俩笑嘻嘻地回答："没什么，没什么。"

奶奶故意沉下脸说："臭小子。"

兄弟俩手拉着手，俏皮地朝奶奶挤眉弄眼。奶奶不搭理兄弟俩，站起身，准备收拾地上的渔网和竹篓。天义突然问："奶奶，小花猫呢？"

奶奶立即回应："刚刚还在院子里呢。我去厨房看一下。"

奶奶说着就朝后面走去，边走嘴里边呼唤着："喵——喵——"

不一会儿，一只小花猫快速地从厨房那里窜了出来。在它身后，紧紧地跟着一只大黄狗。天义一看见小花猫过来，就把抓在手中的大泥鳅扔到了它眼前。大泥鳅立刻在地上不停地跳跃。小花猫紧盯着大泥鳅，时不时用爪子试探着它，仿佛是有点害怕，又仿佛是在逗弄它玩……

兄弟俩蹲在一旁，屏气凝神、津津有味地看着这一切。大黄狗坐在兄弟俩身旁，一会儿张嘴伸伸舌头，一会儿弓起身子，一副蠢蠢欲动像要捕捉大泥鳅的样子。天义右手抚摸着大黄狗，嘴里急急地说："小花猫，你快吃呀。快吃呀。"

小花猫却根本不搭理天义，依然自顾自地逗弄着大泥鳅……

天仁笑嘻嘻地调侃天义："大泥鳅是你捉到的，还是你自己吃了吧。"

天义听了一愣，马上又呵呵笑了起来。

七

崇草堂药房，青山夫妇卧室。青山坐在一把藤椅上，左手拿着《黄帝内经》，右手拿着一把蒲扇，蒲扇在他手中缓缓地扇动着……近处，书桌上放着一盏带有灯罩的煤油灯，金黄色的灯光映红了青山轮廓分明的脸颊。兰儿站在不远处，手上拿着给天仁天义兄弟俩新做的夏衣和夏裤，眼神落在上面，皆是满满的温馨和母爱。

一会儿，兰儿拿着一件点缀着祥云纹的白色汗衫，微笑着脸，轻盈地来到青山身旁。兰儿说："青山你看，会不会做小了？我怕小孩子长得快。"

青山放下书本，双手拿起衣服对着灯光看了一下，笑道："差不多吧。徐裁缝的手艺你不用担心。"

兰儿会心一笑，说："你要是也觉得合适，那我就放心了。"

青山点点头，微笑着把衣服还给兰儿，然后又认认真真地看起书来。兰儿站在青山身后，温情脉脉地说："别再看了，早点睡吧。"

青山转过身，摸摸兰儿的手背说："我再看一会儿，你先去睡吧。"

兰儿点点头，又走到一边，拿起给兄弟俩做的衣服，左看看右看看。看够了之后，又将它们一件件地叠好，叠好之后，细嫩的双手在上面摸了又摸。这时，兰儿脸上不知不觉露出幸福而满足的笑容……

不一会儿，兰儿又走到青山身边，笑盈盈地说："你说秀秀为什么总要赖着我们，不愿意跟着她爷爷奶奶呢？"

青山笑道："这个我哪知道呢？实在要我说，恐怕是'母女连心'，舍不得离开你吧？"

兰儿立刻说："什么'母女连心'？你净会瞎说。"

青山笑盈盈地问："我怎么瞎说了？"

兰儿回应道："我只听说过'母子连心'，你却道'母女连心'。我看就是你惯得她离不开你。还有铁柱，也总是惯着她、哄着她。让她越来越没有规矩了。"

青山听了立刻站起身，拉着兰儿的手说："你是不是想天仁天义了？等忙完了这一阵子，就让王伯送你回去住几天吧。顺便也好带点药材过来。"

兰儿点点头，满脸幸福地依偎进青山的怀里……

……

近午时分，爷爷上山采药未归，奶奶在屋后的菜园里摘菜。兄弟俩端坐在堂屋里一张八仙桌旁，桌子上放着一沓草纸和一本人体穴位图解。兄弟俩正在认真地练习毛笔字和识记人体各处的穴位名称……

一会儿，天义放下书本看着门外，展开双手伸了伸懒腰。恰巧此时，两只燕子翩翩飞了进来，其中一只嘴里衔着一只长长的蚯蚓。片刻后，衔着蚯蚓的燕子落在了头顶的房梁上，而另一只燕子则不停地绕着它飞来飞去，这情形仿佛是在庆贺，又仿佛是在向它献殷勤。天义抬头看看房梁上的燕子窝，窝里的几只雏燕正探出小脑袋，"叽叽喳喳"地等着两只成年燕子来喂食。

天义看得入神，突然眼珠子转了转……片刻后，天义手指乩一下天仁的胳膊，又兴奋地指着燕子窝说："你看！"

天仁一脸淡定地说："看什么？这燕子窝不早就有吗？"

天义狡黠一笑，然后轻轻地说："咱们捅下来玩玩，怎么样？"

天仁立刻拉下脸说："不行。爷爷说过，燕子是吉祥鸟，不能玩。"

天义皱一下眉，又轻轻地说："爷爷奶奶又不在家。万一逮到了，就说是它自己掉下来的。"

天仁依然不肯松口："不行不行。这么高，小燕子掉下来会摔死的。"

天义失望地看一眼天仁，然后站起身，一副满不在乎的样子说："好吧。你写你的字，我一个人来弄。"

天仁也赶紧站起身，紧紧抓住天义的胳膊说："不行不行。都不能弄。"

天义用力把天仁推开，快步走到屋外拿了一根长长的竹篙进来，对准燕子窝就要下手。天仁也不肯退让，抢着天义手中的竹篙不肯松手。兄弟俩你争我抢，头一次闹红了脸。就在两人争得不可开交之际，爷爷采药回来了。爷爷站在院子里，一脸严肃地问："你们这是在干什么？"

兄弟俩都紧紧抓着竹篙，愣愣地站在那儿不敢作声。

爷爷来到堂屋门口，将满满的一背篓药材放下。爷爷抬头看一眼房梁上的燕子窝，顿时明白了一切……窝里的小燕子看见了爷爷，立即"叽叽喳喳"地叫个不停，似乎在欢迎爷爷的及时归来。

爷爷走到兄弟俩跟前，向兄弟俩伸出手说："竹篙给我。"

兄弟俩赶紧松开手中的竹篙，乖乖地交到爷爷手中。爷爷手中拿着竹篙，沉闷着脸，注视着燕子窝。兄弟俩愣在原地，默不作声，看一看爷爷，又看一看燕子窝。爷爷突然面无表情地说："好吧。我给你们捅下来。"

爷爷说完就毫不犹豫地把手中的竹篙对准了燕子窝……两只成年燕子见状，立刻在屋子上空急急地飞来飞去。天仁赶紧抓住爷爷的手臂，一脸悲悯地说："不要啊。爷爷。"

天义也扯住爷爷的衣袖，脸上一副怯怯的表情。爷爷看看兄弟俩，又看看燕子窝，然后默默地拿着竹篙放回院子里。兄弟俩站在原地，双眼注视着爷爷。一会儿，爷爷重新回到兄弟俩身旁，脸色温和了许多。爷爷平静地问道："穴位名称都背熟了没有？"

兄弟俩齐声说："背熟了。"

爷爷又问道："字也都写完了？"

兄弟俩不敢接话，都赶紧回到桌边，各就各位重新练起字来。爷爷干咳了几声，然后拿起天义手中的毛笔，默默地在一张空白的纸上写下了一行字：燕子不入苦寒门。

爷爷严肃地对兄弟俩说："都给我认真地写三遍。"

兄弟俩拿起毛笔，在白纸上端端正正地写着：燕子不入苦寒门，燕子不入苦寒门，燕子不入苦寒门。

接着，兄弟俩又继续认认真真写完剩下的作业。一会儿，爷爷两只手分别从左右两个口袋里掏出一把鲜红的野山楂，笑眯眯地递到兄弟俩眼前。兄弟俩赶紧双手接过，笑嘻嘻地看看爷爷，又看看手中的野山楂。

……

盛夏时节，兄弟俩和爷爷奶奶在一片低洼的浅水池塘里摘莲蓬。兄弟俩头上各自顶着一片翠绿的大荷叶，在池塘里玩耍着、嬉闹着，脸上、脖子上都沾满了泥巴。一会儿，兄弟俩将荷叶丢弃在水里，兴趣盎然地帮爷爷奶奶摘起莲蓬来；一会儿，兄弟俩调皮地将两只青蛙的腿脚绑在一起，乐呵呵地看着它们扑腾、蹦跳的样子；一会儿，水面上一群悠然自得的鸭子，被兄弟俩追赶得"扑棱扑棱"地乱跑乱飞；一会儿，兄弟俩低着头，静静地在水中摸螺蛳、捉草虾……

傍晚时分，兄弟俩俨然已成了两个"泥巴人"。奶奶看着兄弟俩这般模样，先是一脸苦笑地摇摇头，然后一脸严肃地说："都快去洗个脸。回家了。"

兄弟俩赶紧笑嘻嘻地跑到干净的水里洗起脸来。爷爷手里拿着几个大莲蓬，笑盈盈地看着兄弟俩说："都把脸洗干净了。要不然，晚上奶奶不炒螺蛳给你们吃了。"

兄弟俩根本不理睬爷爷说的话，都朝爷爷做个鬼脸，又在岸边"扑棱扑棱"地用双脚打起水仗来。奶奶拉下了脸，快步走到他们身边，将右手的巴掌扬得高高的……兄弟俩见状，赶紧笑嘻嘻地向奶奶求饶："好了，好了。我们不玩了。"

奶奶手指着兄弟俩说："快点把衣服都脱了，洗个澡。"

兄弟俩赶紧把身上的背心和短裤都脱下，然后赤条条地跳到干净的水里，快活地洗起澡来。

一会儿，奶奶给兄弟俩换上干爽的短裤，兄弟俩笑呵呵地站在奶奶身边，等着奶奶擦干湿漉漉的头发。奶奶给他们擦干头发后，就递给他们几个莲子，问道："吃不吃？"

天仁伸着小手问："苦不苦？"

奶奶笑着说："这是嫩的，不苦。"

天仁一连吃了两个，又把小手伸向了奶奶说："再给我几个。"

奶奶笑眯眯地又给了天仁几个，然后问天义："你要不要？"

天义犹豫了一下，也伸出了一只小手，却满脸疑惑地问："奶奶你是怎么选嫩的？"

奶奶不回答，只问道："要不要？"

天义接过奶奶手中的莲子，快速地将一个剥壳后放进嘴里，嚼了几口后，赶忙又吐了出来……

爷爷奶奶和天仁都开心地看着他笑。天义眼珠子转了转，然后走到爷爷身边，递给爷爷一个莲子，笑嘻嘻地说："爷爷你吃这个，这个不苦。"

爷爷笑眯眯地说："你帮我剥壳。"

天义把莲子壳剥了，然后急急地放进爷爷嘴里。爷爷嚼着莲子，一脸开心地说："好甜，好甜。"

天义又给奶奶吃一个，奶奶也一脸开心地说："好甜，好甜。"

天义眨巴着眼睛，又剥开一个莲子放进自己嘴里，咬几下，又急忙吐了出来。天义眉头顿时皱成疙瘩……

爷爷奶奶和天仁又开心地看着他笑。天义看着爷爷奶奶，突然一脸诙谐地说："你们说好甜都是说假的吧？"

奶奶摸摸天义的脑袋，又捏捏天义的脸，笑呵呵地说："什么假的真的？吃得苦中苦，做得人上人。"

爷爷也笑呵呵地说："是啊，熟了的莲子哪有不苦的？"

天仁突然笑着说一句："梨儿心中酸，莲儿心中苦。"

天义听着三人"毫无头绪"的话语，更是一脸的茫然……爷爷摸摸天义的脑袋，乐呵呵地说："傻小子，你要是吃到硬的老的呀，把里面的莲子芯吐掉，这样就不苦啦。"

天仁一边听爷爷给天义解释，一边得意地朝天义摇头晃脑。

天义皱着眉头想了一下，突然笑道："原来你们吃到苦的，都偷偷把里面的芯吐掉了呀？"

天仁呵呵笑道："要不然呢？你以为就你吃到的是苦的呀？"

天义自嘲地笑一笑，然后一副求证的表情看着奶奶。奶奶笑眯眯地说："莲子芯有那么苦吗？一定要吐掉？我告诉你傻小子，奶奶吃莲子从来就不吐莲子芯，管它嫩的老的呢。"

天义听奶奶这么一说，立刻恍然大悟地笑了起来："奶奶，这就是你说的'吃得苦中苦，做得人上人'呀？"

奶奶立刻回应："怎么？奶奶说得不对吗？"

天义淘气地说："对对对，奶奶说得怎么能不对？"

奶奶嗔怪道："臭小子，就知道贫嘴。"

天义笑嘻嘻地朝奶奶挤眉弄眼，然后又拍着天仁的肩膀问道："你刚刚说'梨儿心中酸，莲儿心中苦'是什么意思呀？"

天仁笑着说："我也不知道呢。我是突然想起先生上课时说过这么一句话，就随口说了出来呢。"

天义若有所思地"哦"一声，又转过脸问爷爷："爷爷你告诉我们，这句话是什么意思啊？"

爷爷笑眯眯地说："爷爷一时半刻也说不清楚呢。等你们长大了，自然也就懂了。"

兄弟俩都似懂非懂地点点头。回家路上，兄弟俩并排走在爷爷前面，一人手里拿着一截长长的藕带。兄弟俩一边走，一边吃。天义将手中的藕带掰成两段，藕带里面的丝线立刻被他拉得很长很长。天义回过头来考问爷爷："爷爷，你知道这叫什么？"

爷爷笑着摇摇头。

天义又问天仁："你知道吗？"

天仁立刻说："藕断丝连，对不对？"

天义故意说："我不知道，你问爷爷。"

爷爷摸摸兄弟俩的脑袋，笑盈盈地说："对了，答对了。"

爷爷说完突然考问兄弟俩："藕断丝连，用咱们家乡话怎么说？"

天义摸摸后脑勺，突然激动地说："打断骨头连着筋。"

天仁赶紧问："是不是啊？爷爷。"

爷爷乐呵呵地说："是哦，是哦。"

八

未时，王伯的马车停在崇草堂药房门口。王伯蹲在不远处的一块大青石上，眯缝着眼睛悠然地吸着旱烟……一会儿，明古提了一个箱子走了出来。铁柱和秀秀笑嘻嘻地跟在明古身后，铁柱胸前抱着一个包袱，秀秀手里拿着几串冰糖葫芦。明古将东西放进车厢后，就回店里忙去了。一会儿，青山和兰儿微笑着从店里走了出来。青山体贴地问兰儿："衣服都装好了吧？"

兰儿笑着回应："都装好了。你进去忙吧，住几天我就回来。"

青山点点头，看着兰儿坐上马车，便笑着招呼秀秀："快点呀。你不去你娘走了。"

秀秀应答一声："来了，来了。"又笑嘻嘻地跟铁柱说："我走了。过几天我就回来。"

铁柱不舍地说："嗯，记得带蘑菇和苦槠豆腐来吃。"

秀秀说一声"忘不了"，就快步跑到马车边，一个箭步跳上马车——这样子还跟小孩一样淘气。

兰儿嗔怪道："你一个女儿家，稳当点好不好？"

秀秀伸出舌头，俏皮地朝兰儿做一个鬼脸。

兰儿立即板着脸说："你再试一下，看我不割掉你的舌头去。"

秀秀撇一下嘴，脸背着兰儿，老老实实地坐着。

铁柱和青山朝兰儿挥挥手，然后就转身回店里忙去了。

王伯提醒一声："走啦？"

兰儿笑着回应："走吧。"

王伯吆喝一声："驾。"马儿闻声缓缓迈开蹄子。

兰儿看着秀秀还一副气没出来的样子，便拉着秀秀的手说："你都老大不小了，还总是没个正经的样子，看以后怎么嫁得出去？"

秀秀立刻堵住兰儿的嘴说："嫁不出去就不嫁。我做个老姑娘总可以了吧？"

兰儿一下子来了脾气，想发作却又忍住了。兰儿语气淡淡地说："行啊。你不嫁就不嫁。但是我们家里可是不待见老姑娘的。"

秀秀说："不待见就不待见。我自己一个人过。"

秀秀说着气嘟嘟地又把脸背过去。兰儿见状，立刻抿着嘴偷偷地笑。王伯听了秀秀的气话，也呵呵笑了起来。一会儿，兰儿拉开帘子，从车厢里探出头来，看见一老汉手挽着一老妇，并排着迎面走来。兰儿笑盈盈地跟他们打招呼："大娘，您肚子好点了吧？"

老妇笑着回应："好多了。掌柜的艾灸真灵啊。今天再来灸一下。"

兰儿说："那就好。那就好啊。"

老妇问："您这又是回老家去吧？"

兰儿说："是哦，是哦。"

老妇笑盈盈地说："我看您又是想念儿子了吧？"

兰儿开心地点点头。

老妇笑着叮咛："慢点啊，一路平安啦。"

兰儿回过头说："二老也保重身体哈。"

老妇朝兰儿挥挥手，看着马车渐渐远去，眼神里满是羡慕。老妇看着老汉，感慨不已地说："我们要是有对双胞胎孙子，那该多好啊。还是属龙的呢。"

老汉也感叹："是啊，是啊。那该多好啊。"

……

一个炎炎夏日，午后，天空湛蓝，朵朵白云在上空随风闲游。天仁天义和一群小伙伴，蹦蹦跳跳来到村后的大塘水库里玩水。十多个光着屁股的小家伙，把一个不大的水库闹翻了天。欢声笑语在水库岸边飘荡，嬉笑怒骂在彼此间来回往复——这一切，传递的都是无限的刺激和欢乐。

然而，就在大伙无比享受这欢快的时光时，突然一个小男孩不小心陷入深水区。只见他双手不停地挣扎着，小脑袋在水面上一隐一现。他附近的一个小女孩见情势危急，赶紧朝众人叫道："文昌溺水了！快来救文昌啊，快来救文昌啊！"

另一个小男孩则直接向天义招手："天义，天义，你快过来救文昌啊！"

还有一个男孩子则赶紧跑去向大人求救。此时，天仁天义正和几个小伙伴在远处玩"栽眯子"（比谁潜水时间久）的游戏。天义听见有人呼唤自己，立刻循着声音看去……天义见是文昌落水，立刻犹豫了起来。天仁见天义站着不动，急忙催促他："你快去呀！"

天义皱着眉，冷冷地回了一句："他娘骂过咱奶奶。"

天仁听了一愣，赶紧又催促道："快去救人，先别说这个。"

天仁说着就抛下天义，自己拼命朝文昌跑了过去。天义见天仁一个人跑了过去，立刻紧紧跟在后面。兄弟俩快到文昌溺水处时，天仁立刻就要下水施救……天义赶紧叫道："哥你不要下去！我去救他！"

天仁心里激灵了一下，然后提醒道："你自己小心点！"

天义点点头，立刻就跳下水，很快就游到文昌身边。天义猛地扎进水里，小心地抓住文昌的一只脚，然后拼命地把文昌往岸边拖。就在此时，一个青年男子急匆匆地赶到，立刻下水将文昌救上岸来。文昌肚子里喝满了水，脸色已经铁青，样子看起来有点吓人……

青年男子把文昌放在地上，小伙伴们都聚拢过来，一脸害怕地看着昏迷不醒的文昌。青年男子看着疲软得就像没有骨头的人一般的文昌，眼神里充满了紧张和恐惧。伙伴们见青年男子都一副束手无策的样子，个个都怔在那儿不敢作声。天义站在青年男子身边，突然提醒青年男子："叔叔，你快把文昌放到你的膝盖上，把他肚子里的水挤出来。"

青年男子眼睛一亮，立刻把文昌抱了起来，蹲下身子，将自己的膝盖顶着文昌的肚子，然后不停地轻拍文昌的后背。一会儿，文昌嘴里便不停地吐出水来。又过了一会儿，文昌便缓缓苏醒了过来。再过了十多分钟，文昌脸上慢慢有了血色……

青年男子盯着文昌，终于长长地舒了一口气。伙伴们见文昌没事了，脸上也都露出天真烂漫的笑容。就在这时，文昌娘一路喊叫着文昌的名字，急匆匆地赶过来。文昌娘脸上恐慌的神情让在场的每一个人看到了都害怕。当文昌娘看到儿子有惊无险后，眼泪顿时"唰唰"地流淌下来。文昌娘紧紧把受了惊吓的儿子抱在怀里，嘴里说："儿啊，你吓死娘了。你差点吓死娘了！"

文昌憨憨地朝亲娘一笑，泪水也不知不觉在眼眶里打转。

文昌娘"扑通"一声跪在救人的青年男子面前，嘴上不停地说："国亮，多谢你啊！你好人有好报啊！"

国亮赶紧把文昌娘扶起，嘴上说："嫂子你千万不要这样。这都是文昌命大造化大。"

文昌娘站起身，抹了抹眼泪，又不停地给国亮作揖，嘴上说着千恩万谢的话语。一会儿，文昌娘听国亮说是天义在关键时刻出了一个好主意，又听小伙伴们说天义不顾一切下水救了文昌。文昌娘立刻拉着天义的手，一把鼻涕、一把眼泪地说："好孩子，多谢你救了我文昌。我——我对不住你奶奶。对不住你奶奶呀！"

天义被文昌娘突如其来的举动吓住了，愣愣地看着文昌娘，嘴上不知说什么好……文昌娘揩一下脸上的泪水，又深情地摸摸天义的脑袋说："好孩子，真是好孩子！"

天义渐渐缓过神来，听着文昌娘夸赞自己的话语，心里顿时涌起一股股说不出来的滋味。文昌娘和救人男子离开后，伙伴们立刻围到天义身边，你一言我一语地夸赞起来——

有人说："天义，你真厉害！"

有人说："天义，你太勇敢了！"

有人说："天义，从明天开始，我一定要好好跟你学划水。"

有人说："天义，用膝盖挤水，你是怎么知道的呀？"

天义看看七嘴八舌的伙伴们，又看看哥哥天仁，脸上露出无比灿烂、无比自豪的笑容。

……

傍晚时分，兄弟俩蹲在自家院子里，低着头用手指旋转着用苦楮仁做的小陀螺。一老汉站在两人身旁，津津有味地看着他们玩。爷爷在堂屋西边的药房里给老汉抓药、称药。奶奶独自一人在厨房里烧火做饭。一会儿，爷爷右手提着几个药包，笑眯眯地来到院子里。爷爷把药包递给老汉，叮嘱道："早晚各一次，小火熬，饭后半小时服，小包里的药末直接用温开水送服。吃完后再来看一下。"

老汉一边点头，一边从口袋里掏钱。爷爷按住老汉掏钱的手，一脸亲热地说："回吧，回吧。"

老汉一脸亏欠的样子说："老哥啊，总是这样，我心里过意不去啊。"

爷爷拍拍老汉的手背说："没事，没事。自家采的药，又不用花钱。"

老汉感激地点点头，离开时，还恋恋不舍地回头看一看兄弟俩。爷爷来到兄弟俩中间，蹲下身子，饶有兴趣地看起地上的陀螺来。爷爷说："哪个能转得久？你们猜。"

兄弟俩抢着说："我的。我的。"

爷爷说："那就比一比，怎么样？输了的明天多写60个毛笔字。"

兄弟俩兴奋地回应："好啊。好啊。"

于是，爷爷叫一声："开始。"两人的手指使劲转动插在陀螺中间的火柴棍——只见两只小陀螺各自飞快地转动起来。三人都目不转睛地盯着地上两只竞赛的陀螺。这时，爷爷突然想起下午文昌溺水的事，便详细地询问了起来："文昌是怎么溺水的？他不会划水吗？"

天仁赶紧说："会。就是还不熟练。"

爷爷又问天义："你是怎么救文昌的？"

天义一边盯着地上的陀螺，一边淡淡地说："我本来是不想去救文昌的。天仁去了，我也就去了。天仁水性没我好。"

天仁赶紧补充道："我正想下水，天义不让我过去。他说那个地方水好深。"

爷爷听了点点头，又疑惑地问天义："你为什么不想去救文昌？"

天义看一眼爷爷，沉闷着脸说："文昌他娘咒骂过奶奶。"

爷爷听了一愣，然后摸摸天义的脑袋说："一码归一码。以后不能这样想，知道吗？"

天义面无表情地点点头。爷爷见天义心有不服，又耐心地说："做人啊，一定要心胸宽广，不要总是计较鸡毛蒜皮的小事。如果这样，心里怎么还能装下大事呢？你说是不是？"

天义皱着眉头想了想，然后若有所悟地说："爷爷说得对。"

就在这时，地上的一只陀螺慢慢停了下来，而另一只陀螺还在缓缓地旋转。天义兴奋地叫起来："我的赢了，我的赢了。"

天仁见自己输了，立刻一副垂头丧气的样子说："唉，60个毛笔字啊。"

天义听了笑着跟爷爷说："爷爷，我跟天仁各写30个吧。"

爷爷乐呵呵地说："可以，可以。"

天仁见爷爷今天这么宽容，立刻抱着爷爷的腰身，笑嘻嘻地说："爷爷真好。"

爷爷笑一笑，又认真地问天义："告诉爷爷，你今天是怎么救文昌的？"

天义细细地把经过给爷爷讲了一遍。爷爷拍拍天义的肩膀，满脸欣慰地说："傻小子，我还以为你会直接去拉文昌的手呢。"

天义俏皮地说："我才不会那么傻呢。"

天仁却问："为什么啊？爷爷。"

天义抢着回答："还为什么？你拉了文昌的手，文昌如果死死把你拽住，那不是两个人都要完蛋？"

天仁睁圆了眼睛听着，然后满脸佩服地说："还是你聪明。"

天义得意地笑一笑，然后又兴奋地看着爷爷，等着爷爷的夸奖。爷爷笑眯眯地摸摸天义的脑袋，然后一脸严肃地叮嘱兄弟俩："你们以后也记住了，千万不能到水深的地方，还有不熟悉的地方去玩水。知道吗？"

兄弟俩认认真真地回应："知道。知道。"

就在这时，院子外突然响起了马儿的一声嘶鸣。随后，秀秀清脆悦耳的喊叫声也飘进院子里："爷爷，奶奶，天仁天义。"

兄弟俩眼睛一亮，赶紧站起身朝院门口跑去。兄弟俩跑到院门口，碰巧秀秀也急急地跑了过来。姐弟仨都跑得急，差点结结实实地撞了个正着。天义笑嘻嘻地埋怨道："你急什么吗？"

秀秀愣了一下，立刻将手中的糖葫芦举在天义眼前，然后笑着说："你说我急什么？你倒是说起姐姐来了。"

天义赶紧去抢秀秀手上的糖葫芦，嘴上说："给我，快给我。"

秀秀故意把糖葫芦举得老高，然后一副大人说话的语气说："急什么呀？你还没有叫我呢。"

天义被糖葫芦诱惑，赶紧不停地叫道："姐姐，姐姐，我的好姐姐。"

天仁不甘落后，也甜甜地叫道："姐姐，姐姐。"

秀秀一边摸摸兄弟俩的脸蛋，一边得意地回应着："哎，哎。"

接着，秀秀便欢欢喜喜地分给兄弟俩每人三根糖葫芦。兄弟俩相互一笑，立刻津津有味地品尝起来。秀秀笑眯眯地看着兄弟俩，问道："好不好吃？"

兄弟俩抢着回答："好吃。好吃。"

秀秀又得意地问："想姐姐了没有？"

兄弟俩一起摇摇头说："不想。不想。"

秀秀拉下脸说："真不想是吧？那以后没得吃了。"

兄弟俩赶紧笑嘻嘻地改口："想哦。想哦。"

秀秀又得意地说："这还差不多。"

这时，爷爷缓缓地走到姐弟仨身边。兄弟俩立刻各自拿着一根糖葫芦递给爷爷，嘴里说："爷爷你吃。好甜呢。"

爷爷笑眯眯地说："爷爷牙不好，不敢吃。快拿去给你们奶奶尝尝。"

兄弟俩赶紧飞奔着往厨房里跑去。秀秀拉着爷爷的手撒起娇来："爷爷，你肯定想我了吧？"

爷爷说："当然啦。爷爷做梦都在想你呢。傻丫头。"

秀秀立刻甜甜地说："还是爷爷好。还是爷爷最疼我。"

爷爷笑眯眯地点点头，右手亲昵地抚摸一下秀秀黑黑的长发。秀秀挽着爷爷的胳膊说："爷爷，我们带了好多药材回来呢。都是我爹托人特意从东北捎回来的呢。爹说你吃了对关节好。"

爷爷开心地回应："哦，好，好。"

秀秀又接着说："爷爷，我们还带回了专门治奶奶眼睛的药呢。这是爹从云南的一个药商那里弄来的。"

爷爷乐呵呵地问："是吗？云南还有这样的药？"

秀秀俏皮地说："那当然。你不知道的还多着呢。"

爷爷顿时笑开了。这时，兰儿一手提着一个大箱子，笑盈盈地来到爷爷跟前。兰儿亲热地叫一声："爹。"

爷爷开心地点点头，接着又朝王伯笑一笑。王伯也跟爷爷笑一笑，然后转身就去卸掉黑马脖子上的绳套。兰儿见秀秀一副无所事事的样子，立刻拉下脸说："包袱呢？不要了是吧？"

秀秀反问道："谁说不要了？"

秀秀说着就假装一副乖巧的样子，赶紧去车厢里拿出那个沉甸甸的大包袱。这时，兄弟俩满脸兴奋地从后面跑了出来。两人一见兰儿，立即围到兰儿身边，笑嘻嘻地叫道："娘，娘。"

兰儿激动地把兄弟俩抱在怀里。

……

晚饭后，兰儿搬了一把椅子坐在院子里乘凉。姐弟仨蹲在母亲身边乐呵呵地玩着"抓石子"的游戏。天上银白的月光和屋里金黄的烛光交叉映照在他们嬉笑的脸上。奶奶坐在屋檐下，左手悠然地摇着一把蒲扇，一边跟兰儿唠叨家常，一边惬意地看着姐弟仨玩着游戏。爷爷独自一人坐在堂屋里，神情悠闲地拉着心爱的二胡……

一会儿，兰儿站起身，回屋里把带回来的新衣服拿出来给兄弟俩试穿。兄弟俩对新衣服毫无兴趣，看都不看一眼，一直专注于跟姐姐玩游戏。兰儿皱着眉，一脸不悦地说："天仁过来。你先试。"

天仁嘟着嘴走到兰儿身边，闷闷地将身上的旧背心一脱，伸出双臂，做出一个"投降"的姿势，默默地等着兰儿将新背心套到身上去。兰儿看着天仁这副滑稽可爱的样子，心里不禁一笑，但是脸上却故意不显露出来。一会儿，兰儿看着天仁身上崭新的背心，大小正合适，欢喜之情顿时跃然于脸上。

天仁急切地问："可以了吧？"

兰儿摸摸天仁的肩膀说："去吧。"

天仁穿着新背心，立刻又加入刚刚的游戏。兰儿又叫天义过来试穿，天义却装作没听见。兰儿气恼地说："天义，你听见没有？"

天义听兰儿语气不对，赶紧把身上的旧背心一脱，打着赤膊，急切地抢过兰儿手中的新背心，胡乱地往身上一套，然后又赶紧蹲下身来玩游戏了。兰儿拉下脸说："站起来，让娘看一下。"

天义无奈，一脸不高兴地站起身，面对着兰儿说："快点，快点。"

兰儿左看看右看看，总觉得哪里有点不对劲……

秀秀站起身，对着天义定睛一看，突然捂着嘴笑了起来。秀秀右手提了提天义的背心，乐呵呵地说："娘你看，这是怎么穿的？前面后面穿反了。"

兰儿靠近天义再仔细一看，也不自觉地笑了："真是穿反了。怪不得左看右看不顺眼。"

天义笑着说："反了就反了，姐姐我们继续玩。"

天义说完赶紧拉着秀秀的手又蹲了下来。兰儿看着天义毫不在乎的样子，一脸无奈地摇摇头。奶奶听着天义诙谐的话语，脸上却堆满了笑容。奶奶笑呵呵地跟兰儿说："其实试不试都一样。男孩子可不同女孩子，心思都不在穿戴上面，你怪罪不得。"

兰儿摸摸包袱里还没有试穿的新衣服，若有所悟地说："娘您这么说，好像还真是这样。"

奶奶得意地说："娘说的还能有错？青松和青山哥俩也都是这个样子。"

兰儿笑着点点头。

奶奶又说："小孩子让他们自个儿玩去。你过来，咱娘儿俩好好说说知心话。"

兰儿笑盈盈地把椅子搬到奶奶身边……

九

第二天一大早，兰儿就带着姐弟仨在白马寨树林里捡野蘑菇。兰儿和秀秀头上戴着一顶防晒草帽，手中各拿着一根细长的竹棍。竹棍是用来拨开野蘑菇上面的杂草和蕨类，方便寻找那些躲在隐蔽处的野蘑菇。兄弟俩没戴帽子，没拿竹棍，就各自手中提着一个竹编的篮子。姐弟仨一脸兴奋地在树底下左看看、右瞧瞧。突然，兄弟俩同时发现一丛大大小小的绿面菇。两人齐声叫了起来："绿面菇，绿面菇。"

秀秀跑过去一看，惊喜不已地叫道："哇，这么多。"

兰儿听了，也激动地朝这边跑来。一家人蹲下身子，你一只我一只地争抢着往篮子里放。捡完了这一丛，大家又开始寻找。突然，秀秀在一棵低矮的灌木前停了下来，双眼直直地盯着上面的红色小果……

秀秀朝兄弟俩喊叫："这是什么果子？你们快过来看。"

兄弟俩飞快跑到秀秀身边，一看便齐声叫了起来："山楂果。山楂果。"

秀秀好奇地问："这就是做糖葫芦的山楂果吗？"

天仁眨巴着眼睛，觉得是又好像不是。天义摸摸后脑勺，又看看秀秀，突然一脸肯定地说："是是是，就是做糖葫芦的山楂果。"

天仁见天义这么肯定，也赶紧说："没错，就是做糖葫芦的山楂果。"

秀秀感慨不已地说："哇。原来山楂树这么矮呀。"

天仁却说："爷爷讲，山楂树也有好高的呢。"

秀秀摘一个山楂果放进嘴里，试探着轻轻咬一口。天义见秀秀嚼了两下，赶紧问："好吃吗？"

天义刚说完，秀秀就忙不迭地吐了出来，喊道："酸死了，酸死了。"

天仁笑嘻嘻地说："我就知道不好吃。这么小，还半红半青的。"

秀秀一脸佩服地看着天仁，问道："你们以前吃过吗？"

天义赶紧说："当然吃过啦。都是爷爷上山采药给我们带回来的。"

天仁又补充道："爷爷给我们吃的都是红红的。"

秀秀若有所悟地说："怪不得。"

兰儿独自在不远处捡了几只野蘑菇，见姐弟仨围在一起议论着什么，便快步走了过来。兰儿走到三人近前，问道："你们嘀嘀咕咕在说什么呢？"

秀秀俏皮地回应："说了你也不知道。"

兰儿不搭理秀秀，低头看着满树的山楂果，立即摘了一颗就要放进嘴里。天仁赶紧阻止兰儿："娘你别吃。这个……"

"这个还没洗呢。你就不嫌脏？"秀秀赶紧抢了天仁的话，然后偷偷朝天仁眨了眨眼睛。

天仁还想说什么，秀秀一把将天仁挡在身后，又催促兰儿："娘你要是不嫌脏，赶紧尝尝吧。好甜呢。"

兰儿一边打量着山楂树，一边问姐弟仨："你们刚刚尝过了？"

天义看一眼秀秀，秀秀立即给天义一个眼色。天义会意，立刻推波助澜地说："我们都吃了一大把呢。好甜好甜。"

兰儿"哦"一声，便把手中的山楂果在衣服上擦一擦，然后毫不犹豫地放进了嘴里。片刻后，兰儿便一脸苦相地把山楂果吐了出来。

秀秀见状，立刻笑弯了腰。

兰儿没想到自己被秀秀捉弄了一把，便冷不防提起秀秀的耳朵，笑盈盈地说："还甜不甜？"

天义一边开溜，一边嘴里呵呵笑个不停。

天仁则毫不胆怯、一脸舒心地大笑起来。

一家人闹腾了一会儿之后，兰儿笑眯眯地问兄弟俩："爷爷有没有跟你们说过，山楂果有什么用处？"

兄弟俩彼此看一眼，立即齐声说道："开胃口，助消化，小小红果本事大。"

兰儿和秀秀听了一愣，然后都开心地笑了起来。兰儿问兄弟俩："这口诀是爷爷教你们的？"

兄弟俩自豪地回应："对呀。对呀。"

兰儿欣慰地点点头，心里无比感叹爷爷对兄弟俩的良苦用心。兄弟俩朝兰儿笑一笑，又把注意力放在了山楂树上。兰儿摸摸兄弟俩的脑袋，意味深长地说："你们两个可要记住了，在家里一定要好好听爷爷的话。长大了之后，一定要多念着爷爷奶奶的好。"

兄弟俩抬头看着兰儿，都认认真真地点头答应。

……

上午，姐弟仨跟村里的伙伴们在村后的稀树林里玩。林子里的大树下，站着或躺着许多水牛。它们都安闲地反刍着早上吃的鲜草，大大的耳朵和长长的尾巴时不时驱赶着烦人的苍蝇。有一群麻鸡在疏松的土壤里用爪子扒着蚯蚓和虫子，有许多只黄狗、白狗在林子里来回奔跑着、打闹着……

伙伴们有的在玩着游戏，有的在烤花生、煨黄豆，有的在用干稻草编织放牛用的圆形坐垫，有的拿着有把的撮箕，随时准备争抢水牛拉下的粪便——这些牛粪不但不臭，反而有一股淡淡的青草的香味，既可以发酵了用来肥田，也可以晒干了当作烧饭或者取暖的燃料。

时光缓慢流逝，人和动物亲密相处、互助互乐，一切都显得那么和谐与安闲，俨然陶渊明笔下的"桃花源"世界。突然，一只怀孕的老母牛吸引了伙伴们的注意。只见它摆动着臀部，翘起了高高的尾巴，前腿蹄子时不时奋力扒一下地上的泥土……伙伴们一脸的惊喜，很快都围拢了过来，将老母牛结结实实地围在了中间。男孩子笑嘻嘻地说："要下崽咯。要下崽咯。"

女孩子则有的捂着嘴笑，有的害羞地躲到人群后面去，有的则悄悄地跑去告诉大人……

老母牛对伙伴们的"围观"似乎习以为常，只自顾自地、不急不躁地准备着再一次做称职的妈妈。很快，在众目睽睽之下，老母牛就生下一只健康又可爱的小水牛。伙伴们看见小水牛，立刻七嘴八舌议论了起来——

有的说："哇，好大呀。"

有的说："哇，腿这么长。"

有的说："你们看，它想站起来呢。"

有的舞动双手替小水牛鼓劲加油："起来呀，快起来呀。"

小水牛似乎听懂了大家说话，在众人七嘴八舌的议论中，不断地尝试着站立起来。老母牛则不停地帮小水牛舔舐着残留在身上的胞衣和黏液，神情是那么安详，母性表现得是那么自然、那么温馨……

一会儿，小水牛就在老母牛的呵护和鼓励下，跟跟跄跄地站立起来了。又一会儿，竟然欢欢喜喜地奔跑起来了。虽然步子不稳，但是充满了生机、充满了活力——而老母牛此时此刻却感觉累了。它静静地卧了下来，眼神安详地看着小水牛，看着它在自己眼前尽情地撒欢和折腾……

天仁天义和小伙伴们都紧跟着小水牛，抱着它玩，追着它跑。天义双手轻轻地抓着小水牛的长尾巴，笑嘻嘻地问天仁："你喜欢它吗?"

天仁赶紧回应："当然喜欢呀。"

天义兴奋地说："那我们也养一只吧。"

一个小伙伴笑着插嘴："你养牛干什么？你们家又没有种田。"

天仁也笑着说："是啊，我们家又没种田，养牛干什么？"

天义把插嘴的小伙伴推到一边，很不高兴地说："走开，走开。多管闲事。"

小伙伴被天义推开后，天义笑嘻嘻地跟天仁说："养牛就是用来耕田吗？也可以用来下崽呀。"

天仁睁大了眼睛说："下崽？你说专门养只牛来下崽？"

天义笑着回应："对呀。我们就专门养只牛来下崽。"

天仁皱着眉头问："那爷爷会同意吗？"

天义俏皮地说："我们多求一求爷爷，爷爷不就同意了？"

天仁摸摸后脑勺，一副拿不定主意的样子。天义推推天仁的肩膀，满脸自信地说："你就跟着我说吧。我保证，爷爷一定会答应我们的。"

天仁点点头，心里便也激动起来。天义见天仁被自己说服了，便趁热打铁说："那晚上就跟爷爷说，好不好？"

天仁笑着回应："好。"

天义又把天仁拉到一边，告诉天仁怎么配合自己，怎么让爷爷开开心心地答应自己的请求……兄弟俩你一言我一语地商量着、筹划着，脸上的神情越来越兴奋。这时，秀秀靠近过来问："你们神神秘秘地嘀咕什么呢？"

兄弟俩看一眼秀秀，齐声回答："不关你的事。"

秀秀"哼"一声，气呼呼地走开了。兄弟俩对视一笑，又赶紧加入到小伙伴们当中，开心地跟小水牛玩耍起来。

……

下午，兰儿和姐弟仨又兴高采烈地去村西口采集苦槠做苦槠豆腐吃。村西口有一条长长的水渠，水渠东边是岸堤，岸堤下面有一棵年代久远的苦槠树。苦槠树主干高大、枝繁叶茂，每当盛夏时节，上面便结满一粒粒类似锥形的苦槠。苦槠饱含淀粉，可以用来做苦槠干、苦槠豆腐、苦槠粉丝……离苦槠树不远，有一口老井。夏季，井水甘洌、清凉。老井井壁有许多洞眼，有黄鳝、称星鱼等藏匿其中……

兰儿和姐弟仨午睡后，便拿着工具前往村西口。天仁手中拿着一根长长的竹篙，竹篙顶上绑着一个铁质的弯钩。天义右手拿着一根短短的鱼竿，左手拿着一个用来装鱼的盆子。秀秀头戴一顶瓜皮帽，手中拿着一个用来装苦槠的竹篮子。兰儿头戴一顶遮阳帽，空着双手，悠然地走在最后面。四人经过老井时，天义说："我要钓鱼。你们去弄苦槠吧。"

天义说完就蹲在井旁，取出挖好的蚯蚓装钩——细长的蚯蚓在天义手中不停地挣扎，身子盘曲缠绕着天义装钩的手指。天义手法娴熟，不一会儿，一只蚯蚓就被分成两截，两只弯弯的鱼钩顺顺当当地穿入蚯蚓的腹中。鱼钩放入井中后，天义慢慢下鱼线，等到用大蒜茎做成的浮漂垂直在水面上时，天义便坐在井边，安安静静地注视着水面……

兰儿、秀秀和天仁来到苦槠树下，三人抬头看看高大繁茂的苦槠树。有<u>丝丝缕缕</u>的阳光透过树叶间的缝隙，炽炽地照射在他们的脸上。这时，天仁说："娘，你们两个在地上捡，我来钩。"

兰儿笑着点点头。

秀秀兴奋地说："还是我来吧。"

天仁说："你不会钩。我来。"

天仁说完就拿起竹篙，对准一把结满苦槠的枝条就钩起来。秀秀抬着头，双眼在苦槠树上左看看右看看——当<u>丝丝缕缕</u>的阳光射着眼睛时，秀秀便用手掌放在额头上面挡着。天仁笑着说："你别看了，快捡苦槠吧。"

秀秀不理睬天仁，依然入神地左看看右看看。突然，她看见一根胳膊般粗的枝条上面绑着几条陈旧的红<u>丝</u>带。在红<u>丝</u>带的周边，挂满了一把把沉甸甸的苦槠。秀秀眼睛一亮，立即叫道："天仁，快来弄这个。这上面好多。"

天仁拿着竹篙走过来一看，赶紧说："这个不能弄。爷爷说过，挂红<u>丝</u>带的不能弄。"

秀秀疑惑地问："为什么不能弄？"

天仁一本正经地说："因为那些红<u>丝</u>带，都是背井离乡的村人挂上去的。爷爷说，上面的叶子和果子都不能动，要让它们自然地掉落在地上。"

"啊？这又是为什么？"秀秀听天仁这么说，眼神里的疑惑更多了。

天仁正想解释，兰儿却抢先说了："因为啊，这根枝上的叶子和果实越多，背井离乡的人心里就越是踏实。"

秀秀皱着眉头，一脸懵懂的样子……

兰儿贴近秀秀，拍拍她的臂膀说："别想了，快点捡苦槠吧。"

这时，从老井边突然传来天义激动的叫声："你们快来看。称星鱼，好大的称星鱼。"

三人转头一看，只见天义右手提着一条大大的称星鱼，正兴奋不已地看着他们。秀秀眼睛一亮，立刻朝老井跑去。天仁"哐当"一声把竹篙扔在地上，飞快地跟在秀秀身后。两人来到天义身边，秀秀双手立即捧着称星鱼，嘴里惊叫道："哇，这么大。天义你真厉害。"

天仁也一脸惊喜地说："哇，好大啊，好大啊。"

天义得意地朝两人笑笑，然后拿着盆子去池塘里装水，走了几步，又回头跟天仁说："天仁，你帮我把钩子取出来。小心一点哦。"

天仁说一声"好"就小心翼翼地把鱼钩从称星鱼嘴里取了出来。

天义端着半盆水回来，笑盈盈地问："苦槠你们摘好了吗？"

天仁一边收拾鱼线，一边满不好意思地说："没有。才弄到一点点。"

秀秀撸起袖子，激动不已地把滑溜溜的称星鱼放进盆子里。称星鱼一进到水里，马上就自由自在地摆动起尾巴来。姐弟仨蹲在地上，头挨着头，都笑嘻嘻地盯着盆子里的称星鱼。秀秀还不时地用手指拨弄一下称星鱼的身子玩。

兰儿在苦槠树下等得有点不耐烦，便开始催促他们："你们看够了没有？快点过来摘苦槠。"

秀秀看一眼天义，笑着说："天义你来钩。"

天义说一声："走。"就拉着秀秀的手朝兰儿跑去。天仁也顾不上看称星鱼，赶紧跟在两人身后。眨眼间，三人就来到了苦槠树下。天义抬头朝苦槠树看了几眼，便吩咐天仁和秀秀："你们两个都在树下捡。我爬上去摘。"

兰儿立刻拉下脸说："不要上去，就用钩子钩。"

天义笑嘻嘻地说："没事。我爬过好多次呢。"

兰儿还是拉着个脸，有点不放心……

天仁宽慰兰儿："娘，是真的。我也爬过，就是没有天义爬得快。"

秀秀在一旁帮腔："你就让天义上去吧，怕什么？"

兰儿见秀秀胡乱怂恿，立即拉着秀秀的手说："来，你上去，你上去。"

就在两人拉拉拽拽时，天义却像猴子一般，已经轻轻松松地爬到树中间了。兰儿无奈，只能提着个心盯着天义。天义双脚站在一根树杈上，右手置于额头，嬉皮笑脸地朝兰儿做了一个"猴子望月"的姿势……

兰儿嗔怪道："你不要给我瞎搞。小心着点！"

天义根本不在意，又放纵地朝兰儿做了一个鬼脸。兰儿立刻气呼呼地恐吓道："你再逗弄呗，下来打不死你。"

天仁和秀秀怕天义有闪失，也大声提醒："天义你不要再逗了。不要再逗了。"

天义笑嘻嘻地说："好好好。不玩了，不玩了。我要开始往地上扔苦槠了，你们要小心点哦，头上砸出包来可不要怪我。"

天义说罢就一只手紧抓着树枝，一只手飞快地摘起苦槠来。很快，地上就落满了一把把果粒饱满的苦槠。秀秀和天仁弯着腰，笑呵呵地在地上捡，只见两人双手不停地往篮子里放。兰儿看看满地的苦槠，又抬头叮嘱天义："你给我慢一点，慢一点。"

天义双手紧抓着树干，跟兰儿开玩笑说："娘你放心吧。我是齐天大圣孙悟空，爬树摘果的老祖宗。"

秀秀和天仁听了，立刻笑得直不起腰。兰儿也开心地笑了，嘴里却不忘提醒道："你不要跟我贫嘴。看掉下来摔不死你。"

天义却俏皮地说："我是属猫的，前世有九条命。就算掉下来也摔不死我。"

兰儿听了立刻变了脸色，气愤不已地说："你再胡说八道，下来我扒掉你的皮！"

秀秀笑着说："天义，你快别说了，赶紧摘完了回去炖称星鱼吃吧。"

天义听了便飞快地摘起苦槠来。不一会儿，偌大的一个竹篮子，就被颗粒饱满的苦槠塞得满满当当。兰儿催促天义："够了够了。你快下来吧。"

天义回应一声："知道了。"身子就敏捷地开始往下面爬——突然，天义发现一个精致的鸟窝藏在一片茂密的枝叶中，一只黑鸟静静地坐在鸟窝里面，两只眼睛直直地盯着天义。天义心里顿时打了一个激灵。一会儿，天义爬下树，笑嘻嘻地把天仁拉到一边，小声说："你知道我刚刚看见什么了吗？"

"看见什么了？"天仁也小声回应。

天义神神秘秘地说："鸟窝，一个下了蛋的鸟窝。"

天仁问："你亲眼看见了？"

天义笑着说："一只黑鸟坐在里头，你说是不是有蛋？"

天仁眼珠子转了转，然后脸上露出了笑容……

天义提醒天仁："记住了，不要跟娘和姐姐说。"

天仁点点头。

秀秀在不远处笑盈盈地问兄弟俩："欸，你们俩避着我又在嘀咕什么呢？"

天义笑着敷衍秀秀："没什么。我在跟天仁商量，明天去哪里钓鱼呢？"

天仁赶紧附和："姐姐，你要不要跟我们一起去？"

秀秀一脸扫兴地说："钓鱼有什么好玩的？不去不去。"

兄弟俩齐声笑道："不去拉倒。"

兰儿走到兄弟俩身边，摸摸两人的脑袋说："回家了，回家了。"

兄弟俩笑嘻嘻地模仿兰儿的语气说："回家了，回家了。"

兰儿嗔怪道："臭小子，不挨打嘴巴就发痒。"

兄弟俩朝兰儿淘气地笑一笑，然后一人一只手提着满满一篮子苦槠走在了前面……

十

晚饭后，奶奶和兰儿面对面地站着，一起用手推着一个石碾子给新摘的苦槠去除外壳。姐弟仨围坐在一张八仙桌前，笑呵呵地看着三只用苦槠做成的小陀螺在桌子上飞速地旋转。爷爷独自一人在西边的药房里摆弄药材。

一会儿，姐弟仨玩腻了，便来到奶奶和母亲身边帮着碾苦槠。天义一会儿推推碾子，一会儿拿着一个去了壳的苦槠放进嘴里尝尝。片刻后，天义又忙不迭地吐了出来。奶奶笑着问："苦不苦？"

天义皱着眉说："苦。"

奶奶又问："莲子苦还是苦槠苦？"

天义滑稽地说："都苦。"

天仁分辩说："莲子肉又不苦，是莲子芯苦。"

奶奶笑眯眯地摸摸天仁的脑袋。秀秀也拿一个苦槠放进嘴里咬一咬，然后"呸呸"地吐个不停。奶奶对秀秀说："你可不要这样一副嫌弃样。以前闹灾荒的时候啊，这苦槠可是救命的果子呢。"

秀秀好奇地问："救命？苦槠怎么救命？就吃苦槠豆腐吗？"

奶奶呵呵应道："都逃难了，哪有闲工夫做豆腐吃？救命的是干苦槠。只要烧一把火，随时随地可以煨熟了吃。"

天仁立刻接嘴："是啊。煨苦槠真香。"

天仁说完故意舔舔嘴唇、吞吞口水，一副馋猫的样子看着秀秀。秀秀立刻被诱惑了，赶紧问天仁："有这么香吗？"

天仁一本正经地回应："谁骗你呢？"

秀秀虽然被诱惑，但是对天仁刚刚夸张不已的表情还是充满怀疑，于是向奶奶求证："奶奶，煨苦槠真有那么好吃吗？"

奶奶回答："当然好吃哦，要不然怎么救命呢？"

天义一脸认真地对秀秀说："你要是不信，明天我们煨点给你尝尝。"

秀秀兴奋地说："好啊，好啊。"

兰儿看一眼秀秀，嘲讽道："你呀，除了吃还会什么？"

秀秀蹦跳着来到兰儿跟前，问道："娘，你吃过没？"

兰儿手指丑一下秀秀的额头，说："吃吃吃，你就知道吃。"

秀秀一点也不气恼，嬉皮笑脸说："喜欢吃有什么错吗？老话都说'民以吃为天'呢。"

天仁立刻笑了起来："姐姐你说错了吧？是'民以食为天'呢。"

秀秀一脸自信的样子说："是我说错了吗？是你记错了吧。"

天仁赶紧争辩："是姐姐你记错了。我没有说错。"

天义拍拍天仁的肩膀说："哎呀，你不要跟她争了。我们要是不煨给她吃啊，她就一直会跟你对着说。"

兰儿赶紧接嘴："是啊，天义说得对。你只要答应煨给她吃，她马上就能闭嘴。她的嘴巴啊，天生就只是用来吃的。"

兰儿的玩笑话一出口，奶奶和兄弟俩立刻笑了起来。

秀秀愣了一下，也跟着笑了起来。

就在大家欢笑之际，爷爷悄悄地从西边药房里走了出来。爷爷乐呵呵地问姐弟仨："谈论什么让你们这么开心呀？"

秀秀赶紧黏在爷爷身边说："爷爷，你说煨苦楮好不好吃？"

爷爷回答："好吃啊。当然好吃啊。"

秀秀又问："那要是没有吃过，想尝一尝有没有错？"

爷爷认真地说："怎么会有错呢？'民以吃为天'嘛。"

秀秀一下子愣住了……

爷爷故意皱着眉头问："怎么？我说错了吗？不是'民以吃为天'吗？"

爷爷调侃秀秀的话语一出口，兄弟俩立刻哈哈大笑起来。

奶奶和兰儿也紧跟着笑了起来。

秀秀用两个小拳头敲着爷爷的肩膀说："爷爷你真坏。我们说的话你全听到了，却装作什么都不知道。"

爷爷乐呵呵地说："谁让爷爷也跟你一样，也是一个好吃的人呢。哈哈哈。"

秀秀听着爷爷袒护自己的话，立刻开心不已地说："原来爷爷也跟我一样呀。"

秀秀说完就一脸温馨地紧贴在爷爷的胸前，爷爷亲昵地捋一捋秀秀的长发，然后走到兄弟俩身边，摸摸兄弟俩的脑袋说："既然说到苦楮，那你们俩再说说，苦楮有什么药用价值？还记得吗？"

天义抢着说："清热解暑，健脾开胃。"

天仁说："去滞化瘀，止泻杀虫。"

爷爷提醒道："还有呢？特别是对什么效果好？"

兄弟俩都摸摸后脑勺，一下子记不起来了……

爷爷笑眯眯地说："记住了，特别是对治疗痢疾效果好。"

天义赶紧说："对对对。还是爷爷记性好。"

爷爷自豪地说："那当然，要不然爷爷还怎么教你们呀？"

秀秀对这个话题不感兴趣，独自逗弄小花猫玩去了。奶奶和兰儿静静地听着祖孙仨一问一答的对话，脸上堆满笑容。

爷爷还想考问一下兄弟俩别的，天义笑嘻嘻地说："爷爷，今天你就别再考了。我们来下象棋吧，都好久没下了。"

爷爷笑着说："好啊，你们去把棋子摆好。"

天义赶紧拉开八仙桌的抽屉，"稀里哗啦"地翻找起棋子来。天仁则飞快跑去房间，寻找那个木制的棋盘。一会儿，两人把棋子摆好，却发现红方少了一个"炮"子。兄弟俩又翻箱倒柜在各处找了一遍，最后还是没有找到。爷爷笑着说："算了算了，我除一个'炮'。还是你们两个一边。"

天义赶紧说："上次一样多的棋子爷爷都输了，要是再除了一个'炮'，你就更输定了。"

兰儿笑盈盈地说："那都是爷爷让着你们啦。"

天义满脸不服气地说："谁说让着我们呢？爷爷一个都下不赢，还要下我们两个，这不是——"

天义还没有说完，天仁催促道："哎呀，你别说了。快点下吧。"

爷爷也笑呵呵地说："来来来，别再啰嗦了。"

于是，祖孙仨低着头，都一脸专注地下起象棋来。奶奶和兰儿也不再作声，静静地推着碾子给剩下的苦槠去壳。只有秀秀一个人无所事事，一会儿跟小花猫玩玩，一会儿看看爷爷和兄弟俩下象棋，一会儿跟奶奶和兰儿唠叨几句……

第二天下午，爷爷竟然突发奇想，自己动手做起象棋棋子来了。只见院子里的柚子树下，放着一条长长的板凳，板凳上面放着一根直径为棋子般大小的茶树树枝。爷爷左脚踩在板凳和树枝上，右手拿着一把精巧的短锯子，一脸专注地准备用树枝锯三个棋子模型。一会儿，爷爷就锯好了两个模型。爷爷每锯好一个模型，就拿着现成的象棋棋子比照一下，当看到大小几乎相当时，脸上便露出开心的笑容……

就在这时，院子大门"吱呀"一声响，兄弟俩互相搂着肩膀笑呵呵地走了进来。天仁左手拿着一根鱼竿，天义右手提着一个沉甸甸的鱼篓。两人一进院子，就听见爷爷右手"呼啦呼啦"来回拉锯的响声。天仁朝爷爷叫道："爷爷，我们回来了。"

天义也兴奋地叫道："爷爷，快来看我们钓到的大鱼。"

爷爷转过头问："又钓到大鲤鱼了吗？"

天义得意地说："嗯，三条大鲤鱼。两条我钓到的，一条天仁钓到的。"

爷爷笑着夸奖："不错，不错。"

天仁放下鱼竿，走到爷爷身边，拿起一个棋子模型，左看看右看看，突然一脸惊讶地问："爷爷，你这是在做棋子？"

爷爷摸摸天仁的头说："对呀。像不像？"

天仁紧盯着棋子模型说："像，像极了。爷爷你真行！"

天义正把鱼篓倒竖着对准一个水盆，听到天仁的惊叹声，赶紧放下鱼篓，快步跑了过来。天义拿起另一个棋子模型，目不转睛地打量起来……一会儿，爷爷又把第三个模型做好了。爷爷把模型跟现成的棋子比照一下，然后自言自语说一声："好了。"

爷爷说完就开始收拾板凳以及落在地上的枝叶、锯末等。天义满脸疑惑地问："爷爷你为什么要做三个？不是只丢了一个'炮'子吗？"

爷爷回答："过一会儿你就知道了。"

爷爷说完便搬了一张桌子放在柚子树下，然后坐在桌前，一脸专注地在模型上刻起字来。只见爷爷低着头，左手将一个模型紧紧地摁在桌上，右手中的刻刀在模型上面缓缓地刻下一道道深深的笔画。兄弟俩站在爷爷身边，静静地看着爷爷的一举一动……

天仁皱着眉头问："爷爷，以前没见过你有刻刀？"

爷爷还没来得及回答，天义笑嘻嘻地回应："以前没有丢过棋子嘛。"

爷爷立刻笑道："是啊，以前没有丢过棋子嘛。"

天义见爷爷也这么说，脸上便露出得意的笑容。不久，模型的一面，就被爷爷刻出一个端端正正的"炮"字。爷爷吹一吹残留在笔画里面的碎末，然后再细细一看，脸上露出灿烂的笑容……

兄弟俩仔细一看，不禁感叹道："哇，真像啊。"

爷爷得意地说："肯定像啊，不像爷爷怎么敢动手做呢？"

爷爷说完左手又拿起另一个模型……

天义赶紧问："爷爷，这个你要刻什么？"

爷爷笑着说："你这小子怎么没一点耐性？"

天义听了便不再作声，只好耐着性子静静地看着。只见爷爷右手又拿起刻刀，又一笔一划专注地在模型上刻画起来。一会儿，兄弟俩发现爷爷并不是刻什么字，倒是像刻画什么图形……于是，两人的眼睛立刻睁得老大老大。

当爷爷刻到三分之二时，天义兴奋地叫起来："爷爷，你刻的是蛇，对不对？"

天仁一脸赞同地说："对，肯定是蛇。"

爷爷淡淡一笑："这都还没刻完呢，你们敢这么肯定？"

兄弟俩听爷爷这么一说，立刻皱紧了眉头，心里更是充满了好奇。当爷爷在看似"蛇"形的头顶上加了两根长长的胡须时，天义立刻叫了起来："不是蛇，是龙，是龙。"

爷爷笑眯眯地说："对呀。所以我说不要急着肯定嘛。"

天仁感慨道："如果不刻上胡须，还真的像蛇呢。"

爷爷点点头，笑着问兄弟俩："怎么样？这只龙好不好看？"

天仁说："好看，好看。"

天义却皱着眉头问："爷爷，你刻条龙干什么？"

爷爷又开始卖关子，说："等一下你就知道了。"

天义张着嘴又想继续问，却怕爷爷又说他没有耐性，便只好说："那爷爷你快点。"

爷爷不作声，又拿起第三个模型，一脸专注地刻画起来。还没有刻上几画，兄弟俩就兴奋地叫起来："是龙，又是龙。"

爷爷笑眯眯地点点头。

天义急着问："刻两条龙干什么？"

爷爷笑着说："你自己想。"

天义正抓耳挠腮想着，天仁突然摇一摇天义的胳膊，激动不已地说："你想想看，我们属什么？"

天义恍然大悟，立刻笑嘻嘻地说："爷爷，原来你是在刻我们的属相啊。"

爷爷笑着说："对呀。你这个笨脑壳怎么就转不过弯来？"

天义自嘲地笑一笑，又用佩服的眼光看一眼天仁。天仁立即得意地朝天义挤眉弄眼。接下来，兄弟俩又满脸好奇地看爷爷要弄什么新花样。只见爷爷此时将模型反过来，左手大拇指在上面擦一擦，右手攥紧刻刀，又一丝不苟地在上面雕刻起来。兄弟俩紧盯着爷爷手中的刻刀，眼神里满是兴奋和期待。当爷爷刻完"仁"字的第三笔时，天义立即问道："爷爷，你是刻天仁的'仁'字吧？"

天仁也激动地问道："爷爷，是不是我的'仁'字？"

爷爷边刻边说："你们自己看嘛。"

天仁抑制住激动，紧盯着爷爷刻完最后一笔，突然一脸灿烂地说："真的。真的是我的'仁'字。"

天义看着天仁，一脸得意地说："这下我猜对了吧？"

天仁笑一笑，轻轻拍一拍天义的肩膀以示赞许。片刻后，天仁从爷爷手中拿过刻有自己名字的棋子，细细地观赏起来……天仁一会儿看看正面的"仁"字，一会儿又看看反面的"龙"形图案，脸上充满了温馨、充满了甜蜜。

这时，爷爷已经拿起另一个模型，准备在龙形图案的另一面刻字。爷爷还没有开始，天义就笑嘻嘻地说："爷爷，这下你要刻我的'义'字了。对不对？"

爷爷呵呵笑道："这下你反应倒是蛮快的哈。"

天义俏皮地说："那当然啦。刻完了'仁'字，肯定是刻我的'义'字嘛。"

爷爷点点头说："嗯，孺子可教也。"

天义得了爷爷的表扬，脸上立刻露出自豪的笑容。这时，一只大鲤鱼突然从篓子里蹦跳了出来。天义一看，立即笑道："完了，完了。我的鲤鱼都要渴死了。"

天义说完就赶紧跑过去把鱼倒进水盆里……

爷爷和天仁听着天义诙谐的话语，都开心不已地笑了起来。

一会儿，兄弟俩头挨着头，各自拿着刻有自己名字的棋子，放在手心里比照着欣赏起来。只见两人有说有笑，脸上溢满了童真、溢满了幸福。这时，爷爷却悄无声息地从堂屋里拿了一把短小的三菱小锉出来。兄弟俩赶紧凑到爷爷身边，问道："爷爷你又要干吗?"

爷爷一边走近桌子，一边说："你们自己看嘛。"

一会儿，爷爷就用小锉将三颗棋子的表面打磨得溜光溜光。打磨完之后，爷爷又从屋里拿出红、黄两种颜料，将棋子上的"炮""仁""义"三个字涂成红色，将"仁"和"义"反面的两条龙涂成金黄色。顿时，三颗明亮光鲜的棋子粲然出现在三人眼前。兄弟俩立刻被爷爷的巧手和匠心折服了……

天仁情不自禁地赞叹："哇，真漂亮啊!"

天义一脸佩服地说："爷爷，你太厉害了，太厉害了!"

爷爷摸摸兄弟俩的脑袋，自豪不已地说："这还差一点呢。等明天再涂一层桐油上去，就更加耀眼了。"

兄弟俩一听，眼神里立刻充满了期待。

十一

东方刚刚破晓，明古就独自一人在药房里忙碌着。柜台转角处，一支大大的红烛照亮了整个厅堂。明古一会儿看看柜台上厚厚的记录本，一会儿打开药柜里一个个长长的抽屉，仔细地检查里面的药材。忙完了一阵子后，明古听见里面传来轻轻的洗漱声。不一会儿，青山步履轻盈地从里面走了出来……

青山一脸温和地跟明古打招呼："这么早。"

明古笑一笑，问道："嫂子今天会回来吧? 好几种药材都快没了呢。"

青山站在店门口活动了一下筋骨，看着渐渐明亮的东方，兴奋地回应道："应该会吧。说好了今天的。"

明古"哦"一声，就继续埋头梳理着手头上的事情。青山走到明古身边，笑盈盈地说："你歇会儿吧。饿了就去弄早点吃，弄自己喜欢吃的。"

明古笑着回应："现在还早呢。等下我去煎糯米糍粑吃——都是昨天下午李大娘特意托人送来的。想推都推不掉呢。"

青山呵呵笑道："是吗？你喜欢吃那就多弄点。"

青山说完又问："大娘她头疼的老毛病，没有再犯了吧？"

明古一脸欣慰地回应："没有呢。人家就是感念你治好了她多年的老毛病，才这般重情重义，时不时地托人送东西来呢。"

青山听了不禁感叹："唉，难得啊。"

明古也感叹不已："是啊，虽说东西不值钱，可是这份心意难得啊。"

青山笑盈盈地说："这也许就是咱们干这一行心里最宽慰、最自得的地方吧。你说是不是？"

明古满口赞同地说："是哦是哦。这有时候想一想啊，人活在世上，凭着自己的一技之长，能换来一些善心和回报，其实也是挺自豪的一件事啊。"

青山听了眼睛一亮，接着也感慨："是啊。人心换人心，人心暖人心啊。"

……

清晨，东方一片通红，太阳尚未升起，杨家老屋院子里就停了一辆马车。王伯跟往常一样，悠然地蹲在马车附近吸着旱烟，偶尔过来帮着抬一下重重的行李。兰儿和姐弟仨正一起搬着大大小小的药袋放进车厢里。爷爷奶奶站在一旁，笑眯眯地看着他们来来回回地忙碌……

搬完东西，兰儿叫住兄弟俩，兄弟俩立即笑嘻嘻地站在兰儿面前。兰儿右手摸摸兄弟俩身上的新衣，又拍一拍上面的灰尘。兰儿叮咛兄弟俩："记住了，在家要听爷爷奶奶的话，不要调皮捣蛋。不要惹爷爷奶奶生气。"

兄弟俩敷衍道："知道了。知道了。"

兰儿还想说什么，兄弟俩一脸不耐烦地催促兰儿："走吧。走吧。"

秀秀很不高兴地说："你们急急地催促我们干吗？没良心的东西，下次不带糖葫芦给你们吃。"

兄弟俩笑嘻嘻地回应："好，不催不催。"

秀秀认真地说："记住了，我下次回来，还要煨苦楮给我吃。"

兄弟俩一边把秀秀往车厢里推，一边说："好好好，煨给你吃。煨给你吃。"

兰儿拍一下秀秀的肩膀，说："吃吃吃，你就知道吃。等下次回来，苦槠早都掉光了。"

奶奶笑呵呵地接嘴："是啊，傻丫头。你还以为苦槠一年四季都长在树上吗？"

秀秀满脸疑惑地问："啊？这么快就没了吗？"

奶奶正要回答，兰儿却抢先说："是哦是哦。快点上车吧。"

秀秀正要跨上马车，突然像是想起了什么东西，赶紧转身往屋里跑去……兰儿叫住秀秀："回来回来。你要找的东西，都装在箱子里呢。"

秀秀不放心地问："是吗？那你说什么东西？"

兰儿不耐烦地说："哎呀，不就是野蘑菇和苦槠豆腐吗？都在那个棕色的箱子里呢。"

秀秀见兰儿一脸不耐烦的样子，赶紧凑到奶奶身边，一脸委屈地说："奶奶你看，娘总是这样对我呢。好像我不是她亲生的似的。"

奶奶拉着秀秀的手说："你觉得委屈是吧？那这样吧，你就不要再回城里了，跟奶奶待在老家，奶奶疼着你、宠着你。好不好？"

秀秀听了一愣，赶紧朝奶奶做个鬼脸，然后快步走到兰儿身边，笑嘻嘻地说："娘，走吧。"

兰儿板着脸说："你不是说我对你不好吗？干嘛还死皮赖脸跟着我呢？"

秀秀立即狡辩："哼，我才不赖着你呢。我是想念我爹。要不然你就是八抬大轿，我也不乐意跟着你。"

爷爷奶奶听了秀秀这俏皮话，立刻呵呵笑了起来。

兄弟俩见秀秀一副磨磨蹭蹭的样子，又一人拉着秀秀一只手，把她往车厢里面推。爷爷奶奶看着姐弟仨诙谐搞笑的样子，又开怀地笑了起来。秀秀上车后，兰儿微笑着跟爷爷奶奶告别："爹，娘，我们走了。你们二老在家好好保重身体。过段时间我们再回来住。"

爷爷笑眯眯地回应："嗯，去吧，去吧。"

奶奶叮嘱兰儿："有空让青山回来住几天。"

兰儿满口答应："好。"

爷爷走到王伯身边，笑眯眯地叮咛道："老哥，路上慢着点啊。"

王伯爽快地说："放心吧，老弟。"

爷爷点点头，又亲切地朝王伯挥挥手。王伯扬起手中的鞭子，轻轻地吆喝一声："驾。"马车渐渐远去，兰儿透过车厢的帘口，深情地回望着兄弟俩，双眼渐渐盈满了泪水……

兄弟俩此时心思根本不在兰儿身上，马车一走远，两人就笑嘻嘻地缠着爷爷不放："爷爷，我们走吧？"

爷爷一脸不高兴地说："就知道急急急。娘要走了，也不知道跟娘多说几句好听的话，还一个劲地赶着娘走。"

天义嬉皮笑脸地说："有什么好说的嘛。过段时间不又回来了吗？"

爷爷听了立刻拉下脸来看着天义。天义赶紧怯怯地说："爷爷，我以后再也不敢了。"

爷爷沉默了片刻，然后教导兄弟俩说："你们都给我记住了，这世上最牵挂、最念叨你们的，可不是爷爷奶奶，而是你们的亲娘。"

兄弟俩认认真真地回应："知道了，爷爷。"

爷爷听了点点头，又摸摸兄弟俩的脑袋。兄弟俩见爷爷似乎不再生气了，就又开始缠着爷爷："走吧？爷爷。"

爷爷看一眼东方，说："我们帮奶奶晒一下药材再去，好吗？"

兄弟俩怕爷爷不高兴，于是耐着性子说："好吧。好吧。"

这时，奶奶一手提着一袋药材从堂屋里走了出来，见兄弟俩一脸等不及的样子，就笑着对三人说："去吧去吧。谁要你们帮忙了？姐弟仨真是一模一样，都是猴急的性格。"

兄弟俩见奶奶这么向着自己，都笑嘻嘻地朝奶奶扮一个鬼脸。爷爷见此情景，只好无奈地摇摇头……于是，兄弟俩一人拉着爷爷一只手，乐呵呵地向通往邻村的大路上走去。天义激动地问："爷爷，它现在几岁了？什么时候会下崽？"

天仁也一脸兴奋地问："爷爷，它大不大？长角了吗？"

爷爷笑呵呵地说："你们两张嘴问，我一张嘴怎么答得过来？"

兄弟俩一听，立刻呵呵笑了起来。片刻后，天义笑盈盈地说："爷爷，你先回答我吧，它要过多久才会下崽呀？"

爷爷说："要等到它下崽呀，起码还要一两年咯。"

天义皱着眉头说："啊？要这么久吗？"

天仁也皱着眉头，一脸等不及的样子看着爷爷……

爷爷说："怎么？你们都等不及是吧？等不及那就不要养了。"

爷爷说着就停下脚步，装作一副不想去的样子……

天义赶紧说："我等得及，等得及。"

天仁催促爷爷："走吧，爷爷。"

爷爷摸摸两人的脑袋，笑眯眯地说："时间过得很快，只要你们哥俩好好地喂养它，你们的愿望很快就会实现的。"

兄弟俩听爷爷这么说，心中顿时充满了期盼。就在这时，三人身后突然传来奶奶急急的叫唤声："等一下，等一下，牵牛的绳子你们还没拿呢。"

三人回头一看，立刻都朝奶奶笑了起来。

……

不到 20 分钟，祖孙仨就来到邻村程窑里。当三人出现在程老汉眼前时，程老汉手中拿着一个矮凳子，正准备赶着自家三只黑水牛去山上吃鲜草。

三只黑水牛正站在程老汉家门前的场地上，一大两小，一母两子。只见那只老水牛正亲昵地舔舐着那只出生不到半月的小水牛，而另外一只一岁多的小水牛，脑袋则不停地伸向老水牛鼓鼓的乳房。老水牛的乳汁是用来抚育这只不到半月的小水牛的，因此，这乳汁是不可能分享给那只一岁多的小水牛的。老水牛为了躲避它的纠缠，在场地里不停地走来走去，甚至用后脚踢它、用弯弯的犄角顶撞它……

这一幕正被兄弟俩碰个正着，兄弟俩立刻被深深地吸引住了。爷爷却见怪不怪，忙着跟程老汉打招呼："老哥你早啊。"

程老汉回头一看，立刻兴奋地回应："哟，老弟起这么早啊。吃早饭了没有？"

爷爷乐呵呵地说："吃过了，吃过了。你看，这俩不争气的孩子，一大早就缠着要来牵牛呢。"

程老汉看看兄弟俩，满脸欢喜地说："无妨无妨。只要孩子喜好就好，喜欢就好。"

爷爷笑着说："哪能不喜欢？心里都急得不得了哦。自从跟他们说过后，就天天缠着要来牵走呢。"

程老汉笑着点点头，然后亲昵地握住爷爷的手说："老弟呀，也就是你哟，换作别人，出再高的价钱我也不卖给他呢。"

爷爷笑眯眯地说："哦？这话怎么讲？"

程老汉真诚地说："跟你说心里话吧，我想自己留着它呢。你看，这只老的呢，耕田耙地已经很吃力了。小的呢，又太小了。只有这中间的，才让人看着心里欢喜啊。"

爷爷听程老汉这么一解释，立即推辞道："哎哟，我这是夺人所爱呀。不行不行，这得你自己留着，我到别家去看看吧。"

程老汉笑着拍拍爷爷的手背说："欸，老哥我只是跟你随意说说呢，哪能说悔就悔，哪能让你白跑一趟？"

爷爷满脸歉意地说："那可真对不住啊。要不，价钱再往上抬一点吧？否则我心里不安啦。"

程老汉立即拉下脸说："你这说的是什么话？老弟你要再这样说，我可就真的不卖给你了。"

爷爷赶紧赔着笑脸说："好好好，不说了，不说了。"

程老汉点点头，感叹道："唉，我一头小牛算什么呀？相比于老弟对乡亲们的恩情，那可真是九牛一毛啊。"

爷爷一脸谦逊地回应："老哥你这话言重了，言重了。"

这时，天义拉着小牛长长的尾巴，笑嘻嘻地朝这边喊道："爷爷，你们说好了没有？说好了就牵走了。"

爷爷手指着天义，乐呵呵地跟程老汉说："你看你看，就是这样一副猴急的样子。"

程老汉却满脸开心地说："好。我这就给它套上鼻环，让你们牵回去。"

程老汉说完就返回屋里，左手拿着一个牛鼻环，右手拿着一根牵牛绳，直奔那只小水牛而去……

爷爷笑呵呵地说："老哥啊，绳子我带了呢。"

天仁听了赶紧从兜里掏出绳子递给程老汉。程老汉接过绳子，摸摸天仁的脑袋，又笑着跟爷爷说："自家绳子牵自家牛，心里熨帖、舒服啊。"

爷爷开心地回应："老哥你说得好啊。"

程老汉笑一笑，然后麻利地给小水牛套上了鼻环，接着又在鼻环上套上绳子。兄弟俩围着程老汉，目不转睛地看着。一会儿，程老汉摸摸小水牛的鼻梁，笑眯眯地把绳子交给天义手中。天义激动地说："程爷爷真好。"

程老汉拍拍天义的肩膀，然后认认真真地叮咛道："从现在开始啊，你们哥俩可得好好地照顾它咯。要是它在你们手上变瘦了，我可要牵回来哦。"

兄弟俩说："放心吧，程爷爷。我们一定会好好照顾它的。"

兄弟俩说完就开心地围着小水牛左摸摸、右摸摸，上看看、下看看，脸上的喜悦与兴奋一览无余。程老汉看看天真淘气的兄弟俩，一脸羡慕地跟爷爷感叹："老弟呀，这么好的一对双胞胎，你可真是有福气啊。"

爷爷呵呵笑道："都是老哥你说得好啊。"

程老汉又说："要是我有一对双胞胎孙子，那我可要激动得睡不着觉哟。"

爷爷听了开心地握住程老汉的手，又亲热地拍拍他的手背。

就在两位老人笑谈之际，兄弟俩都手抓着绳子，牵着小水牛在场地里转起圈来。两人转到程老汉身边时，天义突然笑嘻嘻地问："程爷爷，我们可以骑一骑它吗？"

程老汉愣了一下，马上笑着说："当然可以啊。不过现在可不行，要等它跟你们很熟、很亲近了，你们就可以随意骑它了。"

天义听了点点头，又问道："那它什么时候会下崽呢？"

程老汉又愣了一下，然后开心不已地说："等它长大一点，自然就会下崽咯。"

天仁问道："那还要多久呢？"

程老汉还没开口，爷爷赶紧接嘴："这个谁知道呢？你们两个屁小孩呀，专门问一些没屁眼的事。"

程老汉听了呵呵笑了起来。

兄弟俩见爷爷嘲讽自己，都淘气地朝爷爷扮起鬼脸来。爷爷无奈地摇摇头，程老汉却笑得合不拢嘴……

十二

一天下午，兄弟俩和村中的伙伴们赶着一群水牛，到新栗塘山上一块宽阔的草地上放牧。兄弟俩对自家小水牛无比上心，特意挑选了一块水草丰茂的地方单独放牧。现在，兄弟俩跟小水牛彼此之间已经很熟悉、很亲热了。兄弟俩可以双手抓着它短短的牛角，放任地跟它玩着"头顶头"的游戏。而小水牛也乐在其中，俨然跟另外一只小牛在嬉戏打闹……

天义觉得时机成熟了，就兴奋地跟天仁说："我们来骑骑它吧。"

天仁立刻响应："好啊，好啊。"

于是，兄弟俩绕着小水牛左看看、右看看，捉摸着如何骑上小水牛。天义抱抱小水牛的头，又摸摸它的鼻梁，还贴着小水牛的耳朵哄着它："小乖乖，听话啊，不要把我摔下来哈。"

天仁看着天义一副滑稽搞笑的样子，忍不住说："你怎么跟哄小孩似的？它又听不懂人说话。"

天义立刻把右手食指放在嘴唇上，轻轻地"嘘"一声，然后又神神秘秘地说："谁说它就听不懂人说话？爷爷说动物也是有灵性的。你不记得了？"

天仁愣了一下，然后笑嘻嘻地说："那你好好哄它吧。"

天义笑一笑，然后又耐着性子跟小水牛亲热了一番。突然，天义双脚一跳，右脚敏捷地一抬起，瞬间就骑在了小牛背上，但是很快又跳了下来。天义一脸通红地看着天仁，说："还是你先来吧。我有点害怕。"

天仁说："怕什么？它现在不会摔我们的。"

天义怂恿天仁："你不怕，那你骑给我看一看？"

天仁信心满满地说："骑就骑！"

天仁说完也摸摸小水牛的鼻梁，跟它亲热了一会儿，突然"嗖"地抬起右脚，一跃而上就骑到小水牛背上去了。天义见天仁如此干脆利落，立刻用赞叹的眼光看着天仁。天仁朝天义笑一笑，然后紧绷着个脸，嘴里轻轻地吆喝着："驾，驾。"

小水牛仿佛没听到天仁的"指令"，只自顾自地吃着地上鲜嫩的绿草。天义有点急了，轻轻拍了拍小水牛的大腿，也吆喝着："驾，驾。"

小水牛抬一下头，识趣地迈开了脚步。兄弟俩互相看一眼对方，脸上都露出灿烂的笑容。天仁见小水牛似乎很听话，便双脚紧紧地夹着小水牛的肚子，右手轻轻拍打背部，嘴里不停地喊着："驾！驾!"

小水牛受了驱赶，便越走越快，后来竟然小跑了起来。天仁越来越激动，自豪之情洋溢了整个脸上。天义紧跟在后面，见天仁一脸享受的样子，便急不可耐地说："天仁你快下来。让我骑一下，让我骑一下。"

天仁仿佛没听见，仍然一脸得意地自顾自骑着。天义顿时气恼不已，便狠狠地在小水牛屁股上拍了一下，嘴里忿忿地说："我让你骑！让你骑!"

小水牛受了刺激，立刻肆意地快跑了起来。天仁顿时紧张不已，嘴上不停地责问天义："你要干什么？你要干什么?"

天义气呼呼地说："干什么？我让你骑个够。"

天仁听了又急又气，脸上顿时涨得通红。天仁顾不上跟天义理论，只能双脚紧紧地夹住小牛不放，嘴上不停地喊着："停下！快停下!"

小水牛跑着跑着，速度渐渐慢了下来。它似乎听懂了天仁的意思，似乎感觉到天仁的害怕和紧张。天义见小水牛不再跑了，便飞快地追了过来，然后右手紧紧地抓住环绕在小水牛脖子上的绳子……

这时，天仁立即从牛背上跳了下来。天义见天仁吓得满头大汗，赶紧低下了头。天仁气呼呼地斥责道："你疯了是吧?"

天义自知理亏，一直低着头不敢作声。小水牛却仿佛什么事也没有发生，又怡然自得地吃着眼前丰茂的水草。天仁见天义不敢还嘴，气顿时就消了一半。接着，兄弟俩谁也不理谁，各自坐在草地上想着心事……

天义不时偷偷地瞥一眼天仁。天仁用眼角的余光察觉到天义在观察自己，心里也感觉到天义对刚才冒失举动的愧疚。于是，天仁率先打破了沉默。天仁问天义："你还想不想骑?"

天义愣了一下，赶紧回道："想。"

天仁站起身，快速走到小水牛身边，朝天义招招手："过来啊。"

天义心里一喜，立即飞快跑了过去。天仁左手抓住小水牛脖子上的绳子，嘴巴贴近小水牛的耳朵，像哄小孩似的轻轻地说："听话啊。可不准再乱跑了啊。"

天仁说完就用手示意天义赶紧骑上去。天义兴奋地搓搓双手，又看看天仁，然后猛地抬起右脚，瞬间就稳稳当当地骑在了小水牛背上。

天仁见天义跟自己一样干脆利落，立刻用赞赏和鼓励的眼光看着他。天义激动地将两根手指放进嘴里，得意地吹了个响亮的口哨。天仁见天义得意起来，便故意吓唬天义："你坐稳了哈。我要放手了。"

天义紧张不已地说："不要，不要。让我先练习一下。"

天仁见天义害怕了，便又鼓励他说："你怕什么呢？两只脚紧紧夹住就是了。"

天义怯怯地说："那你放手吧。"

于是天仁松开手，又摸摸小水牛的鼻梁，嘴里轻轻地吆喝着："驾，驾。"

小水牛抬头看看天仁，乖乖地小步走了起来。天义记住天仁的话，两只脚紧紧夹住小水牛的肚子，一边骑着，一边开心地看着天仁笑。一会儿，天义胆子便大了起来，竟然俯下身子抱抱小水牛的脖子，还时不时地朝天仁做各种搞怪的动作。天仁看着天义一副得意的样子，笑嘻嘻地说："你小心点哈。摔下来了可不要怪我。"

天义不作声，又得意地朝天仁扮一个鬼脸。天仁笑着说："你好好地骑吧。过一会儿我还要骑呢。"

天义回应一声"好吧，好吧。"便不再炫耀，只拍打着小水牛随意溜达起来……

于是，兄弟俩轮流着你骑一骑，我骑一骑，沉浸在无限的欢乐和幸福之中。一会儿，村里的水牛陆陆续续地被这片丰饶的水草吸引了过来。紧接着，村里的伙伴们也渐渐聚拢了过来。

于是，这片水草地一下子欢腾、热闹不已。伙伴们在一起追逐打闹，玩得不亦乐乎。而牛群呢，有的两三只、三五只在一起进食，有的争强好胜，到处寻衅滋事、挑战劲敌。一段时间后，没想到又有一群邻村的水牛也朝这边快速聚拢过来，后面紧跟着一群"叽叽喳喳"的放牛娃。很快，两村的小孩就因为放牛领地发生了争执，最后群斗了起来。

一阵哄乱和角逐后，杨家村放牛娃灰溜溜地败下阵来。大家都一脸沮丧地赶着村里的水牛，非常不情愿地离开这片丰饶宽阔的水草地。当伙伴们在另一处草地上停下来时，大家便开始七嘴八舌议论起来……

天义摸着被踢得瘀青的膝盖，愤愤地跟村中的几个伙伴说："老子要是跟爷爷多学几招，非打得他们叫娘不可。"

一个伙伴立刻调侃天义："你拉倒吧。就你那三下半功夫，还打得人家叫娘，人家没让你叫娘就算好了。"

天义立刻瞪大了眼睛说："你放屁。我是不上心，我要是上心，只要学到爷爷一成的功夫，今天保准打得他们屁滚尿流。"

伙伴们立刻哄笑起来："嘴上吹牛皮谁不会？有本事下次拿出来给我们看。"

天义气呼呼地说："看就看。别以为我只是嘴上说说。"

天仁默不作声蹲在天义身边，嘴里"咕噜咕噜"嚼着一把草药。一会儿，天仁把嚼烂的草药吐在手心里，然后轻轻地敷在天义瘀青的膝盖上。天义伸一下腿，立刻"哎哟，哎哟"疼得直叫。天仁一边给天义敷药，一边奚落他："像你这样的懒鬼，要是能学到爷爷一成的功夫，太阳都要打西边出来咯。"

天义听天仁这般嘲讽自己，立刻很不服气地说："哼，你等着看吧，从明天开始，我就跟着爷爷认真学武，下次非把他们打得屁滚尿流不可。"

伙伴们见天义一脸认真的样子，都争抢着说："天义，天义，等你学到了真诀，也要教给我哈。"

天义见大家兴趣盎然的样子，故意板着脸说："那可不行呢。这是我们家祖传的武艺，可不能轻易教给外人哦。"

一个伙伴听了立即笑嘻嘻地问："那你要怎样才肯教给我们呢？"

天义想了一下，笑眯眯地说：　"除非你们正式拜师学艺，叫我一声'师父'。"

伙伴们听了立刻又哄笑起来："你拉倒吧。自己都还是徒弟，就想做别人师父？等下次打赢了再说吧。"

天义见占不到伙伴们的便宜，便满脸期待地说："好吧，好吧，等下次你们见识了我的厉害，自然就会叫我师父了。"

天仁见天义还在说大话，就挖苦他说："你呀，就不要再吹牛了。还是先把你的膝盖养好吧。"

天义看着天仁毫发无损的样子，突然认认真真地说："从明天起，你把你学到的功夫，一点不剩地都教给我。我一定要让所有人都看看我的厉害。"

天仁立刻笑道："我要是跟爷爷多学了几招，今天我们就不会被打得屁滚尿流啦。"

伙伴们听了顿时哈哈大笑起来。

……

当晚，全家人吃完晚饭后，爷爷和天义就坐在桌前下起象棋来，奶奶和天仁各自坐在一把椅子上，面对面地推着一个石磨磨糯米。磨盘上面留有一个三厘米左右的小孔，天仁把事先泡胀了的糯米一小勺一小勺地倒进小孔里。只见磨盘在两只手的推拉下顺着一个方向不停地转动，乳白乳白的糯米汁就顺着磨盘四周缓缓地往下流。天仁和奶奶动作协调、配合默契，两人一副乐在其中的样子。

一会儿，奶奶微笑着问天仁："累不累？累了就歇会儿。"

天仁语气轻松地说："不累。奶奶你歇会儿吧，我一个人转得动。"

奶奶听了一愣，立即松开自己推磨的手，乐呵呵地说："好啊，那你转转看。"

天仁兴奋地说一声"好"两只手便使劲地推，推不动又站起身使劲地拉。然而，不管天仁如何发狠，如何用上吃奶的力气，这磨盘就如泰山一般，始终纹丝不动。天仁满脸憋得通红，最终仍以失败告终。气馁不已的天仁，只能尴尬地朝奶奶笑一笑……天义见此情景，立刻放下手中的棋子走到天仁身边，信心满满地说："看我的。"

天仁笑着让开。天义面对磨盘蹲着马步，摆了一个漂亮的架势，然后两只手紧紧抓住磨柄，猛地叫一声："起。"然而磨盘似乎不给天义面子，被天义折腾许久，还是稳如泰山、纹丝不动……

天义看着奶奶，一脸泄气地说："哎呀，不行，不行。"

奶奶调侃道："怎么？你也是花拳绣腿呀？弄个这么大的架势，还以为你能转个一两圈呢。"

爷爷笑呵呵地建议道："要不你们兄弟两个一起试试？"

天义听了立刻拉着天仁的手说："来，我们一起来。"

于是，天仁站到了奶奶的位置上，兄弟俩面对面地一起用力。只见磨盘在四只小手合力推拉下，终于缓缓地朝一个方向转动了。兄弟俩兴奋不已，更是咬着牙使出全身的力气。终于，磨盘乖乖地快速转动起来。兄弟俩见磨盘终于"听话"，脸上都露出舒心的笑容。天义看着磨盘，诙谐得意地说："看你还动不动？"

奶奶用嘲讽的语气说："你不要太得意。你们两个要是还能再转 10 圈，我就算你们是好汉。"

兄弟俩听了立即停下。天义看着奶奶，一脸不屑地说："10 圈？20 圈都没问题。"

天仁一脸不服气地说："奶奶你不要小瞧了我们。"

奶奶笑着说："小瞧你们？要不开始计数？"

兄弟俩齐声说："计数就计数。"

爷爷兴奋地说："好，我来做裁判。开始！"

兄弟俩听了爷爷的口令，便铆足了劲转动起来。

爷爷一边吸着旱烟，一边笑眯眯地数着："一，二，三，四——"

当爷爷数完"八"，就要数"九"时，兄弟俩已经累得气喘吁吁、大汗淋漓了。最终，在第九圈还差一点点时，磨盘戛然而止，再也转不动了。奶奶见自己赢了，立即笑道："怎么样？我没有小瞧你们吧？"

天仁不好说什么，只淘气地朝奶奶笑一笑……

天义还是心有不甘，又独自使劲推拉了几下。

奶奶笑眯眯地说："别再浪费力气了。快把汗擦一擦吧。"

天义突然俏皮地说："奶奶，你能连着转多少圈？"

奶奶见天义还是有点不服气的样子，就故意淡淡的语气说："你觉得呢？"

天义说："20 圈？"

奶奶摇摇头。

天义说："30 圈？"

奶奶又摇摇头。

天义还想再猜，爷爷打断了天义："你别再猜了。真要是计数啊，你奶奶少说可以连着转50圈呢。"

兄弟俩惊讶不已地说："啊？50圈？"

奶奶一副挑逗的神情回应兄弟俩："怎么？不相信？"

兄弟俩皱着眉头看看奶奶又看看爷爷。爷爷在长凳上敲一敲烟灰，然后用不容置疑的语气说："爷爷什么时候跟你们说过假话呀？"

兄弟俩笑一笑，立刻用佩服的眼神看着奶奶。奶奶一脸得意地说："知道吧？牛皮可不是用来吹的。你们想要有奶奶这样的力气，起码还得再吃十年大米饭。"

天义笑嘻嘻地说："我不吃大米饭，我吃十年发糕！"

天义话音刚落，爷爷奶奶立刻呵呵笑了起来。奶奶疼爱地摸摸天义的脑袋说："臭小子。你想吃十年发糕呀？吃十天就要腻死你。"

天义淘气地朝奶奶吐吐舌头、扮扮鬼脸，奶奶欢喜地把天义抱在怀里。爷爷和天仁都被天义搞笑的样子逗乐了。一阵欢笑之后，奶奶问兄弟俩："等下蒸发糕，你们想吃什么口味的？"

天义赶紧说："我要吃放糖的。还要放点桂花，好香。"

天仁说："我也要吃放糖的。再放一点黑芝麻在上面，看起来真漂亮。"

奶奶又问爷爷："你呢？"

爷爷笑道："如果你不嫌麻烦，我想伴着黄豆粉吃，那才叫香。"

奶奶听了故意拉下脸说："你们三个呀，真是难伺候。我如果不动手啊，看你们都吃个鸡毛。"

天义立刻接嘴："奶奶，你怎么能这么说？明明是你自己问我们的嘛。"

奶奶一下子被天义问住了。天义怕奶奶回过神来又要数落自己，赶紧拉着爷爷下起象棋来。奶奶看看爷孙俩笑一笑，然后又跟天仁磨起糯米来……

四人沉默了一会儿，爷爷突然说一声："将！"天义眼睁睁看着自己的一只"车"被爷爷角落里的"炮"偷袭了。天义心疼不已，立即从爷爷手中抢回自己的"车"，嘴上耍赖道："爷爷你这样不行。你的'炮'专门躲在角落里来搞偷袭，不光明正大。这步棋不算，重来重来。"

爷爷却一本正经地说："什么叫偷袭？兵不厌诈。谁让你不仔细提防？"

天义愣了一下，又继续耍赖："哼，你就是偷袭，就是不光明正大。"

爷爷认认真真地说："好。那我问你，日本鬼子先占领我们东北，又占领我们北平，有没有光明正大地提前说？"

爷爷拿眼前事实来举例，天义知道自己说不过爷爷，便皱着眉头，耷拉着脑袋。爷爷见天义在思考自己说的话，便笑眯眯地拍拍天义的肩膀。天义突然抬起头问道："爷爷，我刚刚说你偷袭我，你承认了。对不对？"

爷爷回答："对呀，我就是偷袭你。怎么啦？"

天义狡黠一笑，然后说："爷爷，依你这么说，那你就是日本鬼子咯？"

爷爷没想到天义挖了一个"陷阱"让自己跳了进去，立即满脸嗔怪的样子说："好哟，你这个臭小子！"

奶奶见爷爷也被天义倒打一耙，便忍不住呵呵笑了起来。爷爷见奶奶笑得那么开心，自己便也呵呵笑了起来。天义趁着爷爷开心，赶紧把两人的棋子退回了几步。爷爷一边跟奶奶说话，一边假装没看见……

79

一会儿，祖孙俩不知不觉又说到日本鬼子，爷爷便感叹起来："唉，国家不太平，老百姓就要遭殃。日本鬼子狼子野心，都欺辱到我们头上拉屎拉尿了，而国民政府竟然能忍气吞声，真是没一点骨气、没一点血性啊！"

奶奶笑着说："你跟天义唠叨这些干吗？你以为他能听得懂吗？"

天义笑着说："奶奶你不要插嘴，让爷爷说。"

天仁一边推着磨盘，一边静静地听着爷爷感叹。天仁虽然听不太懂爷爷的话中之义，但是这个话题却深深地吸引了他。于是，天仁也说："奶奶，你让爷爷说嘛。我也喜欢听。"

奶奶便识趣地说："好好好。你们说，你们说。"

天义朝奶奶淘气地笑一笑，然后一脸不解地问爷爷："爷爷，既然政府没用，那老百姓为什么不造反呀？"

奶奶赶紧绷着脸说："造什么反？可不要乱说话！"

爷爷却没有责备天义，只是面无表情地摸摸天义的脑袋。天义见爷爷似乎不想回答，便不再追问了。这时，天仁若有所思地问："爷爷，先生说，其实政府也是积极抵抗的，只是日本鬼子太野蛮了。是这样的吗？"

爷爷立刻拉下脸，很不高兴地说："抵抗什么？如果真是拼了命抵抗，会是现在这个样子吗？日本鬼子就算再野蛮，如果政府多一点担当，军人多一点血性，还真会怕日本鬼子吗？说到底，还是我们自己不争气，才会沦落到今天这个地步。"

兄弟俩都静静地听着，一个皱着眉头，一个认真琢磨的样子。兄弟俩虽然不能完全理解爷爷这话的意思，但是爷爷说话时的表情、爷爷话语中对日本鬼子的仇恨、对当下政府的不满以及忧国忧民的情怀，却深深地打动了兄弟俩，并对兄弟俩以后的人生产生深远的影响。

奶奶虽然理解爷爷这话的意思，也能体会爷爷忧国忧民的情怀，但是作为一个普通家庭妇女，奶奶从心眼里不喜欢爷爷总说这些沉重而"无关乎己"的话题，所以总想阻止爷爷，但不知为何，总是被一种无形的力量给挡了回去。爷爷吸一口烟后，又兴奋地说："其实说到这些事情啊，我觉得，一个国家跟一个家庭是同样的道理。贫穷落后就要受人欺负，内部不团结也要受人欺负。你们觉得是不是？"

兄弟俩笑着点点头，觉得爷爷这样说很有道理。奶奶也恭维着笑一笑，但是爷爷的这番分析、这个比喻，却令奶奶心里无比佩服。爷爷得到三人积极的回应，便更加兴奋起来。爷爷慷慨激昂地说："要是全中国的人都能团结起来，肯定不会像现在这样，让日本鬼子在我们国家到处杀人放火，到处为非作歹了！"

兄弟俩睁大了眼睛，默默地听着爷爷慷慨激昂的话语，神情也不知不觉中激动起来。奶奶本来就不喜欢谈论国家大事，见爷爷说个没完没了，便笑眯眯地问兄弟俩："唉，你们爷爷说了这么多，意思就是一个。你们想一想是什么？"

兄弟俩都懒得想，齐声回应："奶奶快说。"

奶奶笑着摇摇头，只好自己说了："你们爷爷说的这番话啊，意思就是一个——团结就是力量。放到你们今天打了败仗这件事上来，是不是也这样的？"

天义想一想，立刻表示赞同："奶奶你说得太对了。我说我们为什么会输呢？原来问题在这里呀。"

天仁说："怪不得我们没打赢，原来是我们不团结呀。"

奶奶乐呵呵地看着兄弟俩，脸上满是得意和自豪。天义看着奶奶，突然诙谐地说："奶奶，刚崽和海根还没打两下就逃跑了。他们俩是逃兵。"

爷爷奶奶听了呵呵笑了起来。

天仁赶紧补充道："奶奶，他们俩个子比我和天义还高呢。"

奶奶夸张地问："是吗？他们这么胆小？"

天义一脸恼火地说："是啊。他们两个撒腿一跑，很多人也就跟着跑了。"

天仁愤愤不已地说："这些逃跑的，都是怕死鬼。"

奶奶笑着问："那你们两个呢？不是也跟着跑了吗？"

天义一脸不服气地说："我们是跑了，但我们是跑在最后面的呀。还有维维，也是跑在最后面的。"

天仁辩解道："是啊，奶奶。别人都跑了，我们三个总不能等着挨打吧？"

奶奶乐呵呵地说："哦，原来是这样的呀。"

爷爷看着天仁，一脸肯定地说："对。不能逞一时英雄。"

爷爷说完问兄弟俩，今天打了败仗，除了不团结，还有什么其他原因？兄弟俩摸着自己的后脑勺，想了半天都想不出来。天义便催促爷爷："爷爷快说。"

爷爷干咳一声，然后缓慢而有力地说："还有一个很重要的原因，那就是气势。气势懂不懂？"

天仁不解地问："什么叫气势啊？"

爷爷想了一下说："气势就是一种胆气，就是不怒自威！这么说吧，就是双方还没交上手，就能让对方心里胆怯的一种勇气。"

兄弟俩理解不了爷爷这话的意思，都皱着眉头看着爷爷。爷爷沉默了片刻，然后微笑着说："爷爷打个比方跟你们说吧。比方说，有一个人欺负你，即使对方不得理，即使对方没有你高大，但是你心里就是害怕人家，这是为什么？这就是人家的气势比你强。懂不懂？就拿今天打架这件事来说吧……"

爷爷正说在兴头上，奶奶却打断了爷爷："好了好了。你跟两个孩子说这么多大道理干吗呢？要我说啊，就是一句话，'打得赢就打，打不赢就跑——好汉不吃眼前亏。'你说对不对？"

爷爷听了眼睛一亮，赶紧说："你要这么说，好像也不赖。"

奶奶得意地说："什么赖不赖？老祖宗流传下来的智慧，难道会有错？"

爷爷笑一笑，然后反驳道："你这话虽有道理，但是反过来说，如果人家都欺负到你头上拉屎拉尿了，你还能忍气吞声？你还能做缩头乌龟？要是这样，那人家就永远觉得你好欺负，就永远追着你打。你说是不是？"

爷爷这一席话，立刻把奶奶问住了。

爷爷见奶奶语塞，便趁热打铁地告诫兄弟俩："所以你们要记住了，还是老话说得好——狭路相逢勇者胜。当你无路可退的时候，你就是不想打，也得硬着头皮打，而且要打出勇气、打出气势。这样对方就害怕了，就再不敢在你面前要威风了。"

兄弟俩默默地听着，虽然很多话一知半解，甚至是云里雾里，但是爷爷慷慨激昂的神情和不屈不挠的语气，却深深地印在了兄弟俩的脑海里……

十三

戌时，崇草堂药房烛光明亮。药房前台，柜子上摆着一个方形盒子，盒子里装着一些类似球形的拔罐器皿。明古和铁柱站在柜台边，手里各自拿着一个拔罐器皿，正笑嘻嘻地讨论着拔罐的方法。后房里，青山坐在一盏明灯前，正神情安然地看着《资治通鉴》。兰儿坐在青山身旁，低着个头，左手拿着一个荷包，右手在荷包上面穿针引线绣着什么。在她身旁，放着一个笸箩，笸箩里装着针线、剪刀、顶针等女红用品。秀秀像一只无所事事的鸟儿，无聊地在前台和后房之间蹦来蹦去，一会儿跟明古和铁柱说说话，一会儿又来瞧瞧兰儿手中的针线……

这时，秀秀蹭到兰儿身边，笑嘻嘻地问："娘，你缝好了没？"

兰儿理都不理她，继续专注着手头上的活儿……

秀秀嘟着嘴，摇摇兰儿的肩膀说："娘，你还要做多久嘛？"

兰儿没好气地说："走开走开，不要在我眼前碍手碍脚。"

秀秀皱着眉头说："我又没惹着你，你干吗这样说我？"

兰儿停下手中的活，一脸不高兴地说："你能不能安静点？能不能不要在我眼前晃来晃去？"

秀秀撒娇道："那你让我干什么？坐在椅子上发呆？"

兰儿忍着脾气说："好，既然你闲得无聊，来来来，帮我把这上面的线头剪掉。还有，把这些彩线都穿在针上。"

兰儿说着，就把身旁的筐箩递到秀秀的手上。秀秀说一声"好吧"，便拿起筐箩里一个做好的红色桃形荷包，仔细地打量起来。只见荷包的一面绣着一个金黄色的飞龙图案，飞龙的样子逼真而有气势，另一面则绣着一个天蓝色的"医"字，"医"字上下有祥云和海水纹环绕。秀秀看了在心里暗暗称羡不已："哇，真是别出心裁啊！不仔细看，还真感觉不到娘的心灵手巧呢！"

兰儿见秀秀看着荷包发呆，便沉闷着脸说："你到底愿不愿意动手？不愿意就给我走开。"

秀秀说："哼，看一下都不行。"

秀秀说着赶紧拿起剪刀，开始细细地修剪起荷包上面残留的线头来。片刻后，秀秀脸带嫉妒地问："娘，你这是给天仁天义做的吧？"

兰儿满嘴挑逗的语气说："是啊。你有意见吗？"

秀秀说："哼，我就是有意见。你为什么只给天仁天义做，不给我做？"

兰儿看一眼秀秀，故意说："我就是不给你做，就想让你生气。"

秀秀一下子被激怒了，口不择言地说："哼，你就是偏心，就是重男轻女。"

兰儿没想到秀秀突然说出这样的话，顿时一口气堵在喉咙里。兰儿张着嘴就想狠狠地训斥一番……青山见两人就要杠上了，赶紧拉着兰儿的手，拍拍兰儿的手背说："莫生气，莫生气，气大伤身。"

兰儿长长地深呼吸几口气，终于压抑住差点喷涌而出的怒火。青山虽然阻止了兰儿发怒，却不能捂住兰儿的嘴巴。兰儿盯着秀秀，用挖苦与嘲讽的语气说："你说我重男轻女、说我偏心是吧？好。那我问你，你两只手是干什么的？你一个女儿家，这么大了什么都不会，你还好意思跟我抱怨，还好意思跟我说这样的话？"

兰儿看似没有发怒，但是每一句话都点中秀秀的要害，每一句话都直戳秀秀的脊梁骨。秀秀一下子被兰儿镇住了，张着嘴半天说不出话来……兰儿还不解气，继续说："就你这副懒懒散散的样子，再不好好反省一下自己，我看你怎么去嫁人？怎么去当人家儿媳妇？"

秀秀见兰儿说的句句是事实，又句句在理，便蔫不拉几地低下了头……

青山看着秀秀一副"可怜"的样子，立刻心疼起来。于是拉着秀秀的手，一副护犊子的神情跟兰儿说："好了好了，咱秀秀现在不正在学吗？你总说人家干什么呢？"

秀秀见青山替自己说话，立即小鸟依人似的紧贴在青山的怀里，右手紧紧抱着青山的腰身。兰儿见状，便朝青山偷偷地笑。青山则笑眯眯地朝兰儿竖起大拇指，那意思是说："你呀，你呀，真是个厉害的主。"

兰儿看着青山这"似夸非夸"的举动，脸上立刻又露出一丝苦笑。接下来，兰儿便不搭理父女俩，继续低头做自己的针线活。青山拿起笸箩里的荷包，放在手心里仔细瞧一瞧。片刻后，青山也被兰儿别出心裁的构思和精湛的手工折服了。秀秀手指着荷包上面金黄色的飞龙跟青山说："爹你看，这个眼睛绣得多么逼真啊！"

青山赞叹不已地说："那当然，眼睛要是绣得不好，整只龙都没有精气神了！"

秀秀笑嘻嘻地说："爹，这是不是就叫着'画龙点睛'啊？"

青山听了眼睛一亮，立即摸摸秀秀的脑袋说："对呀，这就是'画龙点睛'。你娘真是太厉害了！"

秀秀得了青山的表扬，立刻得意地把头依偎在青山的肩膀上。兰儿听了青山对自己的夸赞，脸上露出自豪的笑容。青山欣赏完飞龙图案，又翻过荷包的另一面，仔细打量上面那个方方正正的"医"字。青山一边欣赏，一边感叹："漂亮，真是漂亮。"

秀秀问道："你是说'医'字漂亮吗？"

青山说："对呀，你以为是什么呢？"

秀秀说："我以为你是说'医'字上面的祥云和海水纹呢。你觉得这两样东西不漂亮吗？"

青山听了又把祥云和海水纹细细打量了一番，顿时觉得秀秀说得还真是不无道理。青山不自觉地点点头，然后笑盈盈地说："你的眼光还不错嘛。但是如果把'医'字完全盖住，你看看祥云和海水纹还好不好看？"

秀秀饶有兴趣地剪下一块小布盖住"医"字，然后再细细打量起祥云和海水纹来……青山笑眯眯地问："好不好看？"

秀秀面无表情地说："没有刚才好看。"

青山问道："你知道这是为什么吗？"

秀秀皱着眉头想了很久，最后还是摇摇头。

青山笑眯眯地说："我告诉你吧，这个叫作'绿叶好看，还要红花扶持'。"

秀秀立即笑了起来："爹你说反了吧？不是'红花好看，还要绿叶扶持'吗？"

青山呵呵笑道："这不都是一样吗？"

秀秀疑惑地说："怎么会一样？你都完全说反了呢。"

青山还没来得及张口，兰儿笑盈盈地接嘴："傻丫头，你要是反过来说，'医'字比祥云和海水纹更好看，那不就是一样的吗？"

秀秀皱着眉头想了好一会儿，突然豁然开朗地说："是一样。真的是一样。"

兰儿笑一笑，又开始调侃秀秀："你呀，除了在吃上面反应快，其他地方都笨得像猪脑子。"

秀秀听了非但不气恼，反而甜甜地说："娘，我天生就是猪脑子嘛。所以你就心疼心疼我，也给我做一个这样的荷包呗。"

兰儿没想到秀秀会这么说，心里立刻又堵得慌，想跟她说道一番，看着她一副甜甜可爱的样子又下不了口。无奈之下，兰儿只能平复一下心情，然后语气淡淡地说："好啊。你就好好地等着吧。"

兰儿说完又埋下头，专注地织起荷包来。秀秀见自己无意当中竟然扳回来一局，顿时脸上笑得像开了莲花。秀秀得意地朝青山挤眉弄眼，青山笑着调侃秀秀："你呀，不要高兴得太早。从今往后，你娘要是叫你'猪脑子'，我看你还敢不敢跟你娘翻白眼？"

秀秀听了一愣，紧接着眉头便皱成一个疙瘩。青山见状，趁机诱导说："你呀，若想要你娘不说道你，其实有一个最简单的办法，你想不想知道？"

秀秀赶紧说："爹快说。"

青山看一眼兰儿，然后笑盈盈地说："其实啊，你只要静下心来，认认真真地把女红学好，你娘就不会再生你的气，也不会再挖苦你。你想一想，是不是这样的？"

秀秀眨巴着眼睛想了想，突然"哼"一声，接着说："我才不要听你的话呢。要是我没猜错，你刚刚说的这些话，都是你们事先商量好的吧？"

秀秀说完就蹦跳着跑了出去。青山和兰儿一时没反应过来，都愣愣地看着秀秀欢快得意的背影……片刻后，青山笑呵呵地感叹："唉，咱们秀秀啊，真是个永远长不大的姑娘哦。"

兰儿却满嘴怨气地说："还不都是你把她惯成这样？"

青山笑着摇摇头："天下当爹的，有哪个不心疼自己的闺女呢？"

兰儿很不高兴地说："心疼，心疼，有这样心疼的吗？有这么大一个姑娘，还一点针线活都不会的吗？"

青山明明感觉到兰儿一肚子不满，却仍然护着秀秀说："不要急。慢慢引导，慢慢调教嘛。"

兰儿气呼呼地说："还慢慢调教？都什么时候了？到时候嫁不出去，你就一辈子养个老姑娘吧。"

青山立刻笑道："不就是一个女红吗？哪有你说得这么严重？"

兰儿见青山一点都不在乎的样子，便懒得跟青山争论："好好好，是我杞人忧天，是我多管闲事。"

兰儿说完就把背对着青山，闷闷地又开始穿针引线。青山笑盈盈地站在兰儿身后，默默地给兰儿揉捏起肩膀来。兰儿立即把青山的双手推开，语气硬硬地说："走开，走开。我享受不起。"

青山却一点也不气恼，两只手又放在兰儿的肩膀上，越发捏得仔细、捏得卖力了。兰儿无奈，不再搭理青山，也不再推开青山的双手，只自顾自地忙着。一会儿，青山看着兰儿手中的荷包，没话找话说："哟，这个也马上就要做好啦？你这双手可真是麻利。"

兰儿这时气早已消了一半，又听了青山赞美自己的话，便微笑着脸，拿起荷包对着灯光细细打量起来……青山心里一喜，赶紧把筐箩里那个做好了的荷包拿过来，跟兰儿手中的荷包放在一起对比着看。青山吃惊不已地说："哎呀，真是一模一样，也跟双胞胎似的。"

兰儿听了无比欢喜，右手却指着绣海水纹的丝线说："哪里一模一样？你看，这两个地方就明显一粗一细。"

青山见兰儿终于开口跟自己说话，赶紧兴奋地握住兰儿的手说："哟，这么细小的差别你都能看得出来呀？"

兰儿语气轻柔地说："又不是你亲手织的，你当然看不出来。"

青山笑一笑，脸贴着兰儿的脸说："你给这哥俩织了这么漂亮的荷包，他们一定会欢喜不已的。"

兰儿听了既欣慰又忐忑地说："你觉得他们会喜欢吗？我就怕他们看几眼就丢在一旁了呢。"

青山张着嘴，正要给兰儿宽心，冷不防秀秀蹑手蹑脚来到两人身后，突然做出一个吓人的举动、发出一声吓人的声音。青山和兰儿立刻被秀秀吓了一跳。兰儿迅速站起身，劈头盖脸就骂道："你真是欠打了是吧？你不知道人吓人会吓死人吗？"

兰儿说着举起右手就要朝秀秀打去……青山赶紧挡住兰儿，嘴上不停地说："算了，算了。"

秀秀从来没看过兰儿如此生气，吓得像一只受惊的小鸡，呆在原地不敢作声。青山转过身看着秀秀，既气恼又心疼地说："这可真是你的不对。你可别怪你娘说你。"

青山说完就摸摸秀秀的脑袋。秀秀点点头，然后认认真真地跟兰儿道歉："娘，你别生气了。我以后再也不敢了。"

兰儿从没见过秀秀这样坦诚地给自己道歉，心中的怒火一下子就熄灭了大半。

青山又赶紧委婉地替秀秀说话："嗯，这还差不多，这才像个认错的样子嘛。不过可不能光嘴上说说，得牢牢记在心里才行。"

秀秀赶紧应承："知道了，爹。我一定牢牢记在心里，再不惹你和娘生气了。"

兰儿听了这话，心里一下子就舒畅了。兰儿淡淡地问道："你又疯疯癫癫跑过来干什么？"

秀秀笑嘻嘻地回答："没什么。我就想来看看你们在干吗呢？"

兰儿看着秀秀一副无所事事的样子，便不再搭理秀秀，又重新打量起手中的两个荷包来……青山赶紧把秀秀拉到兰儿身边，手指着兰儿手中的两个荷包说："你看看，这两个荷包放在一起看，那才真漂亮呢。"

秀秀看着看着，突然眼睛一亮。秀秀一脸夸张地说："这算什么？爷爷给天仁天义做的那两个刻了龙的棋子，那才真的漂亮呢。"

青山满脸不信的样子说："哦？棋子比这荷包还要漂亮？"

秀秀绘声绘色地说："那当然啦。不信你下次回去看，保准让你大吃一惊。"

青山一脸期待地说："好啊，等中秋节回去的时候，我就好好地看看你爷爷做的棋子。"

秀秀眨眨眼睛，跟青山开起玩笑来："中秋节回去，你就只看看那两个棋子，不看看我那两个双胞胎弟弟吗？"

青山笑呵呵地回应："那两个臭小子有什么好看的？听你奶奶说，他们放牛还跟人一起打群架呢。这样调皮捣蛋，我不看也罢。"

秀秀见青山对两个弟弟一脸鄙夷的样子，便打抱不平起来："爹，你可别只听奶奶一面之词。人家天义可勇敢了，还在玩水的时候救了一个小伙伴呢！"

青山装作一点都不知情的样子说："哦？天义还做过这样勇敢的事？那可真值得表扬一下。"

秀秀自豪不已地说："那当然！"

兰儿听了笑着摇摇头，然后莫名其妙地感慨道："你俩夸他们的话可别说早了。说不定啊，就在我们说话的这个时刻，他们哥俩正在捅什么娄子呢。"

青山见兰儿突然说出这么一句无厘头的话，立刻打趣兰儿："你可真会开玩笑，好像你有千里眼似的。"

兰儿却煞有介事地回应："这不叫千里眼，这叫母子连心。你懂不懂？"

青山张着嘴正想说什么，秀秀却突然诙谐地冒出一句："什么母子连心？说得比唱得好听。依我看呀，其实就是两个字：偏心。"

秀秀说完看一眼兰儿，赶紧一溜烟跑了。兰儿听了一愣，青山听了也一愣。片刻后，两人都呵呵笑了起来。

十四

夕阳西下，晚霞满天，杨家祠堂前的空地上渐渐热闹起来。空地上搭了一个高高的戏台，孩子们在台上台下嬉戏玩耍、说笑打闹，有调皮的男孩子甚至从戏台上跳下来逞威风。戏台上面用帷幕分成前后两部分，前面是唱戏表演的空间，后面是化妆室和休息室。孩子们从帷幕前后穿来穿去，模仿戏子进进出出的样子取乐。

当夜幕降临时，戏台前已经摆满了用来占位子的凳子、椅子等。再过一会儿，戏班子成员就陆续到场了，然后配乐人员开始检查、调弄乐器，戏子们开始互相化妆。孩子们这时更加兴奋了，一会儿看看戏子化妆，一会儿看看配乐人员拨弄着乐器。天仁天义和几个小伙伴，一会儿跳到戏台上，一会儿钻到戏台下，左看看右瞧瞧，喜悦与兴奋洋溢了整个脸庞。

此刻，天义跑累了，站在戏台下休息。他左手不时揩一下额头上的汗水，右手抓着戏台下面一根支撑戏台的粗木棍，时不时无意识地摇一摇它……不料，铺在上面的一块旧门板轻微地晃了晃。天义又用力摇了摇，上面的旧门板便晃动得更加明显了。这时，一个小伙伴站在天义不远处，兴奋地朝天义招手说："天义你快来看，那个女的开始化妆了。"

天义问道："是那个漂亮的花旦吗？"

小伙伴点点头。

天义眼睛一亮，立刻就跑到后台去看那个花旦化妆了……

一会儿，空地上聚集的人越来越多，气氛也越来越浓了。台上，不时传来各种配乐器的响声，台下，前来看戏的村人黑压压的一片。人群中，坐在第二排中间的，是一位须发皆白的耄耋老人。老人今日做八十大寿，众亲友前来庆贺、祝寿，子女依照乡俗请来戏班子唱戏祝寿。因此，全村人都沾了老人的光，开开心心地聚在一起看戏和玩乐。老人一脸祥和地跟坐在身边的族中耆老笑谈着。爷爷也坐在第二排，乐呵呵地跟左右两边的长者闲聊着。

　　一会儿，台上的二胡、堂鼓、铜锣等乐器声正式响起，坐在戏台两旁的配乐人员已经开始酝酿戏前气氛了。再过一会儿，戏便正式开始。只见一个画着"三花脸"的丑角摇晃着身子，步履轻盈、欢欢喜喜地率先登场。立刻，台下的观众就被这丑角可爱、滑稽的样子吸引住了。孩子们也睁大了眼睛，紧紧地注视着这丑角的一举一动。只见丑角自言自语一番后，一个老生便走了出来，然后"咿咿呀呀"地跟丑角对唱个不停……

　　孩子们顿时兴趣骤减，便又自己寻欢玩乐起来。天仁天义嘴里吃着葵花籽，一会儿在看戏的人群中钻来钻去，一会儿睁大了双眼看戏台上打闹的场面。当第一场戏快要唱完时，天义忿忿不平地跟一个小伙伴说："你看见没？那个白脸的胖子真坏，专门欺负那个漂亮的花旦。"

　　小伙伴一脸赞同地说："嗯，是好坏。"

　　天义皱了皱眉头，然后狡黠地说："咱们来捉弄一下他，怎么样？"

　　小伙伴问道："怎么捉弄？"

　　天义立刻跟那个小伙伴耳语了几句。小伙伴一听，脸上的表情是又激动又害怕。天义挽着小伙伴的胳膊说："走，不要怕。万一有人追究起来，你就说是我出的主意。"

　　于是，两人又赶紧找了几个同伴一起商量着怎么分工、怎么配合……天仁见天义有意回避自己，便疑惑地跟在他们身后。天义一脸不耐烦地对天仁说："哎呀，你去玩你的吧，不要跟在我们后面。"

　　天仁说："那你告诉我，你们偷偷摸摸想干什么？"

　　天义没好语气地回应："你管那么多干吗？"

　　天仁却不气不恼地说："你不告诉我，我就一直跟着你们。"

　　天义装作一副无所谓的样子说："你爱跟不跟。"

　　一个小伙伴冷冷地对天仁说："你别跟着我们了，否则以后我们再也不跟你玩了。"

天仁无奈，只好眼睁睁看着天义等人神神秘秘地消失在自己的视线里。

一会儿，天义便领着几个小伙伴来到他之前摇晃过的那根粗木棍前。天义指着粗木棍说："就是它了。"

伙伴们立刻靠近木棍，都伸出手摸一摸、摇一摇。天义赶紧止住他们说："轻一点。轻一点。现在塌掉了就麻烦了。"

伙伴们笑嘻嘻地说："我们先试一试嘛。"

天义一本正经地说："这有什么好试的？又不要你们动手。"

伙伴们笑一笑，然后急不可耐地问："那我们现在干什么？"

天义说："急什么？来，我告诉你们。"

天义说完就开始分工，让其中两个伙伴去拿老虎钳来拔掉木棍和门板连接处的钉子，又让另外两个伙伴各自去找一个好的位置，一个负责盯着台上的白脸胖子，一个负责在中间传递信息。一切安排妥当，伙伴们立刻依计行事，各自很快行动起来。不久，准备工作完成，大家便静静地等待着捉弄白脸胖子的好戏开场……

天义则独自一人待在戏台下那根粗木棍边，静静地看着传递信息的小伙伴，准备做最后的关键一步。不一会儿，只见白脸胖子又趾高气扬地上场了。白脸胖子跟台上的瘦弱书生没说上几句话，便跟人家动起手来。瘦弱书生根本就不是白脸胖子的对手，片刻后就往天义头顶这个方向节节败退。白脸胖子摇着方步紧紧跟了过来。当他一脚踩上天义头顶的旧门板时，负责盯梢和传递信息的两人赶紧打手势示意天义动手。天义眼疾手快，立刻狠狠地将粗木棍推倒在地。

瞬间，旧门板失去了支撑，"哐当"一声坍塌下去。紧跟着，白脸胖子重重地从戏台上摔了下来。天义看一眼白脸胖子，顷刻间便消失得无影无踪。

台上台下顿时一片轰乱。看戏的村人立刻围拢了过来，其中就包括爷爷和村中几个耆老。只见白脸胖子右手摸着左手的肘关节，痛苦地叫道："哎哟，疼死我了，疼死我了！"

有人赶紧上前想把白脸胖子搀扶起来，白脸胖子立刻摆摆手，示意对方不要碰他。爷爷快步走到白脸胖子跟前，用手轻轻地摸了摸他摔伤的肘关节，然后说："你先不要乱动，让我看看。"

爷爷仔细检查了一下之后，皱着眉头说："唉，脱出来了。"

白脸胖子一脸焦虑地问："要不要紧？"

爷爷没有立刻回应他，却蹲下身子，右手手指在他肘关节上下的骨头上轻轻地敲击了几下，然后问："这样疼不疼？"

白脸胖子赶紧回答："不疼。这样不疼。"

爷爷立刻舒展了眉头说："还好只是脱臼，没有伤到骨头。"

白脸胖子听爷爷这么说，心里立即安慰了许多，但是满脸疑惑地问："老伯，你这样敲一敲就能断定吗？"

爷爷正想跟白脸胖子解释，猛然发现天义和几个伙伴都躲在人群里偷偷地注视着自己和白脸胖子。爷爷心里顿时"咯噔"一下，瞬间意识到此事肯定跟天义有关。爷爷眉头不知不觉又皱了起来。天义察觉到爷爷脸色不对劲，吓得赶紧缩到人群后面去了……

爷爷没工夫理会天义，立即让白脸胖子坐在一把椅子上，然后宽慰他："你放心吧。如果骨头损伤，哪能这么轻松？"

白脸胖子听了点点头，然后问："那现在怎么办？"

爷爷一脸镇定地说："没事，不用紧张。稍微忍耐一下，我很快就帮你把骨头归位。"

白脸胖子感激地回应："好，好。"

爷爷叮嘱一句"你放松点"然后左手紧抓着胖子脱臼处的上臂，右手紧抓着脱臼处的前臂，猛地用力一推——刹那间，脱臼的关节就复位了。白脸胖子简直不敢相信自己的眼睛。他看一看、摸一摸自己的肘关节，又尝试着微微动了动，然后张着大嘴，半天说不出话来……

爷爷微笑着问："怎么样？还疼不疼？"

白脸胖子激动地说："不疼，一点都不疼。"

爷爷欣慰地说："不疼就对了。"

白脸胖子又大胆地活动一下自己的手臂，感觉竟然跟没受过伤一样。白脸胖子惊叹不已地说："哎呀，真是太神奇了。"

爷爷笑一笑，然后叮嘱道："还是要注意一点，不要乱动。"

白脸胖子点点头，紧紧握住爷爷的双手说："老伯，您真是高人啦！高人啦!"

爷爷一脸谦虚地说："不敢当,不敢当。"

白脸胖子又竖起大拇指说："老伯,我唱了 20 多年的戏,走过的地方也不少了,还真没见过像您这样干脆利落的。高啊,真是高啊!"

爷爷又谦虚地摆摆手,脸上却洋溢着灿烂的笑容。

围观的人群见白脸胖子平安无事,一场闹剧也最终有惊无险,便随意地跟胖子笑谈起来……这时,有人提议要追查事故原因,有人赶紧响应附和,白脸胖子赶紧笑呵呵地阻止："算了,算了。我这不是好好的?还计较什么嘛?"

80 岁的老寿星也笑眯眯地说："人没事就好,人没事就好啊。"

众人见白脸胖子和老寿星都笑呵呵地包容此事,也就不再较真了。于是,一场风波就在笑谈中平息了。然后,戏又接着唱,大家又回到自己原先的位置上,欢声笑语又重新在祠堂前的空地上荡漾起来……

戏唱完后,爷爷迅速找到天义,盘问今天的恶作剧究竟是怎么回事。天义明白事情隐瞒不了,就老老实实地交代了来龙去脉。爷爷满脸怒气地说:"你真是人小鬼大。幸好今天没出大事,否则我看你能躲到哪里去?"

爷爷一口气说了一大串,天义低着头不作声,站在爷爷面前认认真真地接受教训。天仁也在一旁认认真真地听着,不时地看一眼爷爷和天义。奶奶嘴巴嗫嚅着,几次想替天义求情,却最终没敢吐出半个字。

爷爷教训完天义后,又特意表扬天仁没有参与今天的捣乱,还鼓励天仁以后要多监督天义不能去做坏事,又叮嘱天义要向天仁学习。兄弟俩都仔仔细细地听着,都因为此事而接受了一次心灵上的洗礼。之后,爷爷又领着天义真诚地给白脸胖子认错,给老寿星恭恭敬敬地赔礼道歉……

白脸胖子一边拍拍天义的肩膀,一边开玩笑说："我保证,以后再也不敢欺负你喜欢的花旦了。"

天义俏皮地说："你保证就好。男人欺负女人,本来就不对。"

白脸胖子听了一愣,然后呵呵笑道："你这小鬼,你这小鬼。"

爷爷摸摸天义的脑袋说："你这说的是什么话?这只是演戏呢。"

天义却振振有词地说："我才不管演戏不演戏呢。反正他欺负女人就是不对。"

白脸胖子见天义说话这么淘气，长得又令人欢喜，便开心地摸着天义的脑袋说："天义啊，让叔叔做你的干爹好不好？"

天义诙谐地说："你真想得美。你想要做爹，自己不会去生个儿子吗？"

白脸胖子装作一副可怜的样子说："唉，我是想要生个儿子呀，可是我家里穷，没有女人愿意嫁给我呀。"

天义听了立刻生了怜悯之心，脸上随即露出愁容……白脸胖子强忍住笑，又一脸无奈地感叹："唉，要是哪个心善的女人，能可怜可怜嫁给我，给我生个儿子就好了。"

天义皱着眉头看看白脸胖子，突然眼睛一亮，然后笑嘻嘻地说："你不要这么悲观嘛。我告诉你一个办法，你以后对那个漂亮的花旦好一点，慢慢地，人家感动了，不就愿意嫁给你了？"

白脸胖子听了差点笑出眼泪来。

爷爷没想到天义会说出如此的话语，也开心地笑了起来。

……

正午时分，艳阳炽热。爷爷奶奶在房间里午休。兄弟俩躺在堂屋里一张宽阔的竹床上假寐。一会儿，天义睁开眼，看着房梁上空空的燕子窝发呆……突然，天义眼睛一亮。他用手指兴奋地虿一下天仁："欸，出去玩吧？"

天仁问："大中午的，去哪里玩？"

天义坐起身说："走嘛，起来再说嘛。"

天仁也坐起身，看着屋外的太阳说："你看外面的太阳多厉害。"

天义站起身，拉着天仁的胳膊说："走嘛走嘛，又不要你站在太阳底下。"

天仁问："玩什么呢？"

天义说："去了你就知道了。"

天仁警惕起来，说："你是不是又想去做坏事？"

天义说："哎呀，你想哪里去了？走吧走吧。"

天仁犹豫不定，说："咱们还是先睡一觉吧。要不然爷爷知道了会生气的。"

天义一再坚持，说："没事，没事。我们一会儿就回来。"

天仁皱着眉头，又拿出爷爷的话来阻止天义："你忘记了，爷爷说三伏天阳气正盛，中午不能到处乱跑。"

天义一边把天仁往外面推，一边说："哎呀，就今天一次，行吧？"

天仁心一软，只好随着天义。于是，兄弟俩轻手轻脚走到院子外。这时，天仁放大了声音问道："你给我说清楚，真的不是去做坏事？"

天义信誓旦旦举起右手说："我保证，绝对不是去做坏事。"

天仁紧盯着天义的眼睛说："那你告诉我，到底去干什么？"

天义不耐烦地说："哎呀，到了你就知道了嘛。"

天义说着便拉着天仁的手往目的地走去。一会儿，兄弟俩来到村子西口的老井边。天义停下脚步，抬头看着前方的老苦楮树……

天仁问："钓鱼吗？"

天义笑嘻嘻地说："你说呢？"

天仁满腹疑问地说："鱼竿和蚯蚓都没带，怎么钓？"

天义说："谁跟你说要钓鱼了？走。"

天义说着就往苦楮树下走。天仁跟在天义后面说："你到底想要干什么？"

天义回应道："你不要问，马上就知道了。"

两人说着就来到老苦楮树下，天义抬起头左看看右看看。天仁皱着眉头，看看苦楮树，又看看天义。突然，天仁眼睛里放出一道光。天仁说："你不会是找那个鸟窝吧？"

天义看一眼天仁，笑道："算你记性还不错。"

天仁得意地一笑，然后也抬起头搜寻起那个鸟窝来。突然，天义手指着一个地方，兴奋不已地说："你看，还在那儿呢。"

天仁看了好一会儿，还是没有看见，就说："你骗我的吧？"

天义说："谁骗你呢？看我把小鸟拿下来给你看。"

天义说着就要准备爬树……

天仁问道："你肯定里面孵出了小鸟？"

天义一边爬树一边说："那当然。"

天仁叮咛道："你慢一点。不要急。"

天义回应一声"知道了"就铆足了劲继续往上爬。很快，天义就爬到一片茂密的枝叶中间。当那个鸟窝近在眼前时，天义看见两只小鸟露出头和尖尖的嘴巴。天义心里一喜，右手便不自觉地伸了过去，就在手指即将靠近小鸟时，突然又缩了回来。天义皱着眉头想了一下，然后飞快地脱掉身上的背心，双手打了几个结，把背心做成一个"布袋"的形状。天仁在下面问："你脱掉衣服干什么？"

天义低头回应天仁："你小声点，不要叫。"

天仁便不再作声，只睁大了眼睛盯着天义。只见天义又伸出右手，小心翼翼地从鸟窝里掏出那两只小鸟。小鸟似乎受到了惊吓，在天义手中"叽叽喳喳"地叫个不停。天义兴奋地把两只小鸟放进刚刚做好的"布袋"里，然后左手提着"布袋"，右手又伸进鸟窝在里面"打捞"了一下。就在这时，一只近两尺长的青蛇不知何时爬到天义身边，猛地在天义的右手手臂上咬了一口。天义惊叫一声"哎哟"，身体瞬间失去平衡，双手便急忙去抓依靠物……于是，左手中的"布袋"便迅速地从高空掉落下来。天义绝望地说："完了，完了。"

天仁在下面问："怎么啦？怎么啦？"

天义顾不得回应天仁，也顾不得右手伤口的疼痛，只急急忙忙地就从树上往下爬。天义爬到下面的一个大树杈上时，便急切地问天仁："小鸟呢？捡到了吗？"

天仁愣愣地说："哪里有小鸟？你扔下来了吗？"

天义左顾右盼看了一下树上，突然发现那个"布袋"被一根枯枝结结实实地挂住了。天义激动不已，立刻过去取下"布袋"，拿在手上一看，见里面的两只小鸟都安然无恙。天义脸上顿时露出舒心的笑容……

片刻后，兄弟俩便蹲在地上，两颗小脑袋紧紧地挤在一起，细细地观察着两只刚刚长毛的小鸟。这时，天仁突然发现天义右手伤口的鲜血都流到手背了。天仁赶紧问："你的手怎么流血啦？"

天义看一眼自己的手臂，满不在意地说："没事。被蛇咬了一口。"

天仁一脸紧张地说："啊？是什么样的蛇啊？"

天义一边玩弄着手中的小鸟，一边轻描淡写地说："青蛇，青蛇。"

天仁看着天义的手臂似乎有点肿胀，便满脸担心地说："好像有毒。"

天义听天仁说有毒，这才放下手中的小鸟，一脸专注地查看起手臂上的伤口来……

天仁又关切地问："你一点都不疼吗？"

天义刚才注意力一直在小鸟身上，便没什么感觉，现在心思一集中在伤口上，就感觉伤口还真有点疼，整个手臂似乎也有点麻。天义一边擦拭手背上的流血，一边跟天仁说："还真是有点疼。"

天仁皱着眉头说一声"你呀"便立刻脱下自己的背心，紧紧地绑在伤口的上方，以防止有毒的血液快速回流到心脏。天义伸着手臂，默默地看着天仁一脸紧张的样子，心头突然泛起一种暖暖的感觉……

片刻后，天仁拉着天义的手说："走，回去让爷爷看看。"

天义咬着嘴唇待在原地不动。

天仁催促道："走啊。你愣着干什么？"

天义说："你自己先回去吧。"

天仁明白天义的心思，便安抚道："走吧，爷爷不会骂你的。"

天义摇摇头，眼神里充满了恐惧。

天仁就皱紧了眉头，一边想着怎么让天义赶紧回家，一边时不时看一眼天义手臂的伤口。当伤口周边肿得越来越大时，天仁紧盯了一会儿，突然抓住天义的手臂，嘴巴对准天义的伤口，用力地吮吸起里面的毒血来……

天义惊讶不已地说："你干什么？"

天仁吐一口毒血，说："不要说话。"

天仁说完又低着头继续吮吸起来。天义吃惊地看着天仁吸满一口又吐一口，吸满一口又吐一口。一会儿，天义声音低低地说："哥，不要再吸了，咱们回家吧。"

天仁立刻用手背抹一下粘在嘴唇上的毒血，兴奋地说一声："走。"于是，兄弟俩收拾好地上的两只小鸟，然后快步往家里走去。一进院子，兄弟俩就看见爷爷坐在堂屋的一把椅子上，正闷闷地吸着旱烟。两人胆战心惊地走到爷爷跟前，天义怯怯地站在天仁身后，低着头，大气不敢出一声。天仁轻轻地叫一声："爷爷。"

爷爷用力敲一敲烟斗，板着脸问："大中午的不休息，去哪里玩了？"

天仁壮着胆说："爷爷，天义被一条青蛇咬了。"

爷爷立即站起身，眼睛盯着天义问："咬哪里了？快给我看看！"

天义缓缓地伸出右手臂给爷爷看。爷爷握住天义的手臂，紧张地察看一番后，嘴里长长地舒了一口气。

天仁又壮着胆问："爷爷，不要紧吧？"

爷爷不回答，却一脸严肃地问天仁："怎么被蛇咬的？"

天仁就简单地讲述了一下经过。爷爷听完便默默地摸摸天仁的脑袋，然后双眼犀利地盯着天义。天义忍不住看一眼爷爷，爷爷便问："那两只鸟呢？"

天义不敢撒谎，怯怯地说："藏在牛棚里。"

爷爷瞪一眼天义，然后指着一把椅子说："坐好来。不要乱动。"

天义赶紧老老实实地坐到椅子上，然后目不转睛地盯着爷爷。只见爷爷转身走进西边的药房里，然后手脚麻利地给天义准备消毒用品。一会儿，爷爷抓住天义被咬的手臂，一边仔细地清洗伤口，一边严肃地对天义说："幸好这只青蛇毒性不大，否则今天你的小命保住了，你哥的小命可就要交给你了。你听明白了没有？"

天义赶紧回答："听明白了。"

一会儿，爷爷看着天仁，又气恼又心疼地说："你这小子也给我记住了，以后千万不能这么鲁莽。要是今天碰到的是剧毒之蛇，你让爷爷怎么跟你爹娘交代？"

天仁立即意识到自己的错误，赶紧说："爷爷，我以后再也不会这样了。"

爷爷点点头，又心疼地摸摸天仁的脑袋。天仁看看爷爷，又看看天义，眼神里满是温馨。片刻后，爷爷又问天义："那两只小鸟，你想怎么办？"

天义猜不透爷爷的言下之意，便犹犹豫豫不敢作声……

天仁微笑着说："爷爷，我想还是把它们放回去吧。要不然，它们的父母回来找不到孩子，一定会很伤心的。"

爷爷听了点点头，又深情地摸摸天仁的脑袋。天义见爷爷似乎默认天仁的建议，赶紧壮着胆说："爷爷，小鸟放回去，一定会被青蛇吃掉的。"

天仁反问道："怎么会被青蛇吃掉？它们的父母不会保护它们吗？"

天义盯着天仁，振振有词地解释说："如果今天不是我们把小鸟抓走了，小鸟一定会被青蛇吃掉。因为小鸟的父母要去寻找食物喂养它们，不可能时时刻刻守护着它们的。你说是不是？"

天仁听了赶紧说："爷爷，天义说得一点没错。那只青蛇拼命咬天义一口，肯定是它觉得天义抢了它的食物。"

爷爷笑着点点头，然后问兄弟俩："那你们打算怎么办？"

天仁张着嘴就要回答，天义悄悄地扯了扯天仁的裤子，意思是把小鸟留下来……天仁会意，立即诚恳地说："爷爷，我看还是让我跟天义一起来把它们养大吧。"

爷爷笑眯眯地说："好吧。不过爷爷要提醒你们一句，任何事情一旦开了头，就要做到善始善终，不能半途而废。知道吗？"

天仁见爷爷答应了留下小鸟，立刻兴奋地表态："爷爷，你放心吧。我们一定会照顾好小鸟，把小鸟养大。"

天义激动地说："爷爷，我和天仁一定不会让小鸟饿死的。你刚刚提醒我们，不就是担心我们前面三分热血，后面懒懒散散吗？"

爷爷见天义一下子说中自己的心思，顿时心中的气全部消了。爷爷心里欢喜天义的机敏，嘴上却故作严肃地说："你心里有数就好。要是两只小鸟中途夭折了，我可要拿你刚刚说的话跟你算账。"

天义正要表态，天仁却笑着说："好啊，爷爷。只要小鸟有个闪失，你就找我们两个算账吧。"

天义听了却说："那可不行。小鸟是我坚持要留下来的，如果出了意外爷爷要惩罚我们，第一个要惩罚的也是我。"

爷爷看着兄弟俩互相袒护、亲密无间的样子，脸上顿时露出无比欣慰的笑容……

十五

崇草堂后院里，中间放着一张圆形桌子，桌子上摆着一个瓷茶壶和几个小茶杯。院子四周草木盎然，一派生机。青山和青松兄弟俩正一边喝茶，一边亲热地闲聊……

青松一年难得回老家一次，心里惦念爹娘，这次本想回去看看二老，但又想着爹不待见自己，所以就来青山这里坐一坐，兄弟俩聊一聊家里的事，说一说贴心的话。兄弟俩各有自己的家业，总是分离多相聚少，因此每次见面都显得格外亲热。此时此刻，兄弟俩说着家长里短，脸上都兴奋不已。秀秀像一只轻盈的兔子，一会儿站在一旁竖起耳朵听听，一会儿跑去厨房帮兰儿烧火做饭。说到爹娘，青山语重心长地劝道："既然回来了，还是去看看二老吧。爹虽然嘴上不说，其实心里跟娘一样，也是挺挂念你的。"

青松叹一口气说："算了吧。别让爹看见我又烦心。"

青山宽解道："哪里会呢？是你自己胡思乱想。"

青松苦笑一下，说："只要二老身体健康，过得好就行啊。"

青山看着青松，满脸期待地说："爹娘目前身体是还好，就是总念叨我们这些晚辈——所以你有空还是多回去跟他们说说话、谈谈心。"

青松摇摇头，端起茶杯，眼神忧闷地看着墙角的花花草草……

青山见此情景，也不好再说什么，兄弟俩一时陷入沉默。一会儿，青山像是想起了什么，笑盈盈地跟青松说："我拿几样东西给你看。你等一下。"

青松点点头，两眼又茫然地看着墙边一架翠绿的葡萄藤……

不一会儿，青山又回到桌前。青山把两袋晒干的山楂片和一包干红枣放在桌上，笑盈盈地说："你看，这都是爹让我给你的。爹心里啊，其实挺挂念天霖和雪雪的。"

青松点点头，拿起一袋山楂片，双手翻腾着看了一会儿。青山趁机说："上次你回家，你跟娘说天霖这孩子消化不好，爹就一直记在心里。你看，这山楂都是爹他亲自上山摘的。"

青松感叹道："难为他老人家了。"

青山听了心里不悦，便继续开导青松："你别说这样见外的话。天底下哪个做爷爷的不牵挂、不疼爱自己的孙子？爹只是嘴巴不服软，心里啊，可能比娘操心的都还多。"

青松点点头，突然问道："爹摔伤的那条腿，已经完全好了吧？"

青山见青松眼角有点湿润，就一脸轻松地说："没什么大碍了。你不用记挂在心上。"

青松"哦"一声，然后从口袋里掏出一包卷烟，放一支在自己嘴上，又递一支给青山。青山说："我不会，你自己吸吧。"

青松笑一笑，掏出火柴"哧"的一声点燃了自己嘴上的香烟。青山看着青松一脸享受的样子，便关心地劝道："这东西吸多了伤身体，你还是少吸点好。"

青松吐一口烟雾说："我知道。你让爹也少吸点，他那烟叶更冲。"

青山点点头，拿起桌上的烟盒看一看，笑呵呵地问："这是大上海时兴的卷烟吧？放在衣兜里倒是挺方便的。"

青松立刻兴奋地回应："是啊，最新流行的。"

青山又拿起桌子上的火柴盒打量了一番，然后笑着说："这洋人做的东西也真是精巧。就这样一个小盒子，在两边'哧'一声还能擦出火来。"

青松乐呵呵地回应："对啊。你别看洋人说话直来直去，脑瓜子却精明得很。"

青山听了点点头，又向青松询问起跟洋人相关的一些事情来。兄弟俩谈论着这些有趣又无关乎己的话题时，脸上都布满轻松和愉悦。一会儿，兄弟俩又谈到当前的国内大事，青山便问道："国民政府都从南京跑了，你为什么又从北平跑到上海，这不是更危险吗？"

青松却一脸淡定地说："什么危险不危险？唱戏的都是跟着银子走，哪里银子多就往哪里去。"

青山点点头，又满脸好奇地问："洋人也喜欢看京戏吗？我听人家说上海满大街洋人。"

青松听了立刻笑道："这洋鬼子哪能听得懂京戏？看看热闹罢了。"

青山嘴上"哦"一声，眼神里却满是疑惑。

这时，秀秀欢快地来到两人身边，笑盈盈地跟青松说："伯伯，哪天你带我去上海，也让我看看洋人是什么样子呗？"

青松拍拍秀秀的臂膀说："好啊。只要你爹娘舍得，伯伯下次一定带你去看看洋胡子。"

秀秀兴奋地说："伯伯说话一定要算数，要不以后我不理你了。"

青松乐呵呵地回应："算数，一定算数。"

这时，厨房里传来兰儿呼唤秀秀的声音："疯丫头，你又跑哪里去了？快点过来帮我把猪脚洗一洗。"

秀秀应一声"来了，来了"立刻蹦跳着往厨房里跑去。青松看着秀秀淘气、可爱的样子，笑盈盈地说："秀秀这孩子真是惹人喜欢。今年 14 岁了吧？"

青山摇摇头说："不止哦，已经满 15 岁了。"

青松听了笑道："那可以嫁人啦。这样你做外公就跑在我前面了。"

青山笑着说："你看这样疯疯癫癫的一个人，哪个婆家敢要？"

青松听了却不以为然，说："这说的是什么话？我就喜欢秀秀这样的性子——无拘无束，自由自在。到时候我家天霖找媳妇啊，就找秀秀这样的。"

青山听了笑一笑，对青松的想法不说什么。兄弟俩沉默了片刻，青山喝一口茶，突然问："听说小日本最近更加疯狂了，你觉得国民政府还能守得住吗？"

青松吐一口大大的烟雾，失望地摇摇头……

青山疑惑地问："小日本一个弹丸之国，怎么就敢这样放肆、这样不把国民政府放在眼里呢？"

青松也一脸不解地说："是啊。太窝囊、太让人不可理喻了。"

青山皱着眉头感叹："唉，这窝窝囊囊的日子，不知何时才能结束啊？"

青松掐灭手中的烟头，若有所思地说："结束的话现在谈太早了。依目前的形势看呀，用不了多久，南方有更多的城市会相继沦陷。不信你等着看。"

青山激愤不已地问："那我们的政府就没有一点办法了吗？"

青松语气淡淡地说："有没有办法，我们老百姓怎么清楚？你问的问题，都是瞎操心。我关心的是，万一哪天小日本打到南昌来了，你们怎么办呀？"

青松这突然一问，倒是结结实实把青山给问住了。说实话，青山还着实没认真想过这个问题，更谈不上有什么思想准备。青山皱着眉说："不会这么快吧？或许打不到南昌来呢。"

青松对青山这满不在乎的态度和侥幸的心理非常不满，于是很不高兴地说："你怎么能这么想呢？你是想靠政府吗？我告诉你，政府是靠不住的。你还没跑，它早跑得没影了。"

青松的语气虽然不好，但是这份诚挚的关心却令青山动容。青山叹了一口气，感慨道："真想不到，偌大一个中国，我们几万万同胞，竟然会被一个小日本如此欺侮、如此横行霸道。真是令人费解啊。"

青松却一脸淡然地说："这世上想不通的事多着呢。我们现在要想的，就是万一小日本打过来了，怎么样保住自己的身家性命。你说是不是？"

青山点点头说："哥你这话倒是实情。"

青松又点燃一根烟，接着说："眼下，小日本已经霸占了九江，南昌的形势危险得很。你和爹一定要有思想准备啊。"

青山赶紧问："哥你的意思是？"

青松一脸严肃地说："你要赶紧跟爹说，让他有闲钱不要再去买田置地，要多换成黄金细软。这样，万一南昌沦陷了，还能保住一些家底。"

青山赶紧回应："哥你不知道，爹早已不再买田置地了。爹把闲钱都用在办乡学和救济穷人身上了。"

青松听了满脸欣慰地说："好，好。乱世当头，积德行善也是桩好事。"

青山也欣慰地说："是啊，钱财乃身外之物。爹这样做，我一直举双手赞同。"

青松听了点点头，片刻后突然问："娘的眼睛最近怎么样？"

青山回应道："还是老样子呢。看近的东西要双手拿得远远地看。"

青松笑着问："没有新的症状吧？"

青山回应道："没有呢。她就说看近的东西模糊，弄得她很烦。"

青松点点头，笑道："放心吧，娘的眼睛没事。我这次回来，特意给她买了一副'老花镜'，她只要一戴上，眼前立刻就亮堂了。"

青山满脸怀疑的样子说："哦？真有这么神奇？"

青松回应道："那当然。现在洋人只要上了点年纪，都兴戴这玩意儿。"

青山一脸好奇地问："哦？还有这样的时尚？"

青松笑着说："这可不是时尚，这是没有办法的事。很多人上了年纪，都会得一种叫作'老花眼'的病，但是症状有轻有重——轻微的不碍事，重一点的看近的东西就不好使。"

青山呵呵一笑说："还有这么多名堂啊？"

青松回应道："对呀。这洋人琢磨事，就喜欢把它琢磨透了。"

青山笑着点点头。正在这时，兰儿走到两人身边，笑盈盈地说："饭菜好了，吃饭吧。"

秀秀右手拿着一只鸡腿，笑嘻嘻地递到青松眼前说："伯伯你吃这个鸡腿。我娘煮的鸡腿可好吃呢。"

青松乐呵呵地说："是吗？好吃那你就全包了吧。"

秀秀见青松不领情，便撒娇起来："伯伯你吃嘛，吃了你就不会忘记带我去看洋人了。"

三个大人一听，立刻被秀秀的玩笑话逗乐了。

青松开玩笑说："傻丫头，你就想靠一只鸡腿来讨好伯伯吗？"

秀秀俏皮地回应："你先尝一尝味道嘛。我娘还做了好多好吃的呢。"

青松看着秀秀一副讨人欢喜的样子，便笑呵呵地接过鸡腿说："好，好。"

稍后，一家人开开心心地来到餐桌前。青山看着满桌子的鸡鸭鱼肉，笑盈盈地问兰儿："酒呢？酒怎么没准备好？"

兰儿赶紧吩咐秀秀说："你快去把那坛陈年花雕给伯伯端过来，就放在储藏党参的那个箱子旁边。"

青山见兰儿吩咐秀秀去拿，赶紧说："算了算了，还是我自己去吧。你叫她去拿，一不小心就让她一个人吃了！"

秀秀见爹爹这么不信任自己，立即气恼地说："爹这话什么意思啊？你以为我是三岁小孩吗？"

兰儿笑盈盈地说："你做事毛手毛脚的，也难怪你爹不放心你。"

秀秀气呼呼地说："有什么不放心的？摔了大不了赔他就是了！"

青山呵呵笑道："赔我？你拿什么赔呀？"

秀秀一脸不屑地说："哼，不就是一坛酒嘛！"

青山说："酒当然是酒。可是这坛酒的年龄你知道多大吗？"

秀秀说："我怎么知道？你说。"

青山正要告诉秀秀，青松却笑呵呵地挽着秀秀的胳膊说："走走走，伯伯跟你一起去拿。要是摔了，我们两个人一起赔。"

秀秀见有人给自己撑腰，立刻得意地朝青山"哼"一声，然后趾高气扬地挽着青松的胳膊往药房走去……

青山看着两人的背影，立刻笑了起来。

兰儿笑盈盈地说："这个鬼丫头。"

……

晚上，卧室里烛光明亮。兰儿闭着眼睛，背对着光，静静地坐在一把藤椅上。在她的头顶和后脑勺，正扎着许多根细细的银针。青山站在她的身后，正专注地给兰儿针灸……不远处，一个笸箩里放着两双崭新的童布鞋和剪刀、针线等杂物。青山看一眼这些东西，既心疼又抱怨地说："唉，让我说你什么好呢？叫你不要一天到晚做这个做那个，你偏偏就是不听。"

兰儿立即回应："怎么？让你给我扎一下针，嘴巴就这么啰唆？"

青山说："我这是关心你。换作是别人，我都懒得张嘴。"

兰儿故意跟青山作对："你不张嘴就好。别以为我会领你的情。"

青山笑着说："你以为你付出了这么多，你那两个宝贝儿子就会领你的情？"

兰儿立刻回道："他们领不领情是他们的事，做不做是我的事。"

青山无奈地笑一笑，又说："大街上满是好看又耐穿的童鞋，你就直接去买就是了，何必要自己亲力亲为，弄得又是头晕、又是脖子疼呢？"

兰儿回应道："你懂什么？"

青山笑着说："我怎么不懂？你眼里心里都是那两个活宝，怎么样你都心甘情愿。"

兰儿见青山把天仁天义比作两个活宝，脸上立刻荡漾起笑容来。兰儿笑盈盈地说："活宝，呵呵，真是两个活宝！"

青山见兰儿开心，便借机替秀秀说话："哎呀，要是秀秀在有些人心中，也能像这两个活宝一样就好了。"

兰儿听青山话中有话，立即反问道："你这话是什么意思？好像我真的亏待了秀秀、真的重男轻女似的？"

青山笑眯眯地说："难道没有吗？要不我怎么感觉你越来越容不下人家？"

兰儿听了立刻来了气，便用挖苦的语气说："我容不下人家？你这话倒是说得好。秀秀要是嫁不出去，你就一辈子容着她，一辈子养着她吧。"

青山没想到自己搬石头砸了自己的脚，便一脸没趣地说："好好好，我说不过你。反正左说右说都是你有理。"

兰儿见青山服输，便笑盈盈地说："不是你说不过我，是你确实把秀秀宠得太过了。你看秀秀这么大了，除了整天疯疯癫癫，她还会个什么？你自己说。"

青山一下子又被兰儿问住了。好一会儿，青山才若有所思地说："看样子你说得倒也不是没有道理。以后啊，我就听你的，不再惯着她就是了。"

兰儿见青山终于听了自己一句劝，便开玩笑说："你呀，早知道这样反省，秀秀早就是一个端端庄庄的大家闺秀了。"

青山呵呵笑道："是吗？合着你这样说，我倒成了一个罪人了？"

兰儿正要回应，这时秀秀笑嘻嘻地从外面跑了过来。秀秀凑近兰儿的脸问："娘，你们俩又嘀嘀咕咕什么呢？"

兰儿没好语气地回答："你不在前面帮帮忙，又疯疯癫癫跑过来干什么？"

秀秀碰了一鼻子灰，赶紧识趣地躲到兰儿身后，凑近青山的脸说："爹，你在干吗呢？"

青山见秀秀这样瞎头瞎脑地问，立刻沉闷着脸说："你没长眼睛是吧？"

秀秀两头受气，赶紧撇着嘴想走开。青山看一眼秀秀，突然发现秀秀乌黑的头顶上戴着一个漂亮的红色发夹。青山立刻问道："你这发夹是哪来的？"

秀秀欣喜地回应："是不是好漂亮？"

青山点点头，又问一遍："哪来的呀？"

秀秀甜甜地说："伯伯送给我的。我正要跟你们说呢。"

青山"哦"一声，又低着头认认真真给兰儿扎针。片刻后，见秀秀还站着不走，便一脸厌烦地说："你怎么还不走？等着我给你赏钱是吧？"

秀秀"哼"一声，气呼呼地跑开了。

兰儿笑眯眯地打趣青山："你看看，这就是你一直惯着她的结果。"

青山哄着兰儿说："还是你说得对。"

兰儿理直气壮地说："我当然说得对。要不是你总惯着她，她敢这样没大没小?"

青山笑一笑，说："我这不是不再宠着她了吗?"

兰儿开心地回应："你要是一直都这么严肃就好了。"

青山开玩笑说："你的意思，让我一天到晚跟她板着个脸吗?"

兰儿正要说道青山，秀秀又笑嘻嘻地来到两人身边，手中提着青松给爷爷奶奶买的一大包东西。兰儿立即问道："你把东西提到这里来干吗?"

秀秀一边打开包袱，一边笑着说："我看一看嘛。"

青山板着脸说："你真是烦人呢。离我们远一点，远一点。"

秀秀睁大了眼睛问："爹你今天火气怎么这么大?"

青山淡淡地说："我火气大吗? 以后你会觉得更大呢。"

秀秀机敏地看看青山又看看兰儿，然后识趣地把包袱提到远一点的地方。接着，秀秀从包袱里拿出一个崭新的烟斗，看一看又闻一闻，然后又假装吸烟的样子吸一口又吐一口烟雾……青山和兰儿立刻被秀秀可爱又滑稽的样子逗笑了。秀秀立刻把烟斗递到兰儿眼前，一脸讨好的表情说："娘你看，真精致呢!"

兰儿拿在手中仔细打量一番，不禁啧啧称赞："确实精致，确实漂亮。"

秀秀见状，赶紧又从包袱里拿出一只金黄硕大的人参来。秀秀双手捧着给兰儿看，嘴上说："娘你看，这么大。"

兰儿拿在手上掂量了一下，然后跟青山说："你看，快有半斤了吧?"

青山看一眼，笑着说："可能吧。"

兰儿感叹道："难得哥有这份孝心。爹娘看了肯定会很感慨的。"

青山笑着说："娘可能会感慨，爹大大小小的人参见得多了，他开心的是这个精致的烟斗呢。"

兰儿听了却笑道："依你这么说，娘对这人参也不会有太大兴趣，她感兴趣的肯定是哥给她买的老花镜呢。"

青山点点头说："也可能，也可能。"

正当两人聊到这眼镜时，秀秀已经从包袱里拿了出来，笑嘻嘻地自己戴上了。

兰儿赶紧问："怎么样? 你感觉怎么样?"

青山也停下手中的银针，一脸好奇地看着秀秀。秀秀双手扶着眼镜，乐呵呵地看看青山和兰儿，又看看四周的墙壁，又抬头看看天花板，接着又在房间里转了一圈。之后，秀秀忙不迭地摘下眼镜，嘴上不停地说："不行，不行。"

兰儿赶紧问："怎么啦？戴不得？"

青山也问道："怎么？戴了不舒服？"

秀秀一边用手揉搓眼睛，一边夸张地说："晕死了，晕死了。"

兰儿以为秀秀故意逗他们玩，便向秀秀伸出手说："拿过来，给我戴一下。"

秀秀一边把眼镜递给兰儿，一边认真地说："谁骗你呢。"

兰儿不理睬秀秀，双手拿着眼镜打量了一会儿，然后自己戴上往近处和远处都看一看……

秀秀迫不及待地问："怎么样？"

兰儿不作声，微笑着把眼镜还给秀秀。秀秀贴近兰儿的脸问："你一点都不晕吗？"

兰儿笑着说："让你爹戴戴。"

秀秀笑嘻嘻地把眼镜递给青山，青山挡住秀秀的手说："我可戴不了。老花镜，老花镜，这是给老年人戴的呢。"

秀秀俏皮地说："爹，你言下之意，我和娘都是老人家咯？"

青山笑道："这可是你自己说的，我可没这么说。"

兰儿笑着责怪青山："你刚刚怎么不提醒我，害得我也晕了好一阵子。"

青山笑眯眯地说："我这不也是瞬间才想起来嘛。"

一会儿，秀秀觉得无聊，又跑去前面跟铁柱玩去了。青山和兰儿沉默了片刻，兰儿看着凳子上的包袱，又感叹道："唉，想不到大哥跟爹两个人，表面上看起来别扭，心里面却是彼此牵挂着呢。"

青山听了点点头，然后提醒兰儿："中秋节这次回去，大哥给爹娘买的东西，咱们可千万不能忘记了。"

兰儿认认真真地回应："你放心吧，我会记住的。"

青山"嗯"一声，眼前渐渐浮现出一家人中秋团圆的情景……

十六

八月十五这一天，秋高气爽，阳光喜人。青山一家和铁柱开开心心地回老家去过中秋佳节。平坦笔直的林间马路上，一辆马车在不紧不慢地前行。青山一行五人坐在马车上，脸上都充满了喜悦和兴奋。王伯驾车，铁柱坐在王伯左边，青山夫妇和秀秀坐在车厢里。大家时而谈笑风生，时而静默不语……

秋日的阳光透过枝叶的间隙，一闪一闪地在王伯和铁柱的脸上掠过。林中一阵阵清风透过帘口吹进车厢，青山心里越发畅快和激动，于是不自觉地就从袋子里掏出带回来的一支横笛，满脸开心地吹了起来。

兰儿笑着说："你到前面去吹。"

秀秀俏皮地接嘴："爹去外面吹，鸟儿都要跟着我们回老家了。"

兰儿瞪一眼秀秀："你就会胡扯。"

"哼，连说句话都要管。"秀秀说完就气呼呼地看着外面。

兰儿和青山相视一笑。青山说："我跟铁柱换个位置。"

青山说完就请王伯停一下车，自己坐到前面去了。一会儿，笛声重新响起来，时而清新婉转，时而悠扬绵柔，时而节奏明快，吸引得林中的鸟儿也鸣叫个不停。王伯听了赞叹道："好，好。"

青山看一眼王伯，脸上露出了灿烂的笑容。

王伯挥一下马鞭，又激动地说一句："笛子就是比二胡好听！"

秀秀赶紧接嘴："那当然。不像爷爷的二胡，听起来觉得刮耳。"

王伯笑一笑，回应道："话也不能这么说，二胡有二胡的趣味。"

秀秀一脸厌弃地说："二胡有什么趣味？'吱吱呀呀'的，多听一会儿就让人觉得烦。"

兰儿立刻接嘴："你不懂就别乱说。"

秀秀一脸不服地回应："你懂？你懂怎么不拉一个给我听听？"

王伯和青山一听，都开心地笑了起来。

兰儿受了秀秀的嘲讽，右手赶紧就来拧秀秀的耳朵，嘴里愤愤地骂道："你这死丫头！不让你说话嘴巴就会发臭是吧？"

秀秀一边躲闪，一边喊青山救命："爹救命啦。娘又来欺负我了。"

青山听了笑呵呵地摇摇头，铁柱则憨憨地看着秀秀笑。

兰儿一边拧着秀秀的耳朵，一边得意地说："你叫啊，叫破天都没人救你。"

秀秀气呼呼地说："哼，你就会以大欺小。看到家了我不告诉爷爷奶奶。"

兰儿却怂恿道："你告呗。就说我在家天天打你骂你，然后爷爷奶奶就会无比心疼你，就会说'秀秀啊，要不你就不要再回城里了，跟着爷爷奶奶一起过吧'是这样的吧？你要的就是这个结果吧？哼，我巴不得。"

兰儿对秀秀一顿数落，让青山和王伯都忍俊不禁。秀秀一下子被兰儿点中了穴位，顿时耷拉着脑袋，不再作声。兰儿见秀秀无话可说，便也不再言语。几个人沉默了片刻，青山又吹起了笛子，吹到高昂处，王伯激动地看着青山，青山忍不住停下说："王伯，要不唱一个？"

王伯爽快地回应："好。唱一个就唱一个。"

青山开心地吹起了平缓的前奏曲。王伯清了清嗓子，然后抑扬顿挫地唱了起来：

八月里来那个天，月儿中秋圆，思乡的人儿正在往家赶——

爹爹磕着那个烟，亲娘倚在家门前——

亲亲的儿郎和姑娘，一个个就像那风筝脱了线——

王伯亢亮的歌声和青山悠扬的笛声在林子里浑然飘荡。秀秀兴奋地拍起巴掌来，脑袋透过帘口激动地对王伯说："爷爷真厉害！唱得真好听！"

王伯一脸得意地回应："要是跟明古一起唱，那才叫好听啦。"

青山竖起大拇指说："王伯，你唱这个真是有一手。"

王伯谦虚地笑笑，眉宇间的喜色却格外灿亮。

青山又笑着问王伯："这歌叫什么名？"

王伯想了一下说："好像叫《月儿圆圆》吧。明古应该记得准确。"

青山兴奋地说："好名字啊！"

这时，铁柱挽起帘子，伸出脑袋问王伯："明古唱歌也好听吗？"

王伯一脸赞叹地说："那当然啦。明古的嗓音高亢响亮，可有特色呢。"

铁柱"哦"一声，似信非信地点点头……

王伯干咳几声，又接着说："可惜那都是以前了。现在明古娶妻生子了，再怎么鼓动他，他也不愿意唱了。"

铁柱皱着眉头问："这是为什么？"

王伯笑着回应："我怎么知道呢？你去问他自己吧。"

青山突然回过头，笑眯眯地问铁柱："要不你跟王伯一起唱一个？"

铁柱立刻红着脸说："我不会，我不会。"

王伯反问道："你唱都没唱，怎么知道不会？"

青山笑着说："要不你先跟王伯学几句？"

铁柱局促不安地看看两人，一张方脸越发红透了……

青山来了兴致，继续鼓动铁柱："来嘛，来嘛。"

秀秀看着铁柱一副扭扭捏捏的样子，忍不住催促道："哎呀，人家要你唱，你就唱一个嘛。"

兰儿见秀秀说话没大没小，立即训斥道："大人说话，你又瞎起哄什么？"

秀秀听了不作声，转过脸气呼呼地看着外面。

铁柱受了秀秀的激励，试探着问王伯："王伯，明古也是跟你学的吗？"

王伯得意地说："那当然。要不你现在跟我唱一个？"

铁柱嘴巴嗫嚅着，仿佛有点心动了……

青山趁机催促王伯："王伯你唱嘛。铁柱在等你呢。"

王伯于是又动情地唱了起来，青山立刻吹起笛子伴奏。铁柱受到了感染，轻声地跟着王伯唱了起来。青山不时看一眼铁柱，嘴里喝彩道："好，唱得好！"

铁柱受到青山的鼓励，声音渐渐就放大了。青山立刻兴奋起来，笛子吹得越发清丽婉转、抑扬顿挫。秀秀一边鼓掌，一边称赞："真好听！真好听！"

兰儿不言语，却一脸愉悦地沉浸其中……

很快，王伯和铁柱连着唱了两遍，青山吹了几个尾音后，三个人都开心地笑了。秀秀激动地说："再来，再来。"

青山笑眯眯地看着铁柱说："可以啊，你这小子。"

铁柱红着脸，亢奋地看看青山，又看看秀秀。王伯笑着说："铁柱啊，你其实很有天赋的嘛。"

青山也跟着表扬说："可不是吗？我看再练几次，明古都要被你比下去了。"

铁柱一脸羞赧地说："你们不要取笑我，不要取笑我。"

王伯却认真地说："可不是取笑你。明古越到后面，就越放不开喉咙，越唱越跑调了。"

铁柱听了心里畅快，嘴上却谦虚地说："明古记性比我好。我要是一个人唱，歌词可能都会唱错了。"

王伯却豪爽地说："歌词错了有什么关系？关键是要唱出感情、唱出真性情。"

青山听王伯这么说，立刻附和道："铁柱啊，王伯这话确实精妙。王伯为什么唱得这么好听、这么感人？就是因为王伯是个性情中人！"

铁柱仔仔细细地听着，对两人的话似懂非懂……

王伯见铁柱没有回应，明白铁柱还理解不了两人话中的内涵，于是又笑着说："铁柱啊，你现在不懂，那是因为你还没有娶妻生子，还没有为人父母。等你懂了，你也就不再唱了，也就成了第二个明古了。呵呵呵。"

铁柱默默地听着，却似乎越听越糊涂……

秀秀俏皮地问王伯："爷爷，你跟我爹究竟在说什么呢？"

王伯正要回答，兰儿又开始挤兑秀秀："说什么要你管吗？我怎么就忘记了带一块狗皮膏药在身上？"

秀秀赶紧问："带狗皮膏药干什么？"

兰儿忍住笑回应："带狗皮膏药封住你的嘴呀。"

秀秀忿忿地"哼"了一声看向外面。兰儿却不愠不恼地挖苦秀秀："哼什么哼？你要是早点嫁出去，我才懒得管你。"

秀秀见兰儿不依不饶，便娇嗔地向青山求助："爹，娘又欺负我呢。"

青山笑呵呵地说："怕你娘欺负，那你就早点嫁出去呗。"

秀秀听了一愣，然后疑惑不解地说："爹，你们两个说话怎么越来越像啊？"

青山听了笑一笑，不再搭理秀秀。秀秀讨了个没趣，又把头看向外面。王伯突然笑眯眯地说："秀秀啊，要不碰到合适的，爷爷给你撮合撮合，省得你爹娘合起来欺负你。"

秀秀气呼呼地回应："爷爷，你这说的是什么话？你们是不是商量好了一起来欺负我？"

王伯一听，立刻呵呵笑了起来。

青山和兰儿也被秀秀的玩笑话逗乐了。

……

杨家老屋院子里，绿意盎然，翠色欲滴。靠左边院墙，石榴树上还挂着三个通红的石榴，靠右边院墙，柚子树上的柚子已经滚圆而硕大。近午时分，兄弟俩身穿整洁的衬衫，一人手中拿着一根抽陀螺的鞭子，笑嘻嘻地不时抽一下地上两只不停转动的陀螺……

一会儿，天义说："我们来玩个游戏吧。"

天仁问："什么游戏？"

天义说："我们都连着抽自己的陀螺抽三下，看谁的最先停下来？先停下来的去摘一个石榴来吃。"

天仁赶紧提醒："这三个石榴是奶奶特意留给姑姑和表哥表姐吃的。难道你忘了？"

天义回应道："哎呀，我当然记得。就摘一个，留两个不可以吗？"

天仁毫不犹疑地说："不可以。一树的石榴都被我们吃光了，就剩下这三个你还要眼馋？"

天义眼珠子转了转，又找借口说："哎呀，姑姑他们来不来都还两说呢。就摘一个吧，好不好？"

天仁说："谁说不会来呢？姑姑答应了，今年一定会回来过中秋节的。"

天义又开始装糊涂："姑姑答应了吗？我怎么一点都不记得？"

天仁生气地说："你是故意这样说吧？你忘记了，姑姑还说这次要带我们一起去坐火车呢?"

天义见说服不了天仁，便直截了当地说："好了，不跟你说那么多。玩不玩我今天都要摘一个。"

天仁见天义铁了心要摘，就一脸无奈地说："好吧。只许摘一个。"

天义赶紧点头说："嗯，就摘一个。"

天仁又皱着眉头问："要是被奶奶发现了，追究起来怎么办?"

天义不耐烦地说："哎呀，先别管那么多，等奶奶发现了再说嘛。"

天仁说："我们还是先想好了对策再摘吧，要不然吃得也不安心啦。"

天义无奈，就摸着后脑勺想了想，然后笑嘻嘻地说："这样吧，万一被奶奶发现了，我们就说被别人偷吃了。你觉得怎么样?"

天仁立刻笑道："亏你想得出来。那我们岂不是成了小偷?"

天义不愿意跟天仁啰唆，拉着天仁的手说："哎呀，管他呢。快点快点。"

天仁嘲笑天义："你呀，为了吃一个石榴，连小偷的帽子都愿意戴。"

天义急不可耐地说："行行行，就算我没有志气。这样总可以了吧?"

天仁笑一笑，心里还想说什么，天义抛出最后一句话："哎呀，你还要说什么嘛? 万一奶奶穷追不舍，我们就如实招供了。这样总可以了吧?"

天仁拍拍天义的肩膀说："嗯，这还差不多。"

于是，兄弟俩按照刚刚说的游戏规则，都兴奋地往各自的陀螺上猛地抽了三鞭子，然后静静地等待着谁的陀螺先停下来。一会儿，当天仁的陀螺渐渐地快要转不动时，院子外却突然传来秀秀的欢叫声："天仁天义，天仁天义。"

天仁眼睛一亮，顾不得地上的陀螺，立刻飞快地往院门口跑去。天义恨恨地说一句"该死的秀秀"。然后也拔腿跟了过去。兄弟俩跑到秀秀身边，兴奋地叫着："姐姐。姐姐。"

秀秀摸摸兄弟俩的脑袋，又赶紧从口袋里掏出一把糖果塞到兄弟俩手中。兄弟俩朝秀秀笑一笑，就又开心地跑到兰儿身边去了。兄弟俩一边吃着糖果，一边兴奋地拥着兰儿。兰儿摸摸兄弟俩的头，开心地问："想娘了没有?"

兄弟俩笑嘻嘻地说："不想。不想。"

兰儿故意拉下脸说："不想是吧?"

兰儿说着就把兄弟俩往青山跟前推，嘴里叮咛道："快去找你爹。快去!"

兄弟俩来到青山跟前，拘谨地叫一声："爹，爹。"

青山响亮地应一声，两只手就深情地摸摸兄弟俩的脑袋。兄弟俩就各自拉着青山的一只手往院子里走去。秀秀在堂屋和后厨之间快活地蹦来蹦去，嘴里还哼着欢快的小曲。一会儿，爷爷奶奶笑眯眯地从后厨来到堂屋。青山和兰儿一见爷爷奶奶，就赶紧迎了上去，嘴里亲热地叫道："爹，娘。"

爷爷奶奶满脸欢喜地回应："回来就好，回来就好。"

奶奶双手抓着青山的胳膊，兴奋地上下打量着青山。奶奶摸摸青山的脸说："瘦了，瘦了。"

青山开玩笑说："哪里是瘦了？是脸又长长了。"

奶奶亲热地拍拍青山的胳膊说："臭小子!"

青山舒心地笑一笑，然后兴奋地问："我姐今天会回来吗？"

奶奶笑着反问道："她过年的时候不是这么说的吗？还说要带两个侄子去坐火车呢。"

兰儿笑着说："或许是下午到呢。"

奶奶点点头，然后说："先不管他们了。来来来，我们先吃饭。"

奶奶说着就吩咐爷爷和青山准备大圆桌，吩咐秀秀和兄弟俩一起去厨房里端菜，自己则领着兰儿给天地和祖宗神灵上香烧纸……

姐弟仨得了奶奶的"指令"，手拉着手笑嘻嘻地往厨房里走去。爷爷和青山也乐呵呵地一边搬桌子，一边聊着崇草堂的事情。此时此刻，一家人都沉浸在中秋佳节团圆的温馨和幸福之中。

十七

下午，一家人开始为晚上的中秋赏月活动忙碌着。兄弟俩领着青山去菜园子里砍甘蔗，去柿子树上摘柿子，兰儿、秀秀和铁柱三人在院子里洗菜、摘柚子，爷爷奶奶在厨房里忙着炒花生、蒸发糕……

当太阳西斜的时候，院子的地上已经滚满了十多个大大的柚子，其中两个最大的，上面还留了枝叶，看起来赏心悦目、漂亮怡人。此时，秀秀还站在柚子树上不肯下来，低着头笑嘻嘻地问兰儿："还要不要？顶上还有好多呢。"

兰儿催促道："够了够了。你快点下来。"

秀秀说一声"那好吧"就退着身子往下爬，当双脚站在最下方的分岔处时，秀秀跃跃欲试想从上面直接跳下来。兰儿看着她说："跳呗。摔不死你。"

秀秀俏皮地一笑，"嗖"的一下就跳到地上了。

兰儿恨恨地说："鬼丫头。"

秀秀蹲在地上，假装崴到了脚，双手摸着右脚踝关节，一副痛苦不已的样子。兰儿紧张地来到秀秀身边，问道："怎么啦？"

铁柱也赶紧走过来，一脸关切地问："扭到脚了？"

秀秀抬头看看两人，突然笑道："谁扭到脚了？我骗你们玩的。"

兰儿一听，立刻在秀秀的肩膀上敲打起来，气愤地说："你这该死的丫头！该死的丫头！"

铁柱摸摸自己的后脑勺，神情憨憨地看着秀秀笑……

正当三人笑闹之时，院子外突然传来小孩子清脆响亮的叫唤声："外公外婆。外公外婆。"

秀秀眼睛一亮："啊？姑姑来了？"

眨眼间，青莲领着两个孩子兴高采烈地出现在三人面前。秀秀挽着青莲的胳膊，撒着娇说："姑姑，我还以为你说话不算数呢。"

青莲摸摸秀秀的长发，笑盈盈地说："姑姑什么时候说话不算数呀？"

兰儿快步走了过来，开心地跟青莲打招呼："姐，你们来了。"

青莲笑着回应："欸，都来了。"

泉泉和露露也亲热地跟兰儿打招呼："舅妈，舅妈。"

兰儿点点头，高兴地摸摸他们的脑袋。一会儿，泉泉和露露就跟秀秀亲热地黏在一起了。青莲跟兰儿寒暄几句后，便激动地要去后厨里见爷爷奶奶。正在这时，青山和兄弟俩有说有笑地走进了院子。青山肩上扛着一捆未去叶子的甘蔗，兄弟俩并排走在青山前面，两人一起提着一篮子金黄的柿子。

天义一看见青莲，就兴奋地问道："姑姑，你怎么才来呢？"

天仁也问："姑姑，你怎么不赶来吃中饭呢？"

青莲抱紧兄弟俩，满心欢喜地说："想姑姑了没？"

兄弟俩齐声回答："想，想。"

青莲又问道："想不想去坐火车？"

天义眼睛一亮："现在就去？"

兰儿笑呵呵地说："谁跟你现在去？姑姑是说回去的时候坐火车呢。"

青莲开玩笑说："姑姑现在可是饥肠辘辘。你就这样让姑姑跟你去坐火车呀？"

天义赶紧从篮子里拿出一个大柿子递给青莲，笑嘻嘻地说："姑姑，这个柿子熟透了，又香又甜。"

青莲接过柿子，正要跟天义说什么，这时，爷爷奶奶从后厨里走了出来。青莲赶紧拉着爷爷奶奶的手，亲热无比地叫道："爹，娘。"

爷爷兴奋地点点头，然后问："两个孩子呢？"

兰儿赶紧接嘴："可能跟秀秀在外面玩吧，我去叫一下他们。"

爷爷笑着说："让他们玩吧。"

这时，奶奶拍拍青莲肩上的一点灰尘，又深情地摸摸青莲的脸，激动的泪花不知不觉在眼眶里打转。奶奶脸带抱怨地说："怎么不赶过来吃中饭？"

青莲笑盈盈地说："哪有那么快？你以为火车会飞是吧？"

奶奶却一本正经地说："你爹以前跟我讲，等通了火车，你从宜春回来比我们去城里还要快呢。"

青莲乐呵呵地说："爹那是夸张，哄你开心呢。"

奶奶听了就嘲讽爷爷："哼，我还以为你说得是真的呢。"

爷爷却笑眯眯地回应："我虽然没猜对火车有多快，我总猜到青莲总有一天可以坐火车回来吧？"

奶奶见爷爷竟然跟自己较劲，就开始满嘴说大话："哼，这个谁猜不到？我不但猜得到，我还梦见火车从我们村里过呢。"

爷爷听了立刻呵呵笑了起来。

天义却眨巴着眼睛问："奶奶，你什么时候梦见火车从我们村里过呀？怎么从来没听你说过?"

奶奶没想到天义突然来这么一句,于是自嘲地说:"奶奶做什么梦都要跟你讲吗?"

青莲听着奶奶这诙谐有趣的话语,忍不住笑了起来。接着,青莲乐呵呵地说:"娘,其实爹说得并没有错,如果我们一大早就上了火车,是完全可以赶过来吃中饭的。问题是,人家火车出发都是有固定时间的呢,没到时间你再急人家也不会发车。知道吗?"

爷爷笑着说:"你娘哪里知道这个?她以为火车就专门是为你开的呢。"

奶奶见爷爷嘲讽自己,于是气呼呼地说:"哼,就你什么都知道?"

青山见两人又要杠上了,便笑着打岔:"娘,姐大老远过来,说了一肚子话,你得给姐喝口水润润喉咙啊。"

奶奶听了赶紧说:"对对对。"

奶奶说着就端起茶壶,笑盈盈地给青莲准备茶水。青莲赶紧抢过奶奶手中的茶壶说:"娘,你这是干吗?还真把我当外人了不成?"

奶奶笑呵呵地说:"你这个傻丫头!看你说的什么话?"

青莲听了笑一笑,突然凑近奶奶的耳边说:"娘,我看爹现在是越来越怕你了呢!"

奶奶立即笑眯眯地说:"你这个鬼丫头!"

……

晚饭后,天上一轮明月高悬,银光泄地。一家人为中秋赏月,高高兴兴地准备着相应器具和食品。爷爷从房间里搬出那对青石小狮子。小狮子雕工细致传神,玲珑精巧,摸上去手感细腻。爷爷每次使用时,都要细细地抚摸一番……

此刻,爷爷又小心地将它们放在堂屋门口两边的屋檐下。奶奶跟在爷爷身后,左右手各拿着一支大大的红烛。奶奶将红烛插入青石狮子背上的小孔中,然后将红烛点燃。金黄的烛光立刻将堂屋和屋檐下照得通亮,也使得每个人的脸上看起来更加饱满和温馨。

院子中间,摆着两条长凳,长凳上面放着一个大大的团箕,团箕里面摆满各种赏月小点心。最前面,是两个最大的留有枝叶的柚子,柚子旁边还放着一把锋利的小刀，柚子后面放着的是：一根近一米长的莲藕，六个印有"福"字或"禄"字的月饼，六个金黄的柿子，六截一尺左右长的甘蔗，两包炒花生，两袋熟菱角，两盘蒸发糕。最后面，还放着两只小茶碗，茶碗里盛着茶水，茶水还不停地冒着热气。孩子们都围拢在大团箕边上，你一言我一语地笑谈着。青山、青莲和兰儿三人站在较远处，表情悠然地聊着家常，眼光时不时看一下孩子们。

此时，奶奶弯着腰，就着红烛的火焰，又点燃了三炷香，然后站在堂屋大门口中间的位置，双手持香，对着天空作了三个揖，口中还念念有词。最后，又将三炷香插在青石狮子边上的一个金色香炉里，接着，又蹲下身子，仔细地烧了一把纸钱。爷爷跟在奶奶身边，手中拿着一串长长的鞭炮，笑眯眯地等待着奶奶随时发出放鞭炮的指令。奶奶走到孩子们的身边，仔细看了一下团箕中摆放的东西，双手做了一些简单的移动后，就对爷爷发出指令说："可以了，你放吧。"

爷爷拿着一根点燃的香，大声地跟大家打招呼："注意了！开始放鞭炮了！"

天义立刻跑到爷爷身边，抢过爷爷手中的鞭炮说："我来放！我来放！"

爷爷笑着把鞭炮给了天义，天义把鞭炮放在地上摆了一个大大的圆圈，然后弓着身子，右手拿着点燃的香对准鞭炮的引线。顿时，"噼里啪啦"的鞭炮声在院子里响起。

秀秀既兴奋又害怕地掩住耳朵，急急地跑到兰儿身边说："娘，你怎么不捂住耳朵？你不是最怕放鞭炮吗？"

兰儿看着燃着的鞭炮，笑盈盈地说："我现在不怕了。"

秀秀皱着眉头问："你怎么说不怕就不怕了呢？"

兰儿说："你去玩你的吧，问这么多干吗？"

兰儿说完就不再搭理秀秀，满脸开心地看着一闪一闪的火光和不断升起的烟雾。许久，鞭炮声停歇。奶奶笑眯眯地走到团箕边，脸朝着月亮，双手合十，虔诚地向天上的月亮作了几个揖。然后，奶奶又认真地跟孩子们说："都站到我后面来，跟着我说。"

孩子们立刻聚拢过来，欢欢喜喜地站在奶奶身后，等待着这温馨而有趣的"祷告"时刻。奶奶看着月亮，一脸虔诚地说："月光爷爷你把耳朵给我，我把刀子给你。"

孩子们也一脸虔诚地跟着说："月光爷爷你把耳朵给我，我把刀子给你。"

说完，孩子们和奶奶都站在原地沉默了片刻……

一会儿，奶奶笑呵呵地跟孩子们说："好了好了。来来来，都来尝尝月光爷爷尝过的月饼、尝过的柚子。"

孩子们一下子欢腾开了，各自拿着自己喜欢吃的东西，嬉笑着、蹦跳着，满脸幸福地边吃边玩。大人们则一边赏月，一边享受着中秋美食和浓浓的亲情。稍后，天仁和表哥泉泉在烛光下静静地下着象棋，天义和铁柱在地上不亦乐乎地玩着陀螺，秀秀和表妹露露笑嘻嘻地猜着谜语，后来，兰儿也乐呵呵地加入其中。爷爷独自一人坐在堂屋里，惬意地拉着心爱的二胡。青山坐在院子里的一条长凳上，欢欣地吹着心爱的笛子。奶奶和青莲母女俩在厨房里，两人一边收拾锅碗瓢盆，一边说着体己的话语……

天仁急急地跑进屋里来撒尿，撒完尿后看见爷爷拉着二胡一脸享受的样子，手心顿时也痒痒。天仁笑嘻嘻地说："爷爷，给我拉一下吧？"

爷爷眼睛一亮："嗯？你也想拉？"

天仁点点头说："让我试试吧！"

爷爷笑眯眯地把二胡给了天仁。天仁看看二胡，又看看爷爷，然后"吱吱呀呀"拉了起来。爷爷开心地问："好不好玩？"

天仁兴奋地说："好玩，可是我不会拉。"

爷爷摸摸天仁的脑袋说："爷爷以后教你。"

天仁俏皮地看着爷爷说："真的吗？爷爷说话算数。"

爷爷又摸摸天仁的脑袋，说："当然算数。爷爷就怕你不愿意学呢。"

天仁笑嘻嘻地弯着右手的小拇指要跟爷爷拉钩钩，爷爷赶紧也弯着右手的小拇指，笑眯眯地跟天仁的小拇指紧紧地扣在一起……

厨房里，奶奶一边洗碗，一边关切地问青莲："亲家、亲家母身体都还好吧？"

青莲双手搓着一把筷子，笑盈盈地回答："都结实着呢。"

奶奶叮嘱说："你跟姑爷啊，有空要多回去看看老人家。"

青莲诙谐地说："你以为我们是三岁小孩呀？"

奶奶亲热地用头拱一下青莲的头，又问道："姑爷对你一直都好？"

青莲一脸得意地说："那当然。就是喜欢喝酒的老毛病改不了，喝醉了还常常说胡话。"

奶奶立刻眼睛睁大了问："说胡话？可会动手打人？"

青莲"扑哧"一笑："打人？他怎么敢？"

奶奶舒了一口气，说："不会打人就好。"

青莲看一眼奶奶，又一脸得意地说："娘，我跟你说，自从嫁给他十多年来，他还从来没碰过我半个指头呢。"

奶奶点点头，感叹道："唉，要是没有醉酒这个坏习惯，那该多好啊。"

青莲却笑着说："天下哪有十全十美的人呢？"

奶奶点点头说："你这话说得倒也是。"

奶奶说完又问："药行生意怎么样？"

青莲开心地回应："好着呢。我们正筹划着去萍乡开一个分号。"

奶奶欢喜地说："哦，那真是好啊。"

奶奶说完又感叹："我说你青松哥啊，对咱们家祖传的事业，要是有你一半的心思就好了。"

青莲听了安慰奶奶："家里的祖业不是有青山嘛。每个人的兴趣不一样，青松哥只要自己过得好就行。娘说是不是？"

奶奶摇摇头说："过得好不好，只要他自己晓得。"

青莲见奶奶伤感起来，便亲昵地抱着奶奶说："娘，你就少操点心吧。俗话说，儿孙自有儿孙福。"

奶奶点点头，突然一脸担心地问："九江离宜春、离萍乡远不远？"

青莲说："娘你问这个干吗？"

奶奶皱着眉头说："你青松哥讲，日本鬼子已经打到九江来了。你爹说九江离南昌很近。我就想问你，九江离宜春、离萍乡远不远？"

青莲笑着回应："哦，都远着呢。不过现在坐火车，用不了多久也就到了。"

奶奶听了忧心忡忡地感叹："唉，看样子日本鬼子来了，谁也逃不了啊。"

青莲却乐观地说："娘，你想那么多干吗？日本鬼子又没有三头六臂，再不济，跟着大伙一起逃呗。你说是不是？"

奶奶一脸无奈地说："是啊，是啊。"

青莲看着奶奶忧愁不已的样子，便转移话题说："娘，天义一听说我要带他们去坐火车，高兴得不得了呢。"

奶奶立即笑道："你果真要带他们去宜春玩？他们现在可是混世魔王呢。"

青莲笑盈盈地说："你放心吧。他们是混世魔王，我还是如来佛呢。"

奶奶拍一下青莲的肩膀，乐呵呵地说："你要是真能降得住他们，那我还真是服了你。"

青莲满脸自信地说："娘你要是不信，那就等着瞧吧。"

奶奶笑着点点头，片刻后又感叹："唉，这两个小子呀，也确实要让他们去外面看看新鲜，省得天天在家里不得清静。"

青莲说："本来就是嘛。这哥俩跟着我去看看世面，你和爹也落得清闲几天。"

奶奶笑着说："就怕没过一天，你就要被这哥俩烦死了。"

青莲不以为然地说："怎么可能呢？我倒是觉得这两小子蛮听我的话的。"

奶奶笑一笑，看着一摞摞洗好的碗盘，拉着青莲的手说："走吧，我们也去前面热闹热闹。"

两人一来到堂屋，兰儿就笑盈盈地拿出给兄弟俩做的布鞋和荷包给两人看。青莲手中拿着一个荷包细细地看了一会儿，赞不绝口地说："弟妹呀，你这双手真是越来越灵巧了。"

奶奶仔细打量着手中的一只布鞋，也啧啧称赞："不错，不错。"

秀秀手中拿着另一个荷包，一脸委屈地跟露露说："你看，我娘就是偏心。只给天仁天义做，不给我做！"

天仁天义见这边这么热闹，也笑着围了过来。天义凑到青莲身边看了看兰儿给自己做的荷包，眼神里似乎没有显露出太大的兴趣。青莲于是问道："荷包这么好看，你不喜欢吗？"

天义不屑地说："这有什么好看？爷爷做的棋子那才好看呢！"

青莲好奇地说："哦？那你给姑姑看一看。"

"好啊，姑姑你等着。"天义说完就立刻往房间里跑去。

天仁见状，也赶紧跟在天义后面去拿爷爷给自己做的棋子。一会儿，兄弟俩就手举着棋子在众人面前炫耀说："你们看！你们看！"

青莲迫不及待地说："拿过来，拿过来。"

青山也朝兄弟俩伸出手说："给我看一下。"

于是，青莲手中拿着天义的棋子，青山手中拿着天仁的棋子，两人都兴奋地端详起来。片刻后，青莲赞叹不已地说："真是太漂亮了！"

青山双手抚摸着棋子，也不停地点头表示赞赏。

一会儿，青莲把棋子放进兰儿做的荷包里，用手摸了摸，又情不自禁地说："哎呀，怎么就这样合适？感觉跟比画过似的！"

兰儿听了开心不已。

青山把天仁的棋子装进荷包里后，也看一看摸一摸，然后含情脉脉地看着兰儿……兰儿更是无比开心、无比宽慰。

泉泉和露露看着两个荷包，眼神里满是羡慕和嫉妒。泉泉甜甜的语气跟爷爷说："外公，你也帮我做个棋子好吗？"

爷爷摸摸泉泉的脑袋，爽快地答应："好啊，你喜欢外公就给你做。"

露露笑盈盈地跟兰儿说："舅妈，你也给我做个荷包呗。我如果要我娘做，这辈子恐怕是没指望了。"

兰儿"扑哧"一声笑了，说："你娘是没有心思在这上面，你娘要是肯动手，比舅妈做的要漂亮一千倍、一万倍呢。"

青莲听了得意地跟露露说："你听见没？你以为娘这双手就真的笨？"

露露笑嘻嘻地说："我管你怎么说，反正我就是要舅妈给我做。"

秀秀趁机跟兰儿撒娇："娘，你也给我做一个呗？现在大家都有了，就剩下我一个人没有呢！"

兰儿淡淡的语气说："好啊。只要你愿意学，哪天你老老实实坐在我身边，我一针一线教你做。"

秀秀嘟着嘴，气呼呼地走开了……

大人们看着秀秀忿忿不平的样子，都呵呵笑了起来。

十八

　　两天后，天仁天义跟随青莲坐火车去宜春玩。上午，青莲一行五人来到莲塘火车站。莲塘火车站是个小站，站内设施相对简略，但是人流量却很大。兄弟俩跟着青莲来到站台，一眼就看见许多在等待上车的乘客。这些乘客穿着打扮各异，有衣着笔挺穿戴讲究的，有衣衫不整提着鸡鸭等家禽的，有咬着烟斗神情悠闲的，有提着大袋小箱眼神急切的……

　　在站台的两头，分别竖着一块陈旧的木牌，木牌上都写着"莲塘站"三个大字。青莲一手提着一个包裹，安安静静地站在人群中间。四个孩子站在她的身旁，嘴里有说有笑。不一会儿，远处就传来火车进站的鸣笛声，接着，火车头越来越大。

　　泉泉和露露一脸自豪地告诉天仁天义："火车来了，火车来了。"

　　兄弟俩睁大了眼睛朝火车驶来的方向望去。只见火车头上立着一个大大的烟囱，烟囱吐着浓浓的青烟，等到火车快要进入站台，青烟夹带的浓浓的煤炭味，便在等车的人群中迅速扩散开来。

　　天义兴奋地说："哇，火车怎么这么大的烟啊？"

　　泉泉赶紧解释："火车是烧煤的，当然烟大。"

　　天仁皱着眉头说："火车好像没有马车跑得快。"

　　泉泉听了立刻笑了起来："你真是乱说。火车要是拼命跑起来，千里马想要追上，都会累得吐血。"

　　天义眨巴着眼睛问："火车跑这么快，要烧好多煤吧？哪来这么多煤呢？"

　　泉泉笑着说："我爹说，山西的地下到处都是煤，够火车烧几百年呢。"

　　天义一脸惊讶地看着泉泉。

　　就在这时，火车"哐当哐当"缓缓停了下来。片刻后，列车员走到车厢门口，高声地跟候车的乘客说："先下后上，不要拥挤，不要拥挤。"

　　青莲叮嘱四人："都跟在我后面，听见没？"

"知道了，知道了。"兄弟俩说着就紧紧跟在青莲身后，两人都兴奋地左看看右瞧瞧。

泉泉和露露却像没听见青莲叮嘱似的，两人头凑在一起，笑嘻嘻地议论着什么……

上火车后，兄弟俩好奇的目光便不停地在车厢里四处张望。不一会儿，青莲就找到位置让大家坐了下来。兄弟俩跟青莲坐在一排，泉泉和露露坐在对面，两人都笑眯眯地看着兄弟俩好奇的眼神。

几分钟后，火车缓缓开动起来。兄弟俩立刻激动不已。天仁一会儿瞧瞧窗外，一会儿闭着眼睛，感受着火车的移动。天义一会儿打量着周边的旅客，一会儿站起身，伸长了脖子朝远处张望。

露露抿着嘴，俏皮地看着天义笑。天义没工夫搭理露露，只顾自己探索这从没见过的新鲜世界……

青莲微笑着问天义："好不好玩？"

天义一脸开心地说："好玩。"

天仁对泉泉说："表哥，我觉得火车还是没有马车跑得快。"

泉泉笑一笑，回应道："火车才刚刚起步呢。等过一会儿，你再看看外面的树木，你就能知道火车有多快了。"

天仁皱着眉问天义："天义你感觉呢？"

天义笑嘻嘻地说："我也感觉火车不怎么快。"

泉泉说："急什么？等一下就知道了。"

青莲笑盈盈地看着三人你一句我一句地讨论着火车快慢的问题，眼神里满是温馨和快慰。过了一会儿，泉泉看见窗外的一棵棵树木飞快地往后面移动，立刻跟正在窃窃私语的兄弟俩说："你们看，火车现在跑得快不快？"

天仁立刻把头转向窗外，顿时吃惊地说："真的比马车跑得快耶！"

泉泉一脸得意地说："是吧？我说了你还不信。"

天仁心服口服地点点头。这时，天义眼珠子转了转，突然激动地跟天仁说："不知道骑马好不好玩？"

"骑马？"天仁一下子愣住了。

泉泉、露露和青莲也愣住了。

身边的几个旅客都好奇地看着兄弟俩，兄弟俩顿时腼腆起来。天义轻声地指责天仁："你这么大声音干吗？"

天仁睁大了眼睛说："谁让你突然问一个莫名其妙的问题？"

天义顿时被天仁问住了，马上自嘲地笑了起来。

青莲笑着问天义："你怎么突然问起骑马？"

天义笑嘻嘻地看着青莲，一副想说又不想说的样子……

泉泉眼睛一亮，兴奋地跟青莲说："还不是刚刚说到了马车，所以他才想到了骑马。对不对？天义。"

天义憨憨地一笑。

青莲摸摸天义的脑袋说："你觉得骑马好玩是吧？"

天义正要回应，天仁却抢着说："他又没骑过马，他觉得骑牛才好玩呢。"

青莲一脸不解地问："骑牛？在哪里骑牛？"

天仁笑嘻嘻地说："就是我们自己家的小牛嘛。"

青莲惊讶地说："你们俩都骑过小牛吗？它不会摔你们？"

兄弟俩不作声，都笑呵呵地看着青莲。泉泉也笑呵呵地看着青莲，露露捂着嘴巴朝青莲笑……

青莲愣愣地问："你们都笑什么？"

天义看一眼泉泉和露露，然后淘气地说："姑姑，咱们家小牛可听话呢。我们四个人都骑过它。"

青莲吃惊地看着泉泉和露露，问道："你们俩也骑过？"

泉泉和露露都兴奋地点点头。

青莲笑呵呵地说："怪不得哟。我说你们哪有这么勤快，一吃完饭就说要去放牛？原来是心心念念想着去骑牛玩啊。"

泉泉和露露见青莲对此一点都不责怪，便开开心心地说起这两天骑牛的感受来。兄弟俩见青莲听得津津有味，便又笑嘻嘻地讲起以前放牛时跟邻村打群架的事情来……

青莲听得入了神，一会儿脸色紧张，一会儿脸上缀满笑容，一会儿吃惊地问这问那。兄弟俩见青莲如此兴趣盎然，更是把事情经过讲得绘声绘色、夸张有趣。青莲欢喜地不停摸摸兄弟俩的脑袋。一阵笑谈后，大家都暂时沉默下来。这时，有两个旅客悠闲地从兄弟俩身边走过。天义笑着问青莲："姑姑，我也想到处走一走。可以吗？"

青莲不假思索地说："可以啊。你去吧。"

泉泉笑着提醒："你要记得怎么回来。"

露露俏皮地说："你千万不要左瞄右瞄，人家会笑话你是个乡巴佬。"

青莲立刻给露露顶了回去："谁跟你这么说的？只会胡说八道。"

露露赶紧用手捂着嘴巴，不再言语。天义看看青莲，又看看露露，愣愣地站在原地不敢迈步。青莲拉着天义的小手，笑眯眯地说："去吧，不要听她瞎说。你爱咋的就咋的，谁也管不着你。"

天义精神一振，乐呵呵地说："那我去了，姑姑。"

青莲鼓励天义："去吧，记得怎么回来。"

天义点点头，然后迈着方步，慢慢悠悠、大大方方地朝着过道的一个方向走去……

青莲看看天义一副诙谐有趣的样子，不禁自言自语说："臭小子！"

……

当青莲带着兄弟俩开开心心去坐火车时，青山一行也欢快愉悦地奔驰在回城里的路上。王伯驾着马车，精神抖擞，右手不时扬一下马鞭，嘴里不时吆喝："驾！驾！"铁柱坐在王伯身边，青山夫妇和秀秀坐在后厢里。秀秀耷拉个脑袋，不时地打一个哈欠。青山夫妇俩并排坐着，两人脸上都露着笑容，不时看一眼似睡非睡的秀秀……

兰儿拍一下秀秀的胳膊说："疯丫头，一晚上还没睡够吗？"

秀秀没好语气地回答："哎呀，不要吵我！"

兰儿笑着跟青山说："这疯丫头一大早就呵欠连天，昨晚肯定又跟露露说了一晚上私房话。"

青山笑道："这姐妹俩还真是说得来。"

兰儿也笑盈盈地说："是啊，虽说是表姐妹，可看起来比亲姐妹还亲。"

青山点点头，眼神里满是欣慰。

兰儿又说："这次你回来，爹娘可开心了。你感觉到没有？"

青山反问道："这还用说吗？"

兰儿笑一笑，又兴奋地说："还有你姐，也特意赶回来跟我们一起过中秋，可把两个兔崽子高兴坏了。"

青山回应道："是啊，这哥俩一直盼着去坐火车，估计现在在火车上激动得不行呢。"

兰儿想象着说："我看多玩几天，他们都要赖在你姐家不肯回来了。"

青山笑着回应："这怎么可能？先生只准了五天的假，超过五天可会给爹脸色看。"

兰儿一听立刻肃然起敬，嘴上感叹道："真是个负责任的先生啊。"

青山也感慨道："是啊，难得先生这么用心啊。"

兰儿又说："还有爹和娘，他们的全部心思啊，也都用在咱们和两个孩子身上。我一想到这些，心里就既感动又亏欠。"

青山点点头，觉得兰儿的话正说到自己的心坎上。兰儿动情地看看青山，提醒道："这一切啊，咱们可都得牢牢记在心里啊。爹娘年轻时在城里辛辛苦苦守着祖业，现在把崇草堂交给了咱们，却还在老家无怨无悔地替我们劳累。将来，咱们一定要好好孝敬他们啊。"

青山听了心里一热，右手不自觉就抱住了兰儿的腰身。兰儿于是温情脉脉地把身子往青山身上靠……夫妇俩沉默了一会儿，兰儿摸一摸身边叠着的两箱药材，突然若有所思地说："我有个想法，不知道你认不认同？"

青山笑着回应："什么想法？你说说看。"

兰儿说："我想啊，以后店里的药材，咱们尽量去市场上进，少到家里来拉，也好让爹娘享享清福。你觉得呢？"

青山眼睛一亮，立刻兴奋地说："其实我早就有这个想法，只是放在心里没跟你说。"

夫妇俩心有灵犀，兰儿便笑盈盈地说："那就这么定了。下次回去我就跟爹娘说。"

青山欣慰不已地点点头。

……

青莲一行下了火车后，步行了一段路程，再转过两条巷子，就来到一条宽阔的大街上。一进大街，两旁店门口上方各种各样的招牌就映入眼帘，写着“酒”“當”等字的小旗帜招牌更是引人注目。兄弟俩蹦蹦跳跳走在最前面，不一会儿，一面写着“藥”字的旗帜远远地就在兄弟俩眼前飘扬……

天仁兴奋地叫道：“到了，到了。”

天义跟青莲说一句“我们先走”就拉着天仁的手，激动地朝“藥”字方向跑去。青莲、泉泉和露露也各自加快了脚步。兄弟俩很快就来到挂着“藥”字旗帜的店铺前。两人喘了一会儿气后，天仁指着药行“九衢通藥”的招牌，笑嘻嘻地问天义：“第二个字念什么？你现在知道了吧？”

天义得意地说：“我当然知道。不就是跟‘水渠’的‘渠’是同一个音嘛。”

天仁笑着说：“我以为你还会念着‘保衛’的‘衛’了呢。”

天义嘴巴噘得老高地说：“哼。你不要跟爷爷一样，总说我是粗心大萝卜，我以后才不要你们这么说我呢。”

天仁用力拍一下天义的胳膊，笑道：“看样子你是真有进步了。”

天义又得意地说：“那当然。走吧，走吧。”

天义说着就拉着天仁的手往店门口走去。一到店门口，兄弟俩就朝里面大声喊道：“姑爷。姑爷。”

片刻，一个胖男人从药店里面走了出来——男人留着络腮胡子，左手拿着一把折扇，右手拿着一个算盘。男人一见兄弟俩，就笑呵呵地说：“进来，进来。”

天义笑嘻嘻地说：“姑爷，你的肚子好像又大了耶。”

姑爷低头看一眼自己的肚子，说：“真的吗？”

“谁骗你呢？姑爷。”天义说着就用手摸摸姑爷的肚子。

姑爷笑眯眯地说：“臭小子。”

天义开玩笑说：“姑爷，你这肚子要是再大一点，就要成为大肚子弥勒佛了。”

姑爷听了开心地说：“弥勒佛？哈哈哈。这个我喜欢，我喜欢。”

天仁见姑爷被天义逗乐了，也开心地去摸摸姑爷的肚子。姑爷放下手中的折扇和算盘，乐呵呵地摸摸兄弟俩的脑袋。这时，青莲不紧不慢走进了店里。青莲见三人欢笑不已，便问道：“你们这么开心，在说什么呢？”

天义拉着青莲的手，笑嘻嘻地说："姑姑，我们在说姑爷的大肚子呢。"

姑爷见天义说话毫不避讳，就装作一本正经的样子说："欸，小孩子怎么能随便谈论大人的肚子呢？一点规矩都不懂。"

青莲白一眼姑爷，说："自己老不正经，还怪人家小孩。"

天义见青莲护着自己，又笑嘻嘻地说："姑姑，我说姑爷的肚子像弥勒佛的肚子，姑爷听了可开心呢。"

青莲听了立即哈哈大笑起来。姑爷看着两人，无奈地摇摇头。天义则俏皮地朝姑爷吐吐舌头，然后拉着天仁的手在柜台边左看看、右看看。姑爷摸一摸天义的脑袋，又朝青莲憨憨地一笑，就提着青莲带回来的东西往房间里走去……

青莲突然叫住姑爷："等一下，过来过来。"

姑爷放下手中的东西，乖乖地贴近青莲身边，声音低低地说："你小声点哦，孩子们在眼前呢。"

青莲没有闻到姑爷嘴里有什么酒味，就语气甜甜地说："不错不错，是个好长辈嘛。"

姑爷得了青莲的面子，立刻兴奋地跟兄弟俩说："过来帮姑爷一起提东西。"

兄弟俩快步走过来，两人一起提着一个袋子，乐呵呵地跟着姑爷往房间里走去。青莲看着三人的背影，心里顿时涌起一股莫名的温馨。青莲笑着摇摇头，然后就往后面的库房里走去。青莲一边走，一边想着这么多年来跟眼前的这个男人一路磕磕绊绊，嬉笑怒骂，却又始终不离不弃，并且彼此感情还越来越深，心里便生出无限感慨。

一会儿，青莲走进库房，见一老一少两个伙计正在盘点里面的药材。老伙计一见青莲，乐呵呵地打招呼："你就回来啦？不在娘家多住几天？"

青莲笑着回应："住了住了。这不，两个侄子催着要来坐火车嘛。"

老伙计一听说天仁天义哥俩来了，立刻兴奋不已地说："哎哟，这下我们店里可热闹多了。"

青莲笑着点点头，然后就开始翻找什么东西。老伙计见青莲找了好一阵子都没有找到，便笑眯眯地问："你在找寻什么？或许我知道呢。"

青莲笑着回应："哦，那几瓶陈年花雕，我走的时候，记得是放在这里的啊。现在怎么找不到了呢？"

老伙计一听，立刻满脸歉意地说："哎哟，怪我怪我。我挪东西的时候，把它们放到另一个房间里，然后就不记得拿回来了。"

青莲见老伙计满脸歉意，赶紧安抚他说："没事没事。我只是来看一下这些美酒有没有被哪只馋猫偷吃了呢？"

老伙计听了立即呵呵笑了起来，笑完便感叹："唉，东家真是一个好男人啊。你不在的这几天，他真是一口酒都没沾啊。"

青莲欣慰地点点头，然后笑盈盈地解释说："我就是怕他憋得太久了，特意来给他拿一坛解解馋呢。"

老伙计眼睛一亮，立刻笑呵呵地说："要，要，男人适当喝点酒还是好的。"

青莲点点头，然后笑着回应："您忙着，我先去做饭了。等下一起多喝几杯。"

老伙计激动地说："好，好。"

青莲离开库房后，小伙计笑嘻嘻地跟老伙计说："蒋伯，你现在口水都要流出来了吧？"

蒋伯一脸嗔怪地说："去去去。你这小子，自己馋得要流口水了，还故意来开我的玩笑。"

小伙计故意做出一副吞口水的样子，嬉皮笑脸地说："蒋伯，我心里在想什么，你怎么都知道啊？"

蒋伯乐呵呵地说："我怎么会不知道？你只要想想，我活到这把年纪，见过多少人，喝过多少酒。"

小伙计听了笑一笑，满脸奉承地说："您老人家真是高啊。"

蒋伯自豪地回应："那还用说？牛皮又不是用来吹的。"

……

第二天上午，泉泉就领着天仁天义到处玩。兄弟俩跟着泉泉爬沧桑的古城墙，去看古老的城隍庙，去泡"咕咚咕咚"的温泉水。晚上，泉泉和露露又带着兄弟俩逛琳琅满目的夜市，去看令人捧腹大笑的耍猴表演，去看热闹不已的锣鼓戏……

一连三天，兄弟俩就像脱缰的野马，沉浸在自由欢快的世界里。

十九

戌时，万籁俱寂，白马寨杨家村被沉沉的黑暗笼罩着。一盏明灯下，奶奶戴着一副老花眼镜，坐在一个大大的团箕边，细细地分拣着里面晒干的药材。爷爷坐在奶奶旁边，"吱吱呀呀"地拉着心爱的二胡。一会儿，奶奶把眼镜拿在手中看了又看，然后感叹道："哎呀，青松买的这老花眼镜还真是神奇，戴上它眼前立刻亮堂了！"

爷爷仿佛没听见奶奶说话，对奶奶的感叹没有半点反应，依旧自我陶醉地拉着心爱的二胡。奶奶看着爷爷说："你听见我说话没有？"

爷爷淡淡地回应："听见了。亮堂了就好嘛。"

奶奶一听爷爷这语气，就忿忿不平地说："你不要一说到青松就不高兴，好歹是自己亲生的！"

爷爷反问道："你这话怎么说？我脸上写着不高兴三个字吗？"

奶奶说："这还用写？只要一说到青松，你就对我爱答不理。"

爷爷不想跟奶奶争辩，便敷衍道："好好好，你说得对，你说得对。"

奶奶见爷爷退让一步，便又感叹起来："唉，你能说青松这孩子没孝心吗？没孝心能想着给你买人参、买烟斗？没孝心能挂念着你受伤的腿？"

爷爷回应道："我哪里说他没有孝心啦？我还跟青山说，这人参可是长白山最好的人参呢。你难道没听见？"

奶奶听了不作声，过一会儿又说："说千说万，就是因为他唱戏的事，这么多年你对他一直不待见。你说是不是？"

奶奶这么一问，爷爷就沉默不语了。奶奶想着青松孤零零漂泊他乡，不禁伤感起来："唉，戏子戏子，真是难啊。"

爷爷不愿奶奶总是唠叨这些烦心事，就笑着转移话题说："欸，你猜一猜，那两个兔崽子现在干啥呢？"

奶奶眼睛一亮，笑道："这谁知道呢？我又没有千里眼。"

爷爷笑眯眯地说："要我猜呀，他们两个正在想念我们呢。"

奶奶嗤笑道："哼，你真想得好。他们现在还有时间想念我们？我们想念他们还差不多。"

爷爷笑呵呵地说："怎么？你就想念他们啦？你平常不是嫌弃得不行吗？"

奶奶皱着眉头感慨："唉，说来也真是奇怪。你说那两个混世魔王天天在你眼前吧，烦得让你讨厌。不在家几天吧，心里又空落落的。"

爷爷一听笑了："嘀，反正骂也是你，想也是你。"

奶奶对爷爷这句略带讽刺的话语却不气不恼，只淡淡地反问道："怎么？难道你就一点不想念他们？"

爷爷装作一副无所谓的样子说："有什么想不想呢？再过一两天不就回来了嘛。"

奶奶嘲讽道："哼，刀子嘴，豆腐心。你以为我看不出来？"

爷爷笑呵呵地说："你火眼金睛。你厉害。"

奶奶一脸得意地说："那当然。要不然这几十年跟你在一起白过了。"

爷爷听了开怀地笑了起来。

奶奶见爷爷笑得如此畅快，自己也呵呵笑了起来。

然后，老两口便都不再言语。奶奶重新戴上眼镜，继续挑拣着团箕里的药材。爷爷眯缝着眼睛，一边拉着二胡，一边忍不住想念起兄弟俩来……

……

第二天一大早，爷爷就带着干粮上山去采药。到午后时分，爷爷大有收获，两肩背着一篓子沉甸甸的药材，满脸开心地走在回家的林荫路上。在一个交叉路口，爷爷远远看见两个男人面对面地停在路边。其中一个坐着，另一个蹲着，两人一边交谈，一边还用手比画着什么。

爷爷感觉两人有点不对劲，立刻快步朝他们走了过去。当距离他们不远时，爷爷就听见坐在地上的那人不时发出痛苦的呻吟声。而另一个人的表情，则是一脸的焦急和无助。爷爷走近他们，赶紧询问："二位这是怎么啦？"

蹲在地上的年长男子快速站起身，稍微打量了一下爷爷，又见爷爷背着一篓子草药，心里判定爷爷大概是一位郎中，于是右手指着对面的年轻人说："他刚刚被蛇咬了！"

爷爷脸上一紧，赶紧把篓子放下，然后蹲在年轻人身边，让他露出伤口给自己看。年轻人听话地把右脚裤子提起一点，在踝关节处露出被蛇咬了的地方。爷爷仔细地看了看齿印明显的伤口，又用手指轻轻地摁了摁渐渐肿胀的皮肤。顿时，爷爷眉间的皱纹就拧成一个疙瘩。爷爷忧心忡忡地问年轻人："蛇是什么样子看清了吗？"

年轻人想了一下，回答道："只看到一点儿尾巴，好像是麻褐色的。"

爷爷又赶紧问："有什么声音没有？"

年轻人描述道："有'呼呼'的响声。"

爷爷一听，眉间的皱纹拧得更紧了。

年长男子一脸紧张地问："是什么蛇？有毒吧？"

爷爷点点头，然后脸色沉重地说："这蛇十有八九是扇头风。"

"啊？扇头风？"年长男子惊恐不已。

爷爷看一眼年长男子，安慰道："这蛇虽然有毒，但是也不用太担心。我家里有现成的解药，赶紧用上就没事。"

年长男子脸色一下子缓和了，紧紧握着爷爷的手说："今天真是万幸碰到了您啊！要不然真是麻烦了！"

爷爷点点头，然后快速脱下身上的白色背心，"哗啦"一声撕成了几条，用力地绑在年轻人的踝关节上方。接着，爷爷把后背对着年轻人说："快点上来，我背你回去。"

年轻人先是一愣，然后咬着牙爬到爷爷的后背上。年轻人心里感激不已，几次张开嘴想说什么，却最终没有说出来……

爷爷双手用力地抱紧年轻人，迈开大步就急急地往家里赶。年长男子背着爷爷的篓子，紧紧地跟在两人身后。爷爷一来到院门口，就看见奶奶在地上翻晒药材。爷爷赶紧说："快点过来帮忙。"

奶奶快步走到爷爷身边，一脸紧张地问："怎么啦？"

爷爷回应一句"被扇头风咬了"，就赶紧往堂屋里走去。奶奶一听年轻人被扇头风咬了，眼睛立刻睁得老大老大。一会儿，爷爷让年轻人坐在一把高的椅子上，然后吩咐奶奶给两人倒点水喝，自己则赶紧去西边药房里寻找解蛇毒的草药……一会儿，爷爷在药房里大声地问奶奶："药呢？药怎么不见了？"

奶奶赶紧回应："是青山带走了吧？"

爷爷满脸着急地说："哎呀，真不是时候。"

年长男子站在房门口看着爷爷，一脸惊慌地问："那怎么办？"

爷爷拍拍年长男子的臂膀，宽慰他说："没事没事。我们再去木鲁冈。"

年长男子听了眼里又泛起了希望……

爷爷打定主意后，立即叮嘱奶奶："你照看好他，千万不要离开。"

奶奶点头答应："知道，知道。"

爷爷又再次叮嘱年轻人："记住了，你就这样坐着，不要躺下。千万不要下地走动。"

年轻人赶紧回应："好，好。"

爷爷跟年长男子说一声："走。"然后就背上采药的篓子，急急地跨出门槛。

年长男子赶紧跟在爷爷身后。

奶奶站在门口，忧心忡忡地叮咛道："你们要小心点啊。"

爷爷朝奶奶挥挥手，一眨眼就出了院子，片刻后却又折返了回来。爷爷急急地问奶奶："那根长绳子呢？"

奶奶皱着眉头地问："篓子里的不够长吗？"

爷爷说："可能会短了。你快点给我找一下那根长的。"

爷爷说着就把篓子里的绳子拿了出来。奶奶就赶紧去房间里翻找那根攀岩的长绳子……

爷爷趁此空隙又蹲在年轻人脚边，仔细地看了一下伤口。年轻人一脸感激地说："老伯，真是太麻烦你了。"

"没事，没事。"爷爷说着右手轻轻地摁一摁伤口附近的皮肤，眉头又不知不觉皱了起来。

一会儿，奶奶把长绳子递给爷爷，眼神里满是不安地说："你千万要小心点啦。可不要让我担心。"

爷爷点点头，转过身就往门口走去，还没走两步又回过头叮嘱奶奶："过一会儿你给他松绑一些。太紧了也不行。"

奶奶回应道："我心里有数。"

爷爷和年长男子刚走到村口，一个肩扛锄头的中年男子迎面走了过来。中年男子见爷爷一脸焦急的神情，急忙问道："叔，你急着去哪里？"

爷爷回应道："去找救命草。"

中年男子一下子变了脸色，赶紧问："谁被蛇咬了？"

爷爷说："一个外村人。"

爷爷说完就跟中年男子擦肩而过。中年男子站在原地愣了一下，随即放下手中的锄头，紧紧地跟在爷爷和年长男子身后。

……

堂屋里，奶奶守护在年轻人身旁，一刻也不敢离开。奶奶皱着眉头，时不时看一眼年轻人的伤口。一会儿，奶奶问年轻人："你是哪里人呀？"

年轻人回答："我是水口庙人。"

奶奶一脸惊喜地说："水口庙？我外婆就是嫁到水口庙的。"

年轻人亲热地应一声："哦。"

奶奶兴奋地说："我小时候跟外婆可走得亲呢。那时候经常去水口庙玩，在外婆家一住就不愿意回来。"

年轻人又亲热地应一声："哦。"

奶奶又说："只可惜，外婆她老人家死得早。后来我就去得少了。"

年轻人听了脸上掠过一丝悲伤，然后感叹道："是啊，老一辈的人都命苦。"

奶奶点点头，亲热地问："你叫什么名字呀？"

年轻人回答："我叫王顾伟。"

奶奶又问："你这是从哪里回来呀？"

王顾伟回答："刚刚从武汉回来。"

奶奶点点头，又问："你去武汉干什么呀？"

王顾伟回答："做点小买卖，养家糊口。"

奶奶听了感叹道："唉，这年头兵荒马乱的，做生意也不容易啊。"

王顾伟应承着："是啊，是啊。"

奶奶张着嘴，还想再说点什么，却看见王顾伟突然皱着眉头，一副痛苦难受的样子。奶奶紧张地问："你怎么啦？"

王顾伟忍着疼痛说："没事，没事。"

奶奶心知王顾伟是不想让自己担心，便凑近王顾伟的伤口仔细看了看，只见伤口周围明显地更加肿胀了。奶奶皱着眉问："是不是好难受？"

王顾伟语气淡淡地说："嗯，有一点儿。"

奶奶看出来王顾伟其实何止一点点难受，于是拍拍王顾伟的肩膀，心疼地说："遭罪呀，遭罪呀。"

王顾伟却微笑着摇摇头。

奶奶安慰王顾伟说："你先忍着点吧。等敷上草药就好多了。"

王顾伟微笑着点点头。

奶奶看着王顾伟一脸乐观、坚强的样子，心里对王顾伟除了亲切，又多了一份敬佩。一会儿，奶奶又看了看伤口，发现周边肿得越来越大了。这时，奶奶突然想起了爷爷出门前的叮嘱，于是赶紧蹲下身子，想把伤口上面的绑带放松一点。就在双手准备松开绑带时，奶奶心里突然想道："万一没处理好，伤口的毒血都回流到心脏怎么办？不行，不行。"

奶奶愣了片刻，头脑里马上就想出一个主意。

奶奶急匆匆地从药房里拿出一把亮闪闪的小刀，然后放在一个碗里用开水烫了一下，接着就手拿小刀蹲在王顾伟脚边，说："你忍着点。我把这里面的毒血放掉一些，要不然让它流到全身就麻烦了。"

王顾伟皱一下眉头，然后又微笑着说："好，你自己小心点手。"

奶奶点点头，然后左手托住王顾伟的脚，右手拿着小刀小心地将伤口的口子剔开了一点。奶奶满心希望毒血能够快速地流出来，然而伤口处的血管似乎因为肿胀而被堵塞，导致毒血只能一点一点地慢慢流出来。

奶奶等不及，又用手指轻轻挤压一下伤口周边肿胀的皮肤，但是效果还是不明显。奶奶心里烦躁，一狠心，干脆嘴巴对准伤口，不顾一切地吮吸起里面的毒血来……

王顾伟一看，立刻惊愕地叫起来："不行啊，大娘。这样太危险啦。"

奶奶吐掉一口毒血，笑着说："没事没事，等下我嚼几口草药就好了。"

王颀伟继续劝道："别再吸了，大娘。"

奶奶却很不在意地说："不要紧。我们家世世代代都能解蛇毒的，这个碍不着我们。"

奶奶说完又低头吸了起来。王颀伟见奶奶自信满满的样子，便不再言语，只是愣愣地看着奶奶吸一口又吐一口、吸一口又吐一口。一会儿，奶奶用手揩一下嘴唇上沾着的毒血，笑眯眯地跟王颀伟说："好了，好了，这下我就放心了。"

王颀伟听奶奶这样说，热泪不知不觉便盈满了眼眶。王颀伟突然满脸惭愧地说："大娘啊，我，我真是小人之心啦。"

奶奶一脸茫然地问："你这话怎么说？"

王颀伟解释道："大娘啊，其实我是一个八路军战士，刚刚从陕西延安回老家来奔丧，没想到在半路上被毒蛇给咬了。"

奶奶疑惑地问："我听说八路军是打鬼子的，是好人啦。你为何要隐瞒呢？"

王颀伟感叹一声，说："一言难尽啊。"

王颀伟说着就解开随身的包袱，把里面的军帽和军衣打开来给奶奶看。奶奶边看边点头，然后问道："既然你是八路军战士，为何要瞒着我呢？"

王颀伟一脸凝重地说："大娘你有所不知啊。蒋介石明的说要团结抗日，其实暗地里却到处迫害我们共产党人啊。我们不得不……"

王颀伟还没说完，奶奶赶紧接嘴："哦，我明白了。你不愿意跟我说真话，其实是担心我不小心泄露了你的身份吧？"

王颀伟点点头，惭愧不已地说："大娘你千万莫见怪。我是小人之心、小人之心啊。"

奶奶却说："不不不，人都有难言之隐啦。我们不说这个了，你刚刚说你是回家来奔丧的，是家里有老人走了吗？"

王颀伟听了一脸悲伤地说："是啊，大娘。我老爹和老娘前几日走了。老人家命苦啊，都才五十出头呢。"

奶奶听了立刻感叹："唉，是年轻啊。"

王顾伟又说："跟我一起回来的，是我的二伯。正是我二伯千里迢迢找到部队，告诉我爹娘不幸去世的消息。"

奶奶点点头，突然疑惑地问："老人家年纪又不大，怎么会同时走了呢？"

王顾伟一听，脸上立刻充满了愤怒。

奶奶赶紧问："怎么啦？"

王顾伟平复了一下心情，感叹道："唉，说来话长。老爹给人种地，地主恶霸拖着不给工钱，老爹忿忿不平打了他的宝贝儿子。他一气之下就叫人把老爹打得奄奄一息，没想到一到家就不行了。"

奶奶没想到如此伤天害理的事情竟然就发生在眼前，顿时一副惊讶不已的表情看着王顾伟。王顾伟接着说："后来，老娘见老爹死得冤，心里憋得慌，一想不开就拿根绳子上吊自尽了。"

奶奶听了瞪大了眼睛，久久没有回过神来……

王顾伟见奶奶一直发愣，便轻声问道："大娘，你没事吧？"

奶奶低低的声音说："没事，没事。我休息一下就好了。"

奶奶说完就坐在了一把高的椅子上，后背紧贴着椅子的靠背。王顾伟见奶奶有点不对劲，又突然想起奶奶给自己吸了毒血后还没有漱口，便催促奶奶："大娘，你赶紧去漱漱口吧。"

奶奶弱弱地朝王顾伟摇摇头。片刻后，奶奶感觉喉咙一阵阵发麻，胸口也似乎堵得慌。顿时，一种不祥的预感在奶奶心中生起……

王顾伟敏锐地察觉到，奶奶眼神里满是惊慌和恐惧。王顾伟张着嘴，正想跟奶奶说什么，这时院子外突然传来一个中年女人响亮的声音："青山娘在家吗？青山娘在家吗？"

奶奶听见有人呼唤自己，赶紧回应道："在哟，我在家里呢。你快进来吧。"

奶奶虽然张大了嘴回应，但是声音却很小，甚至还有点嘶哑。

王顾伟听奶奶声音不对，赶紧问道："大娘，你怎么啦？"

奶奶摆摆手说："没事，没事。"

王顾伟强忍着疼痛，贴近奶奶的头问："大娘，你脸色不对劲啊。你感觉哪里不舒服吗？"

奶奶突然右手捂着胸口，嘴里喘着粗气，想跟王颀伟说什么，却又摇摇头……就在这时，中年女人笑盈盈地走进屋里，一进门就说："青山娘，还是老伯开的药管用啊。这两天看着见好。"

奶奶强装笑颜点点头。

中年女人见奶奶脸色不对，于是赶紧问道："你这是怎么啦？"

奶奶摇摇头，右手软弱无力地指一指自己的喉咙。中年女人还没搞懂怎么回事，王颀伟就急忙催促她："大姐，麻烦你快去找老伯。大娘中蛇毒了。"

中年女人惊叫一声，赶紧问道："老伯在哪里呀？"

"在，在木鲁……"王颀伟一下子记不起来。

中年女人赶紧说："在木鲁冈对不对？"

"对对对，你快去！"王颀伟激动地说。

中年女人应一声："好，好。"就飞快地往屋外跑去。

……

这时，爷爷三人正站在木鲁冈陡崖上面。爷爷探着头往下面看了看，立刻从篓子里把绳子和铁钎等工具拿了出来，快速地将铁钎套在绳子的一端，然后把铁钎插入地上，又用锤子使劲地锤了几下，最后用力拉了拉绳子。在确定了绳子结实牢靠后，又快速地将绳子另一端抛下了陡崖……

一切准备妥当，爷爷对中年男子说："我现在下去。你帮我守着这个铁钎，千万不要让它松动。"

中年男子赶紧回应："好，好。"

爷爷右手拍拍中年男子的臂膀，又摸一下腰间绑着的小布袋，然后双手抓住绳子，很快就下到了陡崖中间。年长男子探着头，胆战心惊地在上面看着爷爷。中年男子也探着头看一眼爷爷，嘴里叮咛一声："叔，你小心啦。"然后就一只脚死死地踩在铁钎上面。

爷爷下去几米后，年长男子干脆趴在陡崖边，伸长了脖子，目不转睛地盯着爷爷。只见爷爷两只脚顶着崖壁，双眼四处搜寻着要找的草药。突然，几棵开着黄色小花的小草映入爷爷眼帘。爷爷眼睛一亮，立刻靠拢过去将它们连根拔起，然后小心地放入腰间的小布袋里。接着，爷爷右脚激动地在岩石上一蹬，就准备攀着绳子下到崖壁下面。然而就在这时，绳子某处与岩石摩擦的地方却突然断裂开来。紧接着，爷爷惊叫一声，瞬间就从半空跌落下去……

陡崖虽然不是很高，但是下面散落着许多棱角锋利的岩石。不幸的是，爷爷正撞击在一块尖利的岩石上。爷爷一翻身，背部的鲜血立刻染红了洁白的汗衫。爷爷痛苦地叫一声，接着，右手用力地向上伸起，嘴上不停地喊着："药！药！"

年长男子见爷爷突然跌落下去，瞬间大惊失色，立即朝中年男子叫道："老郎中跌下去了！跌下去了！"

中年男子贴近崖壁一看，立刻说："快！去救人！"

很快，两人就从不远处的缓坡来到陡崖下面。两人一来到爷爷跟前，立刻被眼前的景象吓呆了。只见爷爷已经处于半昏迷状态，侧着身，右手摁在背部伤口上面，鲜血从指缝里不停地流了出来，将汗衫和下面的岩石染得通红……

中年男子立刻要帮爷爷止血，爷爷弱弱地摆摆手，用细微的声音催促道："快！快拿草药去救人！"

中年男子赶紧卸下爷爷腰间的小布袋。爷爷一边喘气，一边叮嘱："叶子和花捣碎外敷，根茎用水煎服。"

中年男子点头答应，然后脱下自己的汗衫，嘱咐年长男子紧紧地压在爷爷背部的伤口上。临走时，又切切地叮嘱一句："千万别松手，我去叫人。"

中年男子说完就揣着草药，飞一般地往村子里跑去。中年男子跑到半路，迎面就碰见从村里跑来的中年女人。两人都不知所以，互相看一眼，就各自奔着目标跑远了……中年男子一进村口，就朝有人的地方大声喊叫："快去救人啦！快去木鲁冈救人啦！"

有人听见赶紧扔下手中的东西，飞快朝木鲁冈跑去。中年男子则满头大汗地往杨家老屋跑去。中年男子一到院门口，就高声呼叫："青山娘，青山娘。"

奶奶没有应声，却从屋里跑出一个老妇，嘴上问着："谁呀？谁呀？"

两人一见面，中年男子就急忙问："青山娘不在家吗？"

老妇一脸恐慌地说："你进来看，进来看。"

中年男子紧跟着老妇走进堂屋，然后又走进东边厢房，只见奶奶躺在床上，脸色已经变青，喉咙已经肿得很大，呼吸有时急促，有时微弱……

中年男子靠近奶奶头边，急切地问道："婶子你这是怎么啦？"

奶奶微微睁开眼，有气无力地摇摇头……

身旁的老妇赶紧说："婶子她中蛇毒了，喉咙不能说话。"

中年男子"啊"地惊叫一声，等缓过神来立刻跟奶奶说："婶子你要挺住啊，叔这就回来啦。"

坐在一旁的王顾伟看到这幅情景，顿时心如刀割，右手忍不住在自己头上重重地拍了一下。中年男子看一眼王顾伟，赶紧问道："是你被蛇咬了吧？"

王顾伟愧疚不已地点点头。

中年男子心头立刻升起一股莫名的怨气，双眼直直地盯着王顾伟。中年男子真想狠狠地给王顾伟一记拳头，然而理智最终克制了冲动。片刻后，中年男子从小布袋里掏出爷爷采来的草药，语重心长地跟王顾伟说："你看，这是叔给你采的草药。"

王顾伟感动不已地看着，右手便不知不觉地伸了过去。中年男子却立刻缩回手，然后飞快地把草药的根茎和花叶分开，接着把根茎递到老妇的手上，急切地交代："婶子你快去把根茎煎成汤药。我来把花和叶子捣碎。"

老妇点点头，赶紧拿着草药的根茎，急匆匆地往厨房里走去……

这边，中年男子把花和叶子放进一个大碗里，三下五除二就把它们捣成药泥，然后迅速端到奶奶跟前。中年男子用手撮一点药泥送到奶奶嘴边，轻言轻语地说："婶子，来，张开嘴来。"

奶奶睁开眼，微微张开嘴唇，中年男子赶紧把药泥塞进奶奶嘴里。奶奶闭着嘴巴嚼了几下，一会儿又猛地呕吐了出来。中年男子赶紧又用手撮一点儿送到奶奶嘴边，奶奶却把中年男子的手推开，然后手指指向王顾伟……

中年男子领会奶奶的心意，鼻子里猛地一酸。片刻后，中年男子蹲下身子，小心地把碗中的药泥敷在了王顾伟的伤口上。王顾伟开始坚决推让，中年男子就狠狠地瞪他一眼，嘴上说："你还要浪费时间是吧？"

王顾伟便不再作声，同时赶紧把眼睛闭上，以免滚烫的泪水肆意流下。

这时，厨房里一只熬中药的砂锅开始冒着热气，不断地发出"噗噗噗"

的响声。一会儿，老妇就将熬好的汤药送到奶奶嘴边，恳切又焦急地说："妹子，你喝一口吧，喝一口吧。"

奶奶微微睁开眼睛，嘴巴却闭着，似乎再也没有力气张开。老妇心痛不已地看着奶奶，泪水悄然从眼角滑落。老妇轻柔地抚摸着奶奶的额头，嘴上说："妹子，你不能啊！不能啊！"

中年男子和王顾伟都默默地看着奶奶，脸上充满了紧张和担忧。

一会儿，老妇再叫唤奶奶，奶奶再也没有任何回应……

老妇突然失声痛哭起来："妹子，你怎么舍得呀？怎么舍得呀？"

中年男人顿时也泪流满面："婶子，你不能走啊！叔还在等着你啊！"

王顾伟眼睁睁看着奶奶因为自己而离去，心里无限悲痛，嘴上却说不出一句话来。就在这时，许多村人急匆匆地跑进屋来，其中还有从木鲁冈陡崖那里跑回来的。瞬间，哭泣声、叫喊声、呼唤声就在杨家老屋里凄凄切切地回荡……

许久后，中年男子揩去脸上的泪水，踉踉跄跄地走出堂屋，又走出院门，接着朝木鲁冈方向走去，嘴里悲悲戚戚地叫唤："叔啊，婶子啊……"

中年男子来到木鲁冈时，许多村人早已将爷爷团团围住。爷爷静静地躺在人群中间，永远地闭上了眼睛……中年男子拨开人群，一脸悲戚地挤到爷爷身边。只见爷爷的脸被一块白色毛巾盖住，身上的汗衫已经由白色变成红色。

村里的两个长者站在爷爷身边，正轻声地商量着什么。在这些围观的村人当中，有的一脸悲戚，有的泪流满面，有的忍不住哭出了声音……

中年男子蹲在爷爷头边，轻轻地揭开爷爷脸上的毛巾，无声地抚摸着爷爷的额头，又用手指轻柔地梳理着爷爷凌乱的头发——只见中年男子泪痕斑斑的脸上，仿佛已经没有了悲戚，没有了痛苦，有的只是深深的木然。

二十

"九衢通药"药行里，姑爷正在库房里清点药材。天仁天义兄弟俩穿着一身崭新的衣服，满脸开心地站在姑爷身旁左看看右看看，摸摸这摸摸那……

天义笑着说："姑爷，你的库房比我爹的库房大多了。"

姑爷双手码着一堆药材，乐呵呵地回应："这还能比吗？你爹是靠手艺吃饭的，姑爷是靠买卖吃饭的。做买卖库房不大，那岂不是要饿死？"

天义点点头，又说："姑爷你这里药材虽然多，但是基本上我都见过。"

姑爷一听立刻来了兴趣，便笑眯眯地说："那姑爷就来考考你了。你看，这两个叫什么？"

天义顺着姑爷的手指一看，立即夺口而出："江枳壳、黄栀子。"

姑爷点点头，又指着两种药材问："这两个叫什么？"

兄弟俩齐声回答："吴茱萸、蔓荆子。"

姑爷又赞叹地点点头，嘴上说："不错，不错。"

兄弟俩一脸得意看着姑爷笑。

姑爷话锋一转，又问道："学堂功课怎么样？"

天仁笑着说："姑爷想考什么？"

姑爷还没来得及回应，天义俏皮地说："姑爷，孺子可考也。"

姑爷被天义逗乐了，立刻说："好。那你背两句《论语》中有'义'字的句子给我听一听。"

天仁赶紧问："那我背有'仁'字的对不对？"

姑爷点点头，开心地摸摸天仁的脑袋。

天义想了一下，立刻说了两句："见义不为，无勇也；不义而富且贵，于我如浮云。"

天仁也赶紧说两句："仁者乐山，智者乐水；唯仁者能好人，能恶人。"

姑爷眼睛一亮，捏捏自己下巴上的胡子说："好，好。孺子可教也。"

天义笑着请求姑爷："姑爷，你也给我们说两句呗。"

天仁也笑着附和："是啊，姑爷。你也说两句呗。"

姑爷听了一愣，然后笑眯眯地说："好。那我就说一句吧。"

兄弟俩都乐呵呵地看着姑爷。

姑爷一本正经地说："'小子难为长辈，不仁不义也'这一句怎么样？"

兄弟俩眨巴着眼睛想了好一会儿，还是想不起来这句话出自《论语》哪个地方。姑爷见难住了兄弟俩，便得意地说："还是姑爷肚子里墨水更多吧？"

天义见姑爷一脸卖弄的样子，便笑嘻嘻地摸着姑爷的肚子说："姑爷，你这肚子里都是酒水，不是墨水吧？"

姑爷立刻拉下脸说："嘿，你这小子。净胡说八道。"

天义试探着问："姑爷，你说我胡说八道，那你刚刚说的那句话，也是胡编乱造的吧？"

姑爷听了心里一慌，马上一本正经地回应："瞎说！自己不知道还说别人胡编乱造。"

天义察觉到姑爷眼神不对，于是笑着叫起来："姑爷，你就是胡编乱造，就是胡编乱造。"

天仁也跟着叫起来："姑爷胡编乱造，姑爷胡编乱造。"

姑爷拿兄弟俩没办法，一脸无奈地说："好好好，你们爱怎么说就怎么说。"

就在三人笑闹之际，青莲一手提着一个包袱走了进来。青莲笑盈盈地问："你们这么开心，在说什么呢？"

姑爷不容兄弟俩开口，赶紧抢着说："在给他们讲故事呢。我说三个和尚没水喝，他们竟然说我胡编乱造。"

青莲看着兄弟俩说："姑爷没有胡编乱造呀。"

青莲一说完，姑爷就得意地朝兄弟俩使眼色。兄弟俩又大声叫起来："姑爷胡编乱造。姑爷胡编乱造乱造。"

青莲顿时莫名其妙，赶紧问姑爷："怎么回事呀？"

姑爷一边开溜一边说："你问他们两个。我去把李掌柜的账结一下。"

青莲看姑爷慌乱的眼神，心里立刻就猜着了七八分。青莲看着姑爷的背影，又好笑又好气地说："胡子都快要白了，还是没一点正经。"

兄弟俩听了，立刻呵呵笑了起来。

青莲一边把包袱放进柜子里，一边问兄弟俩："等下去街上买东西，你们想买点什么带回去给爷爷奶奶呢？"

天义说："奶奶喜欢吃松花皮蛋，我买这个。"

天仁说："爷爷喜欢穿夏布做的衣服，我买这个。"

青莲摸摸兄弟俩的头说："好，好。爷爷奶奶没有白疼你们。"

天义看着青莲，笑嘻嘻地问："姑姑，中午吃什么好吃的呀？"

青莲张着嘴正要回答，就在这时，前面的小伙计领着明古急匆匆地走了过来。青莲一看明古的脸色，心里陡然一紧。青莲直截了当地问："家里出什么事了？"

明古看看青莲，愣愣地不敢作声……

青莲急急地催问："你快说呀。家里出什么事了？"

明古一脸悲伤地说："师父师娘昨天走了。"

青莲不敢相信自己的耳朵，瞪圆了眼睛问："你说什么？"

明古又重复了一遍："师父师娘昨天走了。"

青莲惊叫一声，身子差点就倒了下去。

……

天刚蒙蒙亮，王伯就驾着马车疾驰在田间大路上。他的左手边，铁柱木然地坐着，脸颊上还布满泪痕。后面车厢里，青山一家沉默无语，气氛异常沉闷。三人都低着头，各自想着自己的心事。一会儿，青山抬起头，泪水又不知不觉从眼角滑落。兰儿看着他欲言又止，只用手轻轻地抚摸他的手背……

青山再次摸摸包袱里的笛子，想拿出来吹一吹，最终还是忍住了。

兰儿体贴地说："你吹吧，吹了心里舒服点。"

青山拿出笛子，声音低低地说："爹，你听吧，我吹给你听。"

兰儿和秀秀看着青山这般模样，泪水不知不觉在眼睛里打转。

一会儿，凄凄切切、幽幽怨怨的笛声在车厢里响起，缓缓地飘向田间、飘向漫无边际的长空……

一会儿，王伯唱起了高亢悲怆的歌声：

好人哟，你好好地走嘞——
苦苦悲悲是人生呀！
好人哟，你莫走嘞——
子子孙孙怎忍心把你忘呀！
……

宜春通往南昌的铁路上，一辆火车在疾速奔驰。青莲一家和兄弟俩都闷闷地坐在火车里，大家都沉浸在无限的悲痛之中。青莲一脸悲戚地看着窗外，兄弟俩低着头坐在青莲身旁。青莲不时抚摸一下兄弟俩的脑袋……

天仁眼含热泪，手中紧紧抱着给爷爷买的夏布。

天义红着双眼，双手紧紧抱着给奶奶买的松花皮蛋。

火车时不时发出声声长鸣，这声音似一句句凄厉的呼唤，撞击在每一个人的心灵深处……

……

堂屋里，并排摆着两副漆得发亮的黑色棺材。爷爷奶奶静静地躺着里面，他们的面容经过长者的洗护，显得平和而安详。

棺材前面一个矮几上，两支洁白的大烛在平静地燃烧着，使整个堂屋的气氛显得悲戚而肃穆。矮几前面的地上，放着一个黑色的香炉和一个大大的铁盆子。香炉里，许多燃着的冥香烟雾缭绕；铁盆子里面，没有燃尽的纸钱还在泛着红光、冒着青烟。堂屋里外，不断有进进出出的村人一脸戚容地来给爷爷奶奶表达哀思。他们默默地下跪，默默地流泪，默默地上香烧纸……

辰时，一辆马车在院子外骤然停下。眨眼间，青山一家和铁柱等快步走进了院子。青山一看见堂屋里的两口棺材，便悲痛地叫了起来："爹！娘！"

兰儿也紧跟着叫道："爹！娘！"

秀秀叫道："爷爷！奶奶！"

铁柱叫道："师父！师娘！"

王伯紧跟在后面，右手默默地揩着眼泪……

青山一家悲痛的叫唤声在堂屋里回荡，令在场的亲友瞬间又潸然泪下。青山看着棺材里的爹娘，心疼地用手去摸摸他们冰冷的脸。一旁的长者赶紧劝导青山节哀顺变，青山无法压抑内心的悲痛，号啕大哭起来。一会儿，青山眼前一黑，身子便歪倒在了地上……

兰儿和长者赶紧扶住青山，堂屋里顿时一片慌乱。

……

第二天下午，院子里已经摆满了洁白的花圈。吹乐班子围坐在一张八仙桌前，时不时地吹上一阵哀乐。哀乐停下时，鞭炮声又响起。进进出出的村人和亲友都沉浸在悲痛的气氛之中。

堂屋里，爷爷奶奶的脸上已经盖上了两块白布。棺材前，两支巨大的白烛在静静地燃烧着，盆子里的冥香燃出的烟雾飘散在整个屋子里……

兰儿细细地招呼着不断来吊丧的客人，青山与族中长者商议着丧事的流程及细节，秀秀和铁柱含着眼泪，跪在地上给爷爷奶奶上香烧纸。

这时，院子外突然传来一声声凄切的呼唤："爹啊！娘啊！"

片刻后，青莲夫妇领着四个孩子急匆匆地走进了院子里，接着，明古也紧跟了进来。兰儿和三奶奶赶紧迎了上去。青莲拼命地跑到爹娘的棺前，摸着爹娘白布盖住了的脸，声色凄厉地喊叫起来："爹啊！娘啊！"

天仁天义扶着爷爷奶奶的棺材，无比凄切地呼唤着："爷爷！奶奶！"

泉泉和露露悲痛地喊着："外公！外婆！"

姑爷看着突然故去的丈人和丈母娘，顿时潸然泪下。

明古泪眼婆娑地喊叫道："师父！师娘！"

此时，由唢呐、铙钹等乐器交织的哀乐声又响起，接着，鞭炮声齐鸣。许多亲友又一次泣不成声，陷入深深的悲痛之中。

……

清晨，通往墓地的大路上，前来给爷爷奶奶送葬的人群一眼望不到边。

路上，哀乐、鞭炮声不断，哭泣声、叫唤声飘荡在凝重窒息的空气中。很多受过爷爷奶奶恩惠的村人、亲友都哭成了泪人，一路上跟跟跄跄、痛苦不堪。唯有肩抬棺椁的八仙步履沉稳、神情肃穆。

青山、青莲夫妇披麻戴孝，紧紧地跟在爷爷奶奶的棺椁后面，泪流满面地艰难前行。童男、童女走在送葬人群的最前面，手中各举着一根细长的竹枝，竹枝上面绑着长长的白色飘带……

天仁天义端着爷爷奶奶的遗像，紧紧跟在童男、童女的后面，两人眼神茫然，脸色凄凉。王颀伟头戴白巾，拄着拐杖，身穿一身整洁的八路军军服，紧紧地跟在爷爷奶奶的棺椁后……

王颀伟红着眼圈，神情痛楚而凝重。

……

头七后的第二天，上午，天空阴沉灰蒙。青山夫妇、秀秀和铁柱站在村西口的老井边，看着天仁天义熟练地爬上高大遒劲的老苦楮树。一会儿，兄弟俩就将两条鲜红的丝带绑在了许多旧丝带的中间。很快，兄弟俩爬下树，边走边回头看看树上的红丝带。红丝带在微风中飘扬，仿佛在跟兄弟俩挥手作别。

兄弟俩来到了兰儿身边，兰儿一左一右抱住他们。青山将手中的鞭炮展开，在老井旁铺成一个红色的圆圈。一会儿，鞭炮声响起，一家人静静地看着鞭炮的火光和碎屑、看着默默无语的老井……

不远处，两辆马车停在路旁。王伯蹲在一辆马车边吸着旱烟，另一名壮年车夫双眼凝视着老井这边。马车旁，站着许多前来送别的村人，大家都一脸凝重地看着青山一家……

青山领着一家人朝老苦楮树深深地作了三个揖，然后在老井旁边伫立了一会儿。稍后，大家都用一种沉重而依恋的眼神跟老井和老苦楮树告别。一会儿，青山一家人来到马车旁，跟前来送别的村人依依惜别。

又一会儿，两辆马车缓缓起动。青山一家渐渐消失在村人的视线中，消失在灰蒙蒙的晨霭里……

二十一

半个月后，青松一得知父母去世的噩耗，便马不停蹄从上海赶回老家。

青松一到白马寨村口，就径自往杨家村院坑祖坟山狂奔，几次差点摔倒在崎岖不平的小路上……

青松来到墓地处，一眼便看见许多被风吹雨打凌乱了的花圈，再走近一些，又清晰地看见爷爷奶奶的新坟。青山鼻子一酸，眼泪便"哗啦哗啦"从脸颊流淌下来。青松呜呜咽咽、跌跌跄跄地走近爷爷奶奶的新坟。坟前的灌木丛中，一只不知名的鸟儿正在"叽叽吱吱"地鸣叫。不远处，一棵高大的松树上，两只浑身黑色的鸟儿停留在枝丫上，静静地看着远方……

青松泪流满面，一声声痛苦异常地呼唤："爹啊，娘啊，为什么要抛下你们不孝的儿啦？为什么呀？"

青松的哭喊声、呼唤声凄切而悲惨，那只不知名的鸟儿吓得远远地飞走了。青松跪在爹娘的墓碑前，双手抚摸着墓碑上的刻字：先考杨南生、先姚陈树香之墓。青松捶打着自己的大腿，额头不停地磕碰着碑石。不一会儿，碑石前面的泥土就被泪水和鲜血打湿了一大块。青松任由脸上的泪水、血水流淌，嘴里不停地喃喃自责："爹，娘，孩儿不孝啊！孩儿不孝啊！"

青松的哭喊声听着让人动容、让人战栗，然而松树上那两只黑色的鸟儿，却依然一动不动地站在高高的枝丫上，静静地注视着远方，只是偶尔低头看一下坟前悲痛欲绝的青松。

……

药店厅堂里，天仁正跟着明古学习称量药材，两人一脸的默契。天义坐在铁柱身边，心不在焉地跟着铁柱碾磨、捣碎药材。天义眼神忧郁，眼前不时浮现出爷爷奶奶的身影……

秀秀一会儿跑去后院跟青山和兰儿说说话，一会儿又跑到厅堂给铁柱打打下手。秀秀看着天义不时发呆的样子，便凑近了问："在想什么呢？"

天义忧伤地回应："想爷爷奶奶。"

秀秀摸摸天义的脑袋说："别总想了。你总想，爷爷奶奶在那边也会难过的。"

天义不回应秀秀，转过身问天仁："天仁，你会想爷爷奶奶吗？"

天仁听了也忧伤地回答："怎么不想？我睡觉常常会梦到爷爷奶奶。"

天义激动地说："啊？我也是。"

天仁赶紧问："你梦见什么了？"

天义说："我梦见爷爷带我去采药，突然之间大风大雨，我跟爷爷就赶紧跑，跑着跑着，爷爷就不见了。我心里一害怕就吓醒了。"

天义说完连问天仁梦见什么，天仁急急地说："我梦见奶奶吃稀饭，吃着吃着就吐出了一大口鲜血。爷爷赶紧给奶奶止血，奶奶却生气地说'你走开走开，我不要你管'。爷爷见奶奶一副蛮不讲理的样子，便气呼呼地说：'你这个人呀，真是不知好歹。'我看着两人就要吵起来了，也就被吓醒了。"

天义皱着眉头说："为什么我们做的梦都是吓人的呢？"

铁柱摸摸天义的脑袋说："好了好了，我们不聊这个了。走，我带你们两个去买芝麻饼吃。"

兄弟俩眼睛一亮，立刻一人拉着铁柱一只手出去了。

秀秀愣愣地想着兄弟俩梦中的情景，心里充满了疑问："怎么会这样呢？我怎么很少梦见爷爷奶奶呢？就算梦见了，爷爷奶奶也总是那样开开心心、那样无忧无虑呢？"

……

大年三十，崇草堂店外门楣上早已挂上两个大大的红灯笼，与隔壁店铺上的红灯笼浑然融合在一起，点缀得整条街的过年气氛浓郁而热烈。墙上红红的对联，也极力增添过年的喜庆与祥和。

晚上，一家人吃完年夜饭，都乐呵呵地来到店门外庆新年、看热闹。姐弟仨欢快地在店门口放烟火、放鞭炮、玩游戏，青山夫妇手挽着手站在店门口，一脸温馨地看着姐弟仨亲密无间、快乐无比的样子……

一会儿，青山心里痒痒，忍不住想要吹笛子，刚转过身想进屋，兰儿会心地说："要笛子吧？我去给你拿。"

青山笑着点点头。一会儿，欢快悠扬的笛声在店门口响起，伴随着大街上此起彼伏的鞭炮声，一起将这过年的气氛衬托得热烈而饱满。兰儿依偎着青山，一脸幸福地陶醉其中。天义被这欢快的笛声吸引了，笑嘻嘻地跑过来说："爹，你给我吹一下。"

青山听了一愣，然后开怀地把笛子给了天义。天义模仿青山的样子，嘴巴贴近吹孔，左右手指在笛孔上比画了一会儿，然后有模有样地吹了起来……

天义吹了几口，青山就兴奋地点点头。

天义没注意青山的反应，全神贯注地吹着，似乎很享受这不经意间找来的乐趣。一会儿，天义笑嘻嘻地问："爹，我吹得怎么样？"

青山摸摸天义的脑袋说："很好啊。"

兰儿笑着问："是真的好？"

青山认真地说："这还有假？比我刚学的时候好多了。"

兰儿又兴奋地问："你的意思，天义有这个天赋？"

青山点点头，又摸摸天义的脑袋。

兰儿感叹道："嗬，还真没想到呢。"

天义突然停下，得意地看着兰儿说："你没想到的事还多着呢。"

兰儿愣了一下，然后亲昵地拍拍天义的肩膀说："你这小子。"

天义朝兰儿做个鬼脸，然后把笛子还回给青山，一转身就朝天仁和秀秀跑去了。青山和兰儿对视一笑，然后又都乐呵呵地看着天义。天义跑到天仁和秀秀身边，笑嘻嘻地问："我刚刚吹得好听吗？"

秀秀一脸嘲讽地说："好听！好听！"

天义又问天仁，天仁盯着地上的烟花说："我没仔细听。"

天义说一句"那我再去吹"，就又跑到青山身边，向青山要了笛子，又全神贯注地吹了起来。秀秀一边玩着烟花，一边朝天义叫道："你别再吹了，再吹我的烟花都要被你吹灭了。"

天义看一眼秀秀，又笑嘻嘻地看看青山和兰儿。兰儿摸摸天义的脑袋说："你管她干什么？她就是个烂嘴巴。"

青山笑盈盈地说："你自己吹自己的，在乎别人干什么？"

天义受到鼓舞，又欢欢喜喜地吹了起来。青山右手搭在天义的肩上，闭着眼睛，一副享受其中的样子。秀秀却皱起了眉头，还故意朝天义捂起了耳朵。天仁笑呵呵地拍一下秀秀的胳膊，然后欢快地朝青山跑去。天仁兴奋地跟青山说："爹，你给天义做个笛子吧。我觉得天义吹得很好听。"

青山眼睛一亮："给他也做个笛子？"

天仁眨巴着眼睛问："对呀。不可以吗？"

青山满脸欣慰地说："可以！当然可以！"

天义听了却笑道："爹，你还是先别做吧。等我哪天真正学会了再说吧。"

青山说："没事，没事。只要你愿意学，我就是给你做十个八个都没问题！"

天义开心地说："那好吧。"

天义说完就拉着天仁的手，又跑去跟秀秀放烟花了。青山和兰儿看着姐弟仨开心快乐的样子，脸上满是温馨和幸福……

二十二

第二年，日军入侵南昌。午后，太阳晒在头顶，陆家巷的居民被日军驱赶出来，齐刷刷地站在巷子的两侧……

一个日军少佐趾高气扬地走在前面。他的右边，一个年轻的日军士兵手中牵着一只黄色的军犬，军犬低着头，不停地左嗅嗅右闻闻。他的左边，一个翻译官对他点头哈腰。

少佐右手握着一把军刀，腰间别着一把"南部十四"手枪，踱着方步，左看看右瞄瞄，一副踌躇得意的样子。翻译官给少佐敬上一支香烟，少佐接着放进嘴里，翻译官赶紧识趣地点燃了香烟。少佐大吸一口，然后笑眯眯地将烟雾吐在翻译官的脸上。翻译官眼睛呛得不行，却仍然一副笑嘻嘻的神情。

这时，年轻士兵手中牵着的军犬走到了青山和秀秀身边。军犬在秀秀脚边嗅了嗅，秀秀吓得惊叫了一声。军犬立刻朝秀秀狂吠了起来。年轻士兵拉紧绳子，朝秀秀看了一眼，少佐和翻译官也朝秀秀看了一眼。秀秀本能地用手捂住了嘴巴。少佐靠近青山停了下来，双眼紧盯了一会儿秀秀涂抹了草木灰的脸蛋，然后胖胖的脸上露出狡黠的笑容。少佐手指向翻译官示意了一下，翻译官赶紧将头凑了过去。少佐对着翻译官低语了几句，翻译官尖尖的脸上也露出狡黠的笑容。翻译官凑近青山，笑着说："长官看中了你的女儿。这是你的荣幸。"

青山不理睬翻译官，昂着头看向别处。

翻译官耐着性子说："如果你顺从了长官的美意，长官将确保你一家的平安，还让你当这条街的街管。"

青山板着脸回应："请你告诉小日本，士可杀不可辱！"

翻译官愣了一下，随即声音厉厉地说："你不要敬酒不吃吃罚酒！"

青山镇定自若地回应："我敬酒罚酒都不吃。"

少佐察觉到青山语气和脸色，赶紧问翻译官青山是什么意思。翻译官回答："他说他要稍微考虑一下。"

少佐点点头，指示翻译官催促青山快点做决定。翻译官嘴巴贴近青山的脸发出警告："得罪了长官，不会有好下场！"

青山朝翻译官啐了一口，冷笑道："狗汉奸你会有好下场！"

翻译官立刻被激怒了，扬起手中的鞭子就要朝青山身上抽去。青山左手一挡，右手稍一用力，翻译官便仰翻在地了。少佐紧急抽出军刀，并示意左右将青山拿下。几个士兵立刻拿着刺刀，一拥而上朝青山围了过来。青山赤手空拳，一连将两个士兵打翻在地。少佐被激怒得"呀呀"乱叫，扬起军刀就朝青山扑来。青山猛地夺掉少佐手中的军刀，顺势将少佐推翻在地。其他士兵立刻拿着刺刀朝青山乱刺，现场顿时一片混乱……

少佐从地上爬起，掏出腰间的手枪，瞄准青山的背部就是一枪。青山左肩中枪，鲜血顿时染红了灰色的上衣。一个士兵朝青山侧面刺来，青山眼疾手快，夺过刺刀，猛地朝该士兵刺去，该士兵"啊"一声瞬间倒地不起。少佐又连开几枪，青山很快就倒在了血泊之中……

兰儿立刻朝青山跑去，撕心裂肺地喊道："他爹！他爹！"

天仁天义站在兰儿身边，也紧跟着兰儿跑向青山，嘴里拼命叫道："爹！爹！"

旁边的张伯和另一名男子立刻用力将兄弟俩拽住，拖回了站立的人群中。兄弟俩拼命地挣扎，嘴里叫道："放开我！放开我！"

铁柱不顾一切地冲到青山身边，大声地叫道："师哥！师哥！"

秀秀被眼前的景象吓呆了，愣在那儿一动不动。少佐快速地走到青山身边，用脚踢一踢，看着青山已经没有了气息，嘴里仍然愤愤地说着骂人的话语……兰儿跪在地上，抱着青山的头，悲痛不已地呼唤着："他爹啊，他爹——"

少佐顾不上兰儿，眼睛又盯住愣在那儿的秀秀。少佐走到秀秀跟前，猛地抓住秀秀胸口的衣服，一咬牙就拽着秀秀往后面的一个绸缎庄里走去。秀秀呆若木鸡，任由少佐把自己拽走……

兰儿一抬头，赶紧叫道："秀秀！秀秀!"

兄弟俩拼命叫道："姐姐！姐姐!"

铁柱惊叫一声"秀秀"，立刻疯了一般地冲到少佐跟前，猛地将少佐推倒在地。少佐迅速地从地上爬起，发疯似的"嗷嗷"叫着，掏出手枪就朝铁柱射来。铁柱双眼圆睁，也不幸倒在了枪口下。铁柱断气前，嘴里仍然不停地叫着："秀秀！秀秀!"

秀秀仿佛清醒了过来，立刻惊叫着跑到奄奄一息的铁柱身边。

少佐恼羞成怒，又快步走到秀秀跟前，右手狠狠地抽了秀秀一个耳光，接着一把抓住秀秀胸口的衣服，又使劲地拽着秀秀往绸缎庄里走去。秀秀猛地用力咬住少佐的手臂，少佐顿时痛得哇哇大叫。怒不可遏的少佐迅速抽出军刀，狠狠地朝秀秀砍去，秀秀顿时也倒在血泊之中……

兰儿惊叫一声"秀秀"，立刻晕厥在地。

兄弟俩拼命地呼叫："娘！娘!"

少佐杀害了秀秀之后还不解气，又将满腔怒火转移到兰儿身上。就在他举起军刀，正要砍向兰儿之际，一名通讯士兵急急地跑了过来，告诉他前方出现紧急军情，上级命令他立即率部前往。少佐看一眼兰儿，恨恨地跟身边的人说："走!"

日军离开后，兄弟俩立刻抱着兰儿，嘴上不停地呼唤："娘，娘，你醒醒啊！醒醒啊……"

围观的人群看着兄弟俩，有的悲愤不已，有的默默流泪，有的咬牙切齿。

……

半个月后，卧室里，兄弟俩已经酣然入睡。不远处，一盏明灯前，放着两个周边镶嵌铜钉的精致大皮箱。兰儿站在一旁，轻轻地把柜子里面的衣服一件件往箱子里放。一会儿，兰儿抽开柜子中间的一个抽屉，一个精致的小盒子映入眼帘。兰儿打开盒子，拿出里面自己亲手编织的两个桃形荷包，放在手心里看了又看，然后又拿出荷包里两个爷爷亲手做的棋子，放在手心里摸了又摸……

好一会儿，兰儿将它们重新放进盒子里，然后用一块大红布包着盒子，仔细地放进一个大皮箱的底部。接着，兰儿又抽开衣柜最下面的一个抽屉，从里面取出青山用的笛子和爷爷留下的二胡。兰儿深情地摸摸它们，眼角不知不觉就湿润了……

收拾完东西后，兰儿默默地看着床上酣然入睡的兄弟俩，脸上泛出一丝慰藉和希望，心里殷殷地期盼："仁啊，义啊，你们快点长大吧。"

……

仲春时节，天气乍暖还寒。辰时，太阳冲破浓浓的雾罩，在宽阔的马路上洒下一片金色。一辆马车奔驰在大路上，青年马夫头戴一顶灰色的帽子，右手举着马鞭，嘴里不停地吆喝着："驾，驾。"

兰儿和天仁天义坐在车厢里，三人都穿着一身薄薄的棉袄。马车疾驰的时候，微风从帘口进入，轻轻吹拂着兄弟俩的脸颊。兄弟俩感到一阵阵的惬意，脸上露出烂漫的笑容。兰儿看着兄弟俩，一脸关切地问："冷不冷？"

天仁回应道："不冷。"

天义说："好舒服。"

兰儿笑笑不作声，双手理了理兄弟俩衣服的领子。过一会儿，天义拨开帘口看看外面，太阳又暖和了许多。天义心里更加畅快了，欢喜之情荡漾在脸上。天义说："娘，我来吹个笛子吧。"

兰儿说："好啊，你吹吧。"

天仁跟着说："娘，我也想拉拉二胡。"

兰儿说："好啊，你拉吧。"

于是，兄弟俩一个吹着笛子，一个拉着二胡，两人都沉浸在各自心爱的乐曲里。兰儿深情地看着他们，看着看着，眼里就噙满了泪水。天仁小心地问道："娘，你怎么啦？"

兰儿摸摸天仁的脑袋，强装笑颜说："没什么。你继续拉吧。"

天义停下吹笛，关心地问："娘是不是想爹了？"

兰儿摸摸天义的脸，微笑着点点头。天仁眼神坚毅地看着兰儿说："娘，爹和姐姐的血海深仇，我是一辈子不会忘记的。"

天义握紧兰儿的手说："娘，不杀尽日本鬼子，我以后就不是你的儿子。"

兰儿欣慰地点点头，热泪不知不觉从眼角滑落。兄弟俩轻轻地帮兰儿把泪水擦干。兰儿破涕为笑，一把将兄弟俩抱在怀里……一会儿，兰儿叮嘱兄弟俩："到姑姑家了要听话、要勤快。知道了吗？"

兄弟俩认真回答："知道。知道。"

兰儿又嘱咐："要跟姑姑、姑爷多学点本领，不要让娘失望。知道吗？"

兄弟俩又认真地回应："知道。知道。"

兰儿摸摸天义的脑袋说："你要记住，不能再跟以前一样顽皮了。"

天义点头答应。

一会儿，兰儿又紧紧拉着兄弟俩的手，满脸期盼地说："这以后啊，崇草堂就靠你们了。"

天仁自信地说："娘，你相信我们。我们一定会让崇草堂重新开起来的。"

天义动情地看着兰儿说："娘，你放心吧。我和天仁一定会做到的。"

兰儿欣慰地点点头，眼神里是满满的希冀和期盼。一会儿，兰儿拨开帘子想看着外面。帘子一开，阳光瞬间抚摸在兰儿的脸上。兰儿伸出头，看一看蔚蓝的天空，正巧看见田间两只白鹭正展开翅膀，迎着阳光奋力飞向远方……

兰儿眼睛一亮，立刻在心里为它们祈祷："飞吧！飞得更高、更远一点吧！"

……

晚上，青莲做了满满一桌子菜，欢迎兰儿和两个侄子的到来。席间，青莲一家跟兄弟俩之间血浓于水的亲情，深深地打动了兰儿。兰儿几次想对青莲夫妇表达感激之情，都话到嘴边又咽了回去。兰儿看着兄弟俩与青莲夫妇父母一般的亲热，脸上的笑容是那么的灿烂与舒坦。

饭后，兰儿跟青莲夫妇坐在一起喝茶聊天，四个小孩在一旁玩耍。兰儿笑着说："姐，我感觉这兄弟俩跟你比跟我还亲呢。"

青莲笑盈盈地说："可不是？侄子不亲自己姑姑，亲谁呀？"

兰儿会心一笑，又说："姐，这兄弟俩跟你们一年半载后，恐怕再见到我，都要不认我这个娘了。"

青莲听了呵呵笑道："弟妹呀，这两小子如果是这样的不肖子孙，我早晚要将他们扫地出门。"

青莲诙谐的话语一出口，兰儿和姑爷都开心地笑了。接着，青莲自己也不自觉地笑了起来。一会儿，兰儿看着四个小孩无比亲密的样子，又对青莲感叹："姐，你看，这几个小家伙真是合得来呀。"

姑爷听了乐呵呵地说："是啊，姑表亲，姑表亲，打断骨头连着筋。"

青莲拉下脸说："什么'打断骨头连着筋'？你到底会不会说话？"

兰儿赶紧笑着打圆场："姐，姐夫这不是说几个小家伙亲密得分不开嘛。"

青莲听了立刻笑盈盈地跟兰儿说："你呀，就会替你姐夫说话。"

姑爷笑着接嘴："谁要弟妹替我说话了？我本来就是这个意思嘛。"

青莲嘲讽道："你呀，不要得了便宜还卖乖。"

姑爷立即憨憨笑了起来。

青莲见姑爷不再争辩，自己却感叹起来："唉，什么是血亲呀？血亲就是溶进骨子里的亲啦。"

兰儿听青莲这么感叹，心里顿时感动不已。兰儿突然站起身，端起茶杯说："姐，姐夫，天仁天义就全靠你们照顾了。我真不知道怎么感谢你们。我以茶代酒，敬你们一杯。"

青莲赶紧站起身说："弟妹你这样说话，我可要生气了。"

兰儿顿时尴尬起来，嘴里吞吞吐吐地说："我……我……"

青莲见兰儿一副愣愣的表情，立即开起玩笑来："我什么我？你要是真想敬我们呀，就应该在吃饭的时候好好敬我们几杯酒呢。那个时候，你姐夫可是来者不拒啊。"

姑爷听青莲在调侃自己，赶紧接嘴："这怎么无缘无故又说到我身上来了？"

青莲看着姑爷，笑道："怎么我说错了？弟妹要是敬你酒，你难道不是心里乐开了花？"

姑爷见青莲直说"要害"，就笑嘻嘻地说："哎呀，弟妹这不是不喝酒嘛，你说这么多有什么用？"

兰儿一下子来了兴致，赶紧咬着姑爷的话说："姐夫，你可别欺负我不会喝酒，要不我现在就拿酒来敬你几杯？"

姑爷一下子愣住了，张大了嘴看看兰儿，又看看青莲。青莲笑盈盈地说："怎么？你还真想喝呀？"

姑爷一脸诙谐地说："你这么说话，我怎么敢喝呀？"

兰儿听了立刻呵呵笑了起来。

青莲和姑爷看着兰儿开心不已的样子，也不知不觉笑了。

片刻后，姑爷动情地跟兰儿说："弟妹呀，天仁天义放在我们这里，你就放心吧。这哥俩在我心里，可跟泉泉和露露没什么两样啊。打现在起，你再要跟我们说那些见外的话，我和你姐就真的不高兴了。"

兰儿一听姑爷这番肺腑之言，立刻感动得热泪盈眶。兰儿激动地说："好好好！不说了，不说了！"

青莲见姑爷当面跟兰儿说了这番真心话，心里也开心不已、兴奋不已。青莲赶紧拉着兰儿的双手，紧挨着坐了下来，继续说着贴心贴肺的话语。两家人就像一家人一样，都沉浸在这无比温馨、无比欢洽的气氛里……

一会儿，青莲突然眼睛一亮，激动地跟兰儿说："弟妹，干脆你就别回娘家去了。你和兄弟俩一起住在这里吧。咱们一家人在一起，多好啊。"

兰儿沉默了片刻，摇摇头说："姐，你的好意我心领了。只是老娘身体越来越差，我几个哥哥和嫂嫂又照顾得不体贴，我哪能安心在这里住下呀？等老娘身体好些了，我再过来住吧。"

青莲明白这是兰儿故意找借口推脱，因此也就不再强留，只细细地叮咛道："弟妹可千万要照顾好身体呀。这两小子在我这里，你不用牵挂，就放一万个心好了。"

兰儿摸摸青莲的双手，强忍住眼中的热泪说："在你这里，我还有什么不放心呢？我当然放心，放一万个心！"

姑爷见两人总说着伤感的话，于是笑眯眯地跟青莲说："弟妹难得来我们这里一次，你带弟妹去看看夜市、看看热闹呗。"

青莲兴奋地回应："对对对。弟妹呀，我们去街上散散心，去看看热闹吧?"

兰儿满心欢喜地说:"好,好。"

几个孩子一听说要去逛夜市,立刻激动地围到青莲和兰儿身边来。

……

第二天一大早,"九衢通药"药行门口停着一辆马车,高大的马儿不时抬头打着响鼻。一会儿,兰儿肩上挎着一个包袱从药行里走了出来。青莲夫妇紧跟在兰儿身边。三个人来到马车边,青莲拉住兰儿的手,一脸依依不舍的样子。兰儿强装笑颜道别:"走了,姐。"

青莲回应道:"嗯。一路上多保重。"

兰儿点点头,坐上马车,从里面伸出头跟青莲夫妇说:"姐,姐夫,兄弟俩就交给你们了。你们也多保重呀。"

青莲眼角泛着泪花,想说什么却又说不出来。

姑爷朝兰儿挥着手说:"放心吧。弟妹你放心吧。"

兰儿也朝青莲和姑爷挥挥手,然后赶紧把头缩回车厢里,泪水瞬间便流淌下来。车夫跟兰儿打一声招呼"走了",便扬起了鞭子,马儿识趣地迈开脚步。一会儿,兰儿又探出头,强装笑颜跟青莲夫妇挥手告别。青莲夫妇挥着手,默默地看着兰儿消失在他们的视线里……

一会儿,夫妇俩肩并肩往回走。青莲挽着姑爷的胳膊,伤感不已地说:"唉,可怜了弟妹一个人啦。"

姑爷点点头说:"咱们好好培养天仁天义,就是给弟妹最大的安慰啊。"

青莲感激地看一眼姑爷,说:"难得你一直对我这么好。"

姑爷笑呵呵地说:"你这说的是什么话?我们已经是老夫老妻了。"

青莲俏皮地回应:"谁跟你老夫老妻了?我可没老。"

姑爷赶紧哄着青莲:"是是是。你没老,我老了。"

青莲却又反过来说:"谁说你老了?现在就老了,谁来给我照顾和培养那四个孩子呀?"

姑爷无奈,只好笑呵呵地附和着青莲说:"好好好,横说竖说都是你说得对。咱们家啊现在人丁兴旺,我就是想老都不敢老啊。"

青莲听姑爷这样讲,便赞叹道:"你这才像一家之主说的话嘛。"

姑爷得意地说："那当然。"

夫妇俩就这样说笑着，不知不觉就来到店门口。这时，东方一片通红，一个火热的太阳正在地平线下即将升起，即将给这宽阔的大街、给这大街上的人们铺展无限的生机和希望……

二十三

时光飞逝，一眨眼五年过去。兄弟俩由当初稚嫩懵懂的小孩，迅速成长为高大成熟的少年了。"九衢通药"药行库房里，一盏明灯下，姑爷和天仁正在忙着搬弄一袋袋药材。一会儿，两人又开始清点和整理。天仁动作有条不紊、娴熟自然。姑爷看着天仁，脸上是满满的信任和欣慰。

这时，表哥泉泉不知不觉地来到他们身边。泉泉头戴一顶褐色的宽檐礼帽，身穿一套黑色的翻领风衣，看上去显得高大而挺拔。泉泉靠近姑爷，笑盈盈地说："爹，这批药材也给我吧？"

姑爷没搭理他，继续蹲着身子忙着手头上的活……

泉泉又笑嘻嘻地说："爹，你不作声，那就是同意了？"

姑爷站起身，拍拍身上的灰尘，没好脸色地回应道："谁说我同意了？给给给！我这几年的家当都要给光了！"

泉泉咬着嘴唇，睁大双眼诙谐地看着天仁。天仁会意，却不敢给泉泉说话，只是同样给了泉泉一个诙谐的表情。泉泉笑着摇摇头，又跟姑爷说："爹，你不愿意给就算了，用不着生气嘛。"

姑爷立即回应："我还不生气？我都快被你气死了。你看看你，当了四年的兵，什么好处没捞着不说，还把我辛辛苦苦积攒的家业全都给赔进去了。"

泉泉皱着眉，默默地听着父亲的训斥不敢还嘴，脸上却没半点愧疚和悔改之色。天仁也默默地蹲着一旁，一脸平静地自顾自忙着，既不帮姑爷说话，也不给泉泉辩解。就在这时，青莲右手挎着一个菜篮子来到库房门口，听见姑爷的训斥声，赶紧说："你又在嘀咕什么呢？是不是儿子刚回来，你就要把他气走啊？哪有像你这样当爹的？"

泉泉听了赶紧护着姑爷："娘你别说反了，是我惹爹生气了呢。"

姑爷立刻得意地说："你听你听。是我气他了吗？是他气我呢！"

青莲看一眼姑爷，然后向天仁求证："天仁，是这样的吗？"

天仁含糊其词地说："大概是吧。我没仔细听呢。"

青莲"哼"一声，手指着三人说："你们三个呀，都不老实！"

姑爷摇摇头，一脸委屈地感叹："这年头啊，好人难做哦。做了得不到肯定，还要被人冤枉不老实。"

泉泉赶紧笑嘻嘻地安慰姑爷："爹，你宰相肚里能撑船——大人有大量。"

姑爷立刻一脸灿烂地说："这还差不多。"

青莲听了却恼了，用力拍着泉泉的肩膀说："你这臭小子怎么说话呢？你爹大人有大量，难道我就是小人不成？亏我一进来就帮你说话，真是狗咬吕洞宾——不识好人心。"

泉泉见势不妙，赶紧拉着青莲的手，嬉皮笑脸地贴着青莲的耳朵说："娘，谁说你是小人呢？你可是真正的菩萨心肠，是儿子的定海神针，是儿子的不倒靠山啦。"

青莲心里立刻美滋滋的，嘴上却嗔怪道："靠山靠山，你还是靠你自己吧。我可没那么多家当来给你靠。一张嘴就油嘴滑舌。"

姑爷和天仁在一旁听着，都闭着嘴偷偷地笑……

泉泉见青莲舒心了，赶紧拉着青莲的手往门口走，嘴上甜甜地说："娘，咱们去厨房里说话，这里满屋子药味，我现在闻不惯。"

青莲愣了一下，马上就意会到泉泉是想单独跟自己说些什么，于是一边跟泉泉往门外走，一边笑眯眯地挖苦泉泉："是啊，当了个芝麻大的副营长，就开始嫌弃家里了，连家里的气味也觉得难闻了。"

"娘，你这说的是什么话？"泉泉一边说，一边赶紧推着青莲往外走。

姑爷一看泉泉对青莲黏黏糊糊的样子，就知道泉泉是不达目的不罢休，于是对着青莲的背影提醒道："你不要被这小子灌了迷魂汤。你再惯着他，我们一家人都要去喝西北风了！"

青莲回头说道："你呀，不要总想着自己那一亩三分地，再不把日本鬼子赶走，我们连西北风都喝不着！"

姑爷一下子被青莲堵住了嘴，双眼愣愣地看着两人笑呵呵地走出了库房。

走廊里，泉泉右手抱着青莲，俏皮幽默地说："娘，你这张嘴真是厉害。"

青莲手指乩一下泉泉的额头说："你小子一张嘴也不是吃素的。"

泉泉立即一本正经的样子说："娘，我是真心佩服你呢。"

青莲一脸嘲讽地回应："是吗？你别跟我灌迷魂汤。你这兔崽子，每次都是让我来替你受气，你却去上级面前做好人。"

泉泉笑嘻嘻地说："娘，我就知道你疼儿子嘛。"

青莲却拉下脸说："哼，嘴巴抹了蜜——心里有鬼。"

泉泉听了笑一笑，然后又甜甜地说："娘，你要是喜欢吃蜂蜜，哪天我带回一罐正宗的茶花蜜给你尝尝，可甜呢。"

青莲笑着摇摇头，说："又开始胡说八道。"

泉泉却认真地说："娘，我说的是真的呢。"

青莲拍一拍泉泉的肩膀说："你呀，有这份心，娘就心满意足了。"

泉泉听了赶紧把青莲的手紧贴在自己心口上，说："娘，你感觉到了没？"

青莲见泉泉一副俏皮的样子，立刻呵呵笑道："臭小子！"

两人说笑间，不知不觉就来到厨房。青莲放下手中的菜篮子，一边拍拍泉泉肩上的灰尘，一边认真地说："记住了，以后别跟你爹嚼舌头。有什么事跟娘说，娘心里分得清轻重。"

泉泉笑盈盈地说："娘真好。天下……"

"天下最好的就是娘了。对不对？"青莲诙谐地说出泉泉想说的话。

泉泉一下子乐了，张开双手紧紧地拥抱了一下青莲。青莲捏一捏泉泉的鼻子，说："你呀，就直接跟我摆开了说吧，是不是又是冲着药材来的？"

泉泉甜蜜蜜地回应："也想念你和爹。"

青莲看着泉泉说话时表情丰富的样子，心里着实欢喜不已，但是嘴上却说："打住，打住。不要又来灌迷魂汤。"

泉泉见青莲这么说，就不再作声，只憨憨地看着青莲笑。青莲就摸摸泉泉的脸，然后认认真真地说："跟娘说实话，这次是不是又想搞一批药材过去？"

泉泉点点头，一本正经地说："娘你说对了。我的确是为了药材才回来的。"

青莲拍拍泉泉的肩膀说："你不说我也知道。你爹现在不在身边，你给我具体说说吧。"

泉泉皱着眉头说："部队现在仗打得很艰难，人员伤亡很大，急需刀创药、消炎药等医药物资，眼前……"

泉泉说到这里犹豫了一下，青莲立即催促："眼前干吗？你快说呀。"

泉泉接着说："眼前日本鬼子已经占领了长沙，正在向衡阳进发。衡阳是我们必须坚守的战略要地，如果衡阳保不住，后果将不堪设想。"

青莲赶紧问："那你是从衡阳回来的？"

泉泉点点头，继续说："我们团长下了死命令：城在人在，城亡人亡。"

青莲睁大了眼睛问："你们团长真的这么说？"

泉泉沉闷地点点头。

青莲沉默了片刻，感慨道："唉，难得啊。想不到你们团长还如此有血性。"

泉泉也感慨道："是啊。要是带兵打仗的都像我们团长，哪里会落到今天这个地步？"

青莲点点头说："你说得对。"

泉泉见青莲赞同自己，便趁机说："娘，你说连团长都豁出去了，我一个副营长还能不豁出去？"

青莲毫不犹疑地说："既然穿上了军装，当然要豁出去。要不然老百姓要你们这些当兵的干吗？"

泉泉没想到青莲说出如此痛快淋漓的话语，于是激动地握紧青莲的手说："娘，难得你能这样理解我。"

青莲摇摇头，感慨道："这都是受了你外公的感染。我很小的时候啊，你外公就教我读书识字，跟我讲过不少这样的故事。"

泉泉眼睛一亮，赶紧问："什么故事啊？"

青莲若有所思地说："故事都记不全了，但是有八个字，我记得非常清楚。这八个字啊，小时候不懂，现在感觉，真是说得太实在了。"

泉泉兴奋地问："哪八个字啊?"

青莲缓缓地说："覆巢之下,焉有完卵。"

泉泉一听,立刻激动地说："娘,你形容得太恰当了!"

青莲说："这可不是娘说的,自古以来都是如此啊。"

泉泉立刻感叹："是啊,自古以来都是如此,没有国哪里还有家呢?只可惜,明白这个道理的人太少了。"

青莲也感叹："是啊,很多人即使明白,但是真正能豁出去的又有几个呢?"

泉泉点点头,又感慨地说："天下太平,老百姓可以殷实富有;天下不太平,日本鬼子不赶走,就算再富有,最后都要变成亡国奴啊!娘你说是不是?"

青莲听了立刻拉着泉泉的手,满脸欣慰地说："泉啊,你说得太在理了。以后啊,你自己认为对的事,就放开了去做。你记住,爹娘永远都是你的后盾,永远都是你的靠山!"

青莲这番通情达理、温情脉脉的话语一出口,顿时令泉泉心潮澎湃、感慨万分。泉泉激动地正想说什么,青莲却突然笑盈盈地说："其实你爹啊,就是个'刀子嘴,豆腐心',嘴上图个痛快。心里啊,其实比我还善呢。你真的看不出来?"

泉泉沉默了一下,说："我当然知道。"

青莲摸摸泉泉的脸,一脸亲昵地说："你自己想一想,哪一次你回来弄药材,你爹不是帮你配得好好的、绑得结结实实的?"

泉泉点点头。

青莲又说："我跟你说,你爹呀,每一次看着你欢欢喜喜离去的背影,其实都在后面悄悄地抹着幸福的眼泪呢,只是我没告诉你罢了。"

泉泉听了心里一感动,眼睛不知不觉就湿润了……

泉泉强装笑颜说："娘,真是苦了你和爹,总让你们为我付出,为我担惊受怕,却没能给你们半点荣光。"

青莲听了却爽朗地笑开了："哪里没有荣光?你当上了副营长,就是咱们家最大的荣光啊。"

泉泉自嘲地笑道："一个副营长，算什么荣光！"

青莲却一本正经地说："你不觉得荣光，你爹却得意得很呢。他喝醉了酒跟我讲，说他家祖上连十品芝麻官都没出过呢。"

泉泉哈哈笑道："哪里听说过十品芝麻官？爹这是酒后说胡话吧？"

青莲笑着说："哪里是说胡话？是你爹开心，故意逗我玩呢。"

泉泉立刻呵呵笑了起来。

正当母子俩聊得正酣，天仁站在库房门口叫道："表哥，快过来帮一下忙啊。"

青莲赶紧催促泉泉："你快去看一下。我也要弄饭了。"

泉泉"嗯"一声，转身就往库房走去。

青莲又叮嘱泉泉："你现在不要说药材的事了，否则父子俩当面又闹别扭。"

泉泉笑嘻嘻地回应："知道了。"

泉泉走到库房门口，就听见天仁在跟姑爷开着玩笑……

天仁说："姑爷，你看姑姑买了那么多菜，今晚你又可以美滋滋地喝几杯了。"

姑爷笑着说："那你陪我喝几杯？"

天仁说："我又不喜欢喝酒，我是说你自己呢。"

姑爷兴趣索然地说："你又不陪我喝，我一个人喝酒有什么意思？"

天仁立刻笑道："那吃饭的时候，你就不要跟姑姑说喝酒的事了。"

姑爷赶紧拉下脸说："那怎么行呢？就算我不喝，泉泉还要喝呢。"

天仁正想开口，泉泉笑盈盈地说："你们俩在说我什么呢？"

姑爷赶紧抢着说："哦，我们在说，待会儿吃饭，你肯定要喝几杯吧？"

泉泉领会姑爷的意思，立刻笑着说："那当然啦。难得回次家，不喝点酒怎么行？待会儿爹你也一定要陪我喝几杯。"

姑爷一听，脸上立刻笑开了花，赶紧回应道："好好好。一定陪你喝几杯。"

天仁和泉泉都会心地看着姑爷笑。姑爷一脸得意地跟天仁说："你看，我说对了吧？我就算不喝，泉泉还要喝呢。"

天仁竖起大拇指说："姑爷，还是你有先见之明。"

姑爷自豪地回应："那当然。"

天仁又想吊姑爷的胃口，于是笑嘻嘻地说："姑爷，姑姑好像买了孙渡板鸭来下酒呢。"

姑爷一听买了孙渡板鸭，心里立刻激动不已，嘴上却一本正经地说："现在还没开始吃饭，你小子总唠叨这些干吗？干活，干活。"

泉泉诙谐地跟天仁笑一笑，然后也一本正经地说："是啊，这离吃饭的时间还早着呢。你这小子是不是中午没吃饱啊？"

天仁听了忍不住笑了起来。

泉泉又模仿姑爷的语气说："笑什么笑？干活，干活。"

姑爷听出来两人在嘲讽自己，就气呼呼地说："臭小子！"

姑爷说完就头也不回地往门口走去。

泉泉和天仁看着姑爷的背影，都差点笑出声来。

……

当晚，天仁天义房间里，兄弟俩并排坐在床头。旁边的一支红烛火热地燃烧着，映红了兄弟俩俊俏而成熟的脸。天仁左手拿着兰儿做的荷包，右手拿着爷爷做的棋子，目不转睛看着这两样东西，神情专注而凝重。天义一脸专注地看着手中的《黄帝内经》，偶尔皱着眉头……

一会儿，天仁看着天义，问道："天义，我们今年多大了？"

天义一下子愣住了，满脸疑惑地说："十六啊。你想说什么？"

天仁说："十六了是吧？那我们是不是该做点成年人的事了？"

天义放下手中的书，目光紧盯着天仁说："成年人的事？你究竟想说什么？"

天仁开门见山地说："表哥今天回来又是来捎药材的，你知道吧？"

天义一脸不满地说："我早就猜到了。他几时是想着姑姑、姑爷才回来的呢？"

天仁却满脸敬佩地说："可不能这样说表哥。表哥虽然只比我们大几岁，可我觉得，他真的是一个敢作敢为的男子汉！"

天义听天仁话中有话，立刻说："你仔细说说。"

天仁一脸感慨地说："自古'忠孝不能两全'，表哥心里现在想的都是国家存亡的大事，自然没那么多心思放在姑姑、姑爷身上。你要是能这么想，就能理解他了。"

天义想了想，点点头说："你说得好像也是。其实呢，表哥敢上战场，敢直接去杀日本鬼子，我心里还是很佩服他的。"

天仁笑着说："这个倒没什么。我记得爷爷很早就跟我们说过，当兵的一上战场，都不怕死。"

天义皱着眉说："我也记得爷爷说过，但是我心里一直很疑惑。"

天仁说："这有什么好疑惑的？人一旦上了战场，面对的不是你死，就是我亡。哪里还有时间去想什么？你说对不对？"

天义若有所悟地点点头，然后问道："既然这么说，那你佩服表哥什么？"

天仁情绪激昂地说："我佩服的是表哥忧国忧民的情怀，还有视金钱如粪土的气概！"

天义听了眼前立刻一亮，仿佛天仁一下子说到了关键。天义脸带欣赏地说："我觉得你这句话说得很好。表哥听了心里也一定会认同。"

天仁点点头，却又陷入了沉思……

天义问："你在想什么？"

天仁不回答，却突然反问天义："我问你，你还记得爹和姐姐是怎么死的吗？"

天义愤愤地回应："我怎么不记得？你问得真是好笑！"

天仁又问："那你还记得，爹倒在地上，娘那痛不欲生的样子吗？"

天义咬牙切齿地说："我怎么会忘记？杀父之仇，不共戴天！我恨不得把所有的日本鬼子都斩尽杀绝！"

天仁满脸欣慰地说："好。你还记得要报仇就好。"

天义有点不耐烦地说："你有什么话就直接说吧。"

天仁沉默了一下，然后说："杀父之仇，我们当然要报。可是，就凭我们兄弟两个，能杀死几个日本鬼子呢？你想过没有？"

天义想一想说："那你的意思，我们的仇很难报了？"

天仁冷静地说："不是很难报，是要有方法地报啊。你想想看，日本鬼子那么小一个国家，却能够在我们这么广阔的土地上横行霸道、滥杀无辜，他们凭的是什么？"

天义立刻回道："凭的不就是他们武器先进嘛。"

天仁摇摇头说："你只说到了一点，没说到关键。"

天义问："那关键是什么？"

天仁满脸忧愤地说："关键是他们野心明确，又组织严密。而我们中国人就像一盘散沙，所以人家一打过来，我们就全部乱了。"

天义听了若有所悟地说："难怪表哥总是感叹，说我们中国人不团结。"

天仁见天义说到"团结"两个字，立刻笑着说："是啊，不团结就要挨打。你还记得小时候放牛，我们跟邻村小孩打群架的事吗？"

天义满脸开怀地说："怎么会不记得？我的膝盖现在还留下一个大大的伤疤呢。"

天仁开心地笑一笑，接着又问道："那你还记得当天晚上，爷爷是怎么分析我们为什么会打输了吗？"

天义笑盈盈地说："不就是因为我们不团结嘛。"

天仁肯定地说："对呀，就是因为不团结，我们才会被人家追着打。"

天义见天仁说来说去总没说到主题，便催促天仁："哎呀，你就直接说，我们要怎样团结才能杀日本鬼子，才能为爹和姐姐报仇？"

天仁想了一下，然后冷静地跟天义分析："从眼前的形势看，日本鬼子已经是狗急跳墙了。我们要想杀更多的日本鬼子，要想把他们赶出中国去，还要给他们最后一击。"

天义听了急急地问道："你的意思是说，咱们也直接上前线去杀敌？"

天仁看着天义说："是，也不是。"

天义急不可耐地说："哎呀，你别兜圈子了。快点说吧！"

天仁冷静地说："我是这样想的，既然我们有一技之长，我们就要利用好它，把它发挥到战场上。你觉得是不是？"

"是是是，你快点说。"天义急得推推天仁的肩膀。

天仁却不急不躁地说："要不，我们也跟着表哥一起去前线看看，顺便带些医用物资过去，然后就跟着医疗队伍一起救死扶伤，为支援抗日做一份贡献。你觉得怎么样?"

天义听了激动不已地说:"可以啊。这样我们也可以去前线了,也可以直接去杀日本鬼子了!"

天仁见天义满口赞同,就兴奋地说:"好。你同意就好!"

天义突然皱着眉头问:"钱呢?我们没有钱啊?"

"什么钱?"天仁没反应过来。

天义一脸着急地说:"买药材的钱啦?你刚刚不是说我们也带些医用物资过去吗?没有钱怎么弄?"

天仁笑一笑说:"哦,原来你是考虑这个呀。"

天义急切地说:"是啊。没钱怎么弄?"

天仁笑着拍拍天义的肩膀,一脸神秘地说:"你想一下,来姑姑家前,我们去了哪里?"

天义眼珠子转了转,突然脸色激动起来。天义兴奋地问:"要不要去跟娘说一声?"

天仁不假思索地说:"不用。娘一定会支持我们的。"

天义又急切地问:"那我们什么时候去拿?"

天仁想了想说:"事不宜迟,就明天吧。"

天义疑惑地问:"明天?"

天仁果断地说:"对,就明天。我已经想好了。"

天义脸带不悦地说:"这些计划你之前也不跟我说一声?你是怕我不同意?"

天仁笑着说:"我知道你一定会同意的。我担心姑姑不同意,所以才不急着跟你讲,怕你早早地跟她说了反而乱了我的计划。"

天义问道:"那现在你觉得她会同意?"

天仁自信满满地说:"对!今天我看表哥从厨房出来,一脸兴奋和感动的样子,我就知道姑姑跟表哥说了很多通情达理的话,我断定姑姑一定会支持我们的。"

天义想了想,然后朝天仁竖起大拇指说:"真有你的!"

天仁笑一笑,然后看看天义又看看窗外,眼神里充满了期待……

……

第二天，天仁天义回到白马寨杨家老宅。后厨里，兄弟俩悄无声息地蹲在一个角落边。两人低着头，一脸的神秘与兴奋。天义双手握着一把精巧的小铁锹，用力地铲着地上的泥土。天仁左手拿着一个灰色的粗布袋，双眼紧盯着地上挖开的小坑。一会儿，天仁提醒天义说："快到了。你轻着点。"

天义激动地说："我知道。"

天义说完就动作放轻，又铲了几铲之后，突然，一个褐色的小陶罐出现在了兄弟俩眼前。兄弟俩立刻睁圆了双眼……

天义快速地取出陶罐，打开上面的盖子，从里面掏出了三个红色的小布袋。天仁迫不及待地说："快解开看看。"

天义快速地逐个摸了一下，又赶紧解开了其中两个——顿时，十多根金灿灿的小金条赫然呈现在兄弟俩眼前。兄弟俩对视一笑，眼神里满是激动。天仁快速地将两个袋子重新束紧，然后放进准备好的灰色粗布袋里。

天义问："都拿走吗?"

天仁毫不犹豫地说："嗯，都拿走。"

天义不作声，又解开了第三个小布袋。顿时，兰儿的一些项链、指环、手镯等金饰品又出现在兄弟俩眼前。还有，秀秀生前戴过的一个刻着祥云纹的金镯子，也金灿灿地出现在兄弟俩的视线中。

天仁一看见秀秀的旧物，心中顿时充满了伤感……

天义拿起秀秀戴过的金镯子，眼神悲戚地说："这是姐姐戴过的。"

天仁声音低低地说："都装起来吧。"

天义把这些金饰品放进原来的小布袋中，正要将小布袋放进天仁手中的粗布袋子里，天仁却摆一下手说："算了，这些不要动。"

天义立即用疑惑的眼神看着天仁，天仁解释说："这些都是娘和姐姐贴身的东西。要用，也得先问问娘。"

天义听了点点头。于是，天义把装金饰品的小布袋重新放进小陶罐里，然后又小心地把罐子埋进土坑里，接着，双脚在上面踩了又踩。天仁叮咛道："要踩平得跟原来一样，不要让人发现了。"

天义却诙谐地说："天知地知，你知我知。"

天仁立刻沉下了脸说："你乱说什么呢？"

天义反问道："我怎么乱说啦？"

天仁见天义一副被冤枉的神情，就猜想天义可能一下子疏忽了，于是脸带歉意地解释说："你忘记了吧？我们的老祖宗杨震最初说这句话的本意，可不是你刚刚说的意思哦。"

天义听了脸一红，赶紧打自己的嘴说："臭嘴，臭嘴。"

天仁拍拍天义的肩膀说："好了，好了，'无心者无罪'。"

天义笑嘻嘻地说："应该是'不知者不罪'，因为我是真忘记了。"

天仁立刻又沉下脸说："你要是真忘记了，那就真的要打自己的嘴巴了。"

天义一听，赶紧诙谐地朝天仁吐吐舌头……

一会儿，天义觉得踩得差不多了，便说："可以了吧？"

天仁头贴近地面，仔细地察看一番，觉得跟原来几乎没有什么两样，便放心地说："好了。走吧。"

天义笑着说："布袋我来拿吧？"

天仁笑一笑，把手中的布袋给了天义。天义右手紧紧握着粗布袋，心情格外激动，又格外沉重。天义回头看一眼那个埋陶罐的角落，心里突然涌起一股莫名的忧伤……天义心中默默念道："爹，姐姐，你们在天有灵，保佑我和天仁在前线多杀鬼子，给你们报血海深仇吧。"

二十四

两天后，兄弟俩兴奋地跟随泉泉奔赴衡阳抗日前线。一条平坦的小路上，两辆马车一前一后，纵情驰骋。前面的马车，车厢里放着一袋袋制作好了的中药材以及煎煮器具，后面的马车，车厢里放着几箱急需的特效刀创药和消炎药。在经过一座大山时，有一片宽广的缓坡地带，这里绿草茵茵，花儿竞放，景色迷人。灿烂的阳光洒落下来，更是给这片绿地增添了无限的诗意。

天仁天义跟泉泉同乘一辆马车，兄弟俩面对面坐在后面，泉泉在前面驾车；另外一辆马车上，就只有马夫钱叔一人。钱叔扬着马鞭，轻车熟路在前面开道。泉泉头戴一顶草帽，身穿一件粗布衣服，右手高高扬起马鞭，精神抖擞地吆喝着："驾，驾。"

兄弟俩坐在几个箱子旁边，一会儿看看泉泉，一会儿又看看左右两边的风景，脸上充满了兴奋和快慰。这时，泉泉回过头来跟兄弟俩说话："感觉怎么样？"

天义抢着说："好久没有这么畅快了。"

天仁也赶紧说："这里风景真好。"

泉泉说："那当然，大山里的世界就是美。"

天仁笑着说："我们小时候要能在这样的地方放牛，那真是太好了。"

天义跟泉泉开玩笑："表哥，这下你要让我们开眼界了。"

泉泉却说："天义，你这话可说反了，是你们哥俩让我开眼界了！"

天义不解地问："表哥这话什么意思？这不是你带我们去开眼界吗？"

泉泉解释道："原来我心里还当你们是小孩子呢，没想到你们一下子也成熟了，竟然会有这样的主张，所以我才这样说呢。"

天义听了赶紧说："嗨，表哥不要小瞧人。"

泉泉呵呵笑道："怎么敢小瞧人？我不是说你们让我开了眼界吗？"

天义脸上仍有一丝不服："表哥不要把我们当小孩子看待了，你自己也比我们大不了几岁。"

泉泉诙谐地说："岂敢岂敢！"

天仁笑着说："表哥，玩笑归玩笑。到部队了，你可得多提醒我们，别让我们给你丢脸。"

"丢脸？这怎么可能？跟你们实说吧，现在部队里面的医疗队伍，说是经过西医正规培训的，可是依我看，跟你们家祖传的医术比起来，那可真是没得比。"泉泉一本正经地说。

天义听了脸上立刻露出灿烂的笑容。

天仁却一脸谦虚地说："不至于吧？"

泉泉笑一笑说："我可没说假话。不过话说回来，西医也有西医的长处。"

天义赶紧问："那你觉得西医和中医有什么不同？"

泉泉想了一下说："西医是'头痛医头脚痛医脚'，中医是'头痛却可能医脚'，比方说你家祖传的针灸就很厉害。我认为这是他们最明显的不同。"

天义得意地说："那当然。人体身上的大小穴位，我从小就背得滚瓜烂熟。"

天仁也自豪地说："其实说到'头痛医脚'，我们家泡脚的药包，那就是一个很好的证明——谁要是有个失眠、头晕什么的，坚持泡几个月，往往都有很明显的效果。"

泉泉一听，立刻兴奋地说："对对对，这个我太清楚啦。我娘以前那个心慌气短的毛病，就是用外公配的药包治好的。"

天义皱着眉头问："姑姑以前有心慌气短的毛病？"

天仁也满脸疑惑地问："我们头一回听说。"

泉泉笑盈盈地说："你们当然不知道啦。我都是十多岁之后才知道的呢。我娘一提起这个事，气就不打一处来。"

天义急忙问："怎么回事？"

泉泉说："还不是因为你们表姐露露嘛。她出生的时候难产，把我娘吓得要死，后来就落下心慌气短的毛病了。"

"啊？还有这么一回事？"天仁脸上充满惊讶。

天义愣了一下，然后笑嘻嘻地说："姑姑可真能瞒得住。你们也是。"

天仁附和着说："是啊，就我们两个什么都不知道。"

泉泉笑着说："这么多年了，谁又会特意去说这样的事呢？"

天义点点头，然后问泉泉："表哥，那姑姑泡脚到现在不是快20年了？"

泉泉激动地说："有哦。露露多大，我娘就泡了多少年。"

天仁若有所思地说："姑姑夏天不泡吧？夏天我好像没见过。"

泉泉回应道："对。她一般是冬天泡。外公叮嘱她，每年从立冬过后开始泡。我娘就牢牢记在心里，只要一过立冬，就雷打不动天天泡。到现在为止，她再没心慌气短过，并且身体还越来越好。"

天义说："怪不得姑姑总跟我开玩笑，说'晚饭可以不吃，脚可不能不泡'呢。"

泉泉欣慰地回应："是啊，后来她就乐在其中，身体好了，心态也越来越好。"

天义听了立刻开玩笑："那姑姑岂不是得了爷爷配药包的真传？"

泉泉诙谐地说："这我可不知道哈。你得问她。"

天仁也开玩笑说："表哥，听你这么说，我们家的药包跟针灸有得一比啊？"

泉泉呵呵笑道："那当然。要是没有外公的药包，我娘都要恨死露露了。"

天仁听了赶紧替露露抱不平："那也不能怪露露。"

泉泉笑着说："是不能怪她呀。可是谁让这事落在她身上呢？"

天仁听了点点头，突然又想到刚才的话题，于是问道："表哥，我听说西医的那一套，往往一片药、一个吊针下去，就能立竿见影，真有这么神奇吗？"

泉泉立刻说："是的，西医有些药，确实有这么神奇。比方说退烧药，吃一片过半个时辰，人就轻松多了。再比如有些消炎药，见效也比中药快多了。"

泉泉说得有板有眼，兄弟俩都竖起耳朵听着，但是脸上的神情却是半信半疑。

泉泉接着说："但是现在战事紧张，这些西药往往都很紧缺，根本就满足不了这么多伤病人员的需求——没办法，这时就只能靠中药了。"

天义听了满脸不服气，赶紧说："那说来说去，还是我们中药比西药差了？"

泉泉笑道："我可没有这么说，各有各的长处吧。关键是部队里面，现在根本就没有真正的中医，多半是蜻蜓点水——懂点皮毛而已。"

天义开心地问："表哥你言下之意，我和天仁是真正的中医？"

泉泉肯定地说："那当然。至少比他们要强一千倍、一万倍。"

兄弟俩一听，脸上都露出自豪的笑容……

一会儿，泉泉又兴奋地说："这次你们兄弟俩上前线，正好施展一下拳脚，多抢救一些受伤的战士，其实也就是帮着杀日本鬼子！"

天义一听到杀日本鬼子，立刻又激动了起来。天义用力地拍一下泉泉的肩膀说："表哥你说，我们可不可以直接上战场去杀日本鬼子？"

"那可不行。"泉泉认认真真地说,"部队有部队的纪律,你们现在又不是正式的军人。我现在带你们去前线,还要看我们团长同不同意呢?"

天义淡淡地应一声:"哦。"

泉泉回头拍一下天义的肩膀说:"你这样泄气干吗?不管出钱出力,反正都是为了打日本鬼子。"

天仁也拍拍天义的肩膀说:"是啊,表哥说得很对呢,都是为了把日本鬼子赶出中国。"

天义想一想,一脸振奋地点点头。

……

四人昼行夜宿,一路飞奔,终于在预计的时间到达目的地。在离前线稍远的地方,战场的爆炸声、飞机的轰鸣声就隐隐传入耳中。泉泉的脸色也渐渐凝重了起来。泉泉客气地跟钱叔说:"钱叔,慢一点。"

钱叔应一声:"好嘞。"

泉泉回头看一眼兄弟俩,问道:"听到声音了吧?"

兄弟俩同时回应:"听到了。"

四人又跑了一段路后,战场的各种巨大的声响就仿佛在眼前了。天上的飞机不时地从远处的上空掠过。泉泉立刻让钱叔把马车停下,自己也勒住了缰绳。泉泉叮嘱兄弟俩:"你们在这里等我,我先去探探情况。千万要看好物资。万一飞机飞过来,要注意隐蔽好。"

天仁郑重地说:"放心吧,表哥。"

天义一脸激动地问:"是开战了吧?"

泉泉点一下头,又特意叮嘱天义一句:"千万不要乱走动哦。"

天义认真地回应:"你放心吧。"

泉泉拍拍两人的肩膀,就赶紧朝事先约好的接洽地点跑去。兄弟俩看着泉泉的背影,脸上是又紧张又兴奋。一段时间后,两人远远看见泉泉飞快地朝这边跑来。一到眼前,泉泉就急急地说:"钱叔,往左边走。快!"

立刻,泉泉驾着马车走在前面,钱叔驾着马车跟在后面。兄弟俩坐在马车上,眼神里满是激动。又过了一会儿,两辆马车停在一个较隐蔽的地方。稍远处,能看到飞机不停地往地面扔炸弹,耳边不时响起轰隆轰隆的爆炸声。

泉泉看一眼兄弟俩，问道："怕不怕？"

天仁说："怕什么。"

天义说："有什么好怕的。"

泉泉笑着说："好，不怕就好。"

一会儿，一高一矮两个头戴军帽的人，远远地跟泉泉招手示意。泉泉和钱叔赶紧又驾着马车朝那两人靠近。此时，泉泉一行四人，终于顺利地到达战备医疗驻地。泉泉长长地舒了一口气，接着朝兄弟俩笑一笑……

这时，敦实健壮的矮个子和身穿白大褂的高个子，两人一前一后，快速地走到四人身边。泉泉赶紧整理一下衣服，有模有样地朝矮个子行了个军礼："报告团长。三营副营长周泉，筹集医疗物资顺利归队。"

团长象征性地还了个军礼，一脸赞赏地说："好，好。一路上辛苦了。"

穿白大褂的高个子医生也微笑着说："辛苦了，周副营长。"

泉泉笑盈盈地回应："不辛苦，不辛苦。"

接着，团长打量了一番站在一旁的兄弟俩，笑着拍一拍泉泉的臂膀说："这就是你平常说的那两个表弟吧？"

泉泉赶紧回应："对对对，就是那两个表弟。"

天义立即叫一声："团长好。"

天仁也礼貌地跟团长打招呼："团长好。"

团长笑着说："你们兄弟两个，乍一看几乎一模一样啊。哈哈哈。"

兄弟俩不知怎么回答，都看着团长笑。泉泉赶紧替兄弟俩说："是啊，如果不接触一段时间，还真的容易认错。"

团长笑呵呵地问兄弟俩："听你们表哥说，你们是属龙的？"

兄弟俩笑着点点头。

团长双手豪爽地拍拍兄弟俩的肩膀说："好啊，龙兄龙弟啊！"

高个子医生听了，立刻笑盈盈地接嘴："团长，你这话可说得妙啊。"

团长开心地回应："不是我说得妙，是他们哥俩生得巧啊。"

高个子医生听了，又笑盈盈地说："团长你说得对。这哥俩真是观音送巧、龙马精神啊。"

团长一听，立刻哈哈大笑起来。

兄弟俩插不上嘴，也跟着团长笑起来。

泉泉也笑一笑，然后把高个子医生介绍跟兄弟俩："这是我们团救护科的李主任。"

兄弟俩异口同声地说："李主任好。"

李主任点点头，然后主动跟兄弟俩握手，并一脸真诚地说："你们兄弟俩，来得可真是时候啊。"

兄弟俩听了顿时感觉心里暖暖的。这时，团长走近马车，摸一摸车上绑得严严实实的药材，笑着问兄弟俩："这些都是你们弄来的?"

泉泉赶紧抢着说："是啊，是啊，这两车物资都是他们弄来的。"

兄弟俩一听，都用疑惑的眼神看着泉泉。泉泉装作没看见，继续说道："团长你看，这都是他们兄弟俩满腔的报国之情啊。"

团长顿时用敬佩的目光看着兄弟俩，嘴上感慨道："难得啊。难得啊。"

李主任也感慨地说："是啊，令人敬佩呀。"

兄弟俩赶紧说："不敢当，不敢当。"

接着，泉泉便和兄弟俩撸起袖子，忙不迭地卸起物资来。钱叔见状，也赶紧跟着忙乎起来。团长心里畅快，也撸起袖子要过来帮忙。李主任赶紧拦住团长，满脸堆笑地说："就这点东西，哪里用得着这么多人动手?"

李主任说着自己却赶紧给钱叔打起了下手……

团长笑呵呵地看着大家忙碌，见兄弟俩扛一袋药材，就跟扛一袋蓬松的棉花似的，立刻赞叹地说："哎呀，小伙子力气不错嘛。跟我年轻的时候有得一比啊。"

泉泉笑着回应："那当然啦。这哥俩不光力气大，还是中医世家出身呢。他们身上可都藏着一手哟。"

团长听了眼睛一亮。

李主任赶紧笑着说："团长啊，这个我可是久闻大名啦。"

团长正想问李主任，泉泉却抢着说了："团长啊，我跟你说吧，我外公——也就是他们爷爷，年轻的时候那可了不得啊。"

团长好奇地问："哦? 怎么个了不得?"

泉泉神秘地说："我外公年轻的时候啊，可是被举荐了去给慈禧看病呢。"

团长一听，双眼立刻睁得老大："啊？给慈禧看病？"

李主任也惊讶地说："你外公这么厉害？你小子可从来没说过。"

泉泉笑着说："你们是不知道，我外公经常告诫要'做人不张扬，行医必求精'，我刚刚都是一时兴起才说漏了嘴呢。"

团长听了用力地拍一下泉泉的肩膀，感慨地说："真没想到啊。原来你这小子来头不小，家里竟然还藏龙卧虎啊。"

泉泉和李主任听了团长的话，都开心地笑了起来。

兄弟俩一边忙碌，一边时不时看一眼三人，见三人都满怀敬意地谈及自己和爷爷，两人都默不作声，心里却充满了自豪和慰藉。

就在大家笑谈之际，一颗炮弹突然在他们不远处炸裂开来。兄弟俩心里立刻"咯噔"了一下。团长走到天义身边，右手拍拍天义的肩膀说："不用怕，小日本用响亮的爆竹来欢迎你们呢！"

天义张着嘴，一时没反应过来……

泉泉和李主任却立刻哈哈大笑起来。

天义和天仁愣了片刻，也跟着笑了起来。

二十五

两马车医用物资被卸在指定位置后，泉泉就领着兄弟俩往医疗帐篷的一个隔间走去。兄弟俩跟在泉泉身后，一脸好奇地打量着周边的环境和来来往往的医护人员。进了隔间后，泉泉一边脱掉身上的粗布上衣，一边严肃地对兄弟俩说："看清了吗？这可是真正的战场啊。"

兄弟俩严肃地点点头。

泉泉叮嘱兄弟俩："战场上生死一线，你们可千万要小心啊。"

兄弟俩认真地回答："知道，知道。"

泉泉点点头，又开始脱掉粗布长裤。突然，兄弟俩发现，泉泉右腿上有一道又长又深的疤痕，样子看起来非常瘆人。

天仁顿时瞪大了眼睛……

天义惊讶地问："表哥，你这是？"

泉泉一边换上绿色的军裤，一边淡淡地说："你问这个呀？这没什么。"

天义皱着眉说："这还没什么？这看着多吓人啊。"

泉泉呵呵一笑，干脆把贴身的汗衫也脱了下来，光着膀子给兄弟俩看身上其他的伤疤。天仁看着泉泉背上和腰上两处瘆人的伤疤，惊叫一声："啊？"

天义双眼也瞪得老大老大。

泉泉转过身，豁然笑道："看到了吧？这就叫生死一线。懂不懂？"

兄弟俩皱着眉头，心里五味杂陈……

泉泉拍拍兄弟俩的肩膀说："怎么？怕了是吧？"

兄弟俩依然皱着眉头，嘴上不知说什么好……

泉泉一边穿上军装，一边坦然地说："上了战场，能留下伤疤活着，就已经很幸运了。比起那些躺下了就再也起不来的，这已经是赚了。"

天义问道："姑姑不知道你这些伤疤吧？"

泉泉反问道："你觉得能让她知道吗？"

天义说："姑姑要是知道，肯定不会再让你来的。"

泉泉立刻笑了："这不就对了嘛。"

天仁却说："我觉得，就算是姑姑看到了你这些伤疤，只要你自己不退缩，姑姑还是会支持你的。"

泉泉听了一愣，片刻后用非常肯定的语气说："你说得对。"

天义赶紧问："为什么？"

天仁正要解释，这时一颗炮弹在不远处"轰隆"一声炸裂开来。兄弟俩心里又"咯噔"了一下。泉泉皱着眉头看一眼外面，然后飞快地戴好军帽，转身就要往外面走去，突然又回头叮嘱兄弟俩："你们千万要小心啦。记住了，等打赢了这一仗，咱们就回去好好炫耀一番。"

泉泉说完就笑着拍拍兄弟俩的肩膀，然后快步走了出去。不远处，一个警卫兵正一脸焦急地等待着泉泉。泉泉快步来到警卫兵身边，说一声："走。"

两人很快就消失在兄弟俩的视线里……

兄弟俩愣愣地站了一会儿，然后赶紧按照李主任的安排，跟随其他医护人员紧张地忙碌了起来。兄弟俩听从一个中年医生的指示，时刻准备着配合抢救前方送来的伤员。一会儿，一个腿上被炸得血肉模糊的伤员就被急急地抬了进来。两个救护人员赶紧迎了上去。天义看一下伤者的腿部，立刻惊得变了脸色。天仁看了几眼后，突然感到喉咙里有某种东西要翻涌出来……

中年医生仔细地察看了一下伤者，赶紧吩咐准备手术。旁边的护理人员立刻把消毒棉、止血带、剪刀和镊子等物品放在两个白色的搪瓷盘里。中年医生又吩咐天仁天义："你们两个，快把这个台子往右边移一点。"

天仁天义听了赶紧去移动那个操作台。一会儿，这个伤员还在紧张地处理中，又有几个重伤员被急急地抬到中年医生和兄弟俩身边——

有的痛苦不堪，使劲叫唤："哎哟！疼死我了，疼死我了！"

有的嘴上臭骂个不停："该死的鬼子，敢这样给老子放冷枪！"

有的急急地催促医护人员："快点哟，快点哟，我这只手要完蛋了！"

有的已经气息弱弱，满脸绝望地哀叹："哎哟，我不行了！我要回家，我要回家……"

顿时，宽大的帐篷内，所有的医护人员忙成一团。天仁天义心中的不适感和恐惧感，很快就被这无比紧张的气氛给驱走了、淹没了。只见兄弟俩一脸沉着地配合着抢救伤员，汗水早已沁满他们的额头、湿透他们的外衣……

兄弟俩迅速的反应能力和难得的耐心让中年医生惊讶不已。他时不时朝兄弟俩投以赞许的目光……

……

傍晚时分，医疗帐篷内已经人满为患。各种嘈杂的呻吟声、喊叫声、痛骂声都充溢在紧张而滞缓的空气中。医护人员的脸上普遍显出疲惫之色。就在这时，帐篷外突然传来急急的叫嚷声："让开，让开！快点救团长，快点救团长！"

紧接着，两名医护人员快步将团长抬了进来。团长身边的警卫人员继续叫嚷着："快点！快点！"

几个医生赶紧围拢了过去，天仁天义也立刻凑了过去。只见团长的军上衣已经被鲜血染透，脸上也已血肉模糊，唯有两只眼睛还在吃力地圆睁着。团长一边喘着粗气，一边还在骂骂咧咧："老子毙了你们！懦夫，怕死鬼！"

几个医生赶紧劝道："不要激动，不要激动。"

兄弟俩也急切地劝道："团长，你少说点话。"

团长认出兄弟俩，圆睁的双眼立刻多了一份精神。团长朝兄弟俩伸出血淋淋的双手，天仁赶紧伸出双手握住。团长吃力地笑一笑，嘴唇不停地抖动，想说什么却说不出来，身体也渐渐痉挛、颤抖……

带头的医生赶紧指示做手术，医护人员手持剪刀准备剪开团长的上衣，团长用尽最后一丝力气将他们推开，嘴上又弱弱地痛骂起来："懦夫，怕死鬼，怕死鬼……"

众人无奈，只能眼睁睁地看着团长临终前痛苦而悲愤的样子。一会儿，团长就在众人悲痛而惋惜的眼神中停止了呼吸……

天仁红着眼圈，右手轻轻地把团长圆睁的双眼合上。

这时，附近的爆炸声越来越密集，浓烟也滚滚而来。很多医护人员脸上都露出惊恐之色。一会儿，兄弟俩听到前方许多人朝这边拼命地喊叫："快跑呀！鬼子放毒气弹啦，快跑呀……"

片刻后，溃逃的士兵就朝这边蜂拥而来。顿时，医疗队伍也乱成一团。大家纷纷抛弃身边正在抢救的伤员，自顾自地拼命奔逃。天仁天义无奈，也赶紧放弃眼前的伤员，跟随着溃逃的人群拔腿就跑……

跑了一段路后，兄弟俩在一片低洼的隐蔽处停了下来。天仁抓住天义的手，气喘吁吁地说："停一下，停一下。"

天义也喘着粗气说："累死我了，累死我了。"

天仁定了定神，右手揩一下额头上的汗水，脸上突然一脸的担忧……

天义问："你怎么啦？"

天仁说："表哥不会出事吧？"

天义听了心里也有点忐忑，嘴上却说："不会吧？"

天仁皱着眉头看看天义，又回头看看烟雾弥漫的远方……

天义嘴上开始骂道："这该死的日本鬼子竟然放毒气弹来毒人！"

天仁神色不安地说："天义，我心里'砰砰'乱跳，总有一种不好的感觉。"

天义问道："什么感觉？"

天仁焦虑地摇摇头说："哎呀，说不清楚。"

片刻后，天仁又自言自语道："不会的，不会的。"

天义急切地问："你吞吞吐吐到底想说什么？"

天仁突然果断地说："我们回去找找表哥吧。要不然我心里不踏实。"

天义皱着眉说："现在回去？那不是去送死？"

天仁犹豫了一下，说："万一表哥受伤，碰巧我们能救一下他呢？再说，天就要黑了，鬼子不一定能发现我们呢。"

天义沉默片刻，反问道："那万一表哥跑在我们前面了呢？"

天仁一脸肯定地说："不可能，绝对不可能。"

天仁说完又问天义："你去不去？你不去就在这里等我回来。"

天义不高兴地说："你以为我怕死吗？我只是怕白跑一趟。"

天仁拍一下天义的胳膊说："那走吧。"

于是，兄弟俩又悄悄地沿着原路折返。在离医疗驻地不远的地方，兄弟俩不知不觉停了下来。这时，帐篷里走不动的重伤员发出的凄惨的哀嚎声、哭叫声，一阵阵地传入两人的耳中。兄弟俩默默地停留了片刻，然后一咬牙快速地离开了。接着，两人又谨慎小心地继续往前面的战场靠近。一会儿，两人越往前面走，脚下就越来越没有站立之处——地上全是横七竖八倒下的尸体！

这毛骨悚然的场面令兄弟俩惊颤不已！天仁感觉眼前一阵阵眩晕，右手捂着额头就不自觉地蹲了下来……天义紧张地问："哥，你怎么啦？"

"没事，没事。"天仁一边说，一边缓缓地站起身。

天义赶紧搀扶天仁，嘴上关切地说："你慢点，慢点。"

过了一会儿，天仁缓过神来，立刻跟天义说："走吧。"

于是，两人又借着暮色，弯着腰探着头小心谨慎地往前走。又过了一会儿，天仁开始轻轻地呼唤："表哥，表哥。"

天义也跟着轻声地叫起来："表哥，表哥。"

两人呼唤了一阵子，没听到什么动静，于是天义说："应该不在吧。"

天仁说："不在就好。"

天义问道："要不我们再去前面看看？"

天仁说："好。"

于是，兄弟俩又准备往前面去找寻。这时，突然两只血淋淋的手抱住了天义的右脚……天义吓得惊跳了起来。

天仁赶紧问："怎么啦？"

天义顾不上回答，惊魂未定地打量着抱住自己脚的人……只见那人满脸乌黑，头发蓬乱，身上的军衣已经支离破碎。

天义胆战心惊地问："你是谁？"

那人气息弱弱地说："救我，快救我。"

兄弟俩对视了一眼，天仁立刻蹲下身，就要搀扶那人坐起来。那人立刻痛苦不已地说："不要，不要。我的脚断了。"

天仁惊讶一声："啊？"

天义凑近那人问道："那怎么办？要用担架？"

那人皱着眉点点头，立刻又一副痛苦不堪的样子。

天义郁闷地说："这个时候，哪里去找担架？"

那人看看兄弟俩，脸上很快露出失望的表情。

天仁赶紧安慰他说："你放心，我们一定会救你的。"

那人听了，顿时既感动又愧疚地看着天仁。天仁不作声，紧紧地握着那人沾满了鲜血的双手……

天义看着那人，突然问："三营的周副营长，你认识吗？"

那人冷静地回应："周副营长？你们是他什么人？"

天义急忙说："我们是他表弟。你认识他是吗？"

那人却激动地说："你们是双胞胎吧？周副营长跟我说起过的。"

天义赶紧回应："对对对。你看见我表哥是吗？我们正找他呢。"

那人听了，脸色突然沉闷起来，接着右手指着一个地方说："之前，我是在那儿看见过他呢，他好像也受伤了。后来我躺下昏迷不醒，就不知道了。"

天义心里一紧，赶紧朝那人指的地方走去。

天仁跟那人说："等一下我们来救你。"

天仁说完就跟在天义身后。两人弯着腰，睁大了眼睛在那个地方寻找。只见地上的尸体横七竖八，有的还堆积在一起，看起来令人毛骨悚然。天义找人心切，似乎无视眼前这瘆人的场面……

天义不时地扒开尸体堆，检查一下下面是否躺着自己的表哥。一会儿，一个让兄弟俩不敢相信的事实，就残忍地摆在了两人眼前——表哥泉泉竟然被压在一个尸体堆的下面！

天义立刻惊叫起来："表哥！"

天仁惊愕不已，片刻后也叫道："表哥！表哥！"

然而，任凭兄弟俩怎么叫唤，泉泉都没有任何回应……暮色下，泉泉血肉模糊的脸已经僵硬而可怕，尤其是那圆睁的双眼，更是让人看了恐怖。

兄弟俩见泉泉已经没有生命迹象，瞬间都哭喊起来："表哥啊，表哥！"

一会儿，天仁止住了哭声，右手把泉泉圆睁的双眼轻轻合上……瞬间，天仁泪水又喷涌而出。

天义一边流泪，一边哭喊着："表哥，你不能走啊！不能走啊！"

天仁抑制住悲痛，轻声安慰天义："你别再哭了，总哭表哥听了也伤心。"

天义哽咽着看看天仁，慢慢止住了哭声，泪水却默默地流了很久。之后，天义背着泉泉，天仁在一旁扶着，兄弟俩步履艰难地往回走……

二十六

傍晚，"九衢通药"后院里，青莲独自站在一根晒衣绳下，双眼愣愣地发呆。金色的阳光斜射在青莲的身上，乍一看，青莲整个人仿佛一尊金佛般静谧而安详。一会儿，青莲似乎苏醒过来。她取下晒衣绳上洁净如新的军帽，放在手心里摸了又摸……

天仁天义默默地来到青莲身边，兄弟俩一人一只手挽住青莲的胳膊，三人看上去如母子一般亲密而温馨。青莲左右看看两人，笑一笑，不说话。兄弟俩也不知说什么好，就默默地陪着青莲看西边的晚霞……

一会儿，青莲说："我没事，你们去忙吧。"

天仁动情地说："姑姑，你不要太伤心。表哥为国捐躯了，以后我和天义就是你的亲生儿子。"

青莲欣慰地说:"傻小子,在我心里,你们一直就是我的亲生儿子。"

兄弟俩听了心里顿时涌起一股说不出的滋味。

天义真想立刻叫一声"娘",但是话到嘴边又咽了回去……

天义安慰青莲说:"姑姑,表哥是为国捐躯,后人会永远记住他的。"

青莲听了闭上眼睛,好一会儿才说:"是啊,后人会永远记住他的。但是有谁会记得他娘心里的痛呢?"

兄弟俩立刻愣住了,不知再说什么安慰的话好。

片刻后,青莲又摸摸手中的军帽,淡淡地问天义:"你说,泉泉若地下有知,会知道娘心里的痛吗?"

天义一时不知说什么好。天仁摸摸青莲的手背,转移话题说:"姑姑,我们一起去外面走走好吗?"

天义赶紧附和:"是啊,姑姑。你看,晚霞这么好,咱们去湖边走走吧?"

青莲摇摇头,双眼凝视着这血一般的晚霞,平平静静地说:"刚刚我一个人啊,好像看见了泉泉,看见了你们爷爷奶奶。他们好像在一起说话,说得是那么的开心,后面还有秀秀,总是一副俏皮可爱的样子……"

天仁听了心里一酸,忍不住叫一声:"姑姑!"

天义听了,眼眶立刻盈满了泪水。

青莲摸摸天仁的头,眼神里突然露出无比愤怒的光芒。片刻后,青莲缓缓地说:"天仁,天义,你们还记得日本鬼子是怎么把你们爹杀害的吗?"

兄弟俩一听,脸上立刻变了模样。天仁恨恨地说:"姑姑,我爹的仇,我们一定会报的!表哥的仇,我们也一定会报的!"

天义咬牙切齿地说:"不杀尽日本鬼子,我们誓不为人!"

青莲双手立刻把兄弟俩紧紧抱在一起,两行热泪不知不觉从眼角滑落。

……

一段时间后,兄弟俩又斗志昂扬地开启了新的抗日救亡征程。在通往桂林抗日战场的路上,在一片高大的林木中间,有一条平坦的小路笔直地伸向远方。天仁天义兄弟俩和那个在衡阳战场被救的年轻军人,三人正坐在一辆马车上,疾速地在这条小路上奔驰。年长的车夫不时地扬起马鞭,马儿奔腾的样子格外地充满了力量和气势。

那位被救的军人姓徐，叫徐轲，也是国民革命军的一名营长。

此时，徐营长看着对面的兄弟俩，笑盈盈地说："真没想到，我不但捡回了一条命，竟然连这条腿也保住了。你们哥俩可真是我命中的活菩萨啊。"

天仁脸带遗憾地说："可惜不能恢复到跟正常一样。"

徐营长却开怀不已地说："能像现在这样，我已经谢天谢地了。"

天义也遗憾地说："要是我爷爷给你治，我敢保证，你走起路来跟以前不会有什么两样。"

徐营长兴奋地说："这个我信。周副营长跟我说过，他对他外公佩服得五体投地。"

天义脸上立刻得意起来："徐营长，不瞒你说，我爷爷年轻的时候，可是给慈禧看过病的呢。"

徐营长睁大了眼睛说："啊？你们表哥可从来没跟我讲过这个，他只说他外公给朝廷一品大员扎过针。"

天义笑着说："徐营长，一品大员是谁？不就是那个老佛爷嘛。"

徐营长立刻恍然大悟："原来周副营长是在跟我打哑谜呀。"

天义看着徐营长一脸吃惊的模样，不禁呵呵笑了起来。

天仁也笑了笑，然后一本正经地说："徐营长，天义这是跟你开玩笑呢。其实我爷爷只是被举荐，没有真正去，他婉言谢绝了。"

徐营长却一脸赞叹地说："那也不简单。没有点真功夫，是不会被举荐的。"

天仁点点头说："这倒也是。"

两人正在感叹，天义突然问徐营长："革命军退到广西，不会再退了吧？要是再往后退，那可就要爬悬崖峭壁了。"

徐营长脸色顿时沉闷了起来："唉，谁知道呢？其实很多事情我也想不通。"

"什么想不通？"天义赶紧问。

徐营长说："我想不通的是，为什么一个弹丸日本会把我们一个偌大的中国打得一败涂地？唉，令人费解呀。"

天仁也跟着感叹："是啊，这真是令人费解呀。"

天义说："这跟军队里面的腐化堕落有关系吧？听说委员长对这个很恼火。"

徐营长摇摇头，不作声。

天仁接嘴说："我倒是听人说，'蒋宋孔陈'才是最大的腐败。"

天义紧盯着天仁问道："你这是从哪里听来的？可不能乱说。"

天仁微笑着说："狗吃了屎，还怕人闻不到臭味？"

天义张着嘴，还想再问什么，徐营长赶紧阻止兄弟俩："哎呀，莫谈上层，莫谈上层。军人以服从命令为天职，以忠于党国为荣耀。"

天仁笑呵呵地说："徐营长，我们还不是老蒋的兵呢。"

天义也开着玩笑："是啊，我们还只是一个平头百姓呢。"

徐营长见兄弟俩诙谐幽默，于是也笑着说："管他是军人还是平头百姓呢，反正都是为了国家，为了赶走日本鬼子。你们说是不是？"

兄弟俩一脸赞同地说："这倒是，这倒是。"

三人聊得正酣，这时，马车悄然进入一片密林之中……

天义右手摸着身边的一箱药材，笑盈盈地说："徐营长，这里密不透风，咱们不会被土匪打劫了吧？"

徐营长愣了一下，然后呵呵笑道："就算被土匪打劫，人家也不会打劫这两箱药材呀。"

天义不假思索地问："这话怎么说？药材他们也用得着啊。"

徐营长回应道："药材他们是用得着，可是'天下兴亡，匹夫有责'。就算是土匪，也不会抢这些为国赴难的将士的救命药啊。"

天义笑着说："你就这么肯定？"

徐营长说："我当然肯定，除非不是中国人！"

天仁听了不停地点头，对徐营长的话深表赞同。

徐营长看看天仁，笑着说："天仁，你说说看。"

天仁一脸严肃地说："我觉得你说得很对。国难当头，不奋勇而起也就罢了，如果还要做这样不仁不义的事，那真是猪狗不如！还谈什么中国人？"

徐营长立刻激动地鼓起掌来："好！说得好！"

天义受到感染，也不自觉地跟着鼓起掌来。

徐营长又拍拍天仁的臂膀，激昂亢奋地说："天仁老弟啊，想不到你年纪轻轻，不但医术高超，而且浑身还充满豪气啊！"

天仁一脸振奋地回应道："豪气不敢当，但是民族大义还是要有的。"

"说得好，说得好。"徐营长又赞叹不已。

天仁感慨道："说到底，土匪毕竟也是中国人啦。既然是中国人，最起码的忠孝节义怎么能忘了呢？"

徐营长点点头，对天仁说的这句话敬佩不已、欣赏不已。

天义也点点头，然后笑道："听人说，土匪也打鬼子呢。"

天仁兴奋地说："所以说国难当头，但凡有点血性的人，都会奋勇而起。"

徐营长一听天仁这话，立刻紧紧握住天仁的手说："哎呀，天仁老弟，你说的这些话真是令人快慰、令人肃然起敬啊。"

天仁谦虚地回应："徐营长你千万别这么说。千万别这么说！"

徐营长由衷地感叹："唉，能结识你们哥俩这样身怀绝技又有胆有识的人，我徐轲真是三生有幸啊。"

徐营长还想继续说什么，天仁赶紧打断他的话："徐营长，你这样说话我们可承受不起啊。"

天义乐呵呵地说："是啊，徐营长，你这么说就见外了。"

徐营长点点头，突然认真地说："我有个想法，不知你们同不同意？"

天义赶紧回应："你说。"

天仁笑着说："你说说看。"

徐营长说："我想啊，如果你们不嫌弃，我徐轲愿跟你们结拜为异姓兄弟，不知你们同不同意？"

天义愣了一下，然后乐呵呵地看着天仁，天仁思忖了片刻，马上爽快地说："好啊。徐营长不嫌弃，我们兄弟俩求之不得呢。"

徐营长激动地说："太好了，真是太好了！那我们以后就以兄弟相称吧。"

天义立即模仿徐营长的河南语气，豪爽地说一声："中！"

徐营长立刻被天义逗得哈哈大笑起来。

天仁也被天义这副诙谐、搞笑的样子逗乐了。

徐营长说："我比你们虚长几岁，你们就叫我大哥，我就叫你们贤弟吧。"

天义听了豪爽地叫一声："大哥。"

天仁也响亮地叫一声："大哥。"

徐营长兴奋地应道："好，好。痛快呀，痛快!"

年长的车夫静静地听着三人说话，一直不言语，这时忍不住开玩笑："我说呀，你们兄弟三个，可是当今的'桃园三结义'啊。"

徐营长笑着回应："结义没错，'桃园'可不敢当啊。"

天义一脸振奋地说："有什么不敢当？都是在国家危亡之际挺身而出！况且俗话说得好，'长江后浪推前浪，尘世上一辈新人换旧人'。"

徐营长立刻朝天义竖起大拇指："壮哉，贤弟之言!"

年长的车夫回头看一眼天义，敬佩不已地说："小伙子后生可畏啊!"

天义看看两人，又看看天仁，脸上突然露出难得的羞赧和谦虚。

天仁开心地听着三人的对话，心里也振奋不已。

徐营长热血沸腾地问兄弟俩："你们两个会唱豫剧吗?"

"豫剧？"天义皱着眉看着徐营长。

天仁看着徐营长，摇摇头。

徐营长又问："那应该听过吧?"

兄弟俩笑着点点头。

徐营长兴奋地说："这就够了嘛。来！我先唱一段，然后你们跟着我一起唱。好不好?"

兄弟俩爽朗一笑，异口同声地说："好。"

年长的车夫听了，赶紧说："也算我一个。"

"好！好!"徐营长激动地回应，然后清了清嗓子就准备唱。

天义却拍拍徐营长的肩膀说："欸，欸，大哥你还没有说唱什么呢?"

徐营长立刻铿锵有力地说："《满江红》。就唱岳飞的《满江红》，我最喜欢唱这个了!"

天义笑盈盈地说："好，大哥你唱吧。"

徐营长又清了清嗓子，然后有模有样地唱了起来：

三十功名尘与土，八千里路云和月。

莫等闲，白了少年头，空悲切——

壮志饥餐胡虏肉，笑谈渴饮匈奴血。

待从头，收拾旧山河，朝天阙——

徐营长唱完一遍后，三人立刻情绪激昂地鼓起掌来，嘴上不停地赞叹："好！唱得好！"

徐营长满脸通红地说："好久没唱了，差点换不过气来。"

天义笑呵呵地说："大哥你谦虚了。"

徐营长开玩笑说："唉，现在老了，唱不出年轻时候的激情了。"

年长的车夫立刻诙谐地说："徐营长啊，你现在就老了，那我这个老头子还怎么敢开口啊？"

徐营长呵呵笑道："老伯，您可是老当益壮，我可不敢跟您比呀。"

年长的车夫听了一脸开心地笑了起来。

一会儿，天仁天义和年长车夫就跟在徐营长后面，有模有样、有声有色地唱了起来。只听见四人抑扬顿挫、铿锵有力的声音在林子里不断回旋、飘荡……

二十七

几天后，四人来到桂林，徐营长跟相关人员一联络，兄弟俩很快就加入医疗救护工作当中。有了衡阳抗日战场的经验，兄弟俩对此就更加自然、更加沉稳了。这一天，天色渐暗，外面的枪炮声渐渐停息。医护室里已经掌灯，天仁正在灯光下给一个断手的伤者上夹板。伤者一脸痛苦，见天仁还是一个如此年轻的小伙子，看天仁的眼神便充满了疑虑……

天仁对此看在眼里，手头上就更加仔细、更加用心、更加谨慎起来。过了一会儿，天仁就用娴熟的手法和一丝不苟的态度赢得了伤者的信任和赞叹。

伤者向天仁竖起大拇指说："小伙子，真没想到啊，你看起来年纪轻轻，手法却老练得很啦。"

天仁谦虚地回应："大叔过誉了。"

天仁说完又叮嘱道："这只手呢，现在还不能动。如果伤口再受伤，就不好愈合了。"

伤者一脸感激地说："好，好。"

天仁笑着点点头，转身就向另一个隔间走去。伤者用敬佩的目光看着天仁离去的背影。此时，天义正在隔壁配药室里一丝不苟地称量、打包着药物。远处，一个高个子医生一边忙碌着，一边跟身旁的护理员议论天义："真不错。小伙子这么年轻就有这水平，咱们几千年的中医，可算是后继有人啦。"

护理员看一眼天义，然后一脸神秘地说："我跟你说，他昨晚还笑着给我背诵人体身上的穴位口诀呢，听得我是一脸懵啊。"

高个子医生立刻打趣她："就你这水平，不一脸懵才怪呢。"

护理员笑一笑，又一脸神秘地说："我听徐营长跟我们主任说啊，这哥俩身世背景可不一般咯。"

"哦？怎么不一般？"高个子医生兴趣盎然地问。

护理员津津乐道起来："徐营长说，这哥俩祖上的崇草堂可是个金字招牌，从乾隆年间就开始有了呢。"

高个子医生惊讶不已地说："乾隆年间就有了？这可一两百年了呢。"

"对呀，可是百年的老字号呢。只可惜……"护理员说到这就摇摇头。

高个子医生立刻睁大了眼睛问："只可惜什么？"

"只可惜日本鬼子占领南昌后，崇草堂就被迫关掉了。"护理人员说着看一眼天义，接着又一脸同情地说，"不但药店关掉了，哥俩的父亲和姐姐还被日军残忍地杀害了。"

高个子医生听了立刻惊愕不已。

护理员看一眼高个子医生，赶紧转移话题说："唉，不说这些让人悲愤的事了。我跟你说说他们的爷爷吧，这老爷子可是身怀绝技哦。"

高个子医生眼睛一亮，又兴趣盎然地问："哦？这怎么讲？"

护理员轻声轻语地说："我不告诉你，你可能一辈子都猜不到。他们爷爷啊，可是给老佛爷看病的御医呢。"

高个子医生听了，不自觉地惊叫一声："啊？"

天义听见高个子医生突然"啊"一声，就立刻转过头看着两人。护理员赶紧踩一下高个子医生的脚，然后又朝天义笑一笑。天义也友善地朝两人笑一笑，然后又低着头专注地忙着手中的活。就在这时，徐营长穿着一身军服，满脸尘垢地悄然来到配药室门口。徐营长没有急着打扰天义，而是站在门口笑盈盈地看着天义忙碌……

高个子医生看见了徐营长，立刻笑着朝徐营长点点头。徐营长也笑着跟高个子医生点点头，然后一转身就去医护室找天仁。徐营长来到医护室门口，一眼看见天仁正背着自己给一伤者做检查。徐营长同样静静地看着天仁忙碌。一会儿，天仁一回头，便看见徐营长亲热地跟自己笑。天仁兴奋地叫一声："大哥。"

徐营长点一下头，立刻招手示意天仁过去。天仁快步走到徐营长身边，轻声问道："大哥有什么事？"

徐营长不作声，把天仁带到一个僻静的地方，才轻轻地说："你现在能抽出点时间吗？"

天仁问："什么事？"

徐营长皱着眉头说："是这样的，我的一个老乡，一个姓简的旅长，现在情况很危急，身边的医护人员已经没有办法了。"

天仁赶紧问："伤到哪里了？"

徐营长说："头，还有脖子。"

天仁沉默了一下，立刻说："好。我去叫一下天义。"

徐营长拉着天仁的手，叮嘱道："先别说什么事。"

天仁点点头，快步朝配药室走去。一会儿，兄弟俩跟着徐营长上了一辆军车，很快就消失在暮色里。兄弟俩跟随徐营长走进一个独立的医护室内，只见一个高高胖胖的男子躺在一张床上，额头上绷着绷带，脖子上缠着一大块消毒纱布。床边，站着一个中年医生、一个护理员和一个警卫士兵。

三人见徐营长进来，都点点头打招呼。徐营长走近床边，看了看仍昏迷不醒的旅长，轻声地问中年医生："怎么样？醒来过吗？"

中年医生一脸悲观地摇摇头。

徐营长拍拍中年医生的胳膊，然后把天仁天义介绍给中年医生："这就是我跟你说过的那两兄弟，让他们看看吧。"

中年医生一直在暗暗地打量着兄弟俩，听徐营长一介绍，立刻激动地握住天仁的手说："久闻大名啊。你们兄弟俩若是能救醒我们旅长，可是帮了我们天大的忙啊。"

天仁赶紧谦虚地回应："不敢不敢。一定尽力而为，尽力而为。"

中年医生恳切地说："拜托了，拜托了。"

徐营长豪爽地回应："放心吧。他们都是我的结义兄弟。"

中年医生点点头，然后视线就停留在简旅长身上。天仁天义赶紧凑近旅长头边，仔细地观察起来。兄弟俩一会儿给旅长把把脉，一会儿向中年医生询问几句，一会儿又让护理员解开绷带看看……稍后，兄弟俩轻声地交流了几句，最后相互点点头，似乎已经有了一个结论。

徐营长问道："怎么样？"

天义说："因为震荡过大，头部和颈部的神经都受到伤害，加上伤口感染一直未得到有效抑制，所以才会久烧不退、久昏不醒。"

中年医生惊讶地说："说得对，说得对，那就是有办法了？"

天仁赶紧回应："这可不敢保证。我们一定全力抢救，但是能不能醒过来，就全看旅长自己的造化了。"

中年医生急忙说："那你们赶紧抢救吧。我们已经束手无策了。"

兄弟俩点点头，然后都用征求的眼光看着徐营长——徐营长立刻说："抢救，赶紧抢救。"

天仁冷静地对中年医生说："一旦按照我们的方案抢救，请务必全力配合，绝对不能中途更改或者放弃。"

中年医生愣了一下，然后又用迟疑的眼光看着徐营长——徐营长毫不犹豫地朝中年医生点点头。

中年医生有了主心骨，就郑重地说："好，我们全力配合。一切都听你们的！"

徐营长紧紧握着天仁的手说："有什么需要大哥帮忙的，尽管开口。我相信你们一定能让简旅长逢凶化吉。"

天仁宽慰徐营长："大哥你放心。吉人自有天相。"

天义信心满满地说："大哥相信我们，简旅长一定能闯过这关。"

徐营长点点头，双手用力地在兄弟俩肩膀上拍了拍。

几人商量停当，天仁立刻吩咐天义："天义你准备扎针。我来配药。"

天义应一声"好"就开始在随身的医药包里翻找起银针来。突然，天义一脸惊慌地看着天仁说："哥，我们没有带银针啊。"

天仁一听，立刻瞪大了双眼。

天义皱着眉头感叹："唉，谁能想到，这里还能用得着银针？"

于是，兄弟俩一下子陷入焦虑之中……

中年医生一看慌了手脚，嘴上忙不迭地说："这可怎么办呀？怎么办呀？"

徐营长皱了一会儿眉头，立刻镇定地安抚大家："没事没事。天仁天义你们先给旅长煎药。银针的事，包在我身上。"

天义抓住徐营长的手，激动地说："真的？"

天仁提醒徐营长："大哥，此事可容不得半点马虎啊。"

徐营长拍拍自己的胸脯说："放心吧，贤弟。我以我的这身军服保证。"

中年医生见徐营长信誓旦旦的样子，立刻长长地舒了一口气……

徐营长说完，就语重心长地叮嘱兄弟俩："二位贤弟啊，我这就想办法去弄银针。这里就拜托你们两个啦。"

天仁郑重地回应："放心吧，大哥。"

徐营长点点头，又过去拍一拍中年医生的臂膀，然后就朝大门口走去。徐营长离开后，天仁天义立刻跟中年医生、护理员围在一起，紧张地商量着具体的救治步骤……过了一会儿，几人商量妥当，兄弟俩就准备返回原来的医护室去取一些祖传的特效药。刚走几步，天仁又回过头来叮嘱中年医生："万一旅长醒来，千万不能让他乱动。"

天义强调说："是啊，万一再出点意外就麻烦了。"

中年医生点头答应："好，好，记住了。"

……

深夜，中年医生和护理员扶着旅长坐起。天义掰开旅长的嘴，小心地把一根接着漏斗的空心管子放在旅长舌根的位置；天仁左手端着一碗汤药，右手拿着一把勺子，等天义把管子放好后，便小心地将左手碗中的汤药一点点地舀入管子上面的漏斗中——只见漏斗中的汤药缓缓地流进管子里，再慢慢地流进旅长的喉咙里。

许久，在几人的耐心配合下，一碗汤药总算"灌进"旅长的肚子里了。

天仁看着左手端着的空碗，长长地舒了一口气。中年医生朝天仁点点头，又满怀期待地看着简旅长。兄弟俩看看中年医生，又彼此看看对方，脸上露出会心的笑容……

中年医生拍拍兄弟俩的肩膀说："辛苦了。"

天仁揩一下额头上的汗水说："没事，没事。"

这时，屋外突然传来一声紧急的刹车声，接着，徐营长快步走了进来。徐营长激动地说："银针来了！银针来了！"

天义眼睛一亮，赶紧迎了上去。徐营长把银针递给天义，急忙问道："是不是这个？"

天义打开一看，兴奋地说："对对对！就是这个！"

天仁见徐营长额头上全是汗水，便关切地说："大哥辛苦了。"

中年医生紧紧握着徐营长的手说："辛苦了，辛苦了。"

天义右手握紧拳头，在徐营长的臂膀上"狠狠"地击了一下，然后赞赏地说："真有你的，大哥！"

徐营长开玩笑说："愚兄别的不行，跑腿打杂还是可以的。"

中年医生感慨道："我们旅长有你这样重情重义的老乡，真是福气不小啊。"

徐营长笑一笑说："但愿老天保佑，旅长能快点醒过来呀。"

天义笑着说："大哥你放心吧。旅长福大命大造化大。"

徐营长兴奋地拍一下天义的肩膀说："说得好。"

天义开心地一笑，然后就拿着银针烧水消毒。不久，一根根银针就扎在了旅长的头顶上、后脑勺上……

大家都屏气凝神，睁大了眼睛看着这些大大小小的银针。一会儿，天义看着徐营长和中年医生，笑盈盈地说："好了。"

徐营长惊讶地问："就好了？"

天仁赶紧解释："先留置一会儿，等下再拔除，然后再扎。"

徐营长"哦"一声，然后招呼大家说："那都别站着了，都坐下歇会儿吧。"

于是，大家都在旅长身边坐了下来。过了十多分钟，天义站起身，把旅长头顶上、后脑勺上的银针一根根拔了下来，然后又换上其他的银针继续扎。大家一脸专注地看着天义——只见天义右手拿着银针，时急时缓，时深时浅，手法娴熟而自然。

正在这时，突然从窗外射进两束明亮的车灯光，紧接着听到一声急促的刹车声。眨眼间，一个头戴黑色网纱帽、年轻靓丽的女子快步冲了进来，嘴里急切地叫着："爹！爹！"

徐营长转身一看，立即兴奋地叫道："丽丽。"

"徐叔叔。"丽丽急切地回应一声，转瞬就冲到旅长身边。丽丽看着简旅长头上的一根根银针，双眼立刻瞪得老大老大。丽丽惊愕不已地问中年医生："你们这是干什么？"

中年医生张着嘴正要解释，徐营长抢先跟丽丽说："丽丽你先别急，这是针灸。针灸你听过吧？"

丽丽皱着眉摇摇头，片刻后又点点头。

中年医生赶紧解释："是这样的，旅长现在的情况，我们已经没有别的办法了。这位年轻的医生精通针灸，我们就想请他试一试。"

丽丽不作声，把目光看向了徐营长。徐营长坚定地点点头，又说："放心吧，丽丽。"

丽丽这才舒缓了脸色，然后目光转向手拿银针的天义。天义看一眼丽丽，见丽丽似乎不再犹疑，便低下头又继续扎针……

丽丽却突然叫住天义："请等一下。"

天义赶紧停下手，转过头满脸疑惑地看着丽丽——丽丽一双灵动的大眼睛碰巧撞着天义的视线。瞬间，一种无法言说的感觉在天义心中激灵了一下！天义下意识地回避丽丽的视线，丽丽似乎感觉到什么，赶紧把目光转移到天义手中的银针上……

片刻后，天义缓过神来，立刻朝丽丽友好地笑一笑。丽丽也朝天义笑一笑，然后眼睛又注视着天义手中的银针。天义转过身又准备扎针，丽丽突然又叫住天义："等一下。"

天义回过头，一脸不解地看着丽丽。丽丽朝天义伸出右手，声音柔柔地说："我摸一下可以吗？"

天义的眼神立刻柔和起来，嘴上说："可以，当然可以。"

天义说着就微笑着把银针递到丽丽手中——并且是针尖这一头对着自己，针顶那一头对着丽丽。天义这一细微的体贴，立即让丽丽感动了一下。丽丽说一声"谢谢"，就把手伸向银针。就在递接的过程中，两人的手指微微地触碰了一下。瞬间，天义心里又打了一个激灵！

丽丽手拿着银针，细细地打量一下，然后又用大拇指和食指搓动着银针感受了一会儿。稍后，丽丽把银针递还给天义，声音柔柔地说："你扎吧。"

天义接过银针放进一个盒子里，又从另一个盒子里取出一根未使用过的银针……丽丽目不转睛地盯着天义的手，眼神里充满了疑惑。天义看一眼丽丽，解释道："刚刚手摸过了，就不能再使用了。"

丽丽猛然醒悟，立即问道："如果要用，还要再次消毒是吗？"

天义笑着说："你真聪明！"

徐营长赶紧接嘴："那当然啦。我们丽丽不聪明，还有谁聪明啦？"

丽丽听了却腼腆起来："徐叔叔，你又来打趣我了。"

徐营长难得见到丽丽这般腼腆，立即"呵呵"笑了起来。徐营长这爽朗一笑，现场气氛立刻就轻松了，其他人便也跟着笑了起来。

丽丽看看徐营长，又看看天义，笑盈盈地说："你接着扎吧。"

天义应一声"好"便又小心翼翼地给旅长扎起针来……

一会儿，天义笑眯眯地跟丽丽说一声"好了"，然后右手就不自觉地揩一下额头上的汗珠。丽丽下意识地在裤兜摸了一下随身带的手帕，想递给天义却最终忍住了。丽丽一脸感激地说："你歇会儿吧。"

天义兴奋地回应："没事，没事。"

徐营长看着两人笑一笑，然后拉着天义的手轻轻地问："你跟我说说，今晚旅长能醒过来吗？"

天义沉默了片刻，摇摇头说："可能性小。"

丽丽赶紧问："那明天呢?"

天义舒展着眉头说："明天有可能。"

丽丽脸上立刻激动不已，徐营长和中年医生也兴奋起来。天仁微笑着跟徐营长说："如果明天醒了，那就没有大碍了。"

徐营长点点头，紧紧地握住天仁的双手。丽丽看看徐营长和天仁，又看看躺在病床上的简旅长，泪水不知不觉就从眼角滑落下来……

徐营长拍拍丽丽的胳膊说："好了，好了，都过去了。"

丽丽一脸感动地说："徐叔叔，如果没有你，我和娘都快要撑不住了。"

徐营长爽朗地笑道："傻丫头啊，你记住了，只要你徐叔叔在，天就塌不下来。"

丽丽"嗯"一声，泪水便流满了脸颊。天义看着丽丽令人心疼的样子，内心陡然生起一种强烈的保护欲望!

一会儿，丽丽跟大家告别，刚走到门口，突然又回过头来给大家深深地鞠一个躬，嘴上诚恳地说："谢谢你们! 谢谢!"

丽丽说话时柔弱可亲的样子，瞬间使天义眼中盈满了泪水。就在丽丽消失在自己视线中的那一刹那，天义赶紧转过身，趁大家没注意，飞快地擦掉眼角即将滑落的泪水……

二十八

第二天下午，天空稀稀拉拉地下着小雨。天义和中年医生站在旅长医护室门口，两人一脸的开心。中年医生感激不尽地说："老弟呀，你这下可是帮了我的大忙啊。"

天义谦虚地摇摇头。

中年医生由衷地感叹："哎呀，真是奇迹啊! 旅长昏迷了这么久，你一扎针，竟然这么快就醒了。如果不是亲眼所见，我真的不敢相信这小小的银针竟有如此威力啊！"

天义兴奋又自豪地说："说心里话，我也没想到旅长中午就能醒过来。"

中年医生拉着天义的双手，亲热地开着玩笑："老弟呀，你这可不是一双普通的手啊，而是一双有灵性的圣手啊。"

天义笑道："可不敢这么说。如果没有我哥精心熬制的汤药，单靠扎针也没有用啊。"

中年医生点点头，又由衷地感叹："想不到你们哥俩年纪轻轻，却都有这样一身好本领，真是了不起啊！"

天义笑着说："过奖了，过奖了。"

中年医生却一本正经地说："老弟呀，这还真不是过奖。我跟你说实话吧，如果旅长这下醒不过来，我可要吃不了兜着走啊。"

天义听了笑一笑。这时，一辆军车疾速驶来，在较远处戛然停下。瞬间，徐营长从车上跳了下来，远远地就朝两人招手。中年医生见是徐营长，也赶紧招手致意。天义顺手拿起一把雨伞，笑盈盈地迎了上去……

两人挤在伞下，徐营长兴奋不已地问："旅长真的醒了？"

天义开心地说："醒了。"

徐营长感慨地说："哎呀，真没想到啊。真没想到啊！"

天义坦诚地说："是啊，我也没想到。"

徐营长点点头，又感慨道："这真是天赐机缘、天赐机缘啦。"

说话间，两人来到医护室门口。徐营长用力拍一拍中年医生的臂膀，迈开大腿就要进里面去看望旅长。天义却一把拉住徐营长，说："等一下，大哥。"

徐营长皱着眉头问："怎么啦？"

天义赶紧解释："旅长刚刚睡下了，让他休息一会儿吧。"

中年医生也赶紧说："是啊，不急这一时。"

徐营长点点头，笑着说："好，不急，不急。"

徐营长说完就站在门口朝里面看了看正在休息的简旅长，然后回过头猛地在天义肩膀上拍一下，赞叹不已地说："贤弟啊，愚兄现在算是彻底服了你们哥俩了！"

天义摸着被"打"的肩膀，装作一脸痛苦的样子说："大哥，你就是这样犒劳有功之臣的？哎哟，哎哟。"

　　徐营长看着天义一副诙谐搞笑的样子，立刻舒心地大笑起来。天义见状，赶紧做了一个"嘘"的手势，示意徐营长不要惊扰旅长休息。徐营长赶紧收敛笑声，放低了声音感叹道："贤弟啊，你不但藏有一手绝活，而且对人还体贴入微，将来必定大有作为啊。"

　　中年医生也赞叹道："是啊，徐营长你说得太对了。天义老弟呀，照顾旅长可比我细心体贴多了。"

　　天义赶紧谦虚地说："哪里哪里，我要向您学习的地方还多着呢。"

　　中年医生见天义对自己谦虚有礼，心里面对天义又多了一份敬佩和喜欢。徐营长心里对天义谦卑恭敬的态度也啧啧称赞。徐营长拉着天义的手，亲切和蔼地说："天义啊，大哥跟你说心里话，你们哥俩这次可真是立了大功啊。否则，旅长要是有个三长两短，我们可就群龙无首了呀。"

　　中年医生赶紧接嘴："是啊，我刚刚还在夸赞天义老弟帮了我大忙呢。"

　　天义又谦虚地说："不敢，不敢！都是简旅长命大造化大啊。"

　　中年医生听了笑盈盈地附和："也是啊，咱们旅长确实命大造化大啊。"

　　徐营长见两人都这么感叹，兴奋地也想说几句——这时，远处军车里的司机在车里急急地摁了几声喇叭。徐营长听了赶紧说："我得走了。你们照顾好旅长。拜托了！"

　　天义回应道："放心吧，大哥。"

　　中年医生说："有我们在，你不用担心。"

　　徐营长点点头，又跟中年医生握握手，然后快步朝军车走去……

　　徐营长离开后，两人站在门口又闲聊了一会儿，中年医生看看天，然后对天义说："我该去准备晚上的药了。你多留心一下旅长。"

　　天义回应道："好的，你忙吧。"

　　这时，雨渐渐下大了。天义皱一下眉，转身就要往屋里走。就在此刻，一辆军车呼啸着从远处疾驰而来，瞬间就停在了不远处。天义一转身，看见丽丽正坐在副驾驶位置上朝他微笑。天义眼前一亮，立刻拿起身边的雨伞迎了上去。一会儿，两人共着一把雨伞，急匆匆地朝医护室门口走来。天义尽量把雨伞往丽丽那边靠，丽丽又体贴地把雨伞往天义这边推……

丽丽腼腆着脸说："看你肩膀全都湿了。"

天义开玩笑说："外面湿，里面不湿。我这衣服是防水的。"

丽丽笑一笑，不作声。两人来到医护室门口，丽丽立刻感动地说："天义，谢谢你救了我爹！我真不知道怎么感谢你！"

天义兴奋地说："看到你这么开心，就是对我最好的感谢！"

丽丽脸上立刻泛起一抹红晕，笑一下，就急匆匆地朝里面走去。天义激动地跟在丽丽身后。两人轻轻地来到旅长身边，见旅长依然睡得正酣。天义轻声地问旁边的护理员："都还好吧？"

护理员笑着回答："旅长一直睡得很香呢。"

丽丽客气地说："谢谢你。"

护理员赶紧回应："不用，不用。"

丽丽笑一笑，双眼又落在了天义身上，碰巧天义也正转过头来看她。顿时，两双眼睛硬硬地碰在了一起。丽丽和天义瞬间心里都激灵了一下！护理员一眼洞察这细微的"瞬间"，赶紧识趣地跟两人说："你们先帮我照看着旅长，我去一下就回来。"

丽丽和天义齐声说："好。好。"

护理员走后，天义看着丽丽，丽丽也看着天义，两人都会心地笑了。丽丽环顾四周，看到一块旧毛巾，赶紧拿了过来递给天义说："快把肩上的水吸一吸吧。"

天义接过毛巾，一边象征性地吸一吸，一边开玩笑说："你的头发好像也湿了一点儿呢。"

天义说着就要拿毛巾去吸丽丽头发上的"水"，丽丽一把推开天义伸过来的手，忍住笑说："你就会瞎说。我的头发在雨伞中间，怎么会淋着雨？"

天义装作一脸无奈的样子说："好好好，没淋着雨就好了。"

丽丽白一眼天义，不再搭理他，把头转向微微打着呼噜的简旅长。一会儿，丽丽双手帮简旅长提了提身上的毯子，转过头低低的声音问天义："你扎针的功夫是祖传的？"

天义朝丽丽微微一笑："对呀。我大哥跟你说的吧？"

丽丽点点头，突然满脸疑惑地问："徐叔叔比你们大那么多，你们怎么叫他大哥呢？哪有这么乱叫的？"

天义乐呵呵地回答："哦，你问这个呀。我们是结义兄弟，不叫大哥叫什么？"

丽丽皱了一下眉，突然以不容商量的语气说："什么结义不结义，以后你别叫他大哥了。就跟我一样，叫他徐叔叔吧。"

天义被丽丽这无厘头的一句话愣住了。片刻后，天义笑嘻嘻地说："你叫他徐叔叔，不影响我叫他大哥，再说，我叫都叫顺了，哪能说改口就改口？"

丽丽一脸霸道地说："你少啰唆。我让你改口你就改口！"

天义皱着眉头说："你？你怎么这样一个人？"

丽丽看着天义疑惑不解的样子，立刻笑了："我就是这样一个人。怎么啦？"

天义无奈，就撇着嘴，假装不搭理丽丽。丽丽笑盈盈地说："生气啦？我是逗你玩呢。你爱咋叫就咋叫，你以为我真的会干涉你呀？"

天义缓和了脸色，张开嘴正要说什么，这时，简旅长身子轻轻地动了一下，接着又睁开了眼睛。两人立刻转过头看着旅长。丽丽凑近简旅长的脸，欣喜地叫道："爹！爹！"

简旅长见是自己心爱的女儿，眼睛里立刻闪着光："丽丽，真的是你吗？爹以为再也看不到你了。"

丽丽一边流泪，一边嗔怪道："爹你吓死我了！吓死我了！"

简旅长温柔地给丽丽揩去两颊的泪水，嘴上不停地说："是爹不好，是爹不好。"

丽丽紧握住简旅长的手说："爹，你不知道，娘也被你吓得病倒了。"

简旅长一脸不安地问："啊？要不要紧？"

丽丽突然破涕为笑说："娘一听说爹醒了，人立刻就精神了。医生说这下没大碍了。"

简旅长长长地舒了一口气，脸上露出欣慰的笑容。这时，简旅长见天义笑盈盈地看着自己，赶紧用手示意天义靠近他坐在床边。天义顺从地坐了过来，简旅长紧紧拉着天义的手，一脸感慨地跟丽丽说："丽丽呀，天义可是我们的大恩人啦。你可要一辈子记住了。"

丽丽娇嗔地说："谁要你提醒呢？他第一天给你扎针的时候，我就猜想到他会是我们家的大恩人呢。"

简旅长乐呵呵地说："哦？你还能有这样的眼力？"

丽丽俏皮地说："那当然。要不然那天我就不会让他给你扎针。"

简旅长听了开心地笑了起来。片刻后，简旅长拍拍天义的手背，一脸动容地说："天义呀，我们一家真不知道怎么感谢你们兄弟俩啊。"

天义赶紧谦恭地回应："您可千万别这么说。您为了国家，险些英勇地献出生命，我心里敬佩都还来不及呢。"

简旅长立即摆摆手感叹道："唉，败军之将，怎敢言勇？惭愧啊，惭愧！"

丽丽赶紧接嘴："惭愧什么？你为了党国，差点没把命搭上了。"

简旅长一听，笑呵呵地跟天义说："你看你看，都这么大一个人了，说起话来还跟小孩似的不着边际。"

天义却憨憨地回应："我倒是觉得，丽丽姑娘说的都是大实话呀。"

简旅长呵呵笑道："依我看啦，你们两个一唱一和，这才是大实话呀。"

丽丽听父亲这么说自己和天义，脸一下子就红了。丽丽俏皮地说："爹你乱说什么呢。再说我就不理你了。"

简旅长赶紧哄着丽丽："好好好，我不说了，不说了。"

天义憨憨地笑着，看看丽丽，又看看旅长，不知两人在打什么哑谜……

一会儿，简旅长语重心长地嘱咐丽丽："丽丽呀，你现在去见一下天义他哥，再替爹多说几句感恩的话。"

丽丽赶紧回应："好的，爹。"

天义本想跟旅长说不用这么客气，但一想到可以跟丽丽单独多说说话，便又忍着没开口。简旅长似乎猜到天义的心思，便笑着催促两人："去吧，去吧。"

天义笑盈盈地说："您好好歇着，我们马上就回来。"

于是，两人开心地并排走着，很快就消失在简旅长的视线里。简旅长看着两个年轻人有说有笑的样子，心里顿时涌起一种说不出来的温馨和慰藉。

……

两天后的一个下午，医护室内，天仁天义正紧张地抢救着伤员。外面，残酷的战场上，国军和日军正在激烈交锋。炮弹的爆炸声、飞机的轰鸣声，以及不断抬进来的伤员痛苦的嚎叫声，共同渲染着战斗的悲壮和惨烈……

面对各种各样的伤员，兄弟俩沉着冷静，俨然两个久历沙场、久经考验的救护老兵。此时，天仁和一名年轻医生正在给一位右肩脱臼的伤员进行关节复位——只见天仁紧紧地抓住伤者的右手，另一名医生紧紧顶住伤者的左上身，两人配合默契、动作娴熟。伤者还没有反应过来，只听见"咔嗒"一声响，他脱臼的肩关节就复位了。伤者睁圆了眼睛，惊讶地看着天仁。天仁笑眯眯地说："好了。你轻轻动一下看?"

伤者小心地活动一下脱臼的肩关节，竟然感觉跟没有受过伤一样。伤者用不可思议的语气说："太神奇了，太神奇了!"

天仁微笑着摇摇头，然后说："这其实没什么，熟能生巧罢了。"

伤者兴奋地还想说什么，这时徐营长和丽丽急急地走了进来。天仁一眼看见了两人，立刻兴奋地叫一声："大哥。"

徐营长点一下头，赶紧问："天义呢?"

天仁用手指一指远处说："在里面捣药吧。"

丽丽立刻跟天仁说："我去找他。"

天仁微笑着点一下头，又问徐营长："大哥有事吧?"

徐营长点点头，然后领着天仁往一个僻静的地方走去。两人来到一个背人之处，徐营长轻声地说："天仁，简旅长让我带话给你们，要你们找个机会赶紧离开这里。越快越好!"

天仁愣了一下，赶紧问："仗又打输了吗?"

徐营长沉默了片刻说："具体情况，一两句话也说不清楚。你只管跟天义快点离开这里，别的就不要问了。"

天仁皱着眉，踌躇不已。

徐营长催促道："不要犹豫了! 赶紧走吧!"

好一会儿，天仁关切地问："那大哥你呢?"

徐营长拍拍天仁的臂膀说："你就不要管我了，我是一个军人，身不由己。"

天仁还想要问什么，徐营长立刻说："好了，别再说了。如果我们都命大，以后一定还能相见。"

徐营长说完又拍拍天仁的肩膀，然后就头也不回地走了。天仁看着徐营长的背影，愣了一会儿，立刻快步朝医护室走去。当天仁来到医护室门口时，徐营长已经坐在不远处的军车上等丽丽了。而此时此刻的丽丽，正在一个僻静处跟天义依依惜别……

天义听了丽丽的劝告后，没有马上回应丽丽，却忿忿不平地唠叨："怎么又打输了呢？怎么会这样？难道下一步真的要爬悬崖峭壁吗？"

丽丽几次催促天义，天义仿佛没有听见丽丽说话。丽丽最后含着眼泪说："我求求你快别说了。快点走吧！"

天义看看丽丽，一脸的茫然和犹豫。

丽丽气呼呼地说："好，你不走我走！"

天义突然抓住丽丽的手说："不，你跟我一起走！"

丽丽挣脱天义的手，瞪大了眼睛说："你疯了是吧？"

天义一脸恳切地说："我不能没有你！真的不能没有你！"

丽丽拼命地摇头："那我爹怎么办？我爹更不能没有我。"

天义不管丽丽的解释，紧紧抓住丽丽的双手不放。丽丽流着眼泪，几乎用哀求的语气说："你快走吧！只要你心里有我，我们一定还会再见的！"

丽丽说完猛地甩开天义的双手，一转身就朝军车方向跑去。

天义错愕不已，愣愣地看着丽丽跑远。谁知丽丽突然又转身，快速跑到天义面前，从怀中掏出一块手帕递到天义手上，眼含热泪地说："你拿着！我们都好好保重！"

丽丽说完又一转身，捂着嘴快步消失在天义的视线里。天义愣了一下，然后仔细地打量起丽丽给的手帕——只见手帕洁白如雪，中间绣着一朵大红的梅花，看着格外的醒目和艳丽。

天义凝视着这朵梅花，一会儿便眼角湿润。又一会儿，天义听着军车驶去的声音，右手不自觉地把手帕紧紧地攥在手心里……

军车上，丽丽坐在驾驶员后面，闷闷地低着头。徐营长坐在丽丽旁边，看着丽丽一脸的泪痕，心里顿时也生起阵阵伤感。徐营长拍拍丽丽的手背，轻轻地安慰说："丫头啊，两情若是久长时，又岂在……"

没等徐营长说完，丽丽眼中热泪又夺眶而出。

"唉。"徐营长长长地感叹一声。

丽丽突然小孩似的说："徐叔叔，你说，我和天义还能再见面吗？"

徐营长笑呵呵地安慰丽丽："当然能啊。这只是暂时分开一下嘛。"

丽丽却满脸怀疑地摇摇头，顿时又潸然泪下。

徐营长见丽丽一副多愁善感的样子，就假装严肃地说："唉，我要怎么说你才相信呢？你这样哭哭戚戚的，回头我见着天义，可要把你这副丑样子告诉他了哈。"

丽丽听了赶紧擦干眼泪，气呼呼地说："谁让你告诉他了？"

徐营长立刻笑呵呵地说："好好好。我不说，我不说。"

丽丽却又不依不饶："哼，你爱说就说。谁稀罕那样一个木头木脑的人。"

徐营长听了一愣，马上故作认真地问道："哦？真的不稀罕是吧？"

丽丽俏皮地说："谁跟你说假话？不稀罕就是不稀罕。"

"那好吧，哪天再见到天义，我就把你的这番话告诉他，免得耽误了人家的终身大事。"徐营长一本正经地回应。

丽丽听了立刻紧张起来："谁让你给我传话啦？你可不要自己乱说一通！"

徐营长忍住笑说："那你的意思，还是对天义有意思了？"

丽丽听了故意打岔："什么有意思了？你这一个意思，那一个意思，我都被你搞糊涂了。"

徐营长哈哈笑道："你这个鬼丫头呀。那徐叔叔问你，我究竟跟天义是说还是不说呢？"

丽丽赶紧回应："有什么好说的呀？要说我自己不会说吗？"

"好好好，我不说，什么都不说。"徐营长乐呵呵地看着丽丽。

丽丽又俏皮地说："徐叔叔，你知道你这叫什么吗？你这叫'王婆没事，多管闲事'。"

丽丽说完就看着窗外偷偷地笑。

徐营长赶紧问："丫头你说什么？"

"没说什么。"丽丽回头看一眼徐营长，又看着窗外偷偷地笑。

徐营长见丽丽终于开怀，便哼唱起自己即兴编造的词曲："鸳鸯有情自成双啊——自成双。莫自聒噪讨人嫌啊——讨人嫌。"

丽丽仔细地听了一会儿，笑嘻嘻地问："徐叔叔，你这唱的是什么呀？"

徐营长反问道："随便乱唱呗。你听到什么啦？"

丽丽笑着说："我听到你唱鸳鸯啊什么的，是不是？"

徐营长乐呵呵地问："你只听到鸳鸯两个字，没听到其他的？"

丽丽不耐烦地说："哎呀，你就直接说嘛，问这么多干吗？"

徐营长笑一笑，故意吊丽丽的胃口："你是不是还想听徐叔叔再唱几遍？"

丽丽装作满不在乎的样子说："你想唱就唱嘛。"

徐营长笑一笑，然后又自我陶醉地唱了起来："鸳鸯有情自成双啊……"

当徐营长唱到"讨人嫌"这几个字时，丽丽立刻打断说："等一下，等一下，什么'讨人嫌'啦？"

"哦，'讨人嫌'不就是有人说我多管闲事，惹别人嫌弃嘛。"徐营长笑眯眯地看着丽丽，别有一番滋味地说道。

丽丽一听立刻红了脸，满口歉意地说："徐叔叔，你不要跟我计较。"

徐营长笑着说："傻丫头呀，徐叔叔要是跟你计较，早就不搭理你了。"

丽丽笑嘻嘻地挽着徐营长的胳膊说："徐叔叔你真好。"

徐营长开心地点点头，然后语重心长地说："丽丽呀，天义真是个不错的小伙子。你可得好好珍惜啊！"

"嗯。"丽丽一脸幸福地答应着。

徐营长欣慰地点点头。两人沉默了片刻，徐营长突然笑眯眯地问："丫头啊，你以后跟天义在一起了，可怎么称呼我呀？"

丽丽不假思索地说："这还用想？跟现在一样，叫徐叔叔呗。"

徐营长立刻笑了："可天义是我的结拜兄弟呢。"

丽丽笑着说："那徐叔叔的意思，以后让我跟着天义，也叫你大哥了？"

徐营长赶紧说："那怎么行？你可别想借着跟天义在一起，把我的辈分给拉下去了。"

丽丽听了立刻呵呵笑了起来："我就知道你会这么说。"

徐营长喜欢看丽丽开心淘气的样子，于是又故作严肃地说："丽丽呀，既然现在说到这个事，我可就把我的态度说明确了，以后啊，你跟天义都必须叫我徐叔叔，听清楚了没？"

丽丽把头贴在徐营长的肩膀上，俏皮地说："听清楚了。我亲爱的、尊敬的叔叔大人。"

徐营长立刻哈哈大笑起来："你这个傻丫头。你这个傻丫头。"

丽丽默默地听着这亲昵而温馨的话语，默默地感受着徐营长对自己的关心和疼爱，默默地憧憬着自己跟天义在一起的幸福日子……一会儿，丽丽脸上就不知不觉泛起了红晕，这红晕令人艳羡、令人着迷。

……

两天后，日落时分，战场上硝烟弥漫、狼藉不堪。日军飞机在上空不停地飞来飞去，一颗颗炮弹掉落在仓皇逃命的士兵人群中。只见炮弹纷飞处，瞬间横七竖八的尸体堆积在一起。

一切如简旅长所料，桂林战场的阻击战，也跟衡阳战场一般，以国民革命军的节节溃退而告终。然而，天仁天义并没有听从简旅长的好意早早撤退，而是同其他医护人员一样，坚守到最后一刻。

撤退途中，兄弟俩没有上一次的仓皇和恐惧，却多了一份镇定，多了一份无奈。而简旅长则端坐在一辆军车的后排位置上，脸上布满了愁闷和担忧。前排的驾驶员双手紧握着方向盘，眼睛紧盯着前方，脸色惶恐不安……徐营长则率领着自己的士兵，灰头土脸地奔跑在一片坡地上，只见他时不时回头朝后面的士兵喊道："快！快！"

然而话音刚落，几颗炮弹就从高空落下，在他眼前轰然炸开。顿时，火光冲天、浓烟滚滚……

二十九

近午时分，天阴沉沉地下着小雨。"九衢通药"前面的大街上，因为行人稀少，显得冷清而苍凉。天仁坐在柜台前，身穿一件藏青色的薄棉袄，左手摁着一本账簿，右手拨弄着算盘，正认真地核对着账目。天义坐在旁边的一个矮凳子上，双腿膝盖顶着一个圆形的青石臼，右手拿着一根捣棍，机械而无力地捣着石臼里面的药材……

天仁看着一脸茫然的天义，微笑着问："你在想什么呢？"

天义无精打采地回应："没想什么。"

天仁又问："想丽丽了吧？"

天义看一眼天仁，又看看外面淅沥沥的小雨，莫名其妙地说一句："打什么鬼仗。"

天仁愣了一下，然后说："忘了丽丽吧。咱们不是一路人。"

天义闷闷地回一句："你算你的账吧。"

天仁看着天义，无奈地摇摇头。一会儿，天仁又问："你觉不觉得，国民党很让人失望？"

天义淡淡地说："什么失望不失望？我觉得大哥和简旅长都挺好的，就是不知道他们现在是死是活？"

天仁宽慰天义："吉人自有天相。他们一定也还活着。"

天义不接嘴，兄弟俩又沉默了起来。一会儿，天仁又问道："姑姑跟你说过王顾伟的事吧？"

天义不耐烦地说："不太记得了。"

天仁却兴奋地说："他让人捎信来，请我们去陕北看看，你心里是怎么想的？"

天义顿时变了脸色，反问道："你心里是怎么想的？"

天仁一脸欣慰地说："我觉得他信中说得挺有道理。他说……"

"他说什么？"天义又急又气地打断天仁的话。

天仁没注意天义说话的语气，笑盈盈地回答："他说蒋介石抗日是三心二意，共产党抗日才是真心实意。如果没有共产党，北方很多城市都保不住。"

天义冷冷地问："那你是有去陕北的想法了？"

天仁说："要不过段时间我们一起去看看？"

天义毫不犹豫地拒绝："我不去。"

天仁满脸疑惑地问："为什么？"

天义看一眼天仁，忿忿地解释："一提到王顾伟这三个字，我心里就堵得慌，更不用说见到他。"

天仁沉默了片刻，然后冷静地说："我知道因为爷爷奶奶的去世，你对他耿耿于怀，但是那也不能完全怪人家呀。人家心里也愧疚得很呢。"

天义顿时激动起来："愧疚？愧疚有什么用？愧疚能换回爷爷奶奶的命吗？"

天仁一下子被问住了，好一会儿才说："你怎么能这么说？"

天义立即反问道："你要我怎么说？要我说'对。人家王顾伟也是无辜的，过去的事就让它过去吧'。是这样吗？对不起。我心胸没有这么大度，我办不到。"

天义气呼呼地说了一大串，天仁见天义正在气头上，便忍住没有接话。

一会儿，天义冷静下来，便用和缓的语气跟天仁说："你想去你就一个人去吧。反正我不去。"

天仁还想争取，又说："王顾伟叫我们去陕北，或许是来给我们报恩，来给我们指引一条光明大道呢。"

天义听了又激动起来："什么光明大道？他走他的大道，我过我的独木桥！"

天仁见两人说不到一起去，就赶紧回避这个话题："好好好。我们不说这个，不说这个。"

两人又沉默了一会儿，天义突然问："姑姑说，今年冬至要去给爷爷奶奶上坟，这事确定了吗？"

天仁说："确定了。祭奠用的香烛、鞭炮等姑姑都早已备好了。"

天义点点头，不再作声。就在这时，一个撑着油纸伞的年轻人在店门口停了下来，接着就把雨伞一收，径直往店里走来——

天仁抬头一看，见是堂兄天霖，立刻惊喜地叫道："大哥！"

天义抬头一看，也惊喜地叫道："大哥！"

天霖脸上却没有任何喜色，只亲热地应了两声："欸，欸。"

天仁快步走到天霖身边，一脸亲热地问："大哥，你今天怎么有空来这里？"

天霖悲伤的眼神里立即盈满了泪水："我爹娘走了。"

天仁惊叫一声："什么？"

天义眼睛立刻睁得老大。

天霖又悲痛地重复一遍："我爹娘走了。"

天仁顿时感觉头脑"嗡嗡"作响。

天义心里震颤不已，一下子愣在了原地。

一会儿，天仁抓着天霖的手问道："伯伯是怎么走的？"

天霖悲痛地说："被日本鬼子杀害的。"

天义怒气冲冲地说："啊？又是日本鬼子？"

天仁又急急地问："那伯母呢？"

天霖愤愤地说："也是被日本鬼子杀害的！"

天义一听，眼睛里几乎要冒出火来。

天仁却压抑住心中的怒火问："天霖哥，你细细说一下，究竟是怎么回事？"

天霖流着泪说："我爹不给他们唱戏，还讽刺了他们。他们恼羞成怒，一气之下就拿刺刀刺杀了我爹，然后又杀害了我娘。"

天仁听了立刻闭上了眼睛。

天义气得双手握成了拳头。

片刻后，天仁又冷静地问："那后来呢？"

天霖一脸悲戚地说："后来我就出高价请人把爹娘运回老家，并且埋葬在爷爷奶奶的坟边。我爹生前再三叮嘱过，说死后不能做异乡鬼。一定要我把他的尸骨埋在老家、埋在爷爷奶奶的身边。"

天仁一听，顿时泪流满面。

天义却双眼冷冷地看着外面——只见外面的雨越下越大，就像一支支划过长空、穿透心窝的冷箭。

……

冬至这天，青莲和兄弟俩回老家去给先人上坟扫墓。在一片宽广的丘陵地带，一辆马车蜿蜒行进在一条小路上。青莲和兄弟俩默默地坐在车厢里，三人都一脸的沉闷和压抑。一会儿，青莲看着对面的兄弟俩，感叹道："你们爷爷奶奶不在了。我们兄妹、姐弟三个也只剩下我一个了。我真是可怜啊!"

兄弟俩听了一愣,天仁赶紧把青莲的一只手放在自己的手心里,轻轻地抚摸着她的手背。青莲定定地看着天仁,脸上渐渐露出一丝慰藉。天仁轻柔地安慰青莲:"别再难过了,姑姑。"

青莲点点头,右手揩一下眼角的泪水。

天义握着青莲的另一只手,也安慰道:"姑姑,有我们呢。"

青莲脸上渐渐露出微笑。

下午,三人来到白马寨杨家村院坑祖坟山。在几棵高大的松树下,在一大片祖坟地里,杨家村祖祖辈辈的先人静静地在这里安息。青莲跪在父母亲的坟前,眼含热泪地点着蜡烛、烧着纸钱。青莲说:"爹,娘。你们二老在那边都还好吧?不孝女儿来看望你们了。"

一会儿,青莲又眼含热泪说:"爹,娘。女儿就剩下天仁天义了!就剩下天仁天义了!"

天仁天义跪在青山的坟前,一个虔诚地烧着纸钱,一个仔细地倒着烧酒……

天仁说:"爹,你放心吧。咱们家的血海深仇,儿子会永远记在心里的。"

天义说:"爹,儿子不会让你含恨九泉的。你等着看儿子给你报仇吧。"

一会儿,青莲又给青松上坟烧纸。青莲呜呜咽咽地说:"哥,你到了那边还继续唱戏吗?如果你喜欢,你就一直唱下去吧。"

一会儿,"噼里啪啦"的鞭炮声响起,一团青烟顿时从坟地里升起,盘旋着,盘旋着,渐渐飘向阴沉沉的天空……

……

樟树阁皂山宽广的荒地上,一辆装满药材的马车不紧不慢地行驶着。天义左手紧握辔绳,右手执着马鞭,一脸欢愉地驾着马车。天仁坐在他身旁,心情也格外舒畅。一会儿,天仁看见路边有几棵茂密的栀子树,便看着天义问道:"家里黄栀子还有吧?"

天义立即回答:"还多着呢。"

片刻后,天义问天仁,"你说,吴老头的枳壳为什么卖那么贵?"

天仁笑着说:"别人没有就他有,当然要贵啦。物以稀为贵嘛。"

天义听了不禁感叹："要不是到处在打仗，我早就想去云贵那边搞点名贵的药材来——利润可大得多。"

天仁也感叹道："是啊。好多疑难杂症只有那些特效药才管用。"

天义皱着眉头说："想爹和爷爷在世的时候，云贵那边他们可是轻车熟路，可惜我们兄弟俩连去都没去过。你不觉得惭愧吗？"

天仁立刻说："当然惭愧啊。等天下太平了，我们可得到处去看看，不能局促在这里做井底之蛙。"

天义摇摇头，感慨道："谁知道天下什么时候能太平呢？"

天仁却一脸乐观地说："你不要这样感叹。依我看，日本鬼子已经撑不了多久了。"

天义点点头，突然指着前方一块废弃的界碑说："你看，又是一块。这块还挺大。"

天仁眼睛一亮，立刻顺着天义手指的方向看去。

天义扬起鞭子，兴奋地叫一声："驾。"两人很快就来到界碑跟前，天义赶紧止住马儿："吁——"

兄弟俩一起跳下马车，俯下身子仔细打量这块长方形的青石界碑——界碑碑体破旧不堪，看起来很有年头，上面有几处深深的裂纹，靠近大路的一边还缺了一大块，估计是车辆不小心撞坏的。界碑周边长满了杂草，就连碑体上面的凹陷处，竟然也有许多小草丛生其中……

天仁一边打量一边说："不知道这块有没有刻字？"

天义立刻从车厢里拿出一块废布，将界碑上面的尘垢和小草一一清除。顿时，刻在界碑上面的"药墟"二字依稀可见。

天义兴奋地说："你看！"

天仁定睛一看，也兴奋地说："还真的有！"

兄弟俩都把头贴近界碑，欣喜不已地用手抚摸着上面淡淡的字迹。

天义不禁感叹："要是樟树还能回到古代那么繁荣，我们哪里还用得着到处去收购药材呢？"

天仁也感叹："是啊，天南地北的药材，哪一样不能在这里寻到？"

天义满怀希望地说："真希望樟树有朝一日能重现昔日的辉煌啊。"

天仁点点头说："事在人为。只要有人愿意做，就有可能重现辉煌。"

天义笑着说："但愿这辈子能看到这一天啊。"

天仁笑着回应："会有的。"

兄弟俩一边说笑着，一边拍拍手上的尘土。一会儿，兄弟俩重新坐上马车。天义吆喝一声"驾"，马车缓缓走远，天仁还不时回头看一眼那块界碑……

一会儿，天仁意犹未尽地说："据说，道教祖师爷张道陵，还在这里炼过仙丹呢。估计他老人家也曾见过这块界碑吧？"

天义兴致勃勃地说："是有可能啦。据说，葛洪老仙翁也在这里炼过仙丹呢，他写的《抱朴子》里就有记载。"

天仁一听顿时肃然起敬，说："《抱朴子》很多内容我都忘记了，但是《肘后方》可了不得。那可是他老人家对中医独一无二的贡献。"

天义笑嘻嘻地问："那《肘后方》你现在还能背吗？"

天仁一脸自信地说："那当然。要不要我背几个方子给你听听？"

天义笑呵呵地说："算了吧。小时候背得滚瓜烂熟的东西，一辈子都忘不了。"

天仁感叹道："是啊。这都得感谢爷爷对我们的一丝不苟啊。"

天义开玩笑说："如果不是爷爷从小逼着我们背这些'老古董'，你说，我们现在哪里知道这些东西？"

天仁愣了一下，马上便哈哈大笑起来。

天义看一眼天仁，也跟着笑了起来。

一会儿，天义若有所悟地说："小时候，我常常私底下埋怨爷爷，长大了才明白，爷爷真是用心良苦啊。"

天仁说："是啊。老话说'成人不自在，自在不成人'，真是一点不假呀。"

天义一脸忧伤地说："要是爷爷还在世就好了。那我们就可以跟他下象棋，跟他讨论那些'老古董'了。"

天仁点点头，右手轻轻拍一拍天义的肩膀。

天义突然问天仁："你想爷爷奶奶吗？"

天仁说："怎么不想？一想起爷爷奶奶，我就会想起崇草堂，就会想着怎么样让它重新开起来。"

天义点点头说："我心里也常常想这事。"

天仁看一眼地上的影子，笑着催促天义："好了，快走吧。"

天义笑嘻嘻地问："你说，今晚姑姑会不会蒸发糕？"

天仁笑着乩一下天义的脑袋，说："会哟，你个小馋猫。"

天义俏皮地说："现在可不是小馋猫，是老馋猫了。"

天仁呵呵笑道："那快走吧。老馋猫。"

天义兴奋地扬起鞭子，眼神里满是期待……

一会儿，天仁想着再过两个月又要过年了，便不由得感叹起来："唉，要是娘今年能跟我们一起过年，那该多好啊。"

天义听了赶紧说："今年是不可能了，明年吧。明年我们一定把娘赖到姑姑家来一起过年，好不好？"

天仁笑着问："那要是娘又不同意呢？"

天义诙谐地说："那可由不得她。如果她软的不吃，我们就来硬的，一人一边架也要把她架过来。"

天仁一听立刻乐了，说："你这是什么逻辑？哪有儿子绑架亲娘的？"

天义笑嘻嘻地说："那有什么办法？谁让亲娘她敬酒不吃吃罚酒。"

天仁笑着拍一下天义的肩膀说："想不到你还有这样的痞性。"

天义故作正经地回应："我只跟你说，你可不能跟娘和姑姑说哟。"

天仁乐呵呵地说："好好好。我跟谁都不讲。"

三十

大年三十上午，暖暖的阳光照射在药行门口。天义站在靠着墙的一副木梯上，手中提着一个大红灯笼正往门楣上挂。天仁左手拿着另一个大红灯笼，右手给天义扶着木梯。一会儿，天义问："你看看，可以了吗？"

天仁仔细地瞧了瞧，然后满意地说："可以了。很好。"

天义爬下梯子，然后又把梯子搬到左边，快速地爬了上去。

天仁把另一个大红灯笼递给天义，嘴上说："你急什么？慢慢来。"

天义回应道："想着姑姑下午就要蒸发糕，我口水都要流出来了。"

天仁笑着说："其实我心里也馋得很。"

天义一边挂灯笼，一边自嘲道："那我们两个就是半斤八两。"

天仁听了笑一笑，看着两个灯笼靠得有点近，便提醒道："太近了。这个往左边靠一点。"

天义立即把灯笼往左边移一点。于是，两个大红灯笼就端端正正、恰到好处地挂在了门楣两边，顿时给店面增添了无限的祥和与喜庆。

天义爬下梯子，站在大门口看了一会儿两个灯笼，接着又开始贴对联。

天仁说："对联我来贴。你只管刷糨糊。"

天义说："好啊。你不放心我，那就自己贴吧。"

天仁笑着说："我当然自己贴。看你心不在焉的样子，等下贴得一边高一边低，多难看呀。"

217

天义开起玩笑来："好好好，你贴得比我好看。晚上吃年夜饭你跟姑爷多喝几杯酒。"

天仁笑道："是你自己想多喝几杯吧？还故意拿我来说话。"

天义诙谐地说："我可真不太喜欢喝酒。我只想痛痛快快多吃几块发糕。"

天仁立即调侃天义："今天可是年三十呢。等你看着满桌子的鸡鸭鱼肉，你就不会再念叨发糕了。"

天义却不以为然地说："你这可说错了。虽然鸡鸭鱼肉让人心馋，但我念念不忘的还是那糯米发糕。我也不知道这是为什么？"

天仁想了想说："情结吧。小时候的情结吧。"

天义若有所悟地点点头，心中顿时想起许多往事……

就在这时，一个中年男子突然停在了他们身边。只见中年男子头戴一顶黑色宽檐礼帽，身穿灰色风衣，嘴上蓄着浓密髭须，整个人看起来精神抖擞、气度非凡。中年男子双手插在风衣口袋里，笑眯眯地看着兄弟俩。

兄弟俩愣了一下。

一会儿，中年男子笑着说："天仁天义，我是王顾伟呀。"

天仁眼睛一亮："你是王叔叔？"

王顾伟点点头，拍拍天仁的臂膀说："哎呀，都长得比我还高了。时间过得可真快呀。"

天仁激动地回应："是啊，王叔叔。那时候我们还是一个小毛孩呢。"

王顾伟点点头，又笑着拍拍天义的肩膀说："你们兄弟俩长得可真像啊。不仔细看还真的分不清。"

天义冷冷地回一句："分得清又怎么样？分不清又怎么样？"

天义说完就往店里走去，刚进门又回头扔给天仁一句话："姑爷交代你的事别忘了，去跟刘掌柜结一下账再回来吃中饭。"

天仁愣愣地反问道："你说什么？姑爷跟我交代过这事吗？"

天义就像没听见一样，头也不回地进屋里去了，留下天仁一脸茫然的样子。

王顾伟却听懂了天义的话外之音，笑眯眯地跟天仁说："天义这是在赶我走呢。没事，我跟你说几句话就走。"

天仁这才醒悟过来，赶紧满脸歉意地说："王叔叔，你千万别往心里去。天义他不明事理，你莫跟他计较。"

王顾伟一脸坦然地说："天义是个直性子，我怎么会怪他呢？换作是我，我心里也很难过这个坎，毕竟是亲爷爷奶奶呀。"

天仁听王顾伟这么一说，顿时也伤感起来，嘴上不知再说什么好……

王顾伟见天仁伤感，心里也一阵难过。王顾伟握着天仁的手说："天仁啊，我只怪不能用自己的一条命，去换你们爷爷奶奶的两条命啊。"

天仁一听，赶紧宽慰王顾伟："王叔叔你这话言重了，言重了。"

王顾伟感叹一声："唉，人死不能复生。只有让生者活得更好，死者才能得到安慰啊。"

天仁听他这么一说，心里顿时轻松了许多，于是直截了当地问道："王叔叔，你这个时候来找我们，一定是有什么急事吧？"

王顾伟点点头说："对，你猜对了。我托人捎给你们的信你都看了吧？我就是为这事而来的。"

天仁激动地说："看了，我都仔细地看了。我觉得你说得真好。你的分析太有远见了！"

王顾伟却摇摇头说："我虽然混了几年私塾，可怎么能说出这样有见地的话呢？这是我们的领袖、我们毛主席说的话啦。"

天仁睁大了眼睛问："毛主席？共产党的毛主席？"

王顾伟回应道："对，就是毛主席。毛主席早就料到，国民党蒋介石是不会跟全国人民站在一起，是不会全心全意抗日的。"

天仁听了点点头，眼神里却带着疑惑……

王顾伟似乎看出天仁的疑惑，于是拍拍天仁的肩膀说："皖南事变就是很好的证明啊。"

天仁惊讶地说："皖南事变？"

王顾伟一脸凝重地说："对。皖南事变就是蒋介石反动政策赤裸裸的表现。"

天仁皱着眉头问："蒋介石难道真的是说一套做一套？"

王顾伟毫不犹豫地说："对。蒋介石抗日是假，打击迫害我们共产党人才是真啊。"

天仁又问："那我们什么时候才能把日本鬼子赶走？"

王顾伟一脸肯定地说："不会太久了。日本鬼子在中国猖狂不了太久了。"

天仁眼睛一亮，眉头渐渐舒展开来。

王顾伟又说："世界反法西斯战争即将发生转折性的变化，我们胜利的曙光就在眼前啊。毛主席是这样判断的，我完全相信毛主席的判断。"

天仁听了振奋不已："那就是说，我们一定能把日本鬼子赶出中国了？"

王顾伟拍拍天仁的臂膀说："对。现在就是黎明前的黑暗时刻。毛主席正在陕北延安，带领军民团结一心，冲破黎明前的黑暗啦。"

天仁满脸信任地看着王顾伟，眼神里满是憧憬和期待。

王顾伟看着天仁，突然语重心长地说："天仁啊，陕北延安现在非常缺乏医疗卫生人才，非常需要像你们兄弟俩这样的热血青年啊。"

天仁看一眼王顾伟，低着头不作声……

王顾伟拉着天仁的手，语气恳切地说："去陕北延安吧，去为抗日救亡做一份贡献吧。共产党需要你们，打败日本鬼子需要你们！"

天仁看着王顾伟恳切的表情，一股巨大的荣誉感和责任感瞬间在心头升起。天仁郑重地承诺："好。就算天义不去，我也一定会去。"

王顾伟见天仁回答得如此爽快，就感慨地说："好啊，好啊。要是我们泱泱华夏多几个像你这样的热血青年，日本鬼子何至于猖狂到今天啊？"

天仁听了自豪不已，接着铿锵有力地说："日本鬼子一日不离开中国，我心里一日不得安宁！"

王顾伟兴奋地握紧天仁的手说："好啊，有志气！"

天仁听着王顾伟的激励，心里顿时热血沸腾。

······

当晚，天仁天义和青莲夫妇过了一个热闹而温馨的除夕。后房客厅里，一张圆桌上摆满了丰盛的酒菜。靠墙的一个案几上，两支燃着的红烛衬托得过年的气氛喜庆而热烈。青莲身穿一件大红棉袄，棉袄上绣着祥云与鸟雀图案。青莲穿上这身衣服，整个人顿时显得更加年轻、更有活力。

此时，青莲站在圆桌前，欢欢喜喜地给每人分着碗筷。兄弟俩笑嘻嘻地看着青莲，脸上洋溢着幸福和激动。姑爷笑着对青莲说："你不要给我添饭的大碗，只要给我喝酒的小杯子就可以了。"

青莲却故意把新买的小酒杯藏在身边，笑眯眯地对姑爷说："我偏不给你。一天到晚就想着喝酒。"

姑爷赌气说："不给就不给。我用大碗喝！"

姑爷说着就劝导天仁天义都端起大碗来，然后自己拿起酒壶就假装给两人倒酒。青莲见此情景，只好笑着把小酒杯递给姑爷，一脸温馨地说："大过年的，谁还真的不让你喝酒了？"

姑爷笑眯眯地接过青莲递来的小酒杯，看一看又用手指弹一弹，满心欢喜地说："不错，不错。小的就是比大的好。"

青莲听了调侃道："你这个酒鬼呀，有酒都可以当饭吃。还管什么大小？"

姑爷笑嘻嘻地说："酒本来就是饭嘛。"

兄弟俩一听，立刻呵呵笑了起来。

姑爷故作一本正经地说："笑什么笑？亏你们还是学中医的呢。"

青莲接过话题说："就你懂得多。那你说说'酒为什么是饭'？要是说不出个所以然，这酒杯我可就要没收了。"

青莲说着就要去拿回刚刚给姑爷的小酒杯……

姑爷右手赶紧把小酒杯盖住，嘴上急忙说："别呀。我这不就来说嘛。"

青莲笑盈盈地催促："好。你快点说。"

姑爷清了清嗓子，摆出一副老夫子的架势说："嗯，你们都听好了哈。夫酒者，谷物之精华也……"

姑爷还没说完，青莲就笑盈盈地打断他："夫什么夫？啰里啰嗦。还真以为自己是满腹经纶的秀才呢。"

姑爷不理睬青莲，仍然自我陶醉地对兄弟俩说："夫酒者，谷物之精华也；饭者，谷物之熟烂者也，故'酒即饭也'。"

姑爷说完，就满脸得意地看着兄弟俩。兄弟俩眨巴着眼睛想了一会儿，都觉得姑爷说得似乎还挺有道理。青莲根本没心思听姑爷这般胡诌卖弄，立刻招呼说："好了好了，别被你们姑爷糊弄了。来来来，喝酒！喝酒！"

青莲话刚说完，姑爷就独自先喝了一口，赞叹不已地说："好酒！好酒！"

青莲立刻嗔怪道："你急什么呀？又没有谁会抢你的。"

姑爷不理睬青莲，笑眯眯地问兄弟俩："你们哥俩说说，姑爷刚刚说得有没有道理呀？"

天仁一本正经地说："姑爷这么一说，还确实是这样的呢。"

姑爷又一脸得意地问天义："天义你说呢？"

天义笑嘻嘻地说："姑爷，既然酒就是饭，今晚你就多吃几碗饭吧。"

姑爷一听，立刻呵呵笑道："好小子。你算是真正懂得这句话的含义了！"

青莲看着两人一唱一和的样子，无奈地摇摇头说："好了好了。今晚除夕夜，你们就痛痛快快喝个够吧。"

姑爷笑眯眯地接嘴："除夕除夕，欢欢喜喜。"

青莲听了无比开怀，一边给姑爷倒酒，一边笑盈盈地说："你呀，只要有酒喝，什么话在你嘴里都能开莲花。"

天义一边听青莲说着玩笑话，一边跟姑爷挤眉弄眼逗着玩……

天仁却开心地看着两人笑。

一会儿，大家杯子里都倒满了酒，青莲举起酒杯，笑盈盈地说："来，祝新年咱们全家人都健健康康、平平安安。"

青莲一说完，姑爷也笑呵呵地说着祝福的话："祝来年咱们家药行红红火火、日进斗金。"

姑爷一说完，兄弟俩一起乐呵呵地说："祝姑姑、姑爷在新的一年里事事顺心、和和美美。"

青莲夫妇听了，赶紧开心地应道："好，好。"

接着，一家人就欢欢喜喜地吃起年夜饭来。青莲不停地给兄弟俩碗里夹菜，兄弟俩想推辞都推辞不掉。天仁一边咬着鸡腿，一边看着天义笑。天义笑嘻嘻地说："你喜欢吃，就都夹你碗里去。"

青莲感觉到兄弟俩表情有"猫腻"，就笑盈盈地问："你们两个臭小子在搞什么鬼呢？"

天义胡乱应付青莲："没什么呢，姑姑。天仁说他喜欢吃肉。"

青莲不搭理天义，笑着问天仁："天仁你说。"

天仁笑嘻嘻地说："姑姑你不知道，天义说你做的发糕比鸡鸭鱼肉还好吃呢。"

青莲睁大了眼睛问天义："发糕真的比肉还好吃？"

天义还没来得及回应，天仁诙谐地说："姑姑难道没看见，这一大盘发糕，都进了谁的嘴巴？"

青莲看一眼盘子里仅剩的几片发糕，立刻摸摸天义的脑袋说："哎哟，你这个傻小子呀。"

天义抬起头，看着青莲憨憨地笑。青莲看着天义，内心突然涌起一种难以名状的温馨……

姑爷一边自斟自饮，一边静静地听三人说话，这时突然结结巴巴地问青莲："你怎么说天义是——是傻小子呢？我说你才——你才傻呢。"

青莲以为姑爷在说醉话，就逗弄他："天义满桌的鸡鸭鱼肉不怎么吃，偏偏就喜欢吃那一盘发糕，你倒是给我们说说，天义为什么不傻？"

姑爷结结巴巴地回应道："天义不——不忘本，就是不傻。"

青莲没想到姑爷这醉话还挺有道理，就笑盈盈地说："我以为你已经喝得稀里糊涂了呢，没想到说的话倒还清醒哈。"

姑爷得意地说："那——那当然，酒醉——心明嘛。"

三人立刻被姑爷这似醉非醉的话语逗笑了。

姑爷见三人开心，又拿起酒壶要给自己倒酒，没想到第三壶酒也已经喝光了。

姑爷把酒壶递到青莲面前，笑嘻嘻地说："再给我来——来一壶。"

青莲接过酒壶，然后跟兄弟俩说："姑爷喝醉了，扶他去休息吧。"

兄弟俩立即过来搀扶姑爷，姑爷却摆摆手说："我——我没醉。"

兄弟俩笑着看看姑爷，又看看青莲，青莲叹一口气说："算了算了，给他添碗饭吧。"

姑爷却不肯，又结结巴巴地说："我——我不吃饭。我要——要喝酒。"

青莲拉着姑爷的手劝道："大年三十，你进点粮啊。否则呕吐出来可难受呢。"

姑爷凑近青莲的脸说："你不给我喝——喝酒，那我就——就唱歌。"

青莲立即笑盈盈地说："好吧，那你就唱歌。酒你就别再指望了。"

"好，那我就——就唱了。"姑爷双手在青莲眼前胡乱比画着说。

青莲看着姑爷一副诙谐有趣的样子，笑呵呵地说："唱吧，唱吧。"

兄弟俩被姑爷这副似醉非醉的样子逗乐了。

天义笑嘻嘻地跟着青莲说："唱吧，唱吧。姑爷。"

姑爷干咳了几声，就顺顺溜溜地唱起自己即兴编造的花鼓戏来了：

除夕里来迎新年，我把美酒喝翻天。
年年岁岁有今日，何愁人间不是仙？
谁说美酒无愁味，小日本呀，你何时全成了炮灰！
我的儿啊我的儿，你听了可是会欣慰？会欣慰？

青莲听着听着，泪水不知不觉便盈满了眼眶。天仁拉着青莲的手，轻轻地叫道："姑姑，姑姑。"

青莲揩一下眼角的泪水，苦笑着说："没事，没事。"

天义赶紧拍拍姑爷的臂膀说："姑爷，你别再唱了。别再唱了。"

青莲却赶紧止住天义，一脸坦然地说："让你姑爷唱吧。唱了就不会憋出病来了。"

兄弟俩默默地听着，双眼不知不觉也湿润起来。

姑爷看看青莲，又看看兄弟俩，早已泪眼婆娑……

青莲拉着姑爷的手，心疼不已地说："你唱吧！痛痛快快地唱吧！"

姑爷立刻闭上了眼睛，片刻后又放开嗓子，痛痛快快地唱了起来：

"除夕里来迎新年，我把美酒喝翻天。

年年岁岁有今日，何愁人间不是仙？

谁说美酒无愁味，小日本呀，你何时全成了炮灰！

我的儿啊我的儿，你听了可是会欣慰？会欣慰？

三十一

第二年孟春时节，一天上午，阳光灿烂，空气清爽。在一片开阔的草地上，一辆马车停在大路边，马儿卸下了绳套，在草地上自由地享受着美食。天仁天义躺在草地上，双手枕着头，闭着眼，一脸惬意地享受着春日暖暖的阳光……

一会儿，天义坐起身，拍拍手臂上的草屑，说："走吧。"

天仁也坐起身，问道："你想好了，真的不去？"

天义毫不犹豫地说："想好了。不去。"

天仁说："那我就一个人先去看看吧。"

天义说："你去吧。"

天仁帮天义拍拍后背上的草屑，叮嘱道："日军已经占领了粤汉铁路，你在家千万不要到处乱跑。"

天义淡淡地说："我知道。"

天仁继续叮咛："我这一走，药行就全靠你了。姑姑姑爷上了年纪，又受了精神打击，你凡事要多上点心。"

天义应道："你放心吧。"

天仁又说："如果实在是忙不过来，就劝姑爷把生意收缩点。反正也饿不着肚子，身体最要紧。"

天义抬头看看天，又看一眼天仁，说："我知道。"

天仁接着絮叨："姑爷喜欢喝酒，你平时要多留心点，不要让他出事。"

天义应一声"我会的"右手就拔起一根青草，随意地咬在嘴里……

天仁还想叮咛点别的什么，天义却已经不耐烦地站起了身。天义看着远方，一边向前走，一边感叹："这草地真是绿啊。"

天仁站在原地，也感叹一声："是啊，春天真是好啊。"

天义不作声，背对着天仁，从怀中掏出丽丽送给自己的手帕，深情地看了几眼后，又仔细地藏进贴身的衬衣里。天仁走近天义，右手把天义后脑勺上的一点草屑拿掉。天义回过头，淡淡地说："你走的时候，记得把二胡带上。"

天仁点点头，右手深情地拍拍天义的肩膀。

……

第二天清晨，药行门口，一个中年车夫坐在马车上静静等候。一会儿，天仁和青莲缓缓地走了出来。两人走到马车边，青莲握着天仁的手，感慨地说："唉，姑姑真舍不得你走呀。一路上，自己要多保重。"

天仁微笑着回应："嗯，你跟姑爷也多保重。"

青莲点点头，双手摸了摸天仁的领角，又扯了扯下面的衣襟……

青莲殷殷叮嘱："到了记得写信回来。"

天仁依依不舍地说："嗯。"

天义手中提着一个皮箱走了出来，把箱子放进车厢里后，看着天仁说："北方雨水少，伞就不要带了。东西多了累赘。"

天仁笑着回应："不带就不带。"

青莲说："多带一把伞又不会累死。"

青莲说完就转身回店里去拿伞，天义笑着摇摇头，然后也回店里去了。

青莲一眨眼把雨伞拿了出来，顺手塞进车厢里，然后笑着对天仁说："记着，雨伞借给了别人，可一定要叮嘱别人还回来。"

天仁笑呵呵地问："这话怎么讲？"

青莲笑着说："老祖宗讲，借伞借伞，不还必'散'。"

天仁立刻笑道："姑姑你还信这个？"

青莲拍拍天仁的臂膀，笑盈盈地说："你信就信，不信就当姑姑没说。"

天仁笑着点点头。

片刻后，青莲催促天仁："好了，上车吧。"

天仁跨上马车，转过头看着青莲，依依不舍地还想再说点什么——青莲说："不说了，走吧。"

车夫扬起马鞭，吆喝一声"驾"，马车缓缓向前驶去。青莲跟在马车后，不停地朝天仁挥手。姑爷急匆匆地从店里跑出来，一脸不舍地跟天仁说："保重啊，一路上保重啊。"

天义瞬间也跑了出来，站在大路中间，双眼注视着马车离去。突然，又跑着追上马车，急急地问天仁："二胡带上了没？"

天仁眼含热泪说："带上了，带上了。"

天义笑一笑说："好，走吧。"

天义说完背过身，含着泪，快步朝店里跑去。

天仁看着青莲夫妇一直跟在马车后面，便不停地朝两人挥手，忍着眼泪说："回去吧，回去吧。"

青莲朝天仁最后挥了挥手，便背过身去，流着泪跟姑爷说："回吧，回吧。"

姑爷红着眼圈，轻轻地给青莲揩去脸上的泪水。青莲伤感不已地说："你舍得天仁走吗？"

姑爷难过地摇摇头，然后握紧青莲的手说："走吧。"

青莲一边走，一边皱着眉头感叹："唉，天仁这一走，也不知道何时才能再见面？"

姑爷听了心里很不是滋味，嘴上却安慰青莲："好男儿志在四方，咱们要为天仁的选择而高兴啊。"

青莲听了眉头渐渐舒展开来……

……

十来天后，天仁来到向往已久的延安。仲春时节，陕北的天气，较之于江南，还是多了一些寒意。天仁想起了青莲硬塞进箱子里的那件薄棉袄，于是拿出来穿在身上，顿时，脸上多了许多温馨。初次来到广袤的黄土高原，天仁被这迥异于江南的风景，以及别样的风俗人情深深地吸引了。天仁看着高原上一处处厚实的平顶建筑，双眼不时泛起好奇的光芒……

近午时分，天仁来到王顾伟写给他的地址——中国共产党陕北根据地的一个兵团所在地。天仁跟岗哨的年轻战士说明了情况，年轻战士立刻一脸喜色地说："好，我们这就去报告团长。"

旁边的另一个年轻战士立刻小跑着去报告情况……

天仁惊讶地问："王叔叔是你们团长？"

年轻战士笑着反问道："这个你都不知道呀？"

天仁摇摇头说："他没跟我提过。"

年轻战士说："哦，怪不得呢。"

天仁又问道："听你刚才的语气，好像你跟你们团长很熟？"

年轻战士欣慰地说："不是我跟团长很熟，是团长跟我们很亲近，一点领导的架子都没有。"

天仁笑着点点头。

年轻战士见天仁身上穿着单薄，就关切地问："你穿这么一点不觉得冷吗？"

天仁笑着说："不冷呀。刚刚把身上的棉袄脱了，走久了路身上还冒汗呢。"

年轻战士点点头，又笑着问："看咱俩年纪差不多，你是哪一年出生的？属什么？"

天仁笑着回答："我是民国十七年生的，属龙。你呢？"

年轻战士有点激动地说："哎呀，你比我大一岁。我是民国十八年出生的，属蛇。我得叫你哥。"

天仁一脸惊讶地问："你这么小就参军了？"

年轻战士一边用毛巾擦着手中的步枪，一边很平淡地说："还有比我更小的呢。杀日本鬼子，可不论年龄大小。"

天仁点点头，若有所思地说："你这里跟我想象的，还真有点不一样。"

年轻战士立即问："怎么不一样？"

天仁满脸欣慰地说："比我想象得更亲切、更像在家里一样。"

年轻战士自豪地说："那当然啦。我们团长、我们的领袖毛主席，跟每一个战士都像家人一样，特别的亲热。"

天仁听对方说到毛主席，立刻兴奋地问："你见过毛主席？"

年轻战士一脸得意地说："见过啦。毛主席还跟我打个招呼，跟我握过手呢。"

天仁立刻睁大了眼睛，眼神里顿时充满了期待……

就在这时，王顾伟和一个中年男子并排着从远处走来。两人都身穿八路军军服，跨着大步，笑谈着走近岗亭。两人身后，还紧跟着几位八路军战士。王顾伟一看到天仁，就激动地招手叫道："天仁！天仁！"

天仁一转身，看见是王顾伟，赶紧招手回应："王叔叔。"

王顾伟点点头，快步来到天仁跟前，双手立刻紧紧地握住天仁的双手。片刻后，王顾伟又拍拍天仁的臂膀，激动不已地说："太好了！太好了！"

天仁看着王顾伟满脸激动的样子，心里也兴奋不已。

王顾伟笑呵呵地问："你刚来，说说看，大西北跟老家有什么不一样？"

天仁开心地说："我感觉这里真好，跟在家里一样。"

王顾伟欣慰地说："真的呀？那就好，那就好啊。"

这时，旁边的中年男子笑着说："团长啊，这下你立的功劳，可比你杀一百个、杀一千个鬼子还要大哟。"

王顾伟豪爽不已地回应："那当然啦。"

中年男子又笑着对天仁说："天仁同志，非常欢迎你不远千里来到延安，来和我们一起洒热血、打鬼子啊。"

天仁一脸激动地看看中年男子又看看王顾伟。王顾伟拍一下脑袋，笑着跟天仁解释："你看，我一时激动，都忘了给你们介绍了。这是我们团的政委陈保忠同志。我们俩可是多年的老搭档啦。"

陈政委笑着点点头，亲切地向天仁伸出双手。天仁赶紧握住，兴奋地叫一声："政委好。"

陈政委慷慨地点点头，然后说："天仁啦，我们太需要像你这样懂医学的人才呀。你来得真好、真及时啊。"

天仁激动地说："只要能多杀鬼子，能把鬼子赶出中国去，我什么都愿意做！"

陈政委欣慰地说："好啊，好啊。"

王颀伟忍不住解释："政委啊，天仁一家跟日本鬼子的仇恨，那可是不共戴天啊。"

陈政委点点头说："你之前跟我说过，我一直记在心里呢。"

陈政委说完又一脸庄重地跟天仁说："天仁啊，日本鬼子不仅仅是你一家的仇人，更是整个中华民族的公敌啊。所以我们全体中国人都要团结起来一起打鬼子呀。"

王颀伟拍拍天仁的臂膀说："是啊天仁，政委说得对啊。"

天仁皱着眉，若有所思地点点头。

陈政委看看天仁，又看看在场的几位同志，突然扬起右手，一脸振奋地说："同志们，日本鬼子在中国猖狂不了多久了！胜利的曙光就在我们眼前啊！"

陈政委刚停下来，王颀伟就慷慨激昂地接嘴："是啊，我们很快就要把日本鬼子赶出中国，让他们滚回岛上去！"

"对。政委和团长说得好啊。"旁边的八路军战士一边回应，一边鼓起掌来。

陈政委和王颀伟也激动地跟着鼓起掌来。

天仁受到感染，也不知不觉地跟着鼓起掌来。

三十二

一天上午，天义在柜台前核对账目，姑爷和一个伙计在库房里清点药材。青莲独自在后院里晾晒衣被。虽说才刚刚入夏，但是头顶绚烂的阳光已经让青莲觉得有点灼热。不久，青莲额头上就沁满了豆大的汗珠。一会儿，青莲拿起天义的一件贴身衬衫来晾晒。就在青莲双手提着两边的衣襟用力抖一下时，突然一团白色的东西掉落在地上。

青莲俯身捡了起来，右手轻轻一甩，顿时，一块洁白如雪、中间绣着梅花的手帕呈现在青莲眼前。青莲愣了一下，很快脸上就露出甜甜的笑容。青莲快速地把剩下的几件衣服晾晒后，就兴奋地来到前台找天义。

此时，天义正低着头"噼里啪啦"拨弄着算盘，脸上的神情专注而严肃。青莲站在离天义不远处，笑眯眯地看着他。一会儿，天义感觉有人在看自己，抬头一看见是青莲，立即微笑着叫一声："姑姑。"

青莲笑眯眯地朝天义招手："过来，姑姑有话要跟你说。"

天义快步走到青莲身边，笑嘻嘻地问："什么事？姑姑。"

青莲直截了当地问："你是不是有心上人了？"

天义愣了一下，然后一脸淡定地说："没有呢。姑姑怎么这么问？"

青莲拍拍天义肩上的一点灰尘，紧盯着天义的眼睛说："真没有还是假没有？跟姑姑说实话。"

天义还是一脸淡定地回答："真的没有呢，姑姑。"

青莲立即扯着天义的耳朵说："装得还挺像哈，小兔崽子。赶紧说实话，那姑娘是谁呀？"

天义一边躲闪一边说："姑姑你怎么凭空乱说话？"

青莲耐着性子说："你不承认是吧？好。那我问你，你昨天换下的衣服里，有没有什么东西忘记了掏出来啊？"

天义一下子无语了，眼珠子却乱转起来，似乎还想找话来搪塞……青莲快速从怀里掏出手帕，"啪"的一声在天义眼前甩开了。顿时，一朵红艳艳的梅花赫然在天义眼前。

青莲说："你看看这是什么？"

天义不再说话，只朝青莲憨憨地笑。

青莲得意地说："小兔崽子，现在招不招？"

天义见隐瞒不住，便把事情经过简单说了一遍。

青莲听完，又冷不防扯住天义的耳朵说："你这个臭小子，还真是谨慎哈。竟然瞒到现在才被我发现。"

天义一脸夸张地大叫起来："哎哟，姑姑饶命，姑姑饶命。"

姑爷在库房里听得真切，立刻大声地问道："欸，你们两个一惊一乍的，在搞什么名堂？"

青莲松开手，也大声地回了过去："跟你不相干，不要多管闲事。"

青莲说完又笑盈盈地问："你快说，姑娘好不好看？叫什么名字？"

天义一边揉着耳朵，一边说："我耳朵被你扯坏了，听不清。"

青莲笑着妥协："好好好，姑姑以后不扯你的耳朵了。你快点告诉姑姑。"

天义这才笑嘻嘻地说："她身边的人都叫她丽丽，至于人家好不好看，我怎么知道？"

青莲"呸"一声，然后诙谐地说："你这小子，手帕天天放在身上，还不敢承认人家漂亮？"

天义见青莲说到自己心坎上，便一脸幸福地看着青莲笑。

青莲摸摸天义的脑袋，认认真真地问道："跟姑姑说心里话，你现在想不想丽丽？"

天义沉默了片刻说："天仁说要我忘掉丽丽，说我们不是一路人。"

青莲立即说："我问你自己想不想丽丽？你扯天仁干什么？"

天义点点头说："想。"

青莲又问："想不想去找丽丽？说心里话。"

天义看一眼青莲，不作声。

青莲握住天义的手，鼓励道："去找丽丽吧。姑姑支持你去。"

天义兴奋地说："真的去找她？"

青莲毫不迟疑地说："对，去找她！如果你不去，你一辈子心里不会安宁！"

天义听了眼神立刻明朗起来，片刻后眼神里又充满了顾虑。

青莲问道："你在想什么？"

天义说："我和天仁都走了，你和姑爷怎么办？"

青莲笑着说："傻小子，就算你现在不走，你也不能守着我们一辈子呀。放心吧，我跟你姑爷自有打算。"

天义点点头，眼神里还是充满了犹豫。

青莲又刺激天义："你姑爷常常跟我讲，好男儿志在四方。就算你不去找丽丽，也不应该总窝在咱家这个小小的药行里。"

天义听青莲这么一说，眼神立刻坚定了许多。

青莲拍拍天义的臂膀，语气轻柔地说："去吧，别想那么多。"

天义动情地看着青莲，然后响亮地应一声："嗯！"

青莲摸摸天义一头浓密的黑发，脸上满是温馨与慈爱。

两人沉默了一会儿，天义突然兴奋地说："姑姑，我去把我娘接过来住吧？"

青莲眼睛一亮，激动地说："好啊，好啊。你娘要是肯住下来，我以后就不会闷得慌了！"

天义见自己的这个想法让姑姑这么开心，心里顿时宽慰了许多。天义笑嘻嘻地说："那我明天就去接我娘吧？"

青莲兴奋地说："好啊。我巴不得你现在就去呢，就怕你娘又找各种借口，不肯过来陪我哟。"

天义立即跟青莲保证："放心吧，姑姑。这次由不得她，不来也得来。"

青莲乐呵呵地问："你凭什么呀？"

天义俏皮地说："就凭我给她找了一个漂亮贤惠的儿媳妇。"

青莲听了立刻哈哈大笑起来。

……

三天后，清晨，太阳还未升起，一辆马车在大路上悠然地行驶。中年车夫戴着一顶灰色的瓜皮帽，精神抖擞地扬着鞭子。天义和兰儿并排坐在后面的车厢里，一阵阵清风透过帘口吹了进来，母子俩脸上充满惬意。

兰儿右手中拿着一串檀木佛珠，大拇指习惯性地拨动着珠子不停地朝一个方向转动。天义透过帘口，一脸开心地看着外面的风景。兰儿深情地看着高大英俊的儿子，脸上缀满了幸福和慰藉。

兰儿问天义："你真的要过完夏天再去？"

天义笑嘻嘻地说："嗯，我想多陪陪娘。"

兰儿把天义的手放在自己的手心里，笑眯眯地说："长大了？知道心疼娘了？臭小子。"

天义笑笑不作声，右手摸一摸兰儿转动佛珠的手。

片刻后，兰儿又问天义："丽丽真的也对你有心？"

天义诙谐地说："娘，你不要再问了，再问就成啰唆婆了。"

兰儿说："嘿，你这小子，还真嫌弃我啰唆了。我跟你说，只要有个人管着你，我才懒得啰唆呢。"

天义俏皮地说："与其要别人管着，我还不如听你啰唆。"

兰儿认真地说："你懂个什么？人一辈子有个贴心的人管着，那才是有福气！那才叫幸福呢！"

天义笑嘻嘻地回应："我才不想懂那么多呢。我只要一辈子自由自在。"

兰儿听了摇摇头，说："你现在会这么说，等你到了娘这个年纪，你就不会这么说了。"

天义笑一笑，似乎兰儿刚刚说的话根本就没有进入他的耳朵。

两人沉默了一会儿，兰儿突然一脸担心地问："听说日本鬼子已经狗急跳墙，到处在狂轰滥炸呢。你去找丽丽可要小心点。"

天义开玩笑说："那我就不去找丽丽了。我陪着娘，哪里也不去。"

兰儿"呸"一声，故意板着脸说："谁跟你开玩笑？"

天义就认认真真地说："娘，你就放心吧。儿子一定开开心心地去，开开心心地把丽丽给你带回来。"

兰儿拍拍天义的手背，一脸慈爱地说："好了，好了。不要在娘面前耍嘴皮子，自己在外面多加小心就是了。"

天义认真地答应："嗯，我会的。"

一会儿，兰儿又问天义："你哥去延安，他的那把二胡带在身边了没？"

天义笑盈盈地说："哪能忘掉呢？他心里除了娘，就是那把二胡了。"

兰儿听了无比开心，然后又提醒天义："那你走的时候，也记得把你的笛子带上，要是烦闷了，也能解解闷。"

天义挽着兰儿的胳膊，笑嘻嘻地说："娘，还是你心疼儿子。"

兰儿立即回应："哼，嘴巴抹了蜜，心里说不定早就嫌我啰唆了。"

天义俏皮地说："娘，你这张嘴什么时候也变得跟姑姑一样厉害了？"

兰儿笑眯眯地回应："是吗？你要是跟娘再多待几天，恐怕就会说娘比姑姑还厉害了。"

天义听了一愣，马上笑嘻嘻地朝兰儿吐吐舌头。

兰儿一脸得意地说："臭小子，想跟娘贫嘴，你还嫩着呢。"

三十三

傍晚，落日的余晖斜斜地照射在"九衢通药"药行门口的石阶上，反射的光把店里照得通红透亮。天义独自站在柜台前，一会儿翻翻柜台上的记录本，一会儿拉开后面药柜里的一个个抽屉，抓起一把药材仔细地看一看、闻一闻，有时还用手指头捻一捻……

一会儿，一个头戴瓜皮帽的小男孩跑到柜台边，乐呵呵地对天义说："叔叔，有个阿姨让我给你一张纸条。"

天义愣了一下，赶紧接过纸条，嘴上激动地问："什么样的阿姨？"

小男孩笑着回应："很漂亮的阿姨。"

天义听了心花怒放，立即说："好，叔叔给你糖果吃。"

天义说着就要去里面拿糖果，小男孩笑嘻嘻地说："不用了，叔叔。漂亮阿姨已经给了我很多了。"

小男孩说完一转身就跑了。天义看着小男孩跑远，笑着摇摇头。接着，天义快速展开手中的纸条，心里激动地猜测："真的会是丽丽？"

片刻后，纸条上醒目的两行字便展现在天义眼前。只见第一行写的是："今晚，水月酒家，不见不散。"第二行写的是："丽丽。"

　　天义眼睛里立刻闪着一道光，惊喜之情顿时盈满了整个脸庞。

　　天义在心里深深地感叹："难道这世上真的有'心灵感应'？难道这就是所谓的'心有灵犀'？"

　　天义如此想着时，就再也静不下心来做任何事了。他站起身，不停地在柜台前转来转去。过一会儿，他就从口袋里掏出丽丽写的纸条来看一下。过一会儿，又掏出来看一下……天义仿佛意识到，原来真有某种情绪，人是自己无法控制的。原来这世上真有那样两个人，是冥冥之中注定了不能分离的。

　　天义就这样胡思乱想着，好不容易挨到天黑。天义赶紧简单整理一下柜台，就匆匆来到库房门口。天义看着低头忙碌的姑爷，笑盈盈地说："姑爷，今晚我出去跟朋友吃饭了，姑姑和我娘回来了，你跟她们说一声。"

　　姑爷停下手中的活，看着一脸兴奋的天义，猜想这小子可能又遇着好事了，就笑眯眯地说："好。去吧，去吧。"

　　天义一进自己房间，就开始对着镜子仔细地刮脸上的胡子。刮完胡子，又认认真真洗了个头，然后穿上一身崭新的衣服准备赴约。天义走出店门口不远，迎面就碰见青莲。青莲右手挎着个菜篮子，急匆匆地赶回来做晚饭。天义见只有青莲一人，便笑嘻嘻地问："姑姑，我娘呢？"

　　青莲一边上下打量着天义，一边回应道："你娘在后面跟一个女居士说话呢。你这是要去哪里呀？"

　　天义装作没听见青莲的问话，一边翻翻青莲篮子里的菜，一边说："你们今天又去报恩寺了？哇，买了新鲜的莲藕呢，炖骨头真好吃。"

　　青莲右手盖住菜篮子，紧盯着天义的双眼说："别打岔！我问你呢，你这是要去哪里呀？穿得这么客气！"

　　天义淡淡地回答："去吃饭，跟一个朋友吃饭。"

　　青莲直入主题："女的吧？"

　　天义如实奉告："嗯，女的。"

　　青莲拉下脸说："你小子可不要三心二意！既然你说丽丽是个不错的姑娘，就要把一颗心全放在人家身上！"

天义笑嘻嘻地回应："我是全放在人家身上呀。姑姑你看我哪里花心了呢？"

青莲一脸嘲讽地说："你这还不叫花心吗？头发梳得溜光溜光、衣服穿得笔挺笔挺，这不是花心是什么？"

天义诙谐地感叹："哎哟，天地良心啦。姑姑可冤枉死我了。"

青莲一本正经地说："不要跟我来这一套。"

天义摆着一副无所谓的样子说："好吧好吧。清者自清，浊者自浊。"

天义说完就转身准备离去。青莲一把拽住天义的胳膊，不高兴地说："走哪里去？不说清楚就别想走。"

天义停住脚步，无奈地摇摇头，然后右手缓缓地从裤兜里掏出丽丽写的纸条，满脸得意地展开给青莲看……

青莲眼睛一亮："丽丽来啦？"

天义得意洋洋地说："要不然呢？"

青莲又仔细看了一遍纸条上的字，一副很不可思议的表情问道："真的是丽丽写的？不会是别人逗你玩的吧？"

天义"哼"一声说："丽丽的笔迹，我闭着眼睛都能认得。"

青莲用力拍一下天义的肩膀，欣慰地说："去吧，去吧。"

天义却站着不动，笑着朝青莲伸出巴掌——青莲愣了一下，马上就把手中的纸条放进自己衣兜里，笑眯眯地说："这个纸条我先留着，等下给你娘一个惊喜。"

天义顿了一下，说："那好吧。姑姑你可别弄丢了！"

青莲嗔怪道："姑姑还要你唠叨？臭小子。你自己倒是当心点，可不要把好好的姑娘给弄丢了。"

天义笑嘻嘻地说："哪能呢？"

青莲推着天义的肩膀说："好了，快去吧。我们在家等你的好消息。"

天义笑一笑，转身就朝目的地走去。天义还没走几步，青莲又叫住天义："丽丽要是愿意，你就把她带回家来，让我和你娘都看看。"

天义一脸为难地说："这……"

"有什么不妥吗？"青莲立即问。

天义摸摸自己的后脑勺，笑着说："姑姑，人家一个大姑娘，自己主动来找我，就已经很不容易了。我们现在还……"

"还什么？看一眼又不会少了她身上的肉。"青莲立刻打断天义。

天义无奈，便嬉皮笑脸地说："好吧好吧，我赖赖看。"

青莲点点头，突然又通情达理地说："算了算了。听你刚刚这么说，好像也有几分道理，你就不要难为人家了。"

天义立刻俏皮地说："这就对了嘛。反正迟早要进咱们家的门。"

青莲故意板着脸说："哼，媳妇还没进门，就开始向着人家了，都是吃里扒外的家伙！"

天义听了就做出一副苦瓜脸，诙谐搞笑地看着青莲。青莲忍住笑，推着天义的肩膀说："去去去。"

天义"嘿嘿"笑着，一转身就快步朝水月酒家走去。

……

夜幕中，水月酒家二楼的一个角落处，一张方形的小桌前，天义和丽丽面对面地坐着。丽丽头戴一顶欧式网纱礼帽，黑色的网纱盖住了大半张脸，一头波浪形黑发从耳后一直飘逸到肩上。

天义兴奋地看着丽丽，说："你这个帽子真好看！"

丽丽低下头，不作声。

天义凑近丽丽的脸说："这朦朦胧胧的，真美！"

丽丽抬头看一眼天义，还是不作声。

天义说："你信不信？我天天想你呢！"

丽丽终于接嘴："谁信呢。"

天义笑一笑说："你不信？我正准备去找你呢。"

丽丽把天义的脸推开，说："你当我是三岁小孩呢。"

天义信誓旦旦地说："老天可以作证！"

丽丽"哼"一声，盯着天义说："我给你的手帕呢？"

"手帕？"天义装作一副慌乱的样子，满脸歉意地说，"我，我不知道放哪里去了？"

丽丽沉默了一下，冷冷地说："掉了就掉了吧，又不是什么值钱的玩意儿。"

天义忍住笑，试探着去抓丽丽的手，嘴上说："你不会生气吧？"

"有什么好生气的？"丽丽把天义的手推开。

天义识趣地把手缩回，然后长长地叹了一口气。

丽丽看一眼天义，说："你叹什么气？"

天义看看丽丽，又看着窗外的夜空说："我叹'我对伊人坚如铁，伊人却视我如黑夜'。"

丽丽愣了一下，然后也看着窗外，说："谁跟你贫嘴。"

天义笑一笑，突然从贴身的衬衣里拿出丽丽送的手帕，举在丽丽的眼前说："你看，这是什么？"

丽丽眼睛一亮："你……"

天义把手帕在丽丽眼前晃一晃，又故意问道："这是什么？"

"你这个老滑头！"丽丽说着就要去抢天义手中的手帕。

天义立即把手缩了回去，一脸挑逗地看着丽丽。丽丽装着一副无所谓的样子，却趁天义不注意，突然把手帕抢夺了过去。天义赶紧用手去抢，说："你还给我。这现在可是我的东西。"

丽丽用手挡着天义，说："别动别动。看一下就还给你。"

天义听了笑眯眯地看着丽丽。丽丽细细地打量了一会儿后，再看天义的眼神里，就多了一份别样的情意和感动。

天义笑嘻嘻地问："可以还给我了吧？"

丽丽有点腼腆地说："手帕你一直带在身上？"

天义俏皮地说："要不然呢？"

丽丽又加重了语气问："你好好回答，手帕你一直带在身上？"

天义诙谐地说："对呀。不放身上，难道放进抽屉里？"

丽丽听了不作声，默默地把手帕递给天义，然后转过头看着窗外。

天义接过手帕，仔仔细细地折好后，又重新放进贴身的衬衣里，然后问丽丽："你在看什么？"

丽丽摇摇头，什么也不说。

天义右手拉一拉丽丽的衣服，说："你转过脸来，让我好好看看你。"

丽丽仿佛没听见，依然默默地看着窗外……

天义站起身，做出要离开的样子，说："你不搭理我，那我走了哈。"

丽丽赶紧转过身来，低声说："谁让你走啦？坐下！"

天义乖乖坐下，嘴上甜甜地说："你把网纱提上去，让我好好看看你。"

丽丽盯着天义说："你不一直在看吗？"

天义笑着说："这哪里看得真切？提上去，就看一眼。"

丽丽听话地把黑色网纱提到额头处，但是很快就又放了下来。丽丽一脸妩媚地说："可以了吧？"

天义直直地盯着丽丽，不作声。

丽丽问："你总盯着我干吗？"

天义动情地说："我觉得你比去年更……"

"更什么？"丽丽问。

天义笑嘻嘻地说："更迷人、更好看了！"

丽丽"呸"一声，说："你这张臭嘴，一点都没有改！"

天义笑一笑，不作声。

片刻后，丽丽绯红着脸说："你说一句真心话，你会想我吗？"

天义愣了一下，马上摇摇头，装着一副满不在乎的样子说："唉，人海茫茫，世事无常，有什么想不想呢？"

丽丽立刻站起身，说："这就是你的真心话？"

天义赶紧拉住丽丽的手，笑眯眯地说："你看你，怎么就这样禁不起逗？这以后我们还怎么朝夕相处呀？"

丽丽急忙回应："谁说要跟你朝夕相处啦？"

天义抚摸着丽丽的手背，嘴上打岔说："你的手真细嫩、真漂亮。"

丽丽听了，脸上立刻露出可人的笑容。

一会儿，丽丽轻声地问天义："我老家的地址，你还记得吧？"

天义说："当然记得。"

丽丽动情地看着天义，说："那你去我老家找我。我马上就要回老家去，爹很快就会派人来接我去南京。"

天义问道："去南京干什么？"

丽丽沉默了一下说："具体我也不是很清楚。日军很快就要投降了，大概是国民政府又要回南京了吧？"

"啊？日军就要投降了吗？"天义睁大了眼睛问。

丽丽一脸疑惑地说："你干吗这么激动？"

天义握紧拳头说："我真想亲手杀几个日本鬼子！"

丽丽立刻想起天义家的往事，于是默默地把天义的双手放在自己的手心里，抚摸着，抚摸着……

天义也不再说话，双眼紧盯着窗外黑黑的夜空。

一会儿，丽丽轻柔无比地说："等日本鬼子走了，咱们就可以好好地过太平日子了。"

天义仿佛没有听见丽丽说话，仍然愣愣地看着窗外。

……

药房里，一盏煤油灯旁，天仁正给两个年轻的医生讲解传染病防治的中医药学常识。天仁系统、扎实的理论功底以及深入浅出的讲解，让两个年轻的医生深深折服和赞叹。三人一会儿脸色严肃，一会儿又喜笑颜开，气氛非常融洽……

一会儿，王颀伟连门都没敲一下，就一脸激动地走了进来。王颀伟兴奋地叫道："天仁！天仁！"

天仁赶紧迎了上去，笑盈盈地说："王叔叔，什么事让你这么激动啊？"

两个年轻的医生也赶紧起身打招呼："团长好，团长好。"

王颀伟笑着朝两人扬了一下手，就来到天仁面前。王颀伟一边把手中的《伤寒杂病论》递给天仁，一边笑呵呵地说："这下你该开心了吧？"

天仁看一下封面，兴奋不已地说："王叔叔，你真是神通广大啊！"

王颀伟笑一笑，然后激动地拍拍天仁的臂膀说："天仁啊，我告诉你一大一小两个好消息。你想先听哪一个？"

天仁笑道："王叔叔你选吧。"

王颀伟声音洪亮地说："好，我就先说小的吧。天仁啊，今天咱们师部的领导，特意点名表扬了咱们团医疗卫生工作做得好啊。这里面你的功劳可不小啊。"

天仁的脸上立刻充满了喜悦和自豪。两个年轻的医生脸上也立刻兴奋起来。王颀伟看着两个年轻医生，用力拍拍他们的肩膀，眼神里满是鼓励和赞赏。然后，王颀伟又拉着天仁的手，一脸振奋地说："天仁啦，我就想我不会看错你！可是我没料到，由于你的出色表现，这么快就让咱们团受到上级的表扬啊！"

天仁谦虚地说："这都是大家共同努力的结果。"

王颀伟点点头，又语重心长地说："天仁啦，领导的表扬既是对我们的肯定，又是对我们的鞭策啊。以后你肩上的担子可会越来越重哦。"

天仁立即表态："王叔叔放心。我一定加倍努力工作，不辜负领导的期望。"

王颀伟点点头，眼神里对天仁充满了信任和期待……

这时，一个年轻的医生笑着提醒团长："团长，你刚刚只说了一个小的消息，那还有一个大的呢？"

另一个年轻医生赶紧接嘴："是啊团长，你快给我们说说那个大的消息吧。"

王颀伟乐呵呵地说："对对对，差点把这个大的消息给忘了。跟你们说哈，今天我们师长啊，在大会上正式宣布了毛主席的伟大号召。"

一个年轻医生重复着说："毛主席的伟大号召？"

王颀伟点点头，激动地说："是啊，毛主席号召全国一切抗日力量团结起来，向日本鬼子发起最后反攻啦！"

"太好了！太好了！"两个年轻医生立刻兴奋起来。

天仁却有点不相信自己的耳朵，睁大了眼睛问："这是真的？"

王颀伟点点头，右手用力拍一拍天仁的肩膀。

天仁长长地舒了一口气，感慨地说："太好了！太好了！"

一个年轻医生又激动地问："团长，那我们什么时候能取得最后胜利啊？"

王颀伟右手握成拳头说："快了！这一天很快就要来了！"

天仁和两个年轻医生听了，都兴奋不已地点点头。

三十四

天义去丽丽河南老家后不久，简师长就把他和丽丽接到了南京，并安排他们住在自己的秘密寓所内。此时此刻，天义坐在寓所客厅的一张圆形小桌前，双眼紧盯着手中的一份报纸。报纸的头版头条，刊登了日本宣布无条件投降的消息。

天义眉头紧皱，脸上的神情严肃而冷峻。丽丽悄然走到天义身后，双手放在天义的肩上，笑盈盈地说："结束了，终于结束了。"

天义不作声，仿佛不知道丽丽在跟自己说话。丽丽坐到天义对面，拿过天义手中的报纸，在眼前看了几眼，又将报纸放在桌上。丽丽看着天义，满脸兴奋地说："晚上我们一起去外面吃顿饭吧。庆祝一下！"

"好吧。"天义淡淡地回应。

丽丽抓住天义的双手，含情脉脉地说："这段时间辛苦了吧？爹跟我夸了你好几次呢。"

天义笑着问道："夸我什么呢？"

丽丽满脸欣慰地说："夸你是他的好女婿、好助手。"

天义听了，微笑着摇摇头。

丽丽皱着眉头问："怎么？我说错了吗？"

天义收敛了笑容，一脸平静地摇摇头。

丽丽抚摸着天义的双手说："你有什么心事？"

天义淡淡地回应："没有，我只是想起了我爹和秀秀。"

丽丽听了心里一阵伤感，便轻柔地安慰天义："都过去了，过去了。"

天义却立刻沉下脸，眼露凶光说："过去什么？这一切说过去就能过去吗？"

丽丽沉闷着脸说："那不过去又能怎么样？日本都已经投降了。"

"投降？投降就结束了吗？"天义突然愤愤不已。

丽丽紧盯着天义说："那你还能怎样？"

天义听了立刻闭上了眼睛，嘴上恨恨地说："我是不能怎样，我只是心里不甘！"

丽丽顿时无言以对，双手便紧紧地攥着天义的双手。

好一会儿，天义平息了一点怒气，便抚摸着丽丽的长发，语气柔柔地说："刚刚吓到你了吧？"

丽丽摇摇头说："没有。你说出来了就好，否则憋在心里难受。"

天义不作声，含情脉脉地看着丽丽。

丽丽微笑着，右手轻柔地抚摸着天义瘦长的脸颊。

这时，简师长笑容满面地从门口走了过来。丽丽立刻起身，快步迎了上去。天义也站起身，微笑着，等简师长走到近前时，便亲切地叫一声："爹。"

简师长欣慰地点点头，然后笑着感叹："还是叫爹听起来舒服啊。"

丽丽娇嗔地说："那就让天义一直叫爹呗。何必要分得清清楚楚，在家里叫爹，在外面又要叫师长？"

简师长笑眯眯地说："这个可是规矩，规矩可是不能乱破坏的。懂吗？"

丽丽一脸不屑地说："什么规矩不规矩？我看你就是一个老古董。"

简师长听了呵呵笑了起来。

天义也被丽丽的玩笑话逗乐了。

丽丽趁机拉着简师长的手，笑盈盈地说："爹，晚上一起去外面吃顿饭吧？"

简师长乐呵呵地问："怎么？有喜事？"

丽丽笑嘻嘻地说："当然有喜事。咱们终于把日本鬼子赶跑了，这难道不是喜事？"

简师长兴奋地说："是喜事，是天大的喜事。"

丽丽开心地说："那你就是答应了呗？"

简师长爽快地说："答应了，是该好好庆祝一下。"

丽丽赶紧跟天义说："你快去换身衣服，这件衣服松松垮垮的，看起来一点都不精神。快去快去！"

丽丽说着就笑嘻嘻地把天义往房间里推。

简师长笑呵呵地说："急什么呀？让天义先跟我说说话。"

天义听了站在原地不动，笑盈盈地看看丽丽，又看看简师长。丽丽一边把天义往房间里推，一边跟简师长说："哎呀，等下边吃边说嘛。天香楼火爆得很，去晚了可没有位置哦。"

简师长回应道："没事没事。今晚咱们不去天香楼，去'水月阁'。这是新开的一家高档酒店，前天我已经去过了，味道很有特色。"

丽丽和天义听了"水月"二字，心里都激灵了一下！两人眼神一碰，脸上都露出会心的笑容……

简师长见两人表情有点异样，立刻笑着问："怎么？你们俩也都去过？"

丽丽拉着简师长的手说："没有，没有。我们没去过'水月阁'，只去过'水月酒家'。"

简师长微笑道："什么'水月酒家'？我怎么没听说过。你胡编乱造的吧？"

丽丽认真地说："谁胡编乱造呢？不信你问天义。"

天义立刻说："是真的呢，爹。不过我们去的'水月酒家'是在我老家宜春，不是在南京。"

简师长点点头，然后皱着眉头问："看你们刚才的表情，这个'水月酒家'肯定有什么来头吧？"

天义看看简师长，又看看丽丽，一副欲言又止的样子。

丽丽赶紧把天义往房间推，说："爹，这可是我跟天义的小秘密，不能让第三人知道哦。"

简师长手指着丽丽，嗔怪道："你这个臭丫头，都是我把你宠坏了。"

丽丽听了俏皮地做了一个鬼脸。

半个时辰后，三人开开心心地来到新开的"水月阁"酒楼，在二楼挑了一间僻静且高雅的包间坐了下来。三人一边等菜，一边说着闲话。丽丽嘴上嗑着瓜子，笑嘻嘻地跟父亲说："爹，我跟天义结婚，你准备送点什么给我们呀？"

简师长吐了一口烟雾，弹了弹烟灰，若有所思地说："这个嘛——爹还真的没有细想过呢。"

丽丽立刻拉下脸说：“娘走了，爹你也不管女儿了是吧？”

简师长一下子愣住了，片刻后也拉下脸说：“你这说的是什么话呢？你觉得爹不在乎你是吗？难道你看不见我天天忙得团团转？”

天义见父女俩话头不对，赶紧打圆场：“丽丽，这可就是你的不对了。在爹心里，最牵挂、最在乎的人就是你了。你怎么能这样说爹呢？”

天义说完就用脚轻轻踩着丽丽的鞋子，示意丽丽赶紧道歉。丽丽意识到自己说错了话，语气怯怯地说：“爹，我刚刚是乱说的，你不要往心里去。”

简师长伤感地说：“唉，都怪我没照顾好你娘，让她这么年纪轻轻就走了。”

丽丽顿时眼中盈满了泪水，嘴上说：“爹，是我不好。我不该提这让你伤心的话题。”

简师长摇摇头，又感叹道：“唉，你娘跟着我大半辈子，却没享到一点福啊。”

丽丽听了伤感不已，紧紧抓住简师长的手说：“是啊，爹。眼看就要过太平日子了，可是娘却没来得及享受。”

简师长沉默了片刻，摇摇头说：“难啊。天下要真正太平，难啊。”

丽丽赶紧问：“爹这话什么意思？日本法西斯不是已经投降了吗？”

简师长皱着眉说：“世事难料啊。说不定一波刚平，一波又要兴起呀。”

丽丽满脸疑惑地问：“爹这话什么意思啊？”

天义也一脸疑惑地看着简师长。

简师长突然感觉自己有点失言，就赶紧笑着说：“不谈国事，不谈国事。这菜怎么还没上来呀？先前可没这么慢啊。”

丽丽见简师长有所回避，也不再追问，就顺着简师长的话说：“哪有这么快呢？你没看见这楼上楼下的服务员，都忙得你撞我我撞你了吗？”

简师长点点头说：“是啊是啊，生意太好了，忙不过来呀。”

丽丽笑一笑，突然俏皮地说：“爹，你上次来这里吃饭，掌柜的不知道你是朝廷大员吗？”

简师长愣了一下，然后开怀大笑起来：“哈哈哈，我几时成了朝廷大员了？你这个小丫头！”

简师长说着用手指丑一下丽丽的额头。丽丽立刻娇嗔地说："干吗呢？动手动脚的。"

简师长和天义都被丽丽淘气的话语逗乐了。

片刻后，简师长一本正经地说："丽丽啊，爹认真地跟你讲，现在是特殊时期，咱们的身份可一定要保密。千万不能抖漏出去了，明白吗？"

丽丽诙谐地说："明白，我亲爱的师长大人。女儿只是跟你开开玩笑，怎么可能会用你的特殊身份去要特殊的待遇呢？女儿虽然没有爹爹的远虑，却也并不是大傻瓜一个呀。"

简师长呵呵笑道："这样就好，这样就好。"

天义听了简师长的话，却不知不觉皱紧了眉头……天义现在是简师长的准女婿，也整天跟着简师长忙前忙后，但是很多机密大事简师长却总是回避着他。这令天义既苦恼又捉摸不透。天义不方便问其中的缘由，简师长也就假装糊涂，该说的就说，不该说的只字不提。天义问丽丽，丽丽说自己也不清楚，还劝说天义不要想太多，说这大概是党国内部的制度，爹就算官再大也还有上面的人管着。一句话，丽丽就是要天义多多理解和体谅简师长的难处。天义无奈，很多事就一直忍藏在心里，却又常常因某种缘由，自然而然浮泛在眼前。

简师长刚刚的一席话，又重重地拨弄了一下天义内心深处的诸多谜团。因此，天义不知不觉皱紧了眉头，陷入沉思……

丽丽见天义一脸发呆的样子，右手就在天义眼前晃了晃，笑盈盈地说："你在想什么呢？"

天义赶紧说："没，没想什么呢。"

丽丽抓着天义的双手，故意关心地说："你是这段时间太累了吧？"

天义明白丽丽是为了缓和尴尬，怕简师长郑重其事询问自己为什么发呆，于是就赶紧顺着丽丽的话说："嗯，有一点点吧。"

丽丽见天义顺着自己的意思，就故作认真地跟简师长说："爹，天义可是你的女婿，是女儿后半生的依靠呢。你可不许累坏了他，否则女儿可不再理你了。"

简师长笑呵呵地说："好好好。爹答应你，绝对不会累坏我的好女婿。"

丽丽又笑嘻嘻地问："爹，你说天义是不是很聪明、很能干？"

简师长立刻回应："这还用说吗？天义不但聪明能干，还是爹的救命恩人啊。"

简师长说完就紧紧握住天义的手，意味深长地看着天义……

天义感动地叫一声："爹。"

简师长亲热地拍拍天义的肩膀，然后语重心长地说："天义啊，爹明白你心里装着很多事，也有很多想不通的关节——这些爹都能理解，但是爹却不能因为你是我的女婿，而坏了党国的制度和规矩。再说，有些事啊，你不知道反而更好，你明白吗？"

天义激动地说："我明白，爹！"

简师长虽然没有给天义解开他心中的种种谜团，但是刚刚一番推心置腹的话语，却令天义心里无比释然、无比宽慰。

丽丽见简师长跟天义说着推心置腹的话语，便俏皮地拉着简师长的胳膊说："爹，你以后可要好好地爱惜你的女婿、爱惜你的左膀右臂。"

简师长笑眯眯地点点头，然后又感叹："其实在爹心里啊，早已把天义当成自己的亲生儿子了。"

丽丽听了欢喜不已，立刻把头靠在简师长肩上，娇嗔地说："爹，你真好。"

天义默默听着两人说话，内心不禁泛起一阵阵难以名状的感动。天义在心里默默地告诫自己："这辈子，有福分遇见一个这么懂自己、爱自己的女人，一定要好好珍惜呀。"

……

经过14年艰苦卓绝的抗战，中国人民终于取得伟大的胜利，终于彻底将日本法西斯赶出了中国。这是一场血和泪凝结的胜利，是一场正义战胜邪恶的胜利，是一场中国人民为争取世界和平付出伟大牺牲而赢得的胜利。

当日本法西斯宣布投降的消息一传出，陕北延安立刻沸腾了！

天仁所在的团部，宽大的练兵广场上，八路军将士们高举着手中的枪支或军帽，兴高采烈地高呼着："胜利了！我们胜利了！"

还有战士们举着长长的宣传条幅，绕着广场或者行走于大路上庆祝。只见鲜红的条幅上写着：中国人民抗日战争胜利万岁！日本法西斯滚出中国了！延安军民抗战胜利万岁！

天仁和王顾伟、陈政委都激动不已地跟大家一起庆祝着、欢呼着这来之不易的胜利。天仁紧紧握住王顾伟的手说："我们胜利了。我们终于胜利了。"

王顾伟亢奋地说："是啊，胜利了！胜利了！我们终于将日本鬼子赶出中国了！"

陈政委右手握紧拳头，慷慨激昂地说："同志们，让我们为这伟大的胜利尽情欢呼吧！"

于是，兴奋热烈的欢呼声又在广场上空飘荡。

天仁紧紧地握着拳头，激动不已的眼神里，不知不觉就泛起了泪花。天仁眼前闪现出青山倒下去的情景，闪现出秀秀被日军杀害时的一瞬，闪现出爷爷说到日本鬼子时那义愤填膺的神情……

三十五

中秋之夜，天义和丽丽肩并肩站在窗前，两人一边吃着柚子、月饼，一边赏着明月。丽丽递给天义一瓣柚子肉，嘴上说："这个红瓤柚好吃。"

天义接过说："好，我尝一尝。"

片刻后，丽丽看着天义问："怎么样？红瓤的更好吃吧？"

天义赞叹道："嗯，红瓤的是更甜。"

丽丽笑盈盈地说："好吃就多吃几瓣。爹让人送了十多个来呢。"

天义点点头，双手又开始剥一瓣。丽丽看见天义嘴角黏着一丝柚子肉，于是乐呵呵地说："你看你，吃东西跟个小孩似的。"

天义右手胡乱地在嘴角抹了一下，笑着说："管他呢。"

丽丽笑眯眯地看着天义，又说："听说柚子吃了下火、润肺。可以多吃一点。"

天义淡淡地应一声"哦"，见丽丽一直笑眯眯地看着自己，就又在嘴角抹了一下，笑着问："没了吧？"

丽丽笑着说："早就揩掉了。"

天义憨憨地问："那你总看着我干吗呢？"

丽丽不作声，脸上的笑容却更灿烂、更妩媚了。

天义见丽丽不说话，就故意转过头看着窗外，感叹道："唉，女人的心思真是难猜呀。"

丽丽笑嘻嘻地命令天义："转过头来，看着我！"

天义乖乖地转过头来，装作一副无奈的样子看着丽丽——丽丽双手温柔地抚摸着天义的脸颊，轻轻地说："天义，我真希望时间，还有所有的一切，就这样静止不动。"

天义赶紧一动不动，诙谐有趣地说："好，我配合你。"

丽丽看着天义，突然含情脉脉地说："你知道我最讨厌你什么吗？"

天义摇摇头，眼神里充满了挑逗。

丽丽娇嗔妩媚地说："我最讨厌你这个鬼样子。"

天义瞪大了眼睛还没反应过来，丽丽右手食指便缓缓地在天义嘴唇上滑动。天义一下子被丽丽撩得火热，猛然间紧紧捧着丽丽的脸，狠狠地亲吻了起来。丽丽霎时闭上了眼睛，瘫软得像一条没有骨头的鱼儿……

好一会儿，丽丽轻轻推开天义，娇羞地说："爹马上就要回来了。"

天义咬着嘴唇，一脸不甘地说："晚上饶不了你。"

丽丽绯红着脸说："你爱咋的咋的。还怕你不成？"

天义笑一笑，然后从后面抱住丽丽的腰身，下巴贴着丽丽的右肩膀，轻声轻语地问："国共两党不是签订了和平建国的协定了吗？怎么又打起来了？"

丽丽皱着眉头说："我哪知道呢？"

天义又问："你没有从爹那里听到什么？"

丽丽摇了摇头，然后反问道："这是两党上层考虑的事情，你管那么多干吗？"

天义笑着说："女人可以不管，男人怎么能一点都不关心呢？"

丽丽反过手来捏一捏天义的耳朵，笑盈盈地说："哼，说得还挺有道理。"

天义笑一笑，然后咬着丽丽的耳朵，甜甜蜜蜜地说："难道不是吗？"

丽丽享受着天义的温柔，心里畅快不已，嘴上却一本正经地说："这还不明白吗？不就是委员长不想跟共产党共天下嘛。"

天义点点头，又问："那这么说，委员长岂不是表面一套、暗里一套？这样怎么能得民心呢？"

丽丽回应道："你问我，我问谁呀？我也只是不小心听到爹这么说的，你不要去瞎琢磨！也不许跟别人乱说！"

天义又点点头，心里却感叹："像这样今日签协议、明日又撕协议，国家什么时候才有个安宁呀？"

丽丽见天义心事重重的样子，便说："好了好了，别想那么多了。尝尝这个月饼吧。"

丽丽说着就掰开一块月饼，递给天义一半。天义接过月饼拿在手上，突然又自言自语感叹起来："唉，刚刚赶走虎狼，手足却又要相残。"

丽丽一脸不耐烦地说："哎呀，你真是管天管地。快吃你的月饼吧。"

天义苦笑着摇摇头，就要把月饼塞进嘴里，却又看着丽丽问："味道怎么样？"

丽丽赞叹不已地说："好吃得很。这花生仁和冬瓜丝真香。"

天义吃了一口，也赞叹地说："嗯，确实好吃。"

丽丽听了又拿起一个月饼，掰开一半递给天义说："来。多吃一点。"

天义一边吃，一边又问丽丽："爹说他很快要去东北呢，你说去东北干吗？"

丽丽俏皮地说："打共产党呗。"

天义睁大了眼睛问："真的假的？"

丽丽右手轻抚着天义的脸，笑嘻嘻地说："逗你玩的呢。"

天义拉下脸说："人家跟你说正经的，你却跟人家开玩笑。"

丽丽赶紧收敛笑容说："好吧好吧，我也跟你说正经的。其实我什么也不知道，不过……"

"不过什么？"天义赶紧问。

丽丽若有所思地说："不过看爹的神情，这事应该比较紧急。依我看，就这一两天要动身。"

天义皱着眉头说："啊？这么快？"

丽丽点点头，然后提醒天义："咱们最好准备一下，免得临时急急忙忙的。"

天义问道："爹说了咱们也一起去？"

丽丽回应道："这还用说？你现在可是爹的左膀右臂，爹怎么能少得了你？"

天义不作声，片刻后又自言自语地感叹："看样子真的是一波刚平，一波又要兴起啊。"

丽丽仿佛没有听见天义感叹，突然指着刚从乌云里钻出来的月亮，兴奋地叫道："天义你看，多圆的月亮啊。"

天义见了赶紧挡住丽丽指着月亮的手指，嘴上虔诚地念叨着："月光爷爷你莫见怪。你把耳朵还给我，我把刀子还给你。"

丽丽愣愣地问："你这是干什么？"

天义一脸严肃地说："你不要作声，跟着我念。"

天义说完就看着天上的月亮，一脸虔诚地念着："月光爷爷，你把耳朵还给我，我把刀子还给你。"

丽丽见天义神情庄重，也赶紧乖乖地跟着念："月光爷爷，你把耳朵还给我，我把刀子还给你。"

丽丽一念完，就急忙问天义："你这是干吗呢？"

天义右手摸摸丽丽的耳朵，笑眯眯地说："我这是给你祈祷呢。"

"给我祈祷？"丽丽满脸的疑惑。

天义点点头，拉着丽丽的双手说："记住了，以后可不许用手指着月光爷爷。"

丽丽轻言轻语地问："为什么？"

天义绘声绘色地回答："因为你用手指着月光爷爷，月光爷爷就会以为你在指指点点骂他。然后呢，月光爷爷就会在你睡觉的时候，把你的两只耳朵偷走。"

丽丽"啊"一声，双手赶紧捂住耳朵，身子下意识地就往天义怀里靠——天义笑眯眯地把丽丽抱紧。

片刻，丽丽轻声问："那还刀子又是什么意思？"

天义笑着说："还刀子就是，月光爷爷今天也要吃柚子，也要吃各种各样的水果，对不对？如果没有刀子，他老人家怎么享用？所以要把刀子给他嘛。"

丽丽眼睛不眨地听得入了神……

天义一说完，丽丽就笑嘻嘻地问："这些都是谁跟你讲的？"

天义得意地说："我奶奶呀。"

丽丽又笑嘻嘻地问："那你奶奶又是听谁讲的？"

天义笑着说："这我哪里清楚呢？老祖宗一辈辈传下来的吧。"

丽丽点点头，突然诙谐地说："如果月光爷爷晚上来偷我的耳朵，你真的会保护我？"

天义摸摸丽丽的耳朵，乐呵呵地说："那当然。要是你没有了耳朵，我怎么敢把你带出去呀？"

丽丽立刻朝天义"呸"一声，说："原来你说保护我，都是为了自己的面子呀？"

天义赶紧摇摇头，然后嘴巴贴近丽丽的耳朵说："我是怕你没有了耳朵，出去把一大街的人都吓坏了。"

丽丽听了一愣，然后双手各扯着天义的一只耳朵，笑嘻嘻地说："好啊，我倒是要看看，是谁先把一大街的人吓坏了？"

天义不说话，赶紧把丽丽抱住亲吻起来。丽丽很快又瘫软在天义的怀里，像一只温顺乖巧的小绵羊……

片刻后，丽丽一脸妩媚地看着天义，语气柔柔地说："你说心里话，会不会一辈子保护我？"

天义不作声，眼神含情脉脉看着丽丽，右手食指轻柔地摩挲着丽丽的鼻尖。丽丽摸摸天义的脸，娇嗔地说："我问你话呢。你会不会一辈子保护我？"

天义笑一笑，猛地又对准丽丽的樱桃小嘴狂吻起来。

……

医务办公室里，天仁和五六个医生围坐在一张桌前，正轻松愉悦地谈论着中西医结合治疗的问题。桌子上，放着一个剥了壳未吃完的柚子和一盒打开了的月饼，还有葵花籽和炒花生。大家你一言我一语地有说有笑，气氛热烈而温馨。正在这时，王顾伟一脸笑容地走了进来，他在门口就笑着跟大家打招呼："哟，好热闹呀。"

天仁抬头一看，亲切地叫一声："王叔叔。"

大家见是团长来了，也都亲热地打招呼："团长好！团长来啦。"

王顾伟一边跟大家招手致意，一边快速走到桌前。当看见桌子上剩下的月饼，王顾伟毫不客气就拿起一个就放进嘴里，嚼了几下便赞不绝口地说："嗯，好吃。好吃。"

大家见王顾伟和蔼可亲的样子，都满心欢喜地看着他。王顾伟反客为主，笑呵呵地说："你们也吃呀，吃呀。要不是过中秋佳节，哪有这么多好吃的？"

大家听了便又开心地吃了起来。这时，一个戴眼镜的年轻医生扶了扶鼻子上的眼镜，跟王顾伟开玩笑说："团长，这柚子可甜了。我们都舍不得多吃，特意给你留着呢。"

王顾伟开心地摸摸他的脑袋，说："听你这话，早就料到我会来咯？"

戴眼镜医生说："那当然。我刚刚就跟他们说，团长等下肯定会到我们这里来热闹一下的。不信你问他们？"

戴眼镜医生说着就笑盈盈地看着其他人，大家笑呵呵地说："是哦，是哦。他刚刚是这么说的哦。"

王顾伟又亲热地拍拍戴眼镜医生的肩膀，也开玩笑说："看样子你这副厚厚的眼镜，竟然还有千里眼的功能啊。"

大家听了先是一愣，接着便都哈哈笑了起来。

王顾伟则一边吃着柚子，一边乐呵呵地看着大家笑。

片刻后，一个留着髭须的中年医生笑着说："团长，那你快别站着了，坐下来跟我们好好热闹热闹吧。"

王顾伟立刻回应："好好好，我正要跟你们好好热闹热闹呢。"

主管周医生见王顾伟这么说，赶紧拉着王顾伟的手，诙谐有趣地说："团长啊，你就坐下来慢慢说吧。我就知道你不是特意过来蹭月饼吃的。"

王顾伟听了哈哈笑道："知我者，老周也。"

众人见状，都开心地笑了起来。接着，王顾伟清了清嗓子，一脸认真地说："同志们啊，告诉你们一个不太好的消息，我们毛主席去重庆谈判的成果，又被老蒋单方面撕毁了。我们刚刚赶走了日本鬼子，没想到老蒋又逼着我们不放啊。"

有人立刻表示愤怒："怎么能这样？这也太欺负人吧？"

有人愤愤地响应："是啊，这也太欺负人了吧！"

有人提出疑问："老蒋这么做，应该是早有阴谋的吧？"

有人立刻表示赞同："肯定是，要不然怎么说翻脸就翻脸啊。"

老周看着王顾伟，若有所思地说："蒋介石敢这么不顾一切地背叛协议，应该是处心积虑预谋好了的呀。"

王顾伟点点头，又拍拍老周的臂膀，然后感叹道："看来啊，中国老百姓想要过上真正的太平日子，还有很长的一段路要走啊。"

老周听了说："是啊，看来咱们又要擦亮枪杆，跟老蒋打几场硬仗啊。"

大家默默地听着，不停地点头表示赞同。

王顾伟看看大家，又充满激情地说："同志们，党中央和毛主席对我们医疗卫生工作者提出了新的期望啊。"

大家眼睛一亮，都兴奋地看着王顾伟，等着他继续说话。王顾伟清了清嗓子，接着说："毛主席期望我们继续与广大战士们同甘共苦，直到消灭一切独裁者和反动派，取得最后的胜利。"

大家听了都振奋地点点头。

王顾伟见状，又慷慨激昂地问大家："同志们，咱们有没有打败老蒋的信心啊？有没有战无不胜的斗志啊？"

大家受到王欣伟的感染，都握紧拳头回应："有！有！"

王顾伟欣慰地点点头，接着振臂高呼："同志们，我们必胜！我们必胜！"

大家也都跟着高呼："我们必胜！我们必胜！"

一会儿，王顾伟跟大家告辞。在门口，王顾伟紧紧握着天仁的双手，接着又用力拍拍天仁的臂膀，眼神里充满了期待。天仁点点头，一脸振奋地看着王顾伟迈着大步离去……

一会儿，天仁咀嚼着王顾伟刚刚说过的话，心情便越来越复杂。天仁想到眼前的形势，便不由自主地想起了天义，想起了徐营长，想起简旅长和丽丽……

天仁在心里默默念道："天义，你现在在哪儿呢？天义，难道你也要跟着蒋介石打共产党吗？跟着蒋介石与人民作对吗？"

……

1948 年 11 月底，平津战役打响。王颀伟团奉命秘密进驻北平，参加歼灭国民党反动派的决定性战役。战争的收尾阶段，天仁在抢救伤员时，左胳膊不幸被弹片击伤，好在治疗及时，没有留下大的后遗症——这既令天仁心里无比庆幸，也让天仁更加坚定了战胜国民党反动派的勇气和决心。

在返回军营的路途中，天仁和战友们高唱着凯歌庆祝胜利，每一个人的脸上，都洋溢着兴奋和自豪，都充满了要解放全中国的信心和斗志。

天仁和两个年轻医生并排走在一起，自己走在中间，三个人有说有笑。天仁左手胳膊绑着绷带，脸上满是灰尘，头发蓬乱，似乎只有两只精神透亮的眼睛还在证明着——这不是一个失败者的形象，而是一个胜利者的豁达与低调。

这时，左边的年轻医生一脸仰慕地跟天仁说："天仁哥，你给人正骨的手法真是太神奇了。我真佩服你。"

天仁回应道："怎么？你想学？"

该医生兴奋地说："你愿意教，我就愿意学。"

天仁笑着说："你愿意学，我就愿意教。"

该医生立刻说："真的？"

天仁看着该医生说："真的。"

该医生激动地拍一下巴掌，张着嘴正要说什么，右边的年轻医生赶紧插嘴："教一个还不如教两个。天仁哥你说是不是？"

天仁笑呵呵地拍一下他的肩膀说："你这臭小子。要是你也愿意学，我还怕多收一个徒弟不成？"

该医生立即"咬住"天仁的话说："那一言为定，不许反悔。"

天仁笑眯眯地说："反悔什么？我还巴不得多收几个徒弟呢。"

天仁话一说完，两个年轻医生立即对一下眼神，然后都笑嘻嘻地跟天仁抱拳说："师父好。弟子这厢有礼了。"

天仁装作一本正经的样子说："不行不行。拜师学艺，哪能这样草草了事，叫一声'师父好'就完了？"

右边的年轻医生听了，立刻笑着说："弟子有所不知，还请师父指教。"

天仁一副认真的样子说："至少得行个拜师礼吧。要不然我这祖传的东西哪能轻易授人呢？你们说是不是？"

左边的年轻医生笑着回应："师父说得对，说得对。"

右边的年轻医生诙谐地说："师父啊，弟子我不但要行拜师大礼，还要奉上一份薄礼呢。"

天仁一下子被逗乐了："你这臭小子。嘴上没毛，说话不牢。"

该医生立刻睁大了眼睛说："难道师父你嘴上有毛？我可没看见。"

天仁顿时愣住了。片刻后，天仁摸摸该医生的头，乐呵呵地说："你嘴巴子厉害，我说不过你。"

该医生灿烂一笑，然后一本正经地说："天仁哥，其实我最佩服的不是你一身的医术，而是你满身的勇气、满身的胆量。"

天仁好奇地问："这话怎么说？"

该医生压低了声音说："跟你说心里话吧。其实我刚刚上战场的时候，心里'咚咚'乱跳，可害怕了。可是我看见你虽然只比我大几岁，却一点儿都没有害怕的样子……"

天仁顿时笑开了："原来你是说这个呀。那我告诉你吧，其实我也害怕呀。我以前在衡阳战场的时候，开始不也害怕得要命！"

该医生睁大了眼睛问："你说的是真的假的？我还以为你一点都不怕死呢！"

天仁一本正经地说："如果以前说不怕死那是假的，但是现在说不怕死却是真的。"

该医生吃惊地问："不会吧？还真的不怕死？"

天仁点点头说："真的不怕死。自从在衡阳战场，我真切目睹了那么多的尸体后，我就真的不怕死。"

"不会吧？不会吧？"两个年轻医生都一脸不相信的样子。

天仁笑着说："你们现在不相信，我可以理解，但是我跟你们讲一个事实，那就是，人只要上了一两次战场，都不怕死。"

左边的年轻医生皱着眉头问："有这种说法？"

天仁沉默了一下，回应道："这是以前我爷爷说的。我小时候不懂，现在自己亲身经历了，自然也就懂了。"

两人听了都摇摇头，表示不能理解爷爷这话的含义。

天仁左右看看两人，然后解释说："打仗啊，打的其实是勇气。上了战场，其实就是狭路相逢，谁的勇气占上风，谁就不会倒下。"

两人看着天仁，听得眼睛都不眨一下。

天仁继续说："所以我爷爷才说啊，人上了战场，都不怕死。其实不是不怕死，而是在那种情境下，如果你怕死，你就真的会死。"

两人听着听着，脸上的神情，犹如醍醐灌顶一般。一会儿，右边的年轻医生感叹道："天仁哥，你说得太对了。"

左边的年轻医生也一脸感慨地说："哎呀，细想一下还真的是这样。"

天仁听着两人的感叹，脸上渐渐盈满了笑容。这时，天仁看见不远处有一个澄清的池塘，池塘两边有几棵大树，从远处可清晰地看见大树的影子在水面上微微荡漾……天仁眼睛一亮，脸上的笑容就更加灿烂了。

右边的年轻医生看看天仁，问道："你笑什么呢？这么开心。"

天仁摸摸该医生的头，笑呵呵地指着那个池塘说："你看见那个池塘没有？"

该医生说："看见啦，怎么啦？"

天仁右手指一指自己的脸颊，然后笑眯眯地对两人说："你们两个在这里等我一下。我该去好好洗把脸，要不然回到家里，团长又要说我是叫花子。"

两人听了一愣，都呵呵笑了起来。接着，两人都赶紧说："我也去。我也去。"

三十六

"九衢通药"药行，厨房里烟火正浓，青莲和兰儿两人正在做饭。青莲左手端着一个小碗，右手拿着一双筷子，正笑眯眯地搅着鸡蛋液。兰儿站在一旁，一脸开心地在盆子里洗着新摘的香椿。两人正欢欢喜喜地准备做一道应季的"香椿煎蛋"。

一会儿，青莲把搅匀的鸡蛋液放在砧板旁，笑着说："要是天仁天义这两小子在家里，这两个鸡蛋还不够他们塞牙缝呢。"

兰儿笑道："说来也真是奇怪，香椿青山筷子都不沾一下，这哥俩却喜欢得要命。"

青莲说："这还不是像你？"

兰儿点点头说："应该是吧。也不知道他们在部队里能不能吃得到？"

青莲立刻说："天义我不知道，天仁跟我讲，陕北那个地方，大大小小的树木，除了夏天，一年四季都是光秃秃的。如果这不是开玩笑，现在要想吃个'香椿煎蛋'，这还上哪儿去摘香椿呀？"

兰儿笑着摇摇头，感叹道："是啊，南方和北方真是差别太大了。天义说山东人嚼生大葱，就像我们吃甘蔗一样津津有味呢。"

青莲听了呵呵一笑，然后也津津乐道起来："天仁说他们部队里有个山西人，吃那种刀削面能一顿吃三大碗。你说，他这人是不是猪八戒投胎的呀？哈哈哈。"

兰儿赶紧接嘴："这个天仁也跟我说过。唉，真是世界之大，无奇不有啊。"

青莲笑盈盈地说："这哥俩年纪轻轻的，也算是见过世面了。"

兰儿却说："见世面归见世面，等人老了，终究还是要叶落归根啊。"

青莲说："什么叶落归根？好男儿志在四方。弟妹你这想法我可不赞同。"

兰儿一边将切碎的香椿放进蛋液里，一边笑着说："姐，你要是个男的，就算你年轻时东西南北到处跑，到老来恐怕也还是要守着家里的祖业呢。"

青莲一边用筷子搅和着香椿、蛋液，一边看着兰儿说："那倒不一定。要是爹不逼着我，我觉得哪里好就在哪里安生。"

兰儿听了立刻笑了："可惜你是个女儿身。要是你是个男儿身，就可以用来验证了。"

青莲呵呵笑道："这倒是，这倒是。"

就在两个人有说有笑时，姑爷提着两条白白的大刀鱼，笑呵呵地从前面快步进来。姑爷一进厨房就跟青莲说："快把这两条鱼弄来下酒。可鲜呢！"

青莲接过刀鱼，笑盈盈地问："这么大的刀鱼，你从哪里买来的？"

姑爷一脸得意地说："笑话！你去哪里买这么大的刀鱼哟？这是朋友送的，还是特意从长江里捞来的呢。"

兰儿左看右看，嘴上啧啧称赞："这鱼可真大！"

青莲捏一捏鱼身上的肉，跟姑爷开玩笑说："要我们弄来给你下酒可以，但你可别一个人全吃了。我们俩也得尝尝鲜。"

姑爷笑嘻嘻地说："哪能呢？我只吃鱼头和鱼尾，中间的全部留给你们两个吃。"

青莲和兰儿听了立刻呵呵笑了起来。片刻后，兰儿问两人："清蒸怎么样？放点生姜和香菜。"

青莲笑着问："这么做好吃吗？会不会腥啊？"

兰儿一边熟练地翻炒着"香椿煎蛋"，一边笑着说："哪里会呢？以前跟青山和秀秀，都是这样清蒸着吃，可鲜呢！"

姑爷急不可耐地说："好好好，就这么弄。我们今天尝了鲜，下次再想要吃，可就没有那口福了。"

青莲不解地问："你这话什么意思？想吃再去买就是了。哪里会吃不着？"

兰儿也一脸疑惑地看着姑爷："是啊！姐夫，你这话怎么说？"

姑爷看看两人，诙谐幽默地说："解放军眼看就要打过长江来了。到时候长江里的刀鱼，不都得炸翻了肚皮才怪呢。你们说哪里还能吃的着？"

兰儿听了一愣，接着便关切地问："解放军真的就要打过长江来了？"

姑爷说："是哦，听朋友判断，估计就在下个月。"

青莲一边给刀鱼打着花刀，一边淡淡地问："有这么快吗？"

姑爷喝一口水，清了清嗓子说："可能吧。这叫'天有不测风云'，知道吗？"

青莲立刻笑道："什么'天有不测风云'？这叫'三十年河东，三十年河西'。你这私塾是怎么念的？"

姑爷却笑嘻嘻地说："哎呀，管他河东河西呢。你快点给我把鱼蒸了吧。"

青莲嗔怪道："你呀，就知道好吃。"

兰儿笑眯眯地接嘴："姐，你这话可说错了。"

姑爷一边品尝着"香椿煎蛋"，一边附和着说："是啊，你这话可说错了。"

青莲睁大眼睛看着姑爷说："我怎么说错？你不好吃好什么？"

姑爷装作没听见，自顾自地吃一口"香椿煎蛋"，又抿一口小酒……

兰儿却走近青莲，乐呵呵地说："姐，你难道没看见，姐夫其实不是好吃，而是……"

"而是好喝酒对不对？"青莲笑盈盈地说出兰儿想说的话。

兰儿不解地说："姐既然知道，为何还要明知故问？"

青莲亲热地握着兰儿的手说："我呀，就是特意要你姐夫亲口说出来呢。"

兰儿立刻笑道："这么说，倒是我刚刚说的话是多余的了。"

青莲手指着姑爷，笑着跟兰儿说："你看，哪里多余哦？他就趁着我们说几句话的工夫，这一壶酒就快没了。"

兰儿看着姑爷，呵呵笑了起来。

一会儿，兰儿看着姑爷吃着"香椿煎蛋"一脸享受的样子，眼前就不知不觉浮现出兄弟俩吃"香椿煎蛋"时的样子，兰儿想着想着，脸色就渐渐黯淡了下来……兰儿在心里念着："仁啊，义啊，你们哥俩现在在哪里呢？你们知道娘在想念你们、在担心你们吗？"

青莲见兰儿发呆，便问道："弟妹，你在想什么呢？"

兰儿愣了一下，微笑着回应："哦，我突然想起了天仁天义这哥俩。"

青莲立刻明白了兰儿的心思，便安慰兰儿说："别担心，弟妹。这哥俩都精明着呢。"

兰儿点点头，脸色却怎么也开朗不起来。

青莲张着嘴，还想劝慰什么，姑爷却愣头愣脑跟青莲说："手心手背都是肉，你让弟妹怎么开心得起来呢？"

兰儿听了立刻闭上了眼睛，生怕两汪泪水立刻从眼角滑落下来。

青莲听姑爷这么说，一时也不知说什么安慰的话好，只是紧紧地握着兰儿的双手，不时拍一拍兰儿的手背……

……

1949 年 4 月底，天仁所在部队驻扎在长江鄱阳湖湖口，随时待命向长江以南的国民党军队发起进攻。天仁跟随部队从北平一路南下，此时正在湖口北岸为渡江战役进行医疗准备。此时的鄱阳湖湖口，水面平静无澜，北岸绿草盈盈，南岸朦胧一片。偶尔几只水鸟掠过水面，泛起一圈圈涟漪……

天仁和医疗队的工作人员，正在帐篷内紧张有序地准备着医疗物资。天仁将一个药箱搬到指定位置，右手揩一下额头上的汗水。此时，一个中年医生走到天仁身边，拍了拍天仁的臂膀，笑呵呵地说："天仁啊，咱们一过江，你的老家就解放了。"

天仁笑着说："南昌离九江还有一两百里呢。"

中年医生点点头，然后在一个木箱子上坐了下来，接着从身上掏出一支烟咬在嘴上，又递一支给天仁，说："歇会儿吧。"

天仁笑着摆摆手，然后在中年医生身边坐了下来。中年医生笑着硬塞给天仁一支烟，嘴上说："玩玩嘛。"

天仁却不过情意，只好笑着接过香烟。中年医生点燃了自己嘴上的香烟，又把火柴盒子递给天仁。天仁硬着头皮划亮了火柴，随即点燃了手上的香烟。天仁刚吸了一两口，就呛得乱咳起来。天仁看着中年医生，一脸自嘲地说："哎呀，不行不行。"

中年医生笑盈盈地说："扔了吧。"

天仁却舍不得扔，又模仿着中年医生吸烟的样子，缓缓地吸了起来……

中年医生乐呵呵地说："嗯，这下有模有样了。"

天仁得意地吸着，心里突然有一种说不出来的兴奋。

中年医生开心地看着天仁，嘴上却提醒道："不过吸烟嘛，还是不学为好。"

天仁点点头，问道："听人家讲，吸烟有提神醒脑的作用，果真有吗？"

中年医生笑着摇摇头。

天仁却饶有兴趣地说："我小时候啊，见爷爷吸那种旱烟，呛得眼泪都要流出来了，爷爷却还是要不停地吸。我心里一直非常好奇。"

中年医生呵呵笑道："你爷爷肯定是有烟瘾啊。要我说，吸烟能提神醒脑那是假的，吸多了会上瘾这倒是真的。"

天仁好奇地问："这话怎么讲？"

中年医生吐一口烟雾，又弹了弹烟灰，笑着说："这个嘛，我是这样认为的，人啊，但凡对某样东西上了瘾，心里就会有依赖。而这种依赖，本身就是一种安慰，就是一种心理作用。你想一想，是不是这样的？"

天仁笑着挠挠头，一头雾水地看着中年医生……

中年医生解释道："这个你不理解也正常。你这么年轻，又从来不吸烟，当然想不通啊。"

天仁笑着点点头。

这时，一个非常年轻的小兵突然来到两人眼前，操作浓重的四川口音跟两人开玩笑说："你们刚刚说谁不吸烟啦？他不吸给我吸呗。"

中年医生抬头一看，很不高兴地说："你是谁呀？大人说话乱插嘴。"

小兵似乎还没有学会察言观色，仍然笑嘻嘻地说："你们刚刚是在说吸烟吗？谁不吸给我吸呗。"

中年医生气恼地训斥道："你是从哪里跑出来的野小子呀？还穿一身军服，真是让我开了眼界。"

小兵见中年医生一脸恼火的样子，这才意识到自己的冒失，于是赶紧收敛笑容，接着一本正经地行了个军礼，然后又铿锵有力地说："报告领导，请原谅我刚才的无礼。我是特意过来拿止痛药和纱布，因为我的一个老乡刚刚不小心划破了手。"

天仁听了赶紧站起身来问："严不严重？血止住了吗？"

小兵看着天仁说："不是很严重。他只说伤口还有点痛，让我过来拿点止痛药和纱布。"

天仁拍拍小兵的肩膀说："好，好。我这就给你去拿。"

天仁去拿药后，小兵就拘谨地站在原地，怯怯地看着中年医生。中年医生这时气已经消了，就一脸平和地问小兵："你今年多大啦？"

小兵认认真真地回答："报告领导。周岁十六，虚岁十七。"

中年医生站起身，拍拍小兵的肩膀说："还不到18岁啊？不错不错。小同志啊，你可要记住了，以后不能这样冒冒失失地跟人说话，这样是很不礼貌、很不讲纪律的。"

小兵又一脸认真地回答："以后再也不敢、再也不会了。"

中年医生听了呵呵一笑，说："你这位小同志呀，让我说你什么好呢?"

小兵见中年医生开心了，便舒展了笑容说："领导同志，你心里想什么就说什么呗。"

中年医生一下子被小兵逗乐了，就笑眯眯地说："你这个小同志呀。呵呵呵。"

小兵捉摸不透中年医生这句话是表扬还是批评，就也跟着中年医生乐呵呵地笑，嘴上却不敢再多说一句话。

中年医生又说："小同志啊，以后你叫我呀，就叫老同志好了。哪有什么领导同志啊? 哈哈哈。"

这时，天仁拿着止痛药和纱布来到两人身边，就笑着对小兵说："是啊，小同志，你以后就叫他老同志好了。"

小兵看看天仁，又看看中年医生，脸上顿时露出可爱的笑容。

中年医生见状，又饶有兴致地问小兵："你入伍有多久啦?"

小兵一脸自豪地说："快两年了呢。"

中年医生脸带惊讶地说："哦? 就你这个年龄，也算是个老兵了。"

小兵听了突然右手握拳，踌躇满志地说："那当然。要不然我怎么有资格跟你们一起去抓老蒋呢?"

中年医生和天仁立刻呵呵笑了起来。

小兵以为两人是在嘲笑自己，便一本正经地说："怎么? 你们小瞧我?"

两人齐声回应："不敢，不敢。"

小兵"哼"一声，自信满满地说："不怕跟你们说大话，说不准啊，老蒋这次就要被我活捉。"

小兵话音刚落，中年医生和天仁立刻哈哈大笑起来。

小兵见两人如此开心，自己也跟着笑了起来。

天仁开心地拍拍小兵的肩膀说："咱们说说玩笑当然无妨，但是真的要强行渡江，肯定免不了一场大战啊。"

中年医生点点头说："是啊，这是必然的。自古以来，没有代价的和平，最终都是假和平啦。"

天仁一脸赞同地说："对。你这话说得太有道理了。"

中年医生笑一笑，又拍拍小兵的肩膀说："小同志，你觉得我说得对不对呀？"

小兵俏皮地说："这么深奥的问题我可说不来。你们聊吧，我要回去送药了。"

中年医生摸摸小兵的脑袋说："去吧，去吧。"

小兵拿着药离开后，天仁笑盈盈地说："这个小兵啊，还真是有趣。"

中年医生笑着点点头，然后感慨道："唉，还是你们年轻好啊。"

天仁笑一笑，不作声。

中年医生说："时间不早了，咱们也该忙了。等打完了这场硬仗，咱们可要好好喝几杯。"

天仁开心地回应："好啊，好啊。"

中年医生说完走到帐篷外，朝几个正在忙碌的年轻医生走去。

天仁站在帐篷门口，看着中年医生的背影，看着宽阔的长江水面，不知不觉就想起了天义，想起跟天义在衡阳和桂林战场上的点点滴滴……

天仁心中默默地问道："天义，你现在在哪儿呢？你知道哥正在想念你、正在担心你吗？"

……

南京，简师长寓所。卧室里，天义站在窗前，一脸愁闷地吸着纸烟。丽丽站在豪华的衣柜前，犹豫不决地收拾着衣物。丽丽看着满柜子花花绿绿的裙子、旗袍和风衣，脸上充满了不舍和无奈。天义吐一口长长的烟雾，回头看一眼丽丽。丽丽向天义招手说："你过来。"

天义掐灭手中的烟头，面无表情地走到丽丽身边。丽丽皱着眉头说："你帮我选几件吧，我实在是决定不了。要是由着我，每一件都想带走。"

天义苦笑着摇摇头。

丽丽摇着天义的胳膊说："你快点帮我选呀。你不用想什么，就选你平时最喜欢看的就可以了。"

天义点点头，然后右手食指指着自己中意的衣服说："这件，这件，还有这件……"

天义手指头指着哪件，丽丽就赶紧从柜子里取出抱在手上，嘴上兴奋地说："好，好。"

片刻后，天义看一眼丽丽手臂上抱着的衣服，问道："够了吧？"

丽丽看着衣柜里剩下的许多衣服，一脸纠结地说："好吧。"

天义双手耷拉在丽丽肩膀上，微笑着催促丽丽："快点折起来吧。"

丽丽"嗯"一声，语气中满是委屈和无奈。

天义摸一摸丽丽的长发，又在丽丽额头上深情地亲吻了一下，然后安慰丽丽："别舍不得。回头我再给你买。"

丽丽脸上立刻灿烂起来，笑盈盈地说："你说话可要算数。"

天义点点头，拉着丽丽的手说："只要我们最后不输，你想要什么，我就给你买什么。"

丽丽嘟着樱桃小嘴说："不行。输赢不能影响给我买衣服。你们男人要权力、要国家，我们女人就要几件衣服，你还要跟我讲条件？"

天义笑着说："好好好。只要你喜欢，不管最后是输是赢，都给你买。"

265

丽丽听了脸上立刻堆满了笑容，于是把手中的衣服放在一边，抱着天义的脖子说："我们女人不像你们男人，凡事拿得起放得下。我们女人是最放不下、是最恋旧的，你明白吗？就说这满柜子的衣服吧，你知道为什么我都想带走吗？就是因为穿久了就有感情了，即使放在柜子里不穿，也舍不得扔掉。你懂吗？"

天义右手轻抚着丽丽的长发，嘴上敷衍道："我懂，我懂。"

丽丽看出来天义是在敷衍自己，就轻轻地把天义推开，一脸感慨地说："你们男人啦，从古至今就知道说'兄弟如手足，女人如衣服'——这还不是把我们女人当作身外之物，想扔就扔。"

天义听了赶紧说："我可从来没这么想过，你可别冤枉好人。"

丽丽盯着天义的眼睛说："你急着辩解什么？我又没有说你。"

天义双手捧着丽丽的脸颊，笑嘻嘻地说："我不管你心里怎么想，反正我这辈子心里只有你简丽丽一个人。不管碰到什么情况，我都对你不离不弃。"

丽丽听了无比开心，嘴上却故意跟天义较劲："哼，谁信呢？你是还没碰着更好的罢了。"

天义立刻严肃着脸，信誓旦旦地说："你不信是吧？好，那我发誓给你看。"

丽丽见状赶紧阻止天义："呸！谁让你动不动就发誓了？"

天义脸上立刻舒展了笑容，双手深情地抱一抱丽丽，然后右手又轻柔地抚摸起丽丽的肚子来……

一会儿，天义无比温柔地问："你说，咱们的小宝贝以后叫什么名字？"

丽丽一听却伤感起来，说："真是早不来晚不来，偏偏这个时候来。"

天义立刻嗔怪道："你可不许这样乱说。你要想啊，这小家伙可是咱们神圣爱情的见证呢。"

丽丽闷闷地说："什么见证啊？人家现在都还在肚子里呢，真是乱说。"

天义笑着狡辩："我是说，这小家伙将会一辈子见证我们相亲相爱、白头到老呢。"

丽丽听了便露出笑容，虽然她明白这只是天义哄自己开心的玩笑话。

一会儿，天义突然故作惊讶地说："欸，这小家伙刚刚踢了一下我的手呢。你感觉到了吗？"

丽丽白一眼天义，说："你就会瞎说。这才怀孕多久呢？哪里就会踢人？"

天义憨憨地一笑，又继续哄丽丽开心："欸，我敢保证，这小家伙肯定是个儿子，你信不信？"

丽丽嘲讽道："你有透视眼啦？"

天义又憨憨一笑，说："假如真是个儿子，他的小名就叫虎子，好不好？"

丽丽皱着眉头说："虎子？为什么呀？"

天义兴奋地解释："虎子大气啊。再加上明年又刚好属虎，虎虎生威，龙争虎斗，这些都是好听的词啊。"

丽丽听了"扑哧"一声笑了起来。

天义愣愣地说："你笑什么？"

丽丽说："我笑啊，等虎子出生以后，咱们家就再也不得安宁了。"

天义立即问："你这话是什么意思？"

丽丽说："什么意思？是你自己说的呀。还反过来问我？"

天义顿时丈二和尚摸不着头脑……

天义笑嘻嘻地说："你快告诉我吧。我真是被你问迷糊了。"

丽丽手指摩挲着天义高高的鼻梁，笑盈盈地说："你刚刚说什么来着？虎虎生威，龙争虎斗，对不对？"

天义立即回应："对呀？我说错了吗？"

丽丽诙谐幽默地说："没错，你说得很对。但是我问你，你儿子是属虎的，你这个老子又是属什么的？"

天义乐呵呵地说："这个你还问我？儿子属虎，老子属龙啊。"

丽丽立刻笑道："这不就对了吗？你想想啊，这虎虎生威、龙争虎斗的，我们家以后还能有个安宁吗？"

天义听了一愣，等反应过来，立刻笑得合不拢嘴。

一会儿，天义亲热地揉捏着丽丽的耳垂说："欸，我问你，你觉得咱们的孩子生下来会更像谁？"

丽丽笑眯眯地说："管他更像谁呢。反正都是我身上掉下来的肉。"

天义听了会心一笑，右手又亲昵地在丽丽脸上抚摸起来。丽丽突然抓住天义的手问道："天义，以后不管怎么样，你都不会离开我吧？"

267

天义鼻子贴着丽丽的鼻子说："怎么会呢？傻丫头。"

丽丽微微一笑，转瞬又忧闷地说："现在我们打了败仗，以后的日子还不知道会怎样呢？"

天义握紧丽丽的手说："不管以后怎么样，我都会跟你在一起。"

丽丽点点头说："你记住了，一辈子不能忘了你刚刚说的话。"

天义深情地说："嗯，一辈子不忘。"

天义说完就在丽丽的右脸上深情地吻了一下。丽丽一兴奋，立刻就红了脸。天义就痴痴地看着丽丽笑。丽丽羞赧地把脸紧贴着天义宽宽的胸脯……

三十七

"九衢通药"后院里，阳光喜人，青莲和兰儿正在晾晒着衣被。两人都弯着腰，一人抓着床单的一头，用力地拧出里面的水来。一会儿，青莲笑盈盈地问兰儿："手拧酸了吧？"

兰儿笑一笑，右手揩一下额头上的汗水。

青莲一脸关心地说："弟妹呀，你得好好调理一下自己的身子了，不要总是把我的话当耳边风。"

兰儿又笑一笑，语气淡淡地说："调理不调理，我觉得都一样。"

青莲拉下脸说："怎么会一样？你看看你现在的身体，比我都差远了。"

兰儿自嘲道："姐啊，就我这病秧子，懒得想那么多，过一天是一天呗。"

青莲听了立刻来了气："什么过一天是一天？我听着你这样说话心里就堵得慌。我跟你讲，一个人身体好与差，都是自己慢慢养成的。你不要总是无所谓。"

兰儿笑着敷衍："是哦，是哦。姐说得对。"

青莲还想说什么，兰儿指着一件刚晾晒的衣服说："姐，你看，这个地方好像被串色了耶。"

青莲忍住脾气，苦口婆心地说："你不要打岔。弟妹呀，我跟你说真的，你以后可要好好爱惜自己的身体，不要年纪轻轻还真像个老太婆。"

兰儿开玩笑说："当老太婆好啊。儿孙绕膝，还无忧无虑。"

青莲盯着兰儿，一脸严肃地说："我跟你说正经话，你认真点好不好？"

兰儿见状，赶紧拉着青莲的手说："姐莫生气，我知道你都是为我好。我以后也跟你一样，天天晚上泡脚、天天早上活动活动。"

青莲舒缓了语气说："不光是身体上要锻炼，心理上也要调节，不能凡事都想得太多，凡事都压抑在心里。知道吗？"

兰儿诙谐地回应："嗯，我以后都听姐的。不需要想的事情不去想，想不通的事情都拿出来跟姐说。"

青莲用力拍一下兰儿的臂膀说："看你说的。你要知道，姐是真心希望你身体强健起来，不是跟外人一样随便说说的。"

兰儿听了心里感动，说："姐，我知道你是真心为我好。我以后一定听姐的，一定把身体照顾好。要不然怎么对得起青山……"

兰儿还没说完就赶紧背过脸去……

青莲见了既心疼又无奈地说："你看你看，又来了。刚刚都还在劝导你不要想太多，这话都还是热的。唉。"

兰儿转过身，伤感不已地说："姐，你不知道，青山以前跟我开玩笑，说我们两个都要活到80岁，可是他……"

青莲赶紧打断兰儿："过去的事就让它过去吧。人啊，要想得开。要不然总在心里揪着不放，这日子还怎么过呢？"

兰儿低着头不作声，泪水早已盈满了双眼。

青莲摸摸兰儿的头发说："弟妹呀，你说姐就泉泉这么一个儿子，他却年纪轻轻就离我而去了，你说姐心里是什么样的感觉？倘若姐心里总是揪着这事，你觉得姐还能活下去吗？你说！"

兰儿听了猛地抱住青莲，顿时泪流满面。

青莲感叹一声，说："人啊，总是要往前看。要不然啊，活着的人在人世间痛苦，死去的人要是有感知，在另一个世界也痛苦。你说是不是？"

兰儿看着青莲，轻轻地应一声："嗯。"

青莲揩一下兰儿脸上的泪水，笑着说："你想哭就哭吧，哭出来心里痛快点。"

兰儿却破涕为笑，说："姐，我现在心里舒服多了。"

青莲摸着兰儿的脸说："舒服了就好，舒服了身体就不会埋下病根了。"

兰儿点点头，满脸感动地看着青莲……

片刻后，兰儿看着一盆子还没晾晒的衣服说："姐，你看。我这一闹腾，把这么多衣服都忘记晒了。"

青莲笑着说："衣服晚点晒有什么关系？你心里痛快了才重要呢。"

兰儿听了感慨不已——兰儿觉得青莲比自己亲姐妹都还亲、比自己亲娘都还体贴。正在这时，姑爷一脸激动地从前面小跑了进来，兴奋地说："解放了！南昌解放了！"

青莲和兰儿都睁大了眼睛看着姑爷。

姑爷一边脱去外套，一边激动地说："就在昨天，解放军占领了南昌了。国民党急急地往后撤了。"

兰儿赶紧问："那天仁有可能在南昌？"

姑爷眼睛一亮，说："是有可能呢。"

兰儿立刻搓着双手，激动地在院子里走来走去……

青莲皱着眉头问："那天义呢？天义会在哪里呢？"

姑爷笑呵呵地说："你问我，我问谁呢？"

兰儿笑着搭腔："是啊，姐夫又没长千里眼。"

青莲笑一笑，突然又睁大了眼睛问姑爷："你说，天义不会跟着部队也往南撤了吧？"

姑爷赶紧朝青莲使眼色，示意青莲不要再提天义，以免兰儿心里胡思乱想。果然，兰儿听了青莲的问话，刚刚一脸的激动瞬间就没了。随之而来的，是一脸的茫然和担忧……

青莲心里懊悔不已，赶紧安慰兰儿："弟妹呀，你不要想太多了。说不定过几天天义突然就出现在我们眼前了呢？"

姑爷也笑着附和："是啊，弟妹。咱们就踏踏实实在家里等着天义回来吧。"

兰儿却没由头地感叹一句："唉，这兵荒马乱的，何时是个头啊？"

青莲拍拍兰儿的胳膊说："你管他呢。反正任何时候，又饿不着咱们。咱们只靠本事吃饭，谁当权理政还能少了人看病不成？"

姑爷又赶紧附和说："是啊，是啊。等兄弟俩回来了，让他们赶紧把崇草堂重新开起来，可不能让这块金字招牌埋没了。"

兰儿却摇摇头说："姐夫说得好，可是儿大不由娘啊。"

青莲问道："你这话怎么讲？"

兰儿一脸无奈地说："这哥俩都大了，都有自己的脾气了。天仁还好说，天义的脾气你们都知道——那就是一个倔啊。"

青莲不太赞同兰儿对天义的看法，说："天义虽然脾气有点倔，但还是通情达理嘛。"

兰儿不理睬青莲的话，又继续说："现在天义他那边仗打输了，愿不愿意回来看我们一眼都还是两说呢，更不要谈什么崇草堂的事了。"

姑爷却说："那也不一定。天义以前常常跟我唠叨要复兴崇草堂的。"

青莲摸摸兰儿的手背说："是啊，弟妹。依我看，关于崇草堂的事，天义还是牢牢记在心里的。"

兰儿听了两人中肯在理的话，脸上慢慢露出一丝欣慰……

青莲于是挽着兰儿的手说："走，咱们去买菜弄饭。"

兰儿笑着回应："好。"

说话间两人笑眯眯地往前面厅堂走去。姑爷端起茶杯看着两人的背影，突然忙不迭地叫道："等一下，等一下。记得给我买两坛'五福来'的谷酒回来。要十年酿的！"

青莲回过头问："什么？又要买谷酒？家里不是还有好多吗？"

姑爷笑嘻嘻地说："存着点嘛。十年的家里就只剩一坛子了。"

兰儿笑着答应："好哦，好哦。"

青莲却催促兰儿："走走走，懒得理他。"

姑爷着了急，于是大声说："跟你说真的呢。等解放军打到宜春来了，想买恐怕都买不到了。"

青莲立刻停下脚步，回头看着姑爷说："你这话是什么意思？"

姑爷一脸认真地解释："我是说啊，解放军来了，说不定哪天就把'五福来'的好酒都给'没收'了。我们再想买还上哪儿买去呀？"

青莲"哼"一声，板着脸说："你真会找借口。我只听人家说解放军到哪里都纪律严明、秋毫无犯，没听说还会抢老百姓的好酒。"

姑爷愣了一下，又笑嘻嘻地说："存在家里总要放心一点吧？"

青莲不屑地说："我懒得理你。"

青莲说完就又挽着兰儿的手，两人快步离开了后院……

两人走到外面，兰儿问道："姐，你刚刚说解放军，说的都是真的？"

青莲说："那当然。人家有刚从河南回来的，亲口跟我说的呢。说解放军就跟自家的亲人一般——中！"

青莲说到最后一个字"中"时，右手竖起大拇指，笑盈盈地看着兰儿——兰儿满脸疑惑地问："'中'是什么意思啊？"

青莲笑一笑，装作很有学问的样子说："'中'，在河南话里，就是'认可'或者'好'的意思。就跟我们南昌话说'恰噶'差不多。"

兰儿笑眯眯地问："这都是谁告诉你的呀？"

青莲得意地说："天义呀。天义告诉我的呀。"

兰儿饶有兴致地问："天义他怎么会知道?"

青莲笑盈盈地说："天义知道的事多着呢。以前天义在衡阳战场救下的那个徐营长，他就是河南人啊。应该是从他嘴里知道的吧。"

兰儿微笑着点点头，眼神里又渐渐泛起一丝忧郁……

……

杭州西湖，一只小船在水面上随风漂浮着。天义坐在船头，双手拿着一支横笛，嘴唇对着笛孔，正面无表情地调试着笛音。丽丽坐在船中间，右手拿着一根狗尾巴草，满脸童趣地看着天义。一会儿，水面上就响起沉闷压抑的笛声……

丽丽微笑着说："你换个曲子，这个不好听。"

天义问："你想听什么样的?"

丽丽说："欢快一些的。"

天义把笛子递给丽丽，说："那你自己吹吧。"

丽丽说："你欺负我不会吹?"

天义淡淡地回应："谁欺负你呢。我这不是给你吗?"

丽丽接过笛子，笑嘻嘻地说："过来过来，坐到我身边来。"

天义懒懒地靠近丽丽坐下，面无表情地看着微微荡漾的水面……

丽丽摸摸天义的下巴说："看你这满脸的胡子，多少天没刮了?"

天义突然笑道："要不我把它蓄起来，当个美髯公。"

丽丽愣了一下，马上就说："好啊。我再去给你打造一把'青龙偃月刀'，你就真的成了关云长了。"

"关云长?"天义眼睛一亮，转瞬又感叹起来，"唉，只是可惜啊——"

丽丽问："可惜什么?"

天义说："可惜我不生在三国啦。要是生在三国，说不定我就是关云长呢。"

丽丽笑盈盈地说："你要是关云长，那我是什么?"

天义幽默地说："你就是貂蝉呗。"

"貂蝉?你说四大美女的貂蝉?"丽丽睁大了眼睛问。

天义笑眯眯地说："对呀，就是这个貂蝉呀。"

丽丽皱着眉头问："貂蝉不是跟了吕布吗？"

天义回答："是啊，先跟了吕布，后又跟了关公呗。"

丽丽一脸认真地说："人家貂蝉在三国历史上可是写得上一笔的。你不要乱说玷污人家的名声。"

天义笑一笑说："有野史是这么记载的，究竟是真是假，那就只有貂蝉自己知道了。"

天义说完，就满脸挑逗的表情看着丽丽——丽丽红着脸说："你干吗这样看着我？你这是拿貂蝉来寒碜我呢，还是拿这事来讽刺人家貂蝉？"

天义俏皮地说："都不是。我是说，如果我真是关云长，那也就只有像你这样漂亮的女人才配得上我哟。"

丽丽听了心里一阵欢喜，嘴上却说："你呀，就会胡说八道。"

天义突然抱紧丽丽，亲昵无比地说："你才知道呀？"

丽丽闭上眼睛，满脸幸福地点点头。

一会儿，天义淡淡地问："爹有没有跟你说，我们接下来会在哪里落脚？"

丽丽嘟着嘴摇摇头。

天义又淡淡地问："那爹有没有跟你说，咱们有可能会去台湾？"

"去台湾？"丽丽瞬间坐直了身子。

天义点点头。

丽丽满脸愠色地问："爹为什么只字不跟我提？"

天义抚摸着丽丽的脸说："爹叮嘱过我，先不要跟你说。爹这么谨慎，还不是怕你听了伤心、听了郁闷嘛。"

丽丽一脸不领情地说："迟早要知道的事，还不如早点告诉人家，好歹让人家有个心理准备。"

天义安抚丽丽："你不能这样责怪爹，因为爹也只是心里猜猜，真要是去台湾，那还不得委员长说了算。你说是不是？"

丽丽气愤地说："你说起来倒是一套一套的。你要知道，你们现在这样瞒着我，到时候又突然带我走，你们就不怕我更伤心、更郁闷吗？"

天义无奈地说："这不是你刚刚怀上小孩，怕你听了受刺激吗？"

丽丽一听这话，脸色才渐渐缓和下来，而天义想着未来的许多不确定，却陷入了失落与怅惘之中……

丽丽关心地问："你在想什么呢？"

天义摇摇头，右手不自觉地在裤兜上摸了一下。丽丽眼尖，立刻从自己的随身包里拿出天义的香烟，笑盈盈地说："给你。"

天义接过香烟，稍一犹豫，就把香烟抛进了水里。

丽丽沉闷着脸说："这又是何必呢？我又没想让你彻底戒掉。我只是让你在我怀孕期间，不要当着我的面吸。"

天义见丽丽不开心，便诙谐地说："难道我现在离你好远？"

丽丽"呸"一声，然后说："就知道油嘴滑舌。你以为这是在家里，烟雾跑不出去吗？"

天义故作深沉地感叹："唉，还是不吸的好。烟这东西有百害而无一利啊。"

丽丽听了也故作深沉地感叹："唉，男人活着，要是不吸个烟、不喝个酒，那活着还有啥意思呀？"

天义一听，立刻瞪圆了眼睛看着丽丽。

丽丽问："这样看着我干吗？"

天义说："你刚刚感叹什么？"

丽丽回应道："没听清楚就算了。"

天义突然拉着丽丽的双手，目不转睛地看着丽丽说："哎呀呀，真是了不得啊。我说你上辈子，百分之百是个男人吧？"

丽丽愣了一下，然后一脸得意地说："哼！我虽然是一个女人，但是你们男人的那点小心思，难道我会一点不懂？"

天义听了感慨不已……天义万万没想到，丽丽对自己、对男人甚至对人性，竟然看得这么明白、这么通透。

天义不禁在心里感叹："唉，这人与人之间，真的是不说不知道，一说吓一跳啊！"

丽丽见天义一脸发呆的神情，便捏一捏天义的鼻子说："你又呆呆地在想什么嘛？难道我刚刚说的不对？"

天义笑一笑，双手亲昵地把丽丽拥在怀里。

一会儿，丽丽把笛子递给天义，说："吹你的笛子吧。"

天义接过笛子说："我吹几个好听的曲子给你听吧。"

丽丽兴奋地说："好啊，好啊。"

天义嘴巴对着一个笛孔，吹了几个响亮的笛音，突然又停了下来。

丽丽急忙问："你怎么又不吹了呢？"

天义看着丽丽，眼睛里放着光说："我刚刚想啊，谁敢说我们就一定会输呢？谁敢说我们就一定要逃往台湾呢？你说是不是？"

丽丽听了心里一乐，然后满脸笑容地说："是哦，是哦，快吹你的笛子吧。"

天义憨憨一笑，接着又认真地吹了起来。只听见清脆响亮的笛声又在小船上响起，然后不断地飘向四周、飘向远方……

丽丽不再打扰天义，一会儿笑眯眯地听一听笛声，一会儿低着头用狗尾巴草蘸着湖水玩。一段时间后，笛声渐渐停歇。天义一脸惆怅地看着波澜不惊的湖面，仿佛又陷入了沉思……

丽丽抬头看着天义，问道："你又在想什么呢？"

天义一脸平静地说："我想回一趟老家。你跟我一起回去好吗？"

丽丽愣了一下，很快就乐呵呵地答应："好啊。我老早就想去见见娘、见见姑姑了。"

天义立即走到丽丽身边，蹲下身子，双手捧着丽丽的脸颊，深情地在丽丽的额头上吻了一下。

丽丽一脸幸福地说："不早了，我们回去吧。"

天义点点头，然后双手拿起船桨，兴奋地划了起来。

……

几天后，天义带着丽丽来到"九衢通药"药行。后院里，一只石磨在两只手的推动下不停地转动着，乳白的糯米浆液顺着磨盘四周缓缓地往下流。天义和青莲面对面坐着，两人一脸默契地推着石磨。天义看着青莲一副毫不费力的样子，赞叹不已地说："姑姑，感觉你比我力气还大。"

青莲开玩笑说："那当然，姑姑比你多吃了几十年的饭呢。"

天义俏皮地回应："可我是男人呢。男人都比女人力气大。"

青莲不以为然地说："那可不一定哦。姑姑可是跟爷爷练过武呢。"

天义反问道："那奶奶没练过武，为什么力气也好大？小时候看奶奶推家里的磨盘，就跟空手转圈一样。"

青莲感叹道："唉，这都是生活磨炼出来的呀。奶奶老家穷，兄弟姊妹又多，为了有口饭吃，小时候什么活没干过？"

天义听了伤感起来，说："想不到奶奶小时候这么苦。"

青莲说："是啊，所以你们年轻人要懂得惜福，要懂得老一辈人的不易啊。"

天义点点头，右手从盆子里舀起一勺子浸泡了的糯米，小心地倒进磨盘上面的孔洞里。天义一边舀糯米，一边脑海中就不断浮现出爷爷奶奶的身影……

青莲似乎看出了天义的心思，笑盈盈地问："想爷爷奶奶了吧？"

天义"嗯"一声，说："我想起小时候看奶奶一个人推磨盘，自己也想一个人试试，左推右拉总是转不动。爷爷奶奶看着都笑弯了腰……"

青莲听了笑一笑，然后感叹道："要是他们都还在世，手脚应该都还麻利得很吧？"

天义心里一酸，眼睛不知不觉就湿润了。

青莲眼尖，立刻说："你这个容易伤感的习性啦，还真是像极了你娘。"

天义关切地问："我娘都还好吧？"

青莲回应道："你娘当然好啊。就是没事自己折腾自己，天天念着你们哥俩，天天担心这、担心那。我老劝她都没用哦。"

天义沉默了片刻，然后仿佛自言自语说："担心什么呢？我们都这么大了。"

青莲刚刚还在埋怨兰儿，一听天义这么说，却又立刻向着兰儿了。青莲说："这你就不懂了。等哪天你自己为人父母了，你就不会这么说了。"

天义听了不作声，低头盯着不断往下流的糯米汁液……

两人沉默了片刻，青莲满脸期待地说："今年冬至，去给爷爷奶奶，还有你爹上上坟，好吗？"

天义看一眼青莲，不知如何回答，于是又低下了头。天义想着眼前的处境，想着未来的许多不确定，心里想："冬至？冬至那一天我还能回到老家吗？我和丽丽那时在哪儿呢？是不是早已经在台湾了呢？唉。"

天义这样想着，一阵阵酸楚便不知不觉涌上心头。

青莲看着天义心事重重的样子，就轻柔地说："天义，你要是太忙了，就不要记挂家里。好好干自己的事，好好照顾自己的身体。知道吗？"

"姑姑，我……"天义抬头看着青莲，话到嘴巴却又说不下去了。

青莲左手摸摸天义的脸颊，笑一笑说："傻小子，你现在长大了，有些事不能或者不想跟姑姑说的，就不要勉强自己。你只要记住，姑姑就跟你亲娘一样，是你最亲最亲的人。知道吗？"

天义一听，眼泪瞬间流了出来。

青莲摇摇头说："哎呀，你这怎么像个男子汉？"

天义小孩似的说："我又不是男子汉。"

青莲给天义揩一下眼角的泪水，笑着说："臭小子。"

天义憨憨一笑，满脸幸福地享受着青莲慈母般的温情……

厨房里，兰儿和丽丽正一边忙碌一边闲谈。丽丽在灶前帮忙烧火，兰儿在准备着桂花、白糖和芝麻等蒸发糕的佐料。兰儿问丽丽："家里做这样的发糕吗？"

丽丽笑着回应："不做。我们吃面食多。"

兰儿赶紧说："是哦，我差点忘了，北方人是喜欢吃面食。"

丽丽却说："我也吃过街上买的发糕，但是觉得不好吃。"

兰儿说："那是他们不会做。你等下尝尝我们自己做的，那可好吃呢。"

丽丽点点头，问道："天义应该很喜欢吃吧？他一路上念叨个不停。"

兰儿兴奋地说："是哦。他们哥俩都喜欢吃。尤其是天义，眼里一见着发糕，立刻就成了一个三岁小孩。"

丽丽呵呵笑道："三岁小孩？难怪天义天天跟我在一起，也总是淘气得像个三岁小孩呢。"

兰儿听了立刻睁大了眼睛问："你说天义跟你在一起像个三岁小孩？"

丽丽一脸灿烂地说："是啊。他就像个三岁小孩，总是逗得我笑个不停呢。"

兰儿脸上立即露出无比欣慰的笑容，嘴上感叹道："这就对了，这就对了。"

丽丽问道："娘，你说'这就对了'是什么意思？"

兰儿说："我在你这个年纪的时候啊，天义他爹也总是逗得我开心呢。"

丽丽笑盈盈地说："是吗？那天义还真是有遗传呢。"

兰儿感慨道："天义在你面前像个三岁小孩，那说明他跟你在一起很放松、很快乐。天义愿意逗你开心，那说明他心里爱你、特别在乎你。"

丽丽一副猛然醒悟的神情说："啊？原来是这样的呀！"

兰儿笑眯眯地说："对呀，就是这样的呀。"

丽丽一脸感动地说："娘，你今天要是不提醒我，我一辈子都会以为，天义生来就是这样好玩的性格呢。"

兰儿说："好玩不好玩是一回事，爱不爱一个人却是另一回事。你明白吗？"

丽丽笑着摇摇头。

兰儿解释说："你想一下，如果一个人心里没有对方，他会在对方面前说太多的话吗？他会想方设法来逗对方开心吗？"

丽丽眼睛一亮，激动地说："娘，你说得太有道理了。我怎么从来就没这么想过？"

兰儿笑着说："那是因为你还年轻啊。"

丽丽问："这跟年轻有什么关系？"

兰儿说："当然有关系啦。娘跟你讲，这世上好多事情啊，是要通过时间、通过磨难才能领悟到的。"

丽丽若有所悟地点点头，然后问道："娘，那你为什么对这些事看得这么清楚、这么通透？"

兰儿笑一笑说："因为我是天义他娘啊。为娘的哪能不清楚自己的儿子，你说对不对？"

丽丽俏皮地说："不对，不对。"

兰儿问："哪里不对呀？你倒是说说看。"

丽丽笑嘻嘻地说："我觉得呀，这不是你对天义了解多少的问题，而是你感情太细腻，又太爱天义的缘故。你觉得我说得在不在理？"

兰儿皱紧眉头想了一下，觉得丽丽还真是说到了关键。兰儿一下子激动起来，脱口而出就来了一句："嘿，你这丫头！"

丽丽听兰儿这般叫唤自己，心里顿时怦然一下！丽丽看着兰儿和蔼可亲的样子，不知不觉就想起自己死去的亲娘，鼻子里顿时就酸酸的……

兰儿看着丽丽愣愣呆呆的神情，眼前不知不觉就浮现出秀秀的模样……兰儿这般想时，心里对丽丽又格外多了一份亲切、多了一份疼爱。一会儿，兰儿走到丽丽身边，拉着丽丽的手，笑眯眯地问："天义说才两个多月，是吗？"

丽丽愣了一下，腼腆着脸说："嗯。"

兰儿摸摸丽丽的手背，语气柔柔地说："娘跟你说，女人怀孕的时候，前面和后面这几个月，一定要多加小心。"

丽丽微笑着点点头。

兰儿又摸摸丽丽的脸，亲热无比地说："还有就是，你和天义夫妻之间的事，这前后几个月，也要多注意点。"

丽丽脸一红，赶紧低下了头。

兰儿深情地抚摸着丽丽头发，说："害羞啦？"

丽丽不作声，尽情享受着这份久违了的关爱和体贴。

一会儿，兰儿又摸摸丽丽的手背说："走，娘给你看点东西。"

兰儿说着就拉着丽丽的手往前厅里走去。两人来到兰儿睡觉的房间，兰儿从衣柜的抽屉里拿出一个小盒子，又从小盒子里拿出一只翠绿的玉镯子，一脸深情地戴在了丽丽的右手上。兰儿问："喜欢吗？"

丽丽点点头说："喜欢。"

兰儿笑眯眯地说："喜欢就好。"

丽丽轻声地问："娘，你这是干吗？"

兰儿说："傻丫头，从今天开始呀，你就正式是我们杨家的媳妇了。天义他性子野，你一定要替我好好地看着他。"

丽丽俏皮地说："天义他就算是孙猴子，也逃不出我如来佛的手掌心。"

兰儿一听，立刻呵呵笑了起来。

一会儿，兰儿又从抽屉里拿出自己给天义织的荷包，意味深长地对丽丽说："丽丽呀，这是我亲手给天义织的荷包，你要替我好好保管着。"

丽丽接过荷包，右手摸着荷包中的棋子问："娘，这里面是什么？"

兰儿说："是一颗棋子，是天义他爷爷给他做的一颗棋子。"

丽丽满脸好奇地问："自己做的棋子？"

兰儿回应道："是啊，做得可好呢。"

兰儿说着就把荷包的绳扣解开，拿出里面的棋子给丽丽看。丽丽认真地打量着手中的荷包和棋子，眼神里渐渐充满了惊叹。丽丽若有所思地说："怪不得天义总是念叨他爷爷呢。"

兰儿说："是啊，如果我不给你看这颗棋子，你肯定想象不到吧？"

丽丽点点头，又看着手中的荷包说："娘，等以后有空，你要教我做这样的荷包，好不好？我想等肚子里的宝宝一出生，也亲手给他做一个。"

兰儿满心欢喜地说："好啊。只要你想学，娘什么都愿意教给你。"

丽丽听了便小鸟依人似的把头靠在兰儿的肩膀上。兰儿右手便深情地摸摸丽丽的头发和耳朵，两人亲密无间的样子俨然一对亲生母女。

一会儿，兰儿像想起了什么，于是对丽丽说："你等一下，我把天仁的棋子给你。"

兰儿说着又从抽屉里拿出另一个同样的荷包，然后把这个荷包递给丽丽，说："这是个天仁的。我让他们哥俩互换一下，以后想起对方时，身边也有个念想。"

丽丽感慨道："娘真是有心。"

兰儿说："为娘的，哪个在儿女身上没心呢？"

丽丽点点头说："天义以后一看到这些东西，就会想念家了。"

兰儿一脸感慨地回应道："是啊。我就是希望天义不管身在哪里，都不要忘记哥哥、不要忘记这个家啊。"

丽丽笑着提醒："还有娘您呢。"

兰儿摸摸丽丽的头，亲昵无比地说："傻丫头。"

丽丽笑一笑，心里溢满了温馨和幸福……

三十八

　　近午时分，姑爷一脸专注地在药柜前盘点账目。青莲在库房里整理药材，兰儿在一旁帮忙。一会儿，一个穿戴整齐的年轻解放军战士突然走进了店里。姑爷抬头一看，赶紧站起身来，一脸紧张地跟对方打招呼："长官好。"

　　年轻战士上下打量了一番姑爷，然后一脸严肃地说："叫我解放军同志吧。我们不兴叫'长官'。"

　　姑爷赶紧改口："好，好。解放军同志好。"

　　姑爷说着就去准备茶水，年轻战士腰身直直地看着姑爷。姑爷一脸客气地把茶水端到一个小方桌前，笑呵呵地说："解放军同志您请坐。您请喝茶。"

　　年轻战士嘴上客气地说"不劳烦，不劳烦"右手却又端起茶杯，然后左右摇头"呼呼"地吹着茶水上面的热气……

　　姑爷欠着身，诚惶诚恐地说："您坐着喝，坐着喝。"

　　年轻战士面无表情地问："药店生意怎么样啊？"

　　姑爷一脸紧张地回答："勉强糊口，勉强糊口。"

　　年轻战士听了放下茶杯，背着双手，悠然地在大堂里转了一圈，然后板着脸说："我看你这店可不小啊，怎么能说勉强糊口呢？"

　　姑爷紧张地回应："以前还过得去，现在不行了。"

　　年轻战士立刻黑下脸来，语气生硬地说："什么以前、现在？你不要跟我打马虎眼，赶紧说说每个月的入账吧。"

　　姑爷一听，立刻断定这是遇上"劫财"的了，心里就急急地盘算着怎么应付。

　　年轻战士见姑爷没有回应自己，便气呼呼地说："怎么？听不见我说话吗？"

　　"这个——这个还要看具体账目呢。"姑爷用起了缓兵之计。

　　年轻战士见姑爷不像是撒谎的样子，于是缓和了语气说："看什么账目？

说个大概吧。不过我可警告你，你不要敬酒不吃吃罚酒！"

姑爷装作一脸为难的样子说："这个还真是不好说呢。还是让我看一下账本吧。"

年轻战士右手伸向姑爷，不急不躁地说："拿过来，给我。"

姑爷无奈，只好磨磨蹭蹭地假装到柜台下面去翻找账本……就在这时，天仁突然闪现在姑爷眼前，兴奋地叫一声："姑爷！你在找什么呢？"

姑爷看看天仁身上的解放军军服，又看看年轻战士身上的军服，除了个别地方，几乎一模一样。姑爷满脸疑惑、欲言又止的样子说："你们、你们……"

天仁笑嘻嘻地模仿姑爷的语气说："我们、我们怎么啦？"

姑爷立刻觉得不对劲，再瞄一眼那个年轻战士——年轻战士正背着姑爷偷偷地笑。姑爷猛然醒悟过来，立刻抓住天仁的手，气急败坏地说："好你个臭小子，竟敢来捉弄姑爷！"

年轻战士赶紧说："姑爷您莫生气，这都是我的主意。"

天仁说："什么你的主意啊？还不快走。"

年轻战士边走边抱拳说："对不住了，姑爷。"

姑爷见年轻战士就这样走了，立刻对着他的背影骂道："跑啊，跑得了和尚跑不了庙。人小鬼大的东西！"

天仁开玩笑说："姑爷，你什么时候成了和尚啦？"

姑爷气呼呼地说："呸！你这小子，我还没跟你算账，你还敢油嘴滑舌？"

姑爷左手抓住天仁，右手扬起就要朝天仁打去，天仁赶紧朝里面喊道："姑姑救命啦！姑姑救命啦！"

青莲和兰儿立刻慌慌张张地从里面跑了出来。

青莲边跑边问："怎么啦？怎么啦？"

天仁一见两人出来，就赶紧甩开姑爷的手朝两人跑去。

青莲和兰儿各拉着天仁的一只手，急急地问道："怎么啦？怎么啦？"

天仁还没开口解释，姑爷已经紧跟了过来，右手还高高地扬起，一副气势汹汹的样子。天仁赶紧躲到青莲身后，笑嘻嘻地跟姑爷求饶："姑爷饶了我吧，饶了我吧。"

姑爷愤愤不已地说："饶了你？今天不剥了你一层皮才怪！"

青莲一看见这情形，就料定这是两人在闹着玩儿，于是对姑爷说："好了好了。你看看你，这哪像个做长辈的样子？"

姑爷立即反驳道："什么？我不像做长辈的样子？你怎么不问问他，像不像个做晚辈的样子？"

青莲见姑爷理直气壮的神情，就用疑惑的眼神看着天仁。天仁认认真真地说："姑姑，刚刚是我瞎闹腾的。你不要错怪了姑爷。"

青莲皱着眉，正想跟天仁问个明白，兰儿却拉下脸说："你这孩子怎么这样啊？快点说，你怎么瞎闹腾让姑爷如此生气？"

姑爷没想到兰儿动真格的了，赶紧笑呵呵地替天仁说话："弟妹呀，你千万莫真的生气。我和天仁是闹着玩的呢。"

兰儿沉闷着脸说："哪有这样闹着玩的？一点都不懂得尊重长辈！"

姑爷见兰儿不依不饶，只好朝青莲使眼色，青莲立即笑着打圆场："弟妹呀，你还真以为你姐夫生气了呀？他们是太久了没见面，手脚发痒，相互逗弄开心呢。是不是这样的呀？"

姑爷赶紧接嘴："是是是。弟妹呀，你姐说得一点没错。"

天仁忍住笑，挽着兰儿的胳膊说："姑姑说得很对呢。娘。"

兰儿沉闷的脸这才舒缓过来。

这一波过去，青莲便急切地问天仁："天仁啊，你怎么有空回来？我们都牵挂你，都在猜你现在在哪里呢。"

兰儿赶紧说："是啊，我们猜你可能会回南昌，没想到你这么快就来宜春了。"

天仁开心地说："我们部队从这里经过，我就抽时间赶紧回来看看。"

青莲兴奋地说："那今晚在家里住吧？你看看你，这么久没回家，你娘眼睛都快要望穿了。"

姑爷用力拍一下天仁的肩膀，笑呵呵地说："是啊，你这个没良心的兔崽子。平时也不抽空回来看看我们。"

天仁笑着说："我哪里不想回来看望你们呢？只是没有时间，再说部队里又管得严，不准随便请假。"

青莲听了点点头，马上又重问一句："那今晚总在家里住吧？"

天仁一脸歉意地说："不哦。马上就要走。"

兰儿急忙问："那午饭总在家里吃吧？"

天仁又说："不哦。来不及呢。"

天仁说着就把刚刚带回来的一个布袋子递到兰儿手中，兰儿看一眼，问道："什么东西啊？"

天仁说："几包治疗脖子疼的方剂。我一个长春的战友特意带给你的呢。他说效果特别好，娘你吃吃看吧。"

兰儿点点头。

天仁看看兰儿，又看看青莲和姑爷，笑着说："那我走了。等哪天方便，我再回来住。"

姑爷又用力拍一下天仁的肩膀，满脸不舍地说："臭小子。你可要记得回来，不要把家给忘了。"

天仁点点头，鼻子里突然感觉酸酸的。

兰儿握着天仁的手，张着嘴想叮咛点什么，青莲突然笑盈盈地说："天仁啊，前段时间天义回来过呢。"

天仁激动地说："啊？天义回来啦？"

兰儿抢着回应："是啊，还把丽丽带回来了呢。"

天仁听了喜出望外："真的？我还以为他们不可能在一起呢。"

兰儿点点头，笑盈盈地说："这丽丽呀，还真是个大家闺秀，却又没有一点傲气。"

天仁睁大了眼睛听着，心里感到无限欣慰。

青莲笑着说："天仁啊，你娘跟丽丽见了一面，就跟自己亲女儿一般亲昵呢。"

天仁兴奋地问兰儿："是吗？娘。"

兰儿点点头，一脸灿烂地说："这丽丽呀，还真是跟我投缘，就是不知道她爹对天义怎么样？"

天仁笑着说："那你怎么不问问天义？"

青莲赶紧说："就算问了，天义能跟你说真话吗？你呀，说话真是不过脑子。"

兰儿和姑爷都被青莲这话逗乐了。

天仁一边摸着后脑勺，一边憨憨地笑。

青莲看着天仁，认真地问道："天仁啊，你觉得丽丽她爹是个什么样的人啊？对天义好不好啊？你说出来的话，我们才信呢。"

天仁愣了一下，支支吾吾地说："这——这三言两语怎么说得好呢？"

青莲催促道："有什么说不好的？你就挑重要的说。"

兰儿也催促道："是啊，你快说说看。天义可是你亲弟弟呢。"

天仁看看两人，又看看姑爷。姑爷会意，就一本正经地跟两人说："你们两个呀，问这个问题真是问得多余。你们想啊，一来天义救过他的命，二来天义是他的亲女婿。就凭这两点，你们说他能对天义不好吗？"

兰儿一听，脸上立刻舒展了笑容。

青莲却笑着跟姑爷说："谁让你替天仁说了？我要天仁他自己说。"

青莲说着就笑眯眯地看着天仁。天仁想了一下，正要跟青莲说几句，这时门外有人朝天仁叫道："天仁，部队要出发了。"

天仁赶紧应道："来了，来了。"

天仁说完就匆匆地跟三人告别："娘，姑姑，姑爷，你们都好好保重身体，等有空了我就回来看望你们。"

兰儿紧紧握着天仁的手，泪水瞬间在眼眶里打转。

青莲夫妇拍拍天仁的肩膀，两人都是一脸的不舍……

三十九

1949 年 10 月 1 日，毛主席在天安门城楼上向全世界庄严宣告，中华人民共和国中央人民政府成立了！这句铿锵有力的话语一出，广场上前来参加庆典的军民立刻沸腾起来。之后连续多日，北京市的大街小巷都沉浸在巨大的欢庆之中。晚上，街道两边挂着的大红灯笼更是渲染着过年一般的喜庆氛围。

北京市解放军某部的一个医疗卫生室内，已经晚上 11 点多了，天仁和王顾伟还一边嗑着瓜子，一边兴奋地聊着。天仁喝一口茶，激动地说："王叔叔，要是今天能再靠近一点天安门城楼，我就可以更清楚地听到毛主席讲话了。当时人真是太多啦。"

王顾伟兴奋地说："是啊，真是人山人海呀。由此可见，人民群众对我们建立的新政权是多么期盼、多么拥护啊！"

天仁欣慰地说："是啊，过了这么多年的战乱日子，老百姓终于盼来了一个崭新的中国，终于能过上安安稳稳的日子啊。"

王顾伟点点头，然后又一脸警醒地说："天仁啊，中华人民共和国才刚刚建立，政权还很不稳定啊。许多敌对分子还躲在暗中，随时准备出来搞破坏。我们一定要头脑清醒，一定要保持警惕啊。"

天仁立刻说："王叔叔，你这个提醒太重要了。但是我们不怕，因为我们是人民的政权。只要有人民的支持，我们一定能挫败一切敌对分子。你说是不是？"

王顾伟放下手中的茶杯，紧紧握住天仁的手说："对。你说得太好了。你的觉悟越来越高了呀，天仁。"

天仁听了王顾伟的赞扬，脸上露出了自豪的笑容。

片刻后，王顾伟语重心长地说："天仁啊，新政府刚刚成立，医疗卫生事业的未来，就要靠你这样有底子、有热血的年轻人去拼搏和奋斗啊。"

天仁听了心头一热，立刻激动地说："王叔叔，只要国家需要，不管党和人民交给我什么任务，我都会全力以赴。"

王顾伟欣慰地说："好啊，说得好啊。"

天仁开心地笑一笑，然后端起茶壶给王顾伟和自己都续了一点茶水。王顾伟端起茶杯，对着热气腾腾的茶水吹了吹气，又一脸亲切地问天仁："天仁啊，对于现在的工作岗位，你还满意吧？"

天仁回答道："当然满意啊。领导都很支持我的工作，同事们对我也很好。我觉得在这样的大家庭里工作，真是太幸福、太幸运了。"

王顾伟开心地点点头。

天仁从果盘里抓起一把瓜子递给王顾伟，说："王叔叔，来，吃瓜子。"

王顾伟笑呵呵地接过，又问道："天仁啊，那你对未来还有什么打算吗？"

天仁笑盈盈地说："没有啊。一切都听从组织的安排。"

王顾伟拍拍天仁的臂膀说："天仁啊，我有个想法，想问问你的意见？"

天仁赶紧回应："王叔叔，你说。"

王顾伟喝一口茶，说："天仁啊，我想替你申请调回到老家去工作，不知你愿不愿意？"

天仁愣了一下，马上说："我还从没想过呢。王叔叔怎么突然这样问？"

王顾伟笑眯眯地问："那你现在想一下，愿不愿意？"

天仁沉默了片刻，然后语气坚定地说："愿意，非常愿意。"

王顾伟立刻又握住天仁的手说："我就知道你会答应的。因为你心里一直藏着一个心愿，对不对？"

天仁微笑着点点头。

王顾伟拍拍天仁的手背说："天仁啊，现在咱们老家也解放了，你家的崇草堂也应该重新开起来了。这个上百年的金字招牌，可不能断在你的手上啊。"

天仁听了万般滋味顿时涌上心头。许久，天仁都愣愣地看着一个地方发呆……

王顾伟也不去打扰天仁，只一边喝茶，一边想着自己的心事。

一会儿，天仁动情地说："王叔叔，跟你说心里话，其实我做梦都常常梦见崇草堂呢。"

王顾伟点点头说："就是因为我知道你心里一直念着崇草堂，所以我才有这个想法啦。"

天仁听了顿时感慨万分。天仁激动地握住王顾伟的手说："王叔叔，我没想到你心里也一直惦念着崇草堂，一直在为我的事操心啊。"

王顾伟感叹一声，说："天仁啊，其实我心里，可能比你还着急呢。你想啊，如果崇草堂不早点复业，我怎么对得起你爷爷奶奶呀？他们可都是因为我才早早离世的呀。"

王顾伟一说完这话，泪水就不知不觉盈满了眼眶。天仁看得真切，瞬间受到感染，泪水顿时也涌了出来……

287

一会儿，王顾伟又说："天仁啊，我也跟你说心里话，这么多年来，我只要一想到你爷爷奶奶，心里就愧疚得很，就心疼得很啊。我总在想，既然我不能用我一个人的命去换他们两个人的命，那也不能让他们就这样白白死去吧？如果是这样，我，我还是个人吗？"

王顾伟说到这，泪水就像断了线的珠子往下掉。天仁感动地说："王叔叔，你别说了。我心里都清楚啊。"

王顾伟摆摆手说："不不，你让我说。否则我心里难受，心里难受啊。"

天仁无奈，只好默默地听王顾伟继续说。王顾伟胡乱揩一下脸上的泪水，又接着说："天仁啊，我一想到你爷爷奶奶，就会不知不觉想起你爹娘、你姑姑他们对我的宽容啊。他们越是这样体谅我，我心里就越是愧疚，就越是无地自容啊。天仁。"

天仁恳切地说："我懂，你别再说了。王叔叔。"

……

1949年年底，天义和丽丽带着深深的无奈离开大陆，跟随简师长逃往台湾。压抑在心中的忧伤和苦闷，很长一段时间都令天义整晚整晚难以入眠，好在丽丽肚子里的孩子，给了天义莫大的安慰，给天义无比压抑的心灵播撒了一层暖暖的阳光。

台北市简师长的寓所，是一座三层的精致小别墅。别墅周边环境优美、景色宜人。里面的客厅和卧室南北通透、宽敞明亮，装修风格则简约大方、古朴雅致。这样的居住环境，常常让天义感到温馨和惬意，也常常让天义有一种如梦如幻、如悬半空的感觉。

这一天吃完晚饭，天义独自一人站在客厅阳台上发呆。丽丽坐在客厅细软的沙发上，挺着个大肚子，双手捧着一本育儿杂志，正面带微笑地看着。一会儿，丽丽放下杂志，来到天义身边，从后面抱住天义的腰身，语气甜甜地说："我给你拿笛子来吹吹吧。"

天义摇摇头说："不想吹。"

丽丽又面对着天义，心疼不已地说："你瘦了。"

天义微笑着回应："是吗？"

丽丽点点头，双手轻柔地抚摸着天义瘦长的脸颊……

天义摸一下自己的脸，开玩笑说："哪里是瘦了？是变长了吧？"

丽丽嗔怪道："你总是这样，有心事又不愿意跟我说说。"

天义捏一下丽丽的鼻子说："哪有什么心事呢？我是在欣赏这漂亮的月光呢。你看——"

天义说着就抬头看着天上。丽丽抬头一看，立刻被天上又圆又亮的月光吸引住了。丽丽左手挽着天义的胳膊，右手食指指着月光说："你看，月光上面还真有棵树呢。这树下不会真的有嫦娥吧？"

天义赶紧挡下丽丽的右手，说："什么嫦娥呀？你怎么就改不了呢？"

天义话一说完，立即双手合十，面对着月光，嘴里念念有词地祈祷着……

丽丽立刻被他这副"憨态可掬"的样子逗笑了。

天义很不高兴地说："你还敢笑？"

丽丽赶紧捂着嘴巴，装作一脸害怕的表情。

天义看着丽丽，一脸严肃地说："快点跟着我说。"

丽丽就乖乖地跟着天义说："月光爷爷，你老人家莫见怪。我把刀子还给你，你把耳朵还给我。"

丽丽说完就笑眯眯地看着天义。天义捏一捏丽丽的耳垂，叮嘱道："你可给我记住了，以后你再用手指指着月光爷爷，我就替他老人家把你的耳朵割下来。"

丽丽赶紧双手捂住耳朵，又装作一脸害怕的神情。天义一看，脸上立刻露出得意的笑容。片刻后，天义摸摸丽丽的大肚子，然后又把耳朵紧贴在上面，专注细腻地倾听起肚子里的声音来……

丽丽一脸温馨地微笑着，右手深情地抚摸着天义的后脑勺。

一会儿，天义满脸夸张地说："哎哟，这小家伙玩得可开心呢。"

丽丽笑道："你真会替他说话，他分明是在踢我呢。"

天义诙谐地说："踢你？不会吧？这小子在肚子里就会踢人，那长大了必定是个虎将啊。"

丽丽呵呵一笑："什么虎将不虎将？说不定还是个闺女呢。"

天义一个劲地摇头："不可能，不可能。"

丽丽说："什么不可能？女孩也有调皮的呀。"

天义捏着丽丽的下巴说："那要不我们来打赌？"

丽丽爽快地说："好啊。赌什么呢？"

天义正要回应丽丽，这时简师长从自己房间里走过来，跟两人开玩笑说："你们两个打赌，要不要请个中间人做裁判呀？"

两人回过头一看，都亲热地叫一声："爹。"

简师长点点头，笑眯眯地问两人："你们在打什么赌啊？"

丽丽指着自己的肚子说："在赌这个小家伙呢。"

简师长一听笑了，说："原来在聊我们家的小虎子呀。怎么个赌法呀？"

天义笑盈盈地说："爹，是这样的，我们俩都认为这小家伙肯定是个男孩，丽丽她却说可能是个女孩，所以我才跟她打赌呢。"

简师长看着丽丽说："这有什么好赌的呀？我们两个比你一个，你还能赢得了？"

丽丽一脸不服输地说："哼！又没有铁板钉钉，谁知道呢？"

简师长呵呵笑道："你就这么喜欢女孩？"

丽丽俏皮地说："我男孩女孩都喜欢。哪像你们两个重男轻女？"

简师长立即反问道："听你的意思，好像我从来就没有心疼过你咯？"

丽丽一愣，马上挽着简师长的胳膊撒起娇来："爹，我可没这么说你，都是你自己说的哦。"

简师长立刻呵呵笑了起来。

一会儿，简师长跟两人说："等孩子出生了，我们一家人就去龙山寺给菩萨还个愿吧。"

天义爽快地点点头。

丽丽却轻声问道："爹，如果生个女孩，也去吗？"

简师长不假思索地说："当然去啊。你以为爹真的重男轻女吗？"

丽丽笑嘻嘻地说："哪里嘛。我故意逗你玩呢。"

简师长笑着摇摇头。

片刻后，丽丽突然问："爹，你是不是有好消息要告诉我们？"

简师长点点头说："你猜对了。"

丽丽兴奋地说："爹，你快说。"

天义也一脸兴奋地看着简师长。简师长拍拍天义的臂膀说："我跟你们说呀，眼前，反攻大陆的计划，上上下下都在紧锣密鼓地进行着呢。也许用不了多久，我们就又可以回到南京了。"

天义睁大了眼睛说："真的吗？"

简师长点点头，然后又意味深长地说："我们现在虽然避居在这个孤岛上，但是只要我们重返大陆的雄心壮志不灭，谁又知道国共两党最终谁输谁赢呢？你说是不是？"

丽丽立即笑嘻嘻地说："爹，那你就详细说说我们的计划呗。"

简师长拍拍丽丽的手背说："这可是军国大事。爹怎么能随便乱说呢？"

丽丽摇着简师长的胳膊说："你就说一两句嘛。"

简师长拉下脸说："不行。这是原则问题，爹不能违背原则。"

丽丽松开挽着简师长的手，一脸无趣地说："那好吧。"

简师长见丽丽不高兴，便又笑眯眯地说："丽丽呀，你不要生气。爹还有个好消息，你要不要听？"

"什么好消息？爹你快说！"丽丽黯然的眼神瞬间又光亮起来。

天义听了眼睛也一亮。

简师长清了清嗓子，然后深情地看着天义说："天义啊，我已经在民德路买下了一家不错的店面，准备送给你把崇草堂开起来。"

天义一时没反应过来，赶紧问："爹，你说什么？"

丽丽也一脸不敢相信的表情问："这是真的吗？爹！"

简师长看看两人，笑眯眯地点点头。

丽丽激动不已地说："爹真坏！做什么事都瞒着我们。"

简师长开玩笑说："那你的意思，爹做什么事都要事先报告你一声咯？"

丽丽不好回应，便撒娇道："爹……"

简师长经不起丽丽的"糖衣炮弹"，赶紧说："好好好，不说了。"

丽丽见自己赢了，脑袋便幸福地依偎在简师长的肩膀上……

天义看着丽丽父女俩如此亲昵的样子，心里感慨不已。

天义饱含深情地说："爹，你对我们真好！"

丽丽听天义说"我们"，立即笑嘻嘻地说："'我们'是谁呀？谁跟你是一边的呀？"

天义一下子愣住了。

简师长听了却哈哈大笑起来。

天义很快反应过来，脸上露出憨憨的笑容。

一会儿，丽丽俏皮地跟天义说："天义，爹给了你一个这么大的惊喜，你打算怎么感谢爹，怎么报答爹呀？"

天义愣愣地说："我……"

简师长赶紧接嘴："丽丽呀，你这话可问反了。你应该问爹，这一辈子应该怎么报答天义的救命之恩啊？"

丽丽听了赶紧说："爹，我们都是一家人了，咱们一家人以后就不再提报答不报答的事了。好不好？"

简师长拉着天义的手，笑呵呵地跟丽丽说："好好好，左说右说都是你。"

丽丽见简师长调侃自己，便淘气地朝简师长伸了伸舌头……

简师长笑着摇摇头，眼睛里却是满满的幸福。

四十

这一天，南昌市胜利大街的一家店面前，人头攒动，欢声笑语远远就能听见。一会儿，鞭炮声响起，整个场面就更加热闹、更加欢腾了。

经过精心的准备，关停多年的崇草堂药店，终于又在原址隆重开业了。只不过这条街更换了名字，由原来的"陆家巷"改称为带有明显时代气息的"胜利路"了。辰时，阳光斜射着金光闪闪的崇草堂招牌。招牌两旁，两个大红灯笼格外醒目。整个店面的装修设计厚重典雅、喜庆亲和，这样一来，就给来看病问诊的人以无限的踏实和温馨。

此时此刻，前来祝贺和看热闹的人，个个嘴上都充满了感叹、脸上都洋溢着笑容。天仁穿一身笔挺的中山装，站在店门口笑盈盈地迎接前来道贺的客人。兰儿和青莲夫妇站在天仁身旁，大家脸上都舒展着笑容，迸发着由内而外的欣喜和热情。一家人不停地跟前来道贺的亲朋好友握着手，说着感谢话、客气话……

一会儿，王颀伟笑容满面地出现在大家眼前，大家赶紧热情地跟他握手、打招呼。天仁更是兴奋不已，紧紧握着王颀伟的手说："王叔叔，你大老远过来，真是太好了，太好了。"

王颀伟激动地说："我就算是日理万机，也必须赶过来看一看啦！何况我还没有那么忙呢。"

兰儿激动地握着王颀伟的手，想说什么却又说不出来，没过一会儿，热泪就在眼眶中打转。王颀伟感慨不已地点着头，左手在兰儿的胳膊上轻轻地拍了又拍……

这时，天仁又笑容可掬地给其他客人拱手致意。姑爷站在他身旁，轻声地跟天仁开玩笑说："你这小子，今天可跟新郎官差不多啊。"

天仁眼睛一亮，不自觉地朝姑爷憨憨一笑。

青莲耳朵尖，赶紧把姑爷拉到一旁说："今天可是一个喜庆的大好日子，你嘴巴给我管严实了，可不要乱说话。"

姑爷笑着说："我哪里乱说话了？天仁明明就像一个新郎官嘛。"

青莲拉下脸，正要跟姑爷理论一番，却不料王颀伟笑呵呵地走了过来。王颀伟声音洪亮、中气十足地说："姑爷说得好啊。天仁的确像一个新郎官嘛，就是不知道新娘子人还躲在哪里呢？哈哈哈。"

王颀伟的玩笑话一出口，大家先是一愣，接着便都开心地笑了起来。

青莲赶紧顺着王颀伟的话说："天仁的新娘子，还要指望王叔叔给帮忙找出来哟。"

王颀伟笑呵呵地回应："没问题。只要碰到合适的，我一定给天仁找出来。"

王颀伟说完就主动地跟青莲夫妇攀谈起来。青莲客气地说："崇草堂能有今天，全靠您大力帮衬啊。"

王颀伟谦虚地说："欸，这么说就见外了。这都是我应该做的，应该做的呀。"

青莲握着王颀伟的手说："老弟呀你对天仁、对我们一家这么好，我们都不知道怎么感谢你啊？"

王颀伟恳切地说："你这话可说反了呀。要说谢，也应该是我感谢你们一家啊。要是没有你们一家，哪里还有现在的我呀？"

王颀伟说着说着，泪水就从眼角滑落下来。

青莲见此情景，也不知不觉被带入伤感之中……

前来道贺的亲朋好友，都在一旁静静地听着，被两人这番真挚诚恳的话语感动了。

姑爷赶紧打破这沉闷的气氛，笑呵呵地招呼大家喝茶、吃点心。

青莲、天仁和兰儿也笑盈盈地招呼大家。

……

南昌的崇草堂药店，就在这欢快喜庆的氛围中重新开业了。而远在千里之外，崇草堂这块金字招牌，也在台北市热热闹闹地生根发芽了……

上午，晴空万里，温暖的阳光普照大地，台北市民德路中段热闹非凡。在新开张的崇草堂店门口，简师长满面春风地迎接着前来道贺的四面八方的客人。国民党军政要员以及各方亲朋好友，都欢欢喜喜地来给崇草堂的开张典礼送礼、庆贺。

天义站在简师长身旁，穿一身藏青色的翻领风衣，整个人显得高大挺拔、英姿飒爽。天义一会儿笑盈盈地跟客人拱手致意，一会儿热情地跟客人握手寒暄。天义心底的兴奋与自豪，由内而外、不知不觉地洋溢在他那棱角分明的脸上……

丽丽站在天义旁边，身穿一袭得体的旗袍，整个人看起来丰满靓丽、气质优雅。天义时不时亲昵地看一眼丽丽，仿佛看热恋中的情人一般。一会儿，保姆把刚刚满月的虎子递到丽丽手中，丽丽摇着虎子的小手，乐呵呵地跟客人打着招呼、说着玩笑话。

近午时分，一辆气派的小轿车在远处停了下来。片刻后，一个高高瘦瘦、留着髭须、戴着宽檐帽的年长男子缓慢地从后座钻了出来。稍后，一个穿着耀眼、打扮时尚的年轻女子也钻了出来。年长男子看起来精神矍铄，但是右脚走起路来有点跛，年轻女子右手挽着他的左手，一副亲密温馨的样子……

丽丽眼尖，一眼看见了两人，立刻把虎子递给身边的保姆，欢欢喜喜地迎了上去。丽丽一边快步走，一边跟两人招手致意，等来到两人跟前时，丽丽一脸夸张地说："赵伯伯，我盼星星盼月亮，总算把您给盼来了。"

说话间，丽丽就亲热地挽着年轻女子的左手。年轻女子朝丽丽笑一笑，然后眼睛紧紧盯着丽丽身上的旗袍。赵伯伯笑呵呵地回应丽丽："哎哟哟，我的小乖乖，看看你这喝了蜜的嘴哟。"

丽丽听了灿烂地笑了起来。

年轻女子笑盈盈地问丽丽："丽丽，你这旗袍在哪里订做的？真漂亮呀。"

丽丽低调地说："是吗？天义刚刚都还说我穿这旗袍真难看、真土气呢。"

年轻女子一脸兴奋地说："谁说土气呢？我觉得穿在你身上真是太合身、太好看了。"

丽丽一脸夸张地问："真的？"

年轻女子说："当然是真的。我几时跟你开过这样的玩笑啊？"

丽丽笑眯眯地摸一摸年轻女子的手背，说："姐，要不是你给我打气，我都恨不得一回到家就把这旗袍给撕了呢。"

年轻女子立刻呵呵笑道："你这鬼丫头。"

丽丽见年轻女子笑得一脸灿烂，也跟着呵呵笑了起来。

赵伯伯耐着性子听两个女人说了这么多"无聊"的话，这时张着嘴问："说完了吧？"

丽丽赶紧挽着赵伯伯的右手，笑嘻嘻地说："走吧。走吧。"

于是，赵伯伯走在中间，三人手挽着手，并排着朝崇草堂走去。年轻的司机右手提着礼物，面带微笑、步履轻盈地紧跟在他们身后。

这时，丽丽又说起恭维的话："赵伯伯，天义和我爹都知道您太忙了，以为您没时间过来呢。没想到您却给了我们一个大大的惊喜哟。"

赵伯伯笑呵呵地说："今天啊，就算是天王老子来找我，我也绝不搭理。我今天心里念叨的，就是崇草堂开业的事。"

丽丽笑一笑，正酝酿着说一些感谢的话，却被年轻女子抢先说了："你呀，就会在丽丽面前说大话。"

赵伯伯看一眼年轻女子，问道："我怎么说大话啦？"

年轻女子笑着说："你怎么不是说大话？我问你，要是那个天王老子是蒋委员长呢？你还搭不搭理他？"

赵伯伯一下子愣住了，张着嘴想说什么又说不出来……

丽丽见状，赶紧笑嘻嘻地接嘴："姐啊，我看你这话可不一定对。以赵伯伯在蒋委员长心中的位置，蒋委员长会随意驳了赵伯伯的面子？"

赵伯伯立刻激动地说："你看你看，还是丽丽小丫头说得中听。你呀，这张嘴一张开，就只会让人扫兴。"

赵伯伯说着，左手就不自觉地甩开年轻女子的手。年轻女子立刻变了脸色，右手却更加紧紧地挽着赵伯伯的左手不放。

丽丽皱一下眉头，赶紧笑着给两人打圆场："赵伯伯，我刚刚想起一句俗话，话到嘴边却又忘记了。"

赵伯伯饶有兴趣地说："哦？那你再想想看？"

丽丽假装思考了一会儿，突然笑嘻嘻地说："我想起来了，'说者无心，听者……'听者什么？"

丽丽皱起眉头看着赵伯伯，似乎又把后面半句给忘了……

年轻女子赶紧说："'听者有意'嘛。这个都不记得？"

赵伯伯笑眯眯地说："你呀，真是个笨脑子。"

丽丽立即顺着赵伯伯的话说："对对对，我就是个笨脑子。"

赵伯伯开心一笑，然后问道："你怎么突然想起这句话来了？"

丽丽还没来得及回答，赵伯伯突然拍一拍丽丽的肩膀说："你这个鬼丫头啊。哈哈哈。"

丽丽见赵伯伯领悟了自己的意思，就俏皮地朝赵伯伯一笑。

年轻女子愣了一下，很快也明白了丽丽在委婉地给自己说话。于是，双眼感激地看着丽丽，丽丽又俏皮地朝年轻女子一笑。

这时，赵伯伯拍了拍年轻女子的手背，一脸舒坦地说："你呀，什么都好。就是这张嘴呀，常常犯糊涂。"

赵伯伯对年轻女子说的话，与其说是指责和不满，倒不如说是关爱和呵护。因此，年轻女子听了非但不生气，反而脸上泛起了红晕。

三人说说笑笑，不知不觉就来到了崇草堂店门口。简师长和天义赶紧抛开其他客人，笑呵呵地迎了过去。

简师长兴奋地握着赵伯伯的手说："赵兄啊，您这尊大菩萨降临，崇草堂可是蓬荜生辉哦。"

天义也激动地说："赵伯伯，陶姨，你们能过来捧场，我们真是太开心了。"

赵伯伯亲热地拍拍天义的臂膀，然后笑呵呵地跟简师长说："老弟呀，你不要跟我说客套话。以后崇草堂啊，我可要三天两天赖在这里不走哦。"

丽丽听了赶紧接嘴："赵伯伯，您天天来我们都开心呢。"

天义笑盈盈地说："是啊，赵伯伯您那么忙，就怕请您来都请不到呢。"

赵伯伯呵呵地笑着，又开心地拍拍天义的臂膀。

简师长看着天义，半开玩笑地说："天义啊，你可要记住你刚刚说的话哦。不管哪天赵伯伯想过来，你都得放下手头上的事，开车去把赵伯伯接过来哟。"

赵伯伯手指着简师长呵呵笑道："老弟呀，老弟呀！"

天义赶紧回应："赵伯伯，您只要一个电话过来，天义二话不说，保证第一时间出现在您眼前。"

赵伯伯立即手指着天义说："你这小子，这张嘴也是越来越厉害了哈。"

天义听了憨憨地笑着。

赵伯伯又笑眯眯地看着丽丽说："丽丽呀，你回答我，这是不是叫作'近朱者赤，近墨者黑'呀？"

丽丽眼珠子一转，笑嘻嘻地说："赵伯伯，我这样的笨脑子，哪里知道什么叫'近朱者赤，近墨者黑'呀？"

赵伯伯呵呵笑道："你这个鬼丫头啊，尽给我揣着明白装糊涂。你说，天义现在也满嘴灌了蜜似的，难道不是受了你的耳濡目染？"

丽丽俏皮地说："赵伯伯，您这样说我，究竟是批评我还是表扬我呀？"

赵伯伯哈哈一笑说："我说不过你，说不过你。"

大家都不轻易接嘴，只跟着呵呵地笑……

一会儿，赵伯伯笑眯眯地跟天义说："天义啊，你看看我这条残腿，是越来越不中用了。以后啊，还真的是要借你这双巧手，给它好好扎上几针啦。"

天义正要回应，简师长却赶紧说："这还有什么问题？赵兄啊，您有空只管来。我敢保证，用不了多久，天义一定让您这条腿轻轻松松、舒舒服服。"

赵伯伯眼睛一亮："哦？针灸真有这么神奇？"

简师长说："那当然。要不是天义的针灸，我现在哪能站在这里跟赵兄说话？"

赵伯伯猛然醒悟地说："是哦，是哦。我倒是把这茬给忘了，你这条命还是天义给救回来的呀。"

简师长点点头，然后自豪地说："赵兄啊，不是我王婆卖瓜——自卖自夸哈。我这位女婿呀，可是我千挑万选才选中的呢。"

赵伯伯开玩笑说："是啊，老弟有眼光啊。要是我也有丽丽这么大的一个女儿，说不定啊，天义还是我的女婿呢。"

陶姨一直不作声，这时突然笑道："哪有这么说话？还有抢人家女婿的？"

丽丽俏皮地说："抢就让他抢呗。要不然，还以为我多稀罕他呢。"

大家听了先是一愣，接着都哈哈大笑起来。

天义听了也是一愣，然后也跟着笑了起来。

一会儿，简师长招呼赵伯伯和旁边的客人去店里喝茶，天义则继续留在外面迎接宾客。陶姨不喜欢闲坐，便拉着丽丽到一个僻静处，想单独跟丽丽说说心里话。丽丽正要跟着陶姨走开，保姆却把熟睡的虎子递到丽丽的怀中，说："厨房里正缺人手，让我过去帮帮忙呢。"

丽丽爽快地说："去吧，去吧。"

一会儿，两人来到一个僻静处，陶姨看着丽丽手中的虎子，满脸羡慕地说："来，让我抱抱吧。"

丽丽笑着把虎子递给陶姨，陶姨深情地看着怀抱中的虎子，眼神里充满了母爱……丽丽怀着无比复杂的心情看着陶姨，几次张开嘴想跟她说点什么，最终又忍住了。一会儿，陶姨把虎子还给丽丽，然后闷闷地说："妹子呀，姐半个月前又流了一个呢。"

丽丽吃惊道："啊？怎么又流了一个呢？"

陶姨低着头小声说："我哪知道呢？妹子呀，你说姐怎么这么命苦啊？姐这肚子怎么就这么不争气啊？"

陶姨说着眼泪就要流下来。

丽丽赶紧一只手抱着虎子，另一只手抱紧陶姨说："姐，你千万别这么说。"

陶姨摇摇头，苦笑着说："我还能怎么说？这么多年了，因为这个不争气的肚子，我吃了多少苦、受了多少委屈呀。"

丽丽一时语塞，不知道说什么话好。

陶姨又感叹："妹子呀，你赵伯伯要不是跟他前妻生了个儿子，他现在还会要我吗？"

丽丽不想听陶姨跟赵伯伯的一些敏感家事，赶紧说："姐，咱不抱怨了。让妹子一起来给你想想办法，好不好？"

陶姨一脸失望地说："还有什么办法好想呢？都这么多年了！"

丽丽见陶姨这般表情，心中的怜悯和同情又增加了一层。丽丽皱着眉头想了一会儿，然后拉着陶姨的手说："姐，你知道天义家的崇草堂传了几百年么？"

陶姨面无表情地点点头。

丽丽又问道："那你听说过，天义他爷爷曾经给慈禧老佛爷瞧过病么？"

陶姨立刻睁大了眼睛问："什么？给慈禧瞧病？"

丽丽声情并茂地说："对呀。天义他爷爷可是御医出身呢。"

"天义他爷爷这么厉害？"陶姨不敢相信自己的耳朵。

丽丽笑一笑，然后又拉着陶姨的手说："姐，我让天义从古书上找找，一定能找到安胎的好法子的。好不好？"

陶姨激动不已地说："好！好！"

陶姨说着双眼盈满了泪花……

丽丽摸一摸陶姨的脸说："你看看你，还是我的长辈呢。"

陶姨掏出手帕揩一下眼角的泪水，然后诙谐有趣地说："谁说我是你的长辈了？是长辈你还叫我姐？"

丽丽笑盈盈地说："诶，不是你让我叫你姐吗？现在你不愿意，那从今往后我就叫你陶姨好了，省得你说我不尊重长辈。"

陶姨气呼呼地说："你这个鬼丫头，怪不得连你赵伯伯都说不过你呢。"

丽丽得意地一笑，然后笑嘻嘻地说："姐，等你再怀上了，生下来要是个男孩，就让他跟虎子结拜为兄弟。好不好？"

陶姨听了开怀不已，然后一脸夸张地说："那可不行。你现在叫我姐，已经很便宜你了，难道下一代你还要占便宜不成？"

丽丽笑呵呵地说："好好好，不行就不行。既然你这么计较，那以后我还是叫你陶姨为好。"

陶姨拉下脸，恨恨地说："你这个死丫头。人家心里害怕什么，你偏偏就提什么。"

丽丽赶紧甜甜地求饶："姐莫生气。妹子我不说了，不说了。"

陶姨轻轻捏一捏丽丽的耳朵，一副不依不饶的神情说："哼，你这个死丫头。"

一会儿，陶姨又跟丽丽说："让我再抱抱虎子吧。"

丽丽说一声"给"，又把虎子递到陶姨手中……

四十一

南昌市崇草堂药房。

后院里，天仁坐在一张圆桌前，手中"吱吱呀呀"地调试着二胡。皎洁月光下，夜色更加迷人。天仁心情渐入佳境，脸上的愉悦清晰可见。一会儿，欢快敞亮的曲子便在院子里飘荡……

兰儿在厨房里一边洗着碗筷，一边用心倾听着这旋律优美的曲子。一会儿，兰儿走到天仁身边，眼神忧郁地说："仁啊，你看这偌大一个家，就我们两个人住，你不觉得太冷清、太没有人气了吗？"

天仁漫不经心地问："娘，你想说什么呢？"

兰儿右手摸摸天仁的头说："仁啊，你也老大不小了，该认真考虑考虑自己的终身大事了吧？"

天仁停下手中的二胡，看着兰儿说："娘，你又来了。"

兰儿脸带嗔怪地说："怎么？娘不该说你？连你弟弟都已经做爹了。你这个当哥的还真打算一个人过到老啊？"

天仁笑着打岔："娘，你这话怎么说呢？不是还有你，还有章叔，还有小陈嘛。"

兰儿立即拉下脸说："你不要给我打岔。你以为娘老了，就能随便糊弄是吗？"

天仁赶紧站起身，握着娘的手说："娘，你不要生气。我只是跟你开开玩笑呢。"

兰儿气呼呼地说："谁跟你开玩笑啊？每次认真跟你说这事，你总是跟我打马虎眼。"

天仁摸摸娘的手背，又笑着狡辩："娘，我知道这事你心里急，可是这种事你心急有用吗？难道你让我到大街上随便拉上一个姑娘来给你做儿媳妇？"

兰儿原本以为自己生气了天仁会顺着自己说话，没料到天仁却如此乱说一通。兰儿当即就生气地说："你怎么能这样说话？好好好，我以后再也不管你的事了！"

天仁见兰儿说出了狠话，赶紧拉住她的手，一本正经地说："娘，你千万莫生气。儿子知道错了。"

兰儿立即顶了回去："你会知道错了？你会知道是我多管闲事吧？"

天仁一脸真诚地说："娘，我真的知道错了。你千万不要往心里去。"

兰儿舒缓了语气说："好。那以后人家给你介绍姑娘，你还会不会推三阻四不愿意？"

天仁赶紧表态："不会了。以后我什么都听你的。"

兰儿点点头，脸上露出了欣慰的笑容。

一会儿，兰儿摸摸天仁的脸颊说："仁啊，现在崇草堂重新开业了，娘再没有别的奢望了，就希望你早点找个本分的姑娘，踏踏实实地过日子。"

天仁认认真真地听着，认认真真地点头答应。

片刻后，兰儿又语重心长地说："仁啊，娘知道你心里还装着很多大事，但是娶妻生子、传宗接代也不是小事啊。你说对不对？娘身体不好，万一哪天有个三长两短，你就忍心娘带着遗憾去见你爹吗？"

天仁听了心里很不是滋味，于是说："娘，你不要再说了。我都听你的就是了。"

兰儿点点头，片刻后又感叹："仁啊，你弟弟天义，现在都不知道在哪里呢？他和丽丽的孩子，也不知道是男是女呢？"

天仁安慰道："管他是男是女，反正都是咱们家的亲人，咱们家的子孙后代。"

兰儿听了欣慰地点点头，又摸摸天仁的脸颊说："仁啊，你要把娘说的话放在心上，早点成个家，早点生个孩子。趁娘现在手脚还有点力气，还可以帮你带带小孩呢。"

天仁听兰儿这么说，心里顿时感慨万分。天仁郑重地说："娘，你放心吧。我一定尽快找一个本本分分、踏踏实实的好姑娘回来给你做儿媳妇。"

兰儿满脸笑容地说："那就好啊。如果真是这样，娘就算是活不到花甲，也不会有什么遗憾了。"

天仁一脸不悦地说："娘别乱说！"

兰儿赶紧顺着天仁说："好好好。不说了，不说了。"

天仁盯着兰儿已经花白的头发，突然感觉自己是多么的自私、多么的不孝。天仁摸一摸兰儿的脸，满怀深情地说："娘，用不了多久，你就等着抱你的孙子孙女、等着跟他们在一起享受天伦之乐吧。"

兰儿听了眼睛一亮，欣慰地点点头。

……

台北市崇草堂药房。

明亮的灯光下，天义站在药柜前，专注地查看着里面的药材。一会儿，天义又端坐在柜台前，左手拿着厚厚的账簿，右手"噼里啪啦"拨弄起算盘来。丽丽轻轻地走到天义身后，给天义披上一件外套。天义反过头来看一眼丽丽，微笑着说："还没睡？"

丽丽妩媚地回应："你不睡，我睡不踏实。"

天义笑道："不是有虎子吗？"

丽丽一边给天义捏着肩膀，一边说："虎子才多大？又不能陪我说话。"

天义说："那你就逗着他玩，让他跟你笑。"

丽丽说："你拉倒吧。他不跟你哭就好了。"

天义开心地笑了起来。

一会儿，丽丽笑嘻嘻地问："捏得好舒服吧？"

天义点点头说："嗯，好舒服。有老婆真好！"

丽丽脸贴近天义的脸说："你才知道啊？"

天义笑一笑，突然问："俗话说啊，女人生了孩子就忘了老公。你觉得这话是对还是错？"

丽丽反过来问天义："你说呢？"

天义说："我觉得这话大错特错。"

丽丽问："为什么？"

天义摸摸丽丽的手说："你猜。"

丽丽催促道："猜什么呀？你快说。"

天义清了清嗓子，故意慢吞吞地说："因为啊，因为那是男人婚前看走了眼，没有找到真正的好老婆。"

丽丽"哼"一声，满脸开心地说："就知道油嘴滑舌。"

天义笑一笑，又专注地看起账簿来。

一会儿，丽丽又笑着问："诶，要是我每天都给你捏捏肩膀，你拿什么来感谢我呀？"

天义说："要不我教你扎针。你不是说想学针灸吗？"

丽丽说："这个可不算。这是你之前就答应好了的。"

天义说："那我实在想不出。"

天义说完就放下手中的账簿，闭着眼睛尽情享受丽丽给自己的放松。

丽丽沉默了一会儿，突然充满伤感地说："你知道吗？陶姨为了生孩子、为了拢住赵伯伯的心，不知道吃了多少苦呢。"

天义立刻睁开了眼睛，嘴上回应一声："哦？"

丽丽深深地叹一口气，然后一脸同情地说："陶姨那天跟我讲，前段时间她又流了一个呢。我看着她一脸苦笑的样子都心疼。"

天义沉闷地点点头，眼神里充满了同情和悲悯。

丽丽又说："你那天没看出来吗？陶姨整个人都很憔悴。"

天义皱着眉头说："没有啊。她不是看起来挺精神的嘛？"

丽丽感叹一声，说："那是她化了浓妆，不仔细看看不出来。"

天义若有所思地回应一声："哦。"

丽丽满脸期待地跟天义说："天义，你抽空到古书上找找，看有没有安胎的好法子，让陶姨也能顺利地生个一男半女的，好不好？"

天义拍拍丽丽的手背，爽快地回应："好。我一定想办法。"

丽丽点点头，双手轻柔地在天义的耳垂上揉捏起来……

一会儿，丽丽嘴巴贴着天义的耳朵，语气甜甜地说："咱们再要一个孩子好不好？"

天义愣了一下，问道："你是说现在？"

丽丽娇嗔地说："嗯。我还想要个女儿。"

天义摸摸丽丽的脸，笑着问："那万一又是个儿子呢？"

丽丽急忙说："是儿子不好吗？人家陶姨求还求不来呢。"

天义想了一下，说："缓缓吧。等虎子两三岁了可以吗？"

丽丽说："干吗要缓一缓？带一个是带，带两个也是带。况且一起长大还有个玩伴，你说是不是？"

天义说："说是这样说。难道你就不怕辛苦？再说，崇草堂才开业不久，要你帮着打理的事情又多。"

丽丽娇媚地说："只要我们在一起，我不怕累。再说，不是还有保姆吗？"

天义见丽丽固执己见，只好退一步说："那等虎子会走路了再说好吗？"

丽丽笑盈盈地说："那好吧。到时候你可不要再敷衍我。"

天义爽快地"嗯"一声。

……

不久后，天仁果然遂了兰儿的心愿，娶了一个温柔又贤惠的媳妇。兰儿看着这个称心如意的儿媳妇，开心得就像一个三岁小孩。结婚第二天晚上，吃完晚饭后，天仁就着烛光在桌旁看书。媳妇美燕想收拾碗筷，兰儿拉着她的手说："不急不急。咱娘儿俩说说话。"

美燕笑着点点头，乖巧顺从地在兰儿身边坐了下来。兰儿看着美燕，笑眯眯地说："美燕啊，天仁能娶上你这样的好媳妇，真是杨家祖上积了德啊。"

美燕落落大方地说："娘，你千万别这么说。这都是我们有缘分，才能成为一家人啊。"

兰儿见美燕又懂事又会说话，心里更是欢喜不已，于是拉着美燕的手说："美燕啊，你说得真好。你让我想起古人说的那句话，'不是一家人，不进一家门'啦。"

美燕反过来夸赞兰儿说："娘，你什么都懂，你才说得好呢。"

兰儿笑着摇摇头，又摸摸美燕的手背，继续说："天仁有了你，就算是正式有了自己的家了。往后啊，你们俩就相亲相爱，踏踏实实地过日子吧。"

兰儿话音刚落，天仁插嘴说："娘，你说这话是什么意思啊？我怎么现在才有自己的家啦？"

兰儿笑着解释："你懂个什么？娘难道能陪你一辈子？你媳妇才是一辈子跟你相依相伴的人呢。"

天仁听了心里很不是滋味，但是兰儿说的又句句是事实。天仁便笑着宽慰兰儿："娘，你们两个都是我最亲的人，都要陪我一辈子。"

兰儿听了呵呵笑了起来。

美燕笑盈盈地说："娘，天仁说得没错呀。咱们两个都是他最亲的人，以后不管是家里的崇草堂，还是天仁在外面发展事业，咱们两个可都是他的左膀右臂。"

兰儿听了无比高兴，赶紧应道："好好好。我们一辈子都是他的左膀右臂。"

天仁听着婆媳俩这番亲热的话语，心里充满了温馨……

一会儿，兰儿又笑眯眯地说："美燕，娘跟你说说我们以前的事吧。"

美燕兴奋地说："好啊。好啊。"

兰儿说："就从我怀天仁天义这哥俩说起吧。"

天仁赶紧笑着提醒兰儿："娘，你要说我和天义，只能挑好的说，我和天义的丑事就免了。"

兰儿笑着摇摇头，然后应道："好好好。我只挑好的说。"

美燕笑着说："娘，只要是你觉得开心的，好的坏的一起说。"

兰儿立即站在美燕一边，笑盈盈地说："好好好。好的坏的一起说。"

天仁无奈，就朝兰儿诙谐地做一个苦瓜脸，然后继续埋头看自己的书了。兰儿笑一笑，然后就把自己怀兄弟俩的过程，以及兄弟俩童年时的一些往事，绘声绘色地跟美燕说了一遍。当说到兄弟俩的丑事时，兰儿便降低了声音，脸上的表情就跟说评书的一般丰富而精彩。

美燕听得入了神，时而眼睛睁得老大，时而脸上露出灿烂的笑容。

天仁见婆媳俩如此融洽，性情也相熨帖，心里一快慰，想说话、想表达的欲望也就抑制不住了。于是，当两人笑嘻嘻地谈论自己和天义的丑事时，天仁便故意装作一脸难堪的样子说："娘你又想说什么呢？哎呀，娘你怎么还记得这些事啊？连这个你都记在心里呀？娘快别说了。"

天仁越是这般"较劲"，兰儿越是说得痛快，美燕也越是听得开心。于是，时间便在一家人其乐融融的笑谈中悄然流逝……

约莫一个时辰，兰儿和美燕才慢慢停歇下来。经过这一番亲密无间的交流，两人就如母女一般的贴近了。之后，兰儿拉着美燕的手，还想跟她说一些女人之间的私房话，见天仁仍在一旁默默地看书，于是笑眯眯地催促天仁："仁啊，你到房间里去看。我们娘儿俩要单独说说话。"

天仁皱着眉看着两人，张开嘴正要说什么，却被兰儿一把拉了起来，身不由己往房间里走去。天仁边走边俏皮地说："娘，你不要推哟。我有脚自己能走哦。"

兰儿笑嘻嘻地说："别啰唆。快走快走。"

美燕看着母子俩这般滑稽、搞笑的模样，心里顿时涌起一种说不出来的温馨。

……

一年后，美燕顺利产下一女，取名嘉瑶，天仁开心不已。兰儿虽然心里也欢喜，却催促美燕赶紧再怀上，赶紧再接再厉生一个大胖小子。兰儿笑盈盈地跟美燕说："俗话讲'养儿防老，养女防病'，你们两个呀，赶紧再生个儿子防老吧。"

美燕笑着点点头。

兰儿又拉着美燕的手，一脸神秘地说："美燕啊，我给你们两个算了卦，卦上说下一胎保准是个儿子呢。"

美燕听了腼腆地笑一笑，心里却满是欢喜、满是期盼。

两年后，美燕果然生了一个白白胖胖的小子，取名嘉琳。

兰儿得了宝贝孙子，顿时笑得合不拢嘴。

美燕和天仁心里也欢喜不已。

于是，一家人更是和谐顺遂、其乐融融……

等到崇草堂一切都走上正轨后，天仁便听从王顾伟之前的安排，去当地的医疗部门任职，从事中西医结合的现代化研究及中医诊疗的系统化研究工作，而崇草堂里的事情，则全权委托给忠厚实诚的章叔打理，天仁有空也会赶回来帮忙照看。

日子就这样有条不紊地流淌着，天仁家庭和事业都顺遂人意、妥妥帖帖，一家人格外珍惜这来之不易的幸福和安宁。天仁更是以全身的精力和百倍的激情投入到社会主义中医建设的伟大事业中去。

四十二

这一天，崇草堂药房里，兰儿和美燕坐在前面柜台边，两人一边忙着自己手头上的活，一边闲聊着日常琐事。一会儿，美燕把药柜里的药材检查了一遍，看看外面漆黑的夜色，满脸关心地对兰儿说："娘，你早点歇息吧。"

兰儿一边纳着鞋底，一边回应道："还早呢。再等一会儿吧。"

美燕恳切地说："那就休息一会儿吧。箱子里的新鞋子都还一大堆呢。哪里一时间穿得完？"

兰儿微笑着说："坐在这里不就是休息吗？手头上要是没点活，心里反而闷得慌。"

美燕听了摇摇头，对兰儿是既心疼又无奈。

约莫半小时后，天仁急匆匆地从外面走进店里。天仁右手提着一个棕色的药箱，左手拿着一把雨伞，脸上洋溢着兴奋与喜悦。天仁一进门，见兰儿又在做布鞋，开口道："不用等我回来！叫你们早点睡，你们为何总是不听呢?"

美燕赶紧说:"我们没看到你回来,哪里能睡得踏实?"

天仁气恼地说:"我又不是三岁小孩,你们担心那么多干吗?"

美燕正要说什么,兰儿却抢先说道:"你怎么说话呢?你现在脾气越来越见长了是吧?"

天仁见兰儿拉下了脸,赶紧解释说:"娘,我这不是牵挂你的身体,怕你脖子又犯病吗?"

美燕赶紧打圆场:"天仁啊,我刚刚也在劝娘早点歇息呢。你理解一下娘的心情,娘总得找个方式表达出来吧?"

天仁听了愣愣地不敢再作声。

美燕又从兰儿手中拿过兰儿给孙子嘉琳做的布鞋,递到天仁眼前说:"你看看,这密密麻麻的一针一线,都是娘对嘉琳满满的用心啊。你懂不懂?"

天仁心里顿时一阵阵难受……

兰儿看看天仁,用淡淡的语气对美燕说:"美燕啊,咱们去房间里说话吧!"

美燕朝天仁使眼色,天仁赶紧跟兰儿说:"娘,我错了。您莫生气。"

兰儿不理会天仁,挽着美燕的胳膊说:"走。"

美燕赔着笑脸替天仁说:"娘,您消消气。天仁这么说,也是'刀子嘴,豆腐心'。您就别放在心上了。"

兰儿拍拍美燕的手背,脸色舒缓了许多。天仁见机地走到兰儿身后,乖巧地给兰儿揉捏起肩膀来。美燕看一眼天仁,眼神里满是亲昵和赞许。天仁朝美燕诙谐地一笑……

一会儿,天仁开心地说:"娘,我跟您说个好消息。"

兰儿眼睛一亮,问道:"什么好消息?"

天仁下巴贴在兰儿的肩膀上,亲昵地说:"我拿报纸给您看。"

天仁说完就从刚刚提回来的医药箱里拿出一份当天的《人民日报》,兴奋地指着上面的一行标题说:"看!毛主席下了指示,要大力发展中医呢。"

兰儿注视着天仁手指的那行标题,只见标题是《贯彻对待中医的正确政策》。美燕也兴奋地挤过来看一眼,然后满脸欣慰地说:"娘,你们慢慢看,我去弄些点心来吃。"

兰儿微笑着说："去吧。"

美燕去了后厨，兰儿拉着天仁的手说："仁啊，美燕真是个好媳妇啊。你可得好好珍惜！"

天仁一脸诚恳地回答："我知道，娘。"

兰儿点点头，又问了一些天仁工作方面的一些事情，天仁都耐心地讲给兰儿听。兰儿不时地点头，偶尔也插几句话，讲到最后，兰儿语重心长地叮咛天仁："仁啊，王叔叔给了你这么好的机会，你可不能松懈，一定要再加把劲，多做出一些成绩来呀。"

天仁认真地说："娘，你放心吧。我一定不会辜负您和王叔叔的期待。"

兰儿点点头，片刻后又感叹："唉，王叔叔对你这么用心、这么照顾，真是应了那句老话啊。"

天仁问道："什么老话？"

兰儿拍拍天仁的臂膀，缓缓地说："'好人自有好报'你说是不是？"

天仁点点头，眼前立刻闪现出爷爷奶奶为救王顾伟而不顾一切的情形……

片刻后，兰儿又感慨道："天仁啊，你爷爷如果在天有灵，看到崇草堂能在你手上发扬光大，还能得到党和政府的支持，一定会高兴得睡不着觉啊。"

天仁点点头，双眼却不知不觉盈满了热泪。

一会儿，美燕端着一盘煎得金黄的糍粑来到两人面前。天仁筷子都懒得拿，右手立刻捏起一个就放进嘴里，然后一边吹着热气，一边狼吞虎咽。

兰儿嗔怪道："兄弟俩真是一个德行。"

天仁朝兰儿憨憨一笑，右手又赶紧从盘中捏起一个。

美燕笑着把筷子递到兰儿手中，说："娘，你快尝尝。"

兰儿接过筷子，夹起一个放进嘴里，嚼了几口便不停地说："味道很不错。"

美燕笑盈盈地说："娘喜欢吃，那就多吃一点。"

兰儿点点头，又招呼美燕一同吃，然后边吃边跟天仁感叹："唉，要是天义也能吃到这么好吃的糍粑，他准会开心得不得了啊。"

天仁却不以为然地说:"娘,天义最喜欢吃发糕,没听说他喜欢吃糍粑。"

兰儿摇摇头说:"这糍粑还不跟发糕一样,都是糯米做的?天义没说喜欢吃,那是因为你们小时候吃得少,所以心里不惦念罢了。"

美燕一脸赞同地说:"娘,你说得太对了。我就是因为小时候经常吃糍粑,所以大了之后也总是惦念着这个。心里一想到,嘴里就流口水。"

兰儿立刻被美燕最后的一句玩笑话逗乐了。

天仁笑着跟美燕说:"看样子我们南昌人,都喜欢吃糯米做的东西啊。"

美燕说:"我觉得整个南方人,应该都喜欢吃糯米做的东西吧?"

天仁打了一个响嗝,笑着说:"听你这么说,还真是有可能哦。我有一个浙江宁波的战友,他就特别喜欢吃糯米做的汤圆——那种放猪油和黑芝麻糊的汤圆。他说他一口气能吃上两大碗。"

兰儿兴奋地说:"这种汤圆我吃过,真是好吃呢。有时间我来弄些给你们吃,让你们也解解馋。"

天仁和美燕立刻开心地说:"好啊,好啊。"

兰儿笑着点点头,然后又感叹起来:"唉,要是天义跟我们在一起,那该多好啊。我敢保证,这小子吃这种汤圆也能吃个一两碗。"

天仁怕母亲说起天义心中伤感,于是故意岔开话题:"娘,说起天义,我倒是忘了跟您说个事。"

兰儿饶有兴致地问:"什么事?"

天仁就把刚刚在心里编造好的谎言说了出来:"娘,我昨天晚上做了一个梦,梦见天义回来跟我们一起过年了。"

兰儿兴奋地说:"真的?"

天仁激动地点点头,又说:"不仅天义一个人,还有丽丽,还有他们的小孩呢。"

天仁一边说,一边右脚轻轻地碰一下美燕的脚。美燕愣了一下,立即明白了天仁的意思。美燕拉着兰儿的手,笑盈盈地说:"是啊,娘。今天一大早,天仁就兴奋地跟我讲,说梦见天义回来了呢。"

兰儿紧紧握住美燕的双手说:"那太好啦,太好啦。"

天仁见美燕配合得这么融洽、这么完美,看美燕的眼神,就多了一份爱意、多了一份由衷的赞叹。

……

时光荏苒，人生易逝。一转眼，天义一家在台北不知不觉过了十年。十年，说长不长，说短不短，但是对于一个心有所念、心有所盼的人来说，十年可是岁月的一把无情之剑——尤其是对简师长这样已年近花甲的异乡之客来说。

来到台北市的第二年，简师长就给家里立了一个规矩：每年至少两次，全家人要一起去龙山寺拜菩萨、祈心愿。这一天，一家人跟往常一样，怀着一颗虔诚的心来到龙山寺烧香。丽丽本想带小儿子俊俊一起来的，简师长担心小俊俊在寺庙里随意哭闹冒犯了菩萨，丽丽便让他跟着保姆留在了家里。

一家人来到寺里，给了布施、上了香烛之后，就开始祈祷许愿。在观音菩萨像前，简师长一脸虔诚地跪着，双手合十，嘴上轻轻地念叨着什么。一会儿，简师长起身站立一旁，天义夫妇跪下，也双手合十，一脸虔诚地祈祷着什么。最后，虎子独自一人跪着祈愿。虎子记着简师长刚刚教过的话，轻轻地念着："求菩萨保佑，让虎子、让一家人早日回大陆老家。"

一切完毕后，一家人庄严肃穆地缓慢离开庙宇。简师长拉着虎子的手走在前面，天义夫妇走在后面，四人都默不作声。出了寺院大门，又走了一段路程后，简师长才低下头，笑眯眯地问虎子："想吃什么呀？外公给你去买。"

虎子笑嘻嘻地说："我要吃果仁巧克力。"

简师长摸摸虎子的头说："好，好。外公这就给你买。"

虎子抬头问："外公，我们什么时候能回老家呀？"

简师长又跟以前一样说："快了吧，应该快了吧。"

虎子听了气恼不已，说："外公总是这样说。我们是不是不能再回到大陆老家了？"

简师长听了一愣，然后一脸严肃地问："谁说不能回大陆老家了？是你自己这样认为呢？还是你爹娘跟你说的？"

虎子说："这还用问吗？当然是我自己认为的。我爹娘才不会这样说呢。"

简师长听虎子这么说，脸色渐渐缓和了下来，便和蔼地问道："跟外公说说，你为什么认为我们不能回老家了？"

虎子眨巴着眼睛看着简师长，一副想说又不想说的样子……

简师长摸摸虎子的脑袋，鼓励道："说吧，说错了外公也不怪你。"

虎子淘气地笑一笑，然后一脸夸张地说："外公，人家说'事不过三'。而外公讲'快了吧，快了吧'都不止30遍了！外公你说，你让我还怎么相信你呀？"

简师长听了不作声，眉头紧皱，脸色也渐渐凝重起来……

虎子怯怯地问道："外公，我是不是说错了话让你生气啦？"

简师长捏一捏虎子的鼻子，笑着说："怎么会呢！外公刚刚不是说过了吗？就算你说错了外公也不会怪你。"

虎子脸上立即露出灿烂的笑容。片刻后，虎子饶有兴致地问道："外公，咱们大陆老家真有那么好吗？"

简师长饱含深情地说："那当然啊。你在学校里，老师有没有讲过，'月是故乡明，家是故乡亲'啊？"

虎子皱着眉说："没有。老师只教过我们'露从今夜白，月是故乡明'。"

简师长呵呵笑道："这是一个意思嘛。一个意思嘛。"

虎子摸着后脑勺问："这怎么是一个意思呢？"

简师长笑眯眯地说："等你长大了就明白了。"

虎子点点头，又问："外公，大陆真的好大吗？"

简师长动情地说："大咯，好大咯。"

虎子眨巴着眼睛问："那大陆跟台湾比起来，究竟大多少呢？"

简师长立刻开怀大笑了起来。

虎子问："外公，你笑什么呀？"

简师长说："外公笑你问的太有趣了。"

虎子说："怎么有趣了？"

简师长爽快地说："外公打个比方来说吧。如果把台湾和大陆都比作一个水果，假设台湾是一个小杧果，那你想想，大陆可能是什么？"

虎子随口说道："大火龙果？"

简师长笑着摇摇头。

虎子摸摸后脑勺说："大凤梨？"

简师长又笑着摇摇头。

虎子脸带失望地说："我想不到。外公说吧。"

简师长摸摸虎子稚嫩的脸蛋，笑盈盈地说："假如把台湾比作一个小杧果呀，那大陆就是一个大西瓜咯。"

虎子睁大了眼睛说："啊？大陆这么大？"

简师长说："对呀。这下你知道大陆比台湾大多少了吧？"

虎子点点头，突然笑嘻嘻地说："外公，等下我还要吃西瓜。"

简师长满口答应："好好好。吃西瓜，吃西瓜。"

丽丽和天义在后面看着一老一小有说有笑的样子，脸上都欣慰不已。

一会儿，丽丽拉着天义的手感慨道："要是我们现在在南京，或者在河南老家，那该多好啊。爹的头发就不会白得那么快了。"

天义听了不禁感叹："这可能就是老话说的'人到老来思乡重'吧。"

丽丽听了点点头，又感慨道："爹现在年纪大了，身边又没个老伴，我有时候觉得爹好可怜。"

天义说："怎么会呢？我一直觉得爹跟我们在一起很开心、很快乐呀。"

丽丽摇摇头说："你一个大男人，哪里会懂得这些？"

天义诙谐地说："我们都是男人，怎么会不懂？"

丽丽问道："你现在多大？爹多大？你怎么会懂爹呢？"

天义反问道："那你怎么懂呢？"

丽丽感叹一声，说："你不知道，爹时常一个人闷在自己房间里，要么看着窗外，要么看着以前的老照片发呆。"

天义问："你怎么知道呢？爹不是也不允许你随便打扰他吗？"

丽丽脸上掠过一丝得意，说："你猜？"

天义说："这我哪能猜得到？"

丽丽说："那我告诉你吧。爹独自一人在房间里的时候，我就让虎子假装去爹房间里看小人书，然后让虎子把爹的一举一动都告诉我。爹一点都不知情，所以……"

"所以爹在房间里干些什么，你都清清楚楚、了如指掌了？"天义说。

丽丽点点头，然后说："我这也是没办法。爹有什么心思，又不太愿意跟我们讲。你说，我除了想想这样的办法，还能怎么样？"

天义立刻被丽丽的良苦用心感动，于是深情地看着丽丽，又亲昵地抚摸着丽丽的手背……丽丽苦笑一下，感慨道："要是娘还健在就好了。爹就不会这么孤独、这么苦闷了。"

天义皱着眉说："爹为什么不再去找一个伴呢？咱们不是都赞成吗？"

丽丽也皱着眉说："我哪知道呢？可能是太爱我娘、太在乎我们了吧？"

天义听了叹口气，然后建议道："要不，寻个恰当的时候，你再跟爹好好说说？"

丽丽缓缓地摇摇头。

天义疑惑地问："不可以吗？"

丽丽一脸无奈地说："你怎么想得那么简单？你以为父女之间像夫妻，什么话都可以总唠叨？"

天义一听这话，立刻就沉默不语了。

丽丽深情地看着天义，说："你现在明白，为什么说'少年夫妻老来伴'吧？"

天义若有所悟地点点头。

四十三

光阴似箭，岁月匆匆。一转眼，时间进入 20 世纪 70 年代，一场席卷全国的"文化大革命"运动仍在如火如荼地进行。这一天中午时分，天仁手中提着一个药箱急匆匆地走进店里。柜台前的伙计彬彬一见天仁，立即笑着打招呼："天仁叔，你回来啦？"

天仁应一声"回来了"，就把药箱放在柜台后面。

彬彬关切地问："吃饭了吗？"

天仁说："吃过了。你们也吃了吧？"

彬彬笑着回应："我们刚刚吃完呢。"

天仁点点头，问道："章叔呢？"

彬彬说："他刚刚去市场，说是看看有没有好一点的黄芪和甘草。"

天仁应一声"哦"，转身就往后院走去。一进后院，天仁就看见兰儿正躺在院子里的一把摇椅上，眯缝着眼睛惬意地晒着太阳。旁边，两个小孩正蹲在地上逗弄一只小猫玩。大的是孙女嘉瑶，小的是孙子嘉琳，两人脸上都笑嘻嘻的，一副乐在其中的样子……

这时，美燕端着一个小碗从厨房里走了出来。一见天仁，立刻开心地问道："吃饭了吗？"

天仁应一声"吃过了"就往兰儿身边走。两个小孩听到天仁的声音，立刻围到天仁身边叫道："爹。爹。"

天仁摸摸姐弟俩的头，笑眯眯地从口袋里掏出几颗糖给他们。姐弟俩接过糖，立刻笑嘻嘻地跑去彬彬那里炫耀了。天仁看着姐弟俩飞奔的背影，脸上满是温馨和欢喜。美燕笑容满面地走到天仁身边，轻声问道："外面都还好吧？"

天仁沉闷地摇摇头。

美燕更低的声音问道："有情况？"

天仁皱着眉说："马书记和李副院长，都被关起来了。"

美燕惊愕不已，赶紧问："他们没对你怎么样吧？"

天仁舒展了眉头说："还没有。他们听说爷爷奶奶是王叔叔的救命恩人，就都对我很客气。"

"那就好，那就好。"美燕长长地舒了一口气。

天仁转过身看一眼兰儿，问道："娘怎么样？上午没有晕吧？"

美燕正要回答，兰儿突然发声："我没事。你们两个嘀嘀咕咕在说什么呢？"

天仁赶紧凑近兰儿身边说："娘，您醒了？"

兰儿"嗯"一声，继续问道："你们刚刚在嘀咕什么呢？"

天仁笑着回应："没说什么呀。我跟美燕说，小孩子吃饭不能惯着他们。要让他们定时定量地吃。"

天仁说着朝美燕使眼色，美燕会意，立刻把手中的小碗给兰儿看，嘴上说："娘，你看，嘉琳这孩子嘴巴就是刁。这么一小碗饭，还要我去热个两三次才能吃得完。"

兰儿听了却说："喂小孩嘛，就是要多点耐心。"

美燕和天仁会心一笑，一脸顺从地说："娘说得对，说得对。"

兰儿问天仁："你自己吃饭了没有？"

天仁笑着回应："吃过了呢。娘，头现在没有不舒服吧？"

兰儿拍一下天仁的胳膊，笑眯眯地说："这不好着嘛？净在这里瞎问。"

天仁憨憨地一笑，双手自然地给兰儿揉捏起肩膀来。美燕也笑一笑，端着碗就要去前面给嘉琳喂饭。就在这时，前面突然传来喧闹声。很快，嘉瑶和嘉琳一脸恐慌地从前面跑了进来。嘉琳跑到美燕身边，急急地说："娘，来了好多人，样子都好凶。"

嘉瑶也急急地说："他们一个个都想要打人的样子。"

美燕立刻阴沉了脸。

兰儿一脸着急地问天仁："这怎么回事啊？天仁。"

天仁猜想可能要出事，嘴上却平静地说："娘，您别担心。我去看看。"

兰儿"嗯"一声，就要从躺椅上起来。天仁赶紧安抚兰儿说："娘，您起来干吗？多半是彬彬给顾客算错了账，发生什么误会了。您安心晒太阳吧，没事的。"

美燕也强装笑颜说："是啊，娘。我们又没跟谁结怨结仇，您不要担心。"

兰儿听两人这么宽解，才又安心地躺下。天仁笑着拍拍兰儿的手背，就急急地朝前面走去……

两个小孩看看天仁的背影，又看看美燕和兰儿，眼神里还是露出不安和害怕。

兰儿笑眯眯地跟两人说："过来，到奶奶这边来。"

两人乖乖地站到兰儿身边，兰儿亲切地摸摸他们的脑袋，然后安抚他们说："不要怕哈。他们又不是坏人，你爹去跟他们说说就好了。"

美燕也笑盈盈地安抚他们："是啊，有什么好怕的？我们又没有做坏事，他们也不是坏人，怕什么呢？"

两个小孩听美燕和兰儿这么说，脸上才慢慢恢复了笑容。

美燕又摸摸嘉琳脑袋说："来。我们来吃饭。"

美燕说着就给嘉琳喂起饭来。嘉琳经过刚刚这么一出惊吓，吃起饭来就格外听话、格外专注。美燕和兰儿都一脸开心地看着嘉琳，嘉琳看看兰儿和美燕，又一边吃，一边跟嘉瑶笑嘻嘻地逗弄起身边的小猫来。

再说天仁急匆匆地来到前厅，一眼就看见柜台前站着五六个戴着红色袖章的小兵，其中一个正气势汹汹地对彬彬说："你不是当家的，那谁是当家的？"

彬彬正欲开口，天仁立刻抢着说："我是当家的。有什么事跟我说。"

刚刚问话的小兵立刻回过头来，上下打量着天仁。其他的小兵也齐刷刷地转过头看着天仁，有的歪着脑袋，有的面无表情，有的一脸的凶相……

问话的小兵歪着嘴巴说："你就是当家的，是吧？"

天仁双眼紧盯着他们说："对。我就是当家的。"

问话的小兵见天仁一副毫不畏惧的样子，就又审视了一下天仁，然后一脸严肃地问道："我问你，你认不认错？"

天仁理直气壮地说："我治病救人、行医售药，有什么错？"

问话的小兵被天仁义正词严的话语问住了。只见他愣愣地看看天仁，又看看身边带头的小兵。带头的小兵眼睛盯着天仁，在天仁面前转了转，突然一边鼓掌，一边缓缓地说："好，说得好。"

小兵们见此情景，脸上都阴笑起来，仿佛得到一个令人兴奋的暗示。

带头的小兵看看天仁，又看看其他的小兵，突然恶狠狠地说道："都看着我干什么？砸！给我狠狠地砸！"

小兵们一听，立刻操起手中的家伙，手脚并用，就在店里乱踢乱砸起来。

带头小兵听着店里各种物件倒地或者破碎的声音，脸上立刻露出无比得意、无比狂傲的笑容。他看着天仁，忿忿不已地说："哼！看你服不服？搞封建的一套，还这么理直气壮？真是不知天高地厚！"

彬彬从来没见过如此场面，早已吓得变了脸色，独自在一旁瑟瑟发抖。

天仁看着这帮人在光天化日之下对自己苦心经营的药店乱打乱砸，简直要气炸了。天仁大喝一声："都给我住手！你们这帮无法无天的东西，你们这样乱来，难道是要造反了吗？"

天仁说着，就准备上前阻止一个小兵试图推倒高高的药柜。正在这时，美燕来到天仁身边，见眼前形势不对，赶紧一把拉住天仁，并且拼命摇头示意天仁不要去激怒他们。

天仁立刻冷静了下来，右手下意识地就把美燕拢到身后……

带头小兵见天仁竟然想上前来阻止，就更加猖狂地喊道："给我砸！给我狠狠地砸。"

"你！你真的要造反了是吧？"天仁气得舌头打颤。

带头小兵见天仁这么说自己，立刻无比得意地说："你说什么？造反？哈哈哈。我们今天就是要造反，就是要消灭你们这些老封建。"

小兵们听了也哈哈大笑起来。

接着，天仁眼睁睁看着高高的药柜"轰"一声被推翻在地上。天仁眼睛气得发花，嘴上厉厉地问道："是谁？是谁让你们这样胆大包天的？"

带头小兵听了一愣，转瞬就狂妄地大笑，然后右手大拇指指着自己的鼻子，得意地说："是我。是天王老子！听清楚了吗？"

众小兵见此情景，有的哄然大笑起来，有的绘声绘色地模仿带头小兵的样子说："是我。是天王老子！听清楚了吗？"

天仁和美燕都不敢相信眼前的事实，都觉得这帮年青人简直是疯了。就在两人呆呆地看着这帮人时，兰儿拖着病病恹恹的身体来到天仁和美燕身边，两个小孩也怯怯地跟在兰儿身后。兰儿见店里乱成一团，忍不住骂道："你们这群强盗！"

"你说什么？说我们是强盗？"一个小兵气势汹汹地冲到兰儿跟前，双手用力把兰儿往地上一推。

兰儿"哎哟"一声，立即倒地不起。天仁和美燕赶紧蹲下身去抱兰儿。兰儿气喘吁吁，却仍然不停地骂道："强盗！你们这群强盗！"

天仁站起身，要跟这帮肆无忌惮的人拼命。美燕赶紧抱住天仁的一只脚死死不放，嘴上急切地说："不要啊，天仁！救娘要紧啊！"

兰儿怕天仁吃亏，也死死地扯住天仁的裤脚不放。天仁无奈，又蹲下身子，急急地问："娘，您没事吧？娘！"

兰儿喘着粗气，嘴上弱弱地说："没事，没事。"

带头小兵怕兰儿有所不测，赶紧招呼其他小兵："好了，好了。不要砸了！"

众小兵立即止住手脚，围拢到带头小兵身边。带头小兵凑近天仁，语气厉厉地说："你给我听好了！赶紧把这封建的药店给我关了。否则，今天饶过了你们，明天一把火把你整个店都烧了！"

带头小兵说完一扬手，小兵们立刻跟在后面，一个个脸上趾高气扬、不可一世。这帮人一离开，天仁赶紧和彬彬搀扶着兰儿去床上休息。美燕正要跟着去房间照顾兰儿，却看见嘉琳跑到店门口去看离去的红卫兵……

美燕盯着嘉琳说："你给我过来。"

嘉琳看一眼美燕，又回过头去看远去的红卫兵的背影。

美燕瞪大了眼睛说："你耳朵聋了是吧？"

嘉琳赶紧跑到美燕身边，低着头不敢作声。美燕右手食指狠狠乩一下嘉琳的额头，气恼不已地说："你看什么看？你也想跟他们一样是吧？"

嘉琳摇摇头，突然又说："娘，我也想要一个红袖章。"

美燕睁大了眼睛问："要什么？"

嘉琳放低了声音说："要一个红袖章。"

"要你个头！"美燕说着就给了嘉琳一个耳光。

嘉琳万万没想到美燕如此生气，眼泪瞬间就"哗啦哗啦"流了出来。美燕看着嘉琳一脸委屈的样子，心里顿时懊悔不已。

美燕伸手给嘉琳擦眼泪，嘉琳猛地把美燕的手推开。美燕又伸出手想去摸摸嘉琳被打的脸，嘉琳却一边抽泣，一边眼神犀利地看着她。美燕心里一颤，赶紧蹲下身子，一脸恳切地跟嘉琳说："嘉琳，是娘不好。"

嘉琳不作声，仍然双眼盯着美燕，脸上的表情却缓和了许多。

美燕无奈，右手拍拍嘉琳的肩膀，一转身就要去看望兰儿。嘉琳突然一把拉住美燕的手，语气轻柔地说："娘，是我错了。我不要红袖章了。"

美燕顿时紧紧抱住嘉琳，泪水瞬间盈满了眼眶。嘉琳摸摸美燕的脸，说："娘，我们快去看看奶奶吧。"

美燕"嗯"一声，拉着嘉琳的手快步向兰儿房间里走去。两人来到兰儿身边时，兰儿却已经昏迷不醒……

两天后，兰儿怀着满腔愤懑和深深的遗憾离开了人世。

兰儿临终前，嘴里不停地念叨着天义的名字，不停地呼唤着："天义，你在哪里呀？你在哪里呀？"

……

兰儿离开人世的当天，天义晚上突然从睡梦中惊醒，嘴上不停地喊着："娘！不要啊，不要啊！"

睡在一旁的丽丽见天义做了噩梦，赶紧伸手拉亮床头灯，关心地说："怎么啦？做噩梦了是吧？"

天义额头上全是豆大的汗珠，嘴里不停地喘着粗气。

丽丽轻抚着天义的脸颊，嘴上跟安抚小孩似的说："不怕，不怕，梦都是反的呢。"

天义不作声，眼神呆呆地看着天花板。

丽丽揉一揉天义的耳垂，轻声问："又梦见娘了吧？"

天义木然地点点头。

丽丽几次想问天义梦见娘什么了，却总是话到唇间又闭了回去。

天义看出了丽丽的心思，于是主动说："你是不是想问我梦见娘什么了？"

丽丽微笑着点点头，马上又体贴地说："你要是不想说就算了。"

天义感叹一声，然后微笑着："你刚刚不是说梦都是反的吗？"

丽丽见天义能自我开解，便笑盈盈地说："对呀，我奶奶一直这样跟我说。"

天义听了欣慰地说："那我跟你说吧。我梦见我和娘坐在一起说话，娘说着说着突然口吐鲜血，接着就上气不接下气地呼喊着我的名字。她越是呼喊，嘴里的鲜血就越吐越多，于是就把我吓醒了。"

丽丽赶紧安慰天义："你呀，会做这样的梦，都是因为你太想念老家、太想念娘了。等我们回了老家见到了娘，你就再也不会做这样的噩梦了。"

天义若有所思地点点头。片刻后，天义突然求证似的问丽丽："我们真的还能回到大陆吗？"

丽丽听了心里"咯噔"一下，然后一脸肯定地说："这还用问吗？"

天义满怀期待地看着丽丽说："为什么呢？"

丽丽亲昵地把脸贴着天义的脸说："你问我，那我先问你，你有没有听过这样一句话？"

"什么话？"天义赶紧问。

丽丽语气柔柔地说："念念不忘，必有所应。"

天义听了在心里细细地咀嚼起来："念念不忘，必有所应。念念不忘，必有所应……"

丽丽看着天义若有所思的样子，也不打扰他，只轻柔地用指尖摩挲着天义高高的鼻梁……

一会儿，天义满脸开怀地说："你说得对。"

丽丽听了在天义脸颊上深情地吻一下，然后说："那我们睡觉吧？"

天义点点头，右手不自觉地就把丽丽挽进自己的怀里。

不一会儿，天义匀匀的鼻息声便一阵阵传入丽丽的耳中。丽丽嘴角露出温馨的笑容。丽丽摸摸天义的下巴，又摸摸右手上戴的翠玉镯子——兰儿甜甜的笑容便不知不觉在眼前浮现。

一会儿，丽丽也在温馨甜蜜的回忆中进入梦乡……

四十四

兰儿被安葬在杨家村院坑祖坟山后，天仁夫妇又返回城里，把崇草堂里的东西归整一下后，便雇了一辆马车，一家人暂回老家躲避风头。在车上，天仁夫妇俩并排坐在一起，两个小孩坐在他们对面，一脸开心地玩着"细绳绕指"的游戏……

这时，天仁拉着美燕的手，满脸愧疚地说："美燕，你跟着我受苦了。"

美燕听了很不高兴，说："夫妻一场，你这说的是什么话？"

天仁苦笑着回应："娘生前总说，说我娶了你真是上辈子修来的福分。总是千叮咛、万嘱咐，要我一定好好善待你，不要让你受委屈。可哪能想到，你跟着我却总是担惊受怕。"

美燕却淡然一笑，说："我这辈子呀，能够遇上像你这样的实诚人，我还贪图什么呢？你平常对我的好，我都装在心里呢。"

天仁听美燕这么一说，心里一下子宽慰了许多，但是一想到崇草堂的事情，心里又不禁郁闷起来。美燕猜到天仁的心思，就温柔地摸摸天仁的手，体贴入微地问道："你在想药店的事吧？"

天仁点点头。

美燕信心满满地宽慰天仁："你放心吧。就这一帮屁小孩，哪里就能翻了天？"

天仁皱着眉头感叹："唉，我真是不解呀，这世道怎么一下子变成这样？"

美燕却一脸乐观地说："你想那么多干吗？你没听老话说'好事多磨'？就算暴风暴雨再厉害，也总是要重见阳光的。"

天仁一听，眼前立刻亮堂起来。天仁在心里感叹："唉，我真是枉为男人。在关键时候，竟然还不如美燕，还不如一个女人想得远、想得通透。"

天仁心里这么感叹时，再看美燕的眼神里，就多了一份亲昵和敬佩。美燕见天仁用一种别样的眼神看自己，脸上竟然多了一份少有的妩媚。天仁不知不觉握紧了美燕的手，嘴上温柔地说："你总是想得开。"

美燕笑盈盈地回应："当然要想得开。人如果总往不好的地方想，那生活还有什么指望？人这一辈子，哪个不得经历点磨难、经历点挫折？"

天仁听了不停地点头，心里不由得想起兰儿常跟自己说的一句话："天仁啊，美燕真是一个善解人意、乐观开朗的好女人。你一定要好好珍惜、好好疼爱她呀。"

天仁心里这么想时，一阵阵感动、一股股暖流便在内心深处不断地涌起。

一路上，夫妻俩就这样一会儿说说话，一会儿各自想着自己的心思，不知不觉就来到白马寨杨家村。一进村里，一家人就受到父老乡亲们的热烈欢迎。

有的欣喜地说："回来好啊，回来好啊。"

有的满脸热情地说："天仁啊，今天中午全家人就到我家来吃饭，千万不要推辞哈。"

有的拍拍天仁的肩膀，亲热地说："天仁啊，晚上就到我家来，咱叔侄俩一定要好好喝几杯。"

有的拉着美燕和两个孩子的手，说着温馨而暖人的话语……

天仁一家人都被乡亲们的热情和淳朴深深地打动了。

回到老宅，天仁站在厅堂，看着墙上挂着的爷爷奶奶的画像，心里不由得感慨万千："唉，老话说的'一报还一报'，真是一言不差啊。爷爷奶奶，如果不是你们二老长期施恩于这片故土，我和美燕，如今落魄地返回故里，哪能得到乡亲们如此这般的敬重、如此这般的善意啊？"

美燕站在天仁身旁，也肃然起敬看着爷爷奶奶的画像。

天仁一家归来之后，乡亲们表现出来的友善，并不仅仅止于言语之间，更表现于用切实行动来帮助天仁夫妇度过眼前的困境。当天，村里的长者就召集众人讨论帮天仁一家修缮老宅的事情。大家都踊跃表态，一定要把这件事情办得漂漂亮亮，让天仁一家住得妥帖、安心。

于是，一连多日，乡亲们一大早就来到天仁家，听从修缮师傅的安排，欢欢喜喜地在一起忙碌着。大家手头上忙得不亦乐乎，嘴里也不闲着，有说有笑，俨然盖新房一般的热闹和喜庆。看着如此热闹而温馨的场景，天仁夫妇心里总是热乎乎的。

七八天之后，在乡亲们的齐心协力下，破旧的老屋终于换新颜，漂漂亮亮地出现在天仁夫妇眼前。天仁夫妇站在院子里，看着焕然一新的老屋，脸上绽放出无比舒心的笑容……

两个小孩也格外兴奋，在院子里把一个青皮的柚子当着足球踢着玩。

这时，隔壁的张婶双手端着半脸盆刚从自家树上摘下来的大红枣，笑眯眯地来到姐弟俩跟前。张婶拉着嘉琳的小手说："来，张开口袋来。"

嘉琳赶紧把衣襟上的两个口袋张得大大的。一会儿，嘉琳的两个小口袋就被红枣塞得鼓鼓的。接着，张婶又给嘉瑶的两个口袋也塞得鼓鼓的。姐弟俩双手摸着鼓鼓的口袋，笑嘻嘻地看看张婶，又看看天仁夫妇……

天仁乐呵呵地看着姐弟俩笑。

美燕笑着跟姐弟俩说："谢过奶奶没有？"

姐弟俩赶紧说："谢谢奶奶。谢谢奶奶。"

张婶摸摸姐弟俩的头说："不用谢，不用谢。"

美燕走到张婶身边，挽着张婶的胳膊说："婶子，中午就在这里吃饭吧。

咱们唠唠嗑。"

张婶说："改天吧。你们现在住下了，我想什么时候来就什么时候来呢。"

美燕拍拍张婶的手背说："好。"

张婶一脸欣慰地感叹："你们一家人回来了真好啊。以后啊，我们村人有个头疼脑热的，心里就一点也不慌哦。"

美燕笑着点点头，说话间两人就走进屋里。美燕拿着一个小竹篮来接张婶脸盆里剩下的红枣，张婶一边倒红枣，一边笑呵呵地说："这枣子甜啊，好吃。晒干了吃更甜，还补女人身子呢。"

美燕笑盈盈地说："谢谢婶子啊。"

张婶恳切地说："几颗枣有什么谢的？真要是说谢啊，我们村里人，一辈子也谢不完你们爷爷奶奶呀。"

张婶的这句话，天仁站在院子里听得真真切切，心里顿时感到热乎乎的。

一会儿，张婶右手拿着一个空脸盆，笑眯眯地走在院子里，边走边回头跟美燕说："美燕啊，记得快点吃掉去。树上还多着呢，等后面的熟了我再送过来。"

美燕一脸感动地回应："欸。"

天仁欣慰地看着张婶离去，眼前不知不觉浮现出爷爷奶奶的笑容和身影，不知不觉就想起童年时跟天义在一起的点点滴滴……

美燕走近天仁身边，悄悄挽着天仁的胳膊，温情脉脉地靠在天仁的身上。天仁想着多日来乡亲们对自己一家的好，不由得感叹一句："真是'向阳花易开，人世有真情'啊。"

……

这一天，天义一家又去龙山寺祈愿。不同的是，家人中已没有了简师长的身影，简师长在苦苦的怀乡思绪中带着无限的遗憾离开了人世。临终前，简师长紧紧抓住天义和丽丽的手说："哪天你们回大陆了，一定要记得带一撮我的头发回去，一定要把它埋在祖先的坟墓旁。这样，我在那边也就瞑目啦。"

天义和丽丽听了简师长的遗嘱，心里都充满了无限的感慨。

在去龙山寺的路上，虎子和俊俊走在前面，兄弟俩一路上有说有笑，一副亲密无间的样子。天义夫妇俩手牵着手走在后面，两人有一句没一句地唠叨着家常。

这时，丽丽又想念起简师长，便感叹道："要是爹还健在，那该多好啊。"

天义听了一脸伤感地说："是啊。每当这个时候，我也会想起爹。"

丽丽又感慨道："爹在世的时候，天天望眼欲穿，多么希望在有生之年能重回大陆。可是直到他老人家最后闭上眼睛，也没能如愿以偿啊。"

天义难过地点点头，眼神忧郁地看着远方……

丽丽看一眼天义，又说："如果哪一天我们踏上故土了，可一定要记得爹的遗嘱，一定要把他的那一小撮头发带回去。这样爹在九泉之下也能安心、也能感觉到回到老家了。"

天义点点头说："爹如果在天有灵，一定会保佑我们早日踏上故土的。"

丽丽听了心里一酸，鼻子便感觉涩涩的。

一会儿，一家人就到了龙山寺大门口。夫妇俩的神情立刻端庄严肃起来，虎子跟俊俊兄弟俩也停止了欢笑声。进入寺庙后，跟往常一样，先奉上布施，然后给菩萨敬上香烛，一家人便虔诚、肃穆地跪在菩萨面前，默默祝祷和祈愿……

从龙山寺里面出来，又走了一段路后，小儿子俊俊就显出一副懒懒散散、脚迈不动步的样子。虎子摸摸俊俊的脑袋说："走不动啦？哥来背你吧。"

俊俊噘着嘴说："我不要你背。"

虎子见俊俊一副不领情的样子，便笑着摇摇头。

天义看了很不高兴，说："那你就快点自己走。"

俊俊一下子赖上了天义，说："我要你背我。"

天义顿时来了气，说："我背你？你两只脚是干什么的？"

俊俊见天义一点都不依着自己，便大声地说："我就要你背！就要你背！"

天义忿忿地说一句"不可理喻"就独自走开了。

丽丽凑近俊俊，笑嘻嘻地问："俊俊啊，为什么就要你爹呢？你哥不是说背你吗？"

俊俊看一眼丽丽，气呼呼地说，"爹说话不算数。我就是要他背！"

丽丽赶紧问："你爹怎么说话不算数啦？"

俊俊说："每次我问爹什么时候回大陆老家，爹总是骗我说'快了快了，我们很快就回去了'。可是我现在都快十岁了，他还没带我回去过一次呢！娘说，爹是不是说话不算数？"

丽丽顿时愣愣地不知如何回答。

天义听俊俊这样埋怨自己，心里也"咯噔"了一下。

虎子见丽丽愣在那儿，赶紧拉着俊俊的手说："你别说了。还是哥来背你吧。"

俊俊一把推开虎子，说："不要你管。"

虎子笑一笑，无奈地走开了。

天义回头看看兄弟俩，片刻后，又独自闷闷地往前走。俊俊见天义对自己一副置之不理的样子，心里顿时气恼不已，于是干脆往回走了。

丽丽和虎子一看，差点笑出声来。丽丽快步走到俊俊身边，笑呵呵地安慰他说："好了好了。娘来背你好吧？"

丽丽说着就蹲下了身子。天义回头一看，立刻忿忿地朝两人走来。

俊俊和丽丽都愣愣地看着天义……

天义气呼呼地对丽丽说："都是你把他惯成这样！"

丽丽立刻怼了回去："我哪里惯他了？俊俊难道说错了吗？还不是你总是敷衍他。"

天义虽然心虚，嘴巴却不服软："我怎么敷衍他啦？"

丽丽见天义仍然嘴硬，于是气急地说："俊俊还没说清楚吗？你每次都说'快了快了，很快就回去'，现在都过了多少年了？我看等俊俊的儿子有俊俊这么大了，我们都未必能回得去。"

天义万万没想到丽丽突然说出这样令人绝望的话，顿时气得结结巴巴地说："你？你？"

"我，我怎么啦？"丽丽似乎还不解气，立刻又给天义怼了回去。

天义默默闭上眼睛，长长地呼吸一口气，极力压制住自己的脾气。好一会儿才慢慢地说："你觉得这能怪我吗？当初我要知道会这样，还不如一直在老家守着我娘。"

丽丽没想到天义会这样说，一时也被噎住了。

天义看着丽丽，张着嘴还想说什么，虎子赶紧走到天义身边，拉一拉他的衣襟说："爹，你别再说了。"

天义还没回应，丽丽气呼呼地说："你别管他！让他说！"

天义和虎子都被丽丽这从来没有过的神情怔住了。天义不敢再作声，虎子也不敢随便说话，一家四人都沉默在这里好一会儿……

这时，俊俊突然拉着丽丽的手说："娘，你别生气了。我自己会走。"

丽丽看着俊俊乖巧懂事的样子，一下子气就消了。丽丽摸一摸俊俊的脑袋，又跟兄弟俩说："你们先走吧。"

兄弟俩笑一笑，立刻手拉着手往前走。兄弟俩一边走，还时不时回头看一眼两人。天义看看兄弟俩，又看看丽丽，转身也要往前走。天义刚迈开脚步，丽丽一把拉住天义的手，轻言细语地说："你后悔跟我在一起了吧？"

天义一听，立刻闭上了眼睛。

片刻后，天义抬头看着天，长长地舒了一口气……

丽丽又轻言细语地说："刚刚是我不好，你别往心里去。"

天义听了不作声，右手却紧紧地握住丽丽的手。

丽丽脸上立刻露出会心的笑容。

兄弟俩见两人手拉着手，赶紧又笑嘻嘻地跑了回来。俊俊走到天义身边，怯怯地问："爹，你不再生我的气了吧？"

天义扬起巴掌，装作一副要打人的样子说："怎么不生你的气？我连打你的心都有。"

俊俊吓得赶紧躲到丽丽怀中。丽丽摸摸俊俊的耳朵，笑眯眯地说："不怕，不怕。娘保护你。"

俊俊偷偷地看一眼天义，天义狡黠地说："还要不要爹背你？"

俊俊拼命地摇头。

天义伸出手想去摸摸俊俊的脑袋，俊俊以为天义要动手打他，赶紧朝丽丽喊叫："娘救命啦，救命啦！"

丽丽笑着挡住天义的手，然后一副"保护神"的架势说："谁敢打我俊俊？"

天义立即配合丽丽，一脸胆怯地把伸出的手缩回。

俊俊又偷偷地看一眼天义，天义突然蹲下身子，乐呵呵地说："要不要我背？要就上来。"

俊俊一下子愣住了，赶紧抬头看着丽丽，丽丽也丈二和尚摸不着头脑，不知天义葫芦里卖的是什么药？丽丽又看着虎子，虎子也猜不透天义这一蹲究竟是什么意思？正当三人都一脸疑惑时，天义又乐呵呵地问俊俊："你到底上不上来？不上来我就走了。"

俊俊嘟着嘴，想去又不敢去。

丽丽见俊俊一副犹豫不决的样子，便笑盈盈地把俊俊往天义身边推，鼓励道："上去上去。怕什么！"

俊俊顿时来了勇气，"嗖"的一下就爬到天义的背上。

天义笑着说："你自己抱紧了哈。"

俊俊笑嘻嘻地说："啰唆什么？快走吧！"

天义说一声"臭小子"然后不紧不慢地往前走去。

虎子愣愣地问丽丽："娘，爹这演的是哪一出啊？"

丽丽笑眯眯地说："我哪知道啊？你去问他吧。"

虎子皱了皱眉头，突然俏皮地说："娘，你跟爹是一伙的吧？"

丽丽听了一愣，马上又诙谐地说："你跟他才是一伙的呢。"

四十五

光阴似箭，一眨眼又过了 20 年，天义已由中年男人变成一位须发花白的老人。从来到台湾的那一刻起，几十年的风风雨雨，几十年的离愁别绪，使天义的容颜看起来比实际年龄更多了一份苍老、多了一份憔悴。

常言道，"人到暮年思乡重"，如今，已年近花甲的天义，对此语有了深刻的体会。他常常独自一人来到海边，隔着波涛汹涌的大海，遥望远方的大陆——他思念那片生他养他的故土，思念故土上的亲人。这里有他割舍不断的亲情，有他魂牵梦绕的童年，有他朝思暮想的点点滴滴。

多少次，天义梦见自己变成一个襁褓里的婴儿，无比幸福地躺在摇篮里，享受着兰儿关切而温柔的眼神……多少次，爷爷奶奶的音容笑貌浮现在他的眼前，想着想着，泪水便打湿了衣襟。多少次，天义想起跟天仁一起去放牛、捉蝌蚪、掏鸟窝的美好童年……多少次，天义想起跟天仁一起在衡阳和桂林战场那惊心动魄的一幕幕……

如今，天义一家已由刚来时的三人，变成现在的儿孙绕膝、济济一堂。虽然家里越来越热闹，但这并不能遮掩掉天义心中日甚一日的思乡之情。反倒是当一个人守着这偌大的屋子时，内心就更加空虚寂寞，更容易想起那遥远的故土以及故土上的人和事……

这一天晚上，丽丽带着孙子圆圆去参加朋友的生日晚宴。天义独自一人留在家里。吃完晚饭，天义就站在卧室的窗前，一边吹着笛子，一边看着外面茫茫的黑夜。只见天义眉头紧皱，眼神忧伤。只听见那笛声凄凄切切、如泣如诉。好一会儿，天义放下笛子，双眼已经湿润……

又过了一会儿，天义走到衣柜前，拉开衣柜门，从一个抽屉里拿出兰儿做的荷包。天义细细端详着荷包上面的一针一线，细细抚摸着荷包上的"医"字和"龙"形图案。许久，天义又取出荷包里面的棋子，摸一摸上面红艳艳的"仁"字，然后又把棋子紧紧地攥在手心里。一会儿，天义闭上眼睛，几滴热泪不知不觉从眼角滑落。天义就这样坐在衣柜前发呆，左手紧握着荷包，右手紧握着棋子，渐渐地泪流满面……

任由泪水在脸上肆流，天义心里不由自主地呼唤着："娘，天仁，你们都还好吧？我想念你们啊。姑姑、姑爷，你们都还好吧？我多么希望见到你们啊。"

正当天义完全沉浸在自己的思绪里时，丽丽牵着孙子圆圆的小手，两人开开心心地从外面回来了。圆圆进屋后弄出很大的声响，天义竟然一点都未察觉。

圆圆跑进卧室里找天义，一看见天义就叫道："爷爷，爷爷，你坐在这里干吗呀？"

天义坐在椅子上已经睡着，对圆圆的问话没有半点反应。

圆圆跑到天义跟前，双手使劲地摇着天义："爷爷，爷爷。"

天义猛然睁开双眼，仿佛从梦中惊醒。天义揉揉眼睛，又摸摸圆圆的小脑袋，然后亲昵地说："我的乖圆圆回来啦。"

圆圆低头捡起天义掉落在地上的荷包和棋子，一副可爱的样子说："爷爷，你把荷包和棋子掉在地上啦。"

天义笑一笑，从圆圆手中接过荷包和棋子。

圆圆一脸稚气地问天义："爷爷又想老家了?"

天义点点头，然后亲热地把圆圆抱在了怀里。

圆圆淘气地摸一摸天义下巴上的胡子茬，笑嘻嘻地问："爷爷什么时候带圆圆回老家呀?"

天义笑眯眯地说："快了，快了。"

圆圆噘着小嘴说："爷爷不许再骗人。"

天义点点头，右手食指弯成"7"字形状，在圆圆鼻梁上轻轻地刮了一下。

圆圆开心地一笑，又问道："爷爷，太婆和伯爷爷的头发也都白了吗?"

"这个嘛……"天义正犹豫着怎么回答，丽丽微笑着走了进来。

丽丽乐呵呵地问："你们两个这么开心，在聊些什么呢?"

圆圆淘气地朝丽丽做一个鬼脸，笑嘻嘻地说："我在问爷爷，太婆和伯爷爷的头发是不是也白了呢?"

"这个嘛……"丽丽一时也不知如何回答。

圆圆见丽丽的回答竟然跟天义不谋而合，立即睁大了眼睛说："奶奶，你怎么跟爷爷说得一模一样啊?"

丽丽满脸疑惑地问："什么一模一样啊?"

圆圆就把自己问爷爷和爷爷的回答，绘声绘色地描述了一遍。

丽丽听了笑盈盈地说："哦，原来是这样啊。"

圆圆说："奶奶快告诉我，为什么你们两个说得一模一样啊?"

丽丽皱着眉想了一下，然后说："因为啊，因为奶奶跟爷爷吃一样的东西，睡一样的被子，所以说一模一样的话啦。"

圆圆小眼睛一眨一眨看看丽丽……

天义乐呵呵地说："怎么？奶奶说得不对吗?"

圆圆皱着眉头说："好像对，又好像不对。"

天义和丽丽都被圆圆可爱有趣的样子逗乐了。

接下来，丽丽跟天义聊了几句朋友生日晚宴的事，便亲昵地拍拍天义的肩膀说："不早了，早点睡吧。"

圆圆笑嘻嘻地看着丽丽，然后也拍拍天义的肩膀，又学着丽丽的话语、模仿丽丽的神情说："不早了，早点睡吧。"

丽丽顿时被圆圆顽皮的举动逗得哈哈大笑起来。

天义却忍住笑，故意板着脸说："臭小子，没大没小。"

圆圆立即朝天义扮一个鬼脸，然后一溜烟往客厅跑了。

……

"文化大革命"结束后，中国社会进入转折期。十一届三中全会的召开，终于使迷茫困惑中的中国人民重新看到了未来和希望。一天晚上，杨家老宅的堂屋里，天仁和王顾伟一边喝酒吃菜，一边说着掏心掏肺的话语。只听王顾伟一脸惭愧地说："天仁啊，这十多年来，让你们受委屈了。唉，是我没有保护好你们啊。"

天仁赶紧摇摇头说："不不不。王叔叔可千万别这么说。我知道，您肯定也有自己的难处。"

王顾伟猛吸了一口烟，说："天仁啊，你越是这样信任我，我心里就越是难受啊。"

天仁见王顾伟满脸自责的样子，赶紧安慰说："这都过去了。王叔叔就别放在心里了。"

王顾伟点点头说："是啊，都过去了，都过去了。"

天仁见王顾伟心里释然了一些，脸上露出欣慰的笑容。

接下来，两人又吃了一些酒菜，又聊了一些轻松的家常，彼此心里就更贴近、更融洽了许多。这时，王顾伟看着天仁，嘴巴嗫嚅着，一副想说什么又犹豫不决的样子……

天仁微笑着说："王叔叔，您心里有什么话，就直接说吧。"

王顾伟感叹一声，说："天仁啊，过去的就让它过去吧。我们心里还是要有信念，还是要相信我们的党、相信我们的政府啊。人都会犯错误，党和政府也难免会走点弯路啊。"

天仁听了赶紧举起酒杯说："王叔叔，我们不说这个。来，喝酒。"

王顾伟跟天仁碰一下杯，喝了一口酒，又继续说，"天仁啊，明年的全国政协会议，你可务必要参加啦。"

天仁赶紧夹一块肉放到王顾伟碗中，笑着说："王叔叔，来，吃菜。"

王顾伟笑着把肉夹进嘴里，吃完后又接着说："自从十一届三中全会之后，我们国家的各项事业都在走上正轨，正在发生翻天覆地的变化。天仁啊，这些你都看到了吧？"

天仁点点头，见王顾伟还想说什么，又赶紧给王顾伟递上一根香烟，笑着说："王叔叔，您吸烟。"

王顾伟接过香烟，对着手中的烟头点燃后，又猛地深吸一口，接着又说："天仁啊，现在国家各项事业都在发展，咱们中医药这一块也不能拖后腿，也要迎头赶上啊。'文革'耽误了十年，不能再耽误了啊。"

王顾伟这一席话说得铿锵有力，顿时让天仁眼睛一亮。天仁忍不住说："王叔叔，您说得好，说得好啊！"

王顾伟见天仁的心结终于打开了一点，心里立刻畅快起来。王顾伟一仰头，把酒杯里的酒都干了，然后感慨道："天仁啊，我都70多岁的人了。我现在跟你说这样的话，我图个什么呀？我就是想啊，像你这样的人才，不能白白浪费在这里啊。"

天仁听了心里猛地"咯噔"一下。天仁张着嘴，一副欲言又止的样子……

王顾伟突然拉着天仁的手，满脸激动地说："天仁啊，你不要说。你心里的苦衷我都知道啊。可是，可是你知道我这段时间都在想什么吗？"

天仁看着王顾伟，摇摇头。

王顾伟沉默片刻，伤感不已地说："天仁啊，我怕我时间不多了。我就想在我进棺材之前，一定要好好报答你爷爷奶奶对我的救命之恩啊。"

天仁心里一颤，眼中瞬间盈满了泪水。

王顾伟见天仁受到触动，又拍拍天仁的手背说："天仁啊，我知道你心里委屈。可是你想想，人生在世，谁心里没有委屈呀？谁能一辈子顺顺利利呀？

你说是不是?"

天仁立即回应:"王叔叔说得对,说得对。王叔叔,来,咱们干一杯。"

王顾伟豪爽地回应:"好,干一杯。"

说话间,两个酒杯就"哐当"一声碰在了一起。天仁和王顾伟脸上都露出灿烂的笑容。两人喝得尽兴,又彼此推心置腹,于是心里都格外的畅快、格外的舒坦。王顾伟又点燃一根烟,深吸一口说:"天仁啊,现在国家安定了,我看崇草堂还是尽快让它重新开张起来吧。"

天仁立即皱紧了眉头。

王顾伟拍拍天仁的肩膀说:"天仁啊,崇草堂这块响当当的金字招牌,不能就这样埋没了呀。"

天仁低着头,不作声。

王顾伟继续开解道:"天仁啊,我知道你心里还有许多顾虑,但是我既然敢跟你说这个事,肯定是要让你吃定心丸的。我跟你讲,现在中央有小平同志主持大局,你放一万个心,以前那些令人痛心的事,绝不可能再发生了。"

天仁点点头,还是不作声。

王顾伟拍拍天仁的肩膀,然后端起酒杯,独自把杯中的酒一口干了。

天仁看了一愣,不自觉地就说一句:"王叔叔,我……"

王顾伟语气恳切地说:"天仁,你要相信我啊。"

天仁见王顾伟说到这个份上,只好把心中的顾虑和盘托出了:"王叔叔,其实我心里,哪里愿意看到崇草堂就这样毁在我的手里呀?可是经历了'文革'那一出,我心里实在是担心、实在是害怕啦。"

王顾伟见天仁说出了心里话,立刻紧握着天仁的手说:"天仁,你的心情我完全能理解啊。所谓'一朝被蛇咬,十年怕井绳',我可是有真真切切的体会呀。"

天仁见王顾伟这么说,心里顿时感动不已。

王顾伟又拍拍天仁的手背说:"可是这一切都过去了呀。从今往后,我向你保证,这种事再也不可能发生了。你要相信我啊,天仁。"

天仁见王顾伟说得情真意切,赶紧回应:"王叔叔,我相信您。"

王顾伟欣慰地说:"这就对了嘛。崇草堂要是不能重新开起来,我怎么对得起你爷爷奶奶呀？哪天我一口气上不来，我有何脸面去见他们呀？"

王颀伟说着说着，竟然抹起了眼泪。

天仁被感染，热泪也不知不觉在眼眶里打转……

两人沉默了片刻，王颀伟端起酒杯说："天仁啊，我今天真是太开心了。来，咱们再喝一杯。"

天仁笑着举起酒杯，跟王颀伟碰了一下，然后一口气干了。王颀伟也一仰头干了，然后夹一口菜放进嘴里，一边吃一边感叹："天仁啊，我老了。今天啊，也许就是咱俩最后一次这么痛痛快快地喝酒、痛痛快快地聊天了。"

天仁听王颀伟如此感叹，立刻拉下脸说："王叔叔，您可不许说这样不开心的话。"

王颀伟赶紧笑着回应："好好好。不说不说。"

天仁听了开心地夹几块肉放在王颀伟碗中，说："王叔叔，多吃点菜。"

王颀伟点点头，又感慨道："天仁啊，这人生真是太短暂了。要是每个人都能轻轻松松、都能不留遗憾地离开这个世界，那该多好啊。"

王颀伟这句话一下子触动了天仁的心弦。天仁沉默了片刻，立即饱含深情地说："王叔叔，您说得太对了！人生如此短暂，我一定不能虚度光阴，一定要让崇草堂在我手里发扬光大！"

王颀伟一听，立刻激动地抓住天仁的胳膊说："这就对了嘛！这就对了嘛！"

天仁也激动地说："王叔叔，您对我、对我们一家真是太好了！"

王颀伟听了赶紧摆摆手，然后感慨地说："唉，我做得还不够啊。我心里惭愧啊。"

天仁怕王颀伟又伤感起来，立即安慰说："王叔叔，您千万别这么说。来，咱们喝酒，喝酒。"

王颀伟端起酒杯说："好好好。喝酒，喝酒。"

……

第二年春天，天仁去北京参加全国政协会议。临行前，美燕特意准备好了几块腊肉、一袋干豆角和两盒丰城冻米糖让天仁带上，等到北京时送给王颀伟表表心意。美燕一边给天仁准备行装，一边笑着说："要是北京离南昌近啦，你一定要给王叔叔带点新鲜的藜蒿过去，他老人家可喜欢吃'藜蒿炒腊肉'了。"

天仁笑着说："那你就给他准备一点呗。反正一两天也不会坏。"

美燕说："你倒是会说。这藜蒿啊，吃的就是一个新鲜。不要说在火车上闷一两天，就是在家里搁一个晚上，第二天味道都要差远了。"

天仁点点头，突然问："你怎么就晓得王叔叔喜欢吃'藜蒿炒腊肉'呢？"

美燕笑着说："我说你呀，真是越来越健忘了。那次你跟王叔叔喝得烂醉如泥，你还记得吗？"

天仁想一下，立刻兴奋地说："哦，我记起来了，记起来了。"

美燕说："我还以为你真的喝醉了，一点都不记得呢。"

天仁说："不会，不会。我那天虽然喝醉了，但是酒醉心明嘛。"

美燕说："你记得就好。不就是在那天，我知道了王叔叔他喜欢吃'藜蒿炒腊肉'嘛。"

天仁开玩笑说："王叔叔特意跟你说啦？"

美燕见天仁开玩笑，便也开玩笑说："嗯，王叔叔特意叮嘱我，要弄一盘'藜蒿炒腊肉'给他吃。"

天仁笑着说："好好好，我说不过你。你快点说正经的吧。"

美燕笑一笑，然后正儿八经地解释说："那天啊，你们把桌上的菜全部吃光了，后来我给你们加菜，问王叔叔喜欢吃什么，王叔叔看着我，筷子指着'藜蒿炒腊肉'的空盘子，一个劲地说'就再来一盘这个，再来一盘这个'，你说，王叔叔不喜欢吃这个，喜欢吃什么？"

天仁听了呵呵笑了起来。

美燕也笑一笑，然后又脸带遗憾地说："本来藜蒿跟腊肉真是绝配。现在带不了藜蒿，就只能用干豆角凑合凑合啦。"

天仁一脸馋相地说："干豆角烧腊肉也是下酒的一道好菜嘛。"

美燕听了立刻提醒天仁："你呀，不要总是记着喝酒。如果实在想喝，也一定要记得适量。人上了年纪啊，可比不得年轻的时候。"

天仁笑嘻嘻地说："好好好。我又不是三岁小孩。"

美燕板着脸说："你可不要嫌我啰唆。反正身体是你自己的，不要等到这里疼那里疼，才又想起我说的话。"

天仁突然从后面抱住美燕，笑眯眯地说："晓得哦，晓得哦。"

美燕心里一暖，突然转移话题说："我再提醒你哈，下次去北京，你可一定要带我一起去。"

天仁无比亲昵地说："是哦，是哦。"

天仁的温存一下子使美燕兴奋起来，美燕眼神里满是憧憬的样子说："等哪天去了北京，我可要去好多好多地方玩——我要去天安门，去故宫，去八达岭长城，我要把北京玩个够。你说好不好？"

天仁笑眯眯地回应："好好好，哪里都带你去。"

美燕听了开心地转过身，然后一脸关心地看着天仁说："自从咱们搬回老家后，你就很少出远门了。现在你一个人要去北京，我心里还真是有点放心不下。"

天仁摸摸美燕的头发说："你放心吧。我会照顾好自己的。"

美燕点点头，双手轻柔地摸摸天仁的脸……

一会儿，美燕又关切地问："你要带的资料什么的，都装好了吗？"

天仁指着凳子上的公文包说："都在里面呢。"

美燕点点头，又问："等开完了会，你真的就要着手崇草堂的事情了吗？"

天仁兴奋地说："对呀，我一直期盼着这一天呢！"

美燕点点头，片刻后又问："等崇草堂重新开业了，你说，我们还能跟以前一样，过上踏踏实实、无忧无虑的日子吗？"

天仁沉默了片刻，然后双手捧着美燕瘦削的脸颊说："等崇草堂重新开业了，我就把你这张脸啊，养得油光水滑、白白胖胖的。"

美燕听了立刻说："我才不要长胖呢。"

天仁笑着说："胖了不好吗？胖了才是富贵相呢。"

美燕煞有介事地说："富贵相，那都是嘴上说的，胖了臃臃肿肿的招人嫌弃，那才是真的呢。"

天仁睁大了眼睛说："真是奇了怪了。人家盼着长胖还盼不来呢，你哪来的这样古里古怪的想法？"

美燕笑眯眯地说："不懂了吧？"

天仁摇摇头说："不懂。"

美燕摸摸天仁的脸，然后开玩笑说："哪天我真的胖成一个球似的，你可就要把我当成球来踢了。"

天仁听了哈哈笑道："就算你胖成了一个球，我也不敢嫌弃你啊。"

美燕愣愣地问："为什么呀？"

天仁故意磨蹭了一会儿，然后笑嘻嘻地说："因为我已经习惯了'有球必应'的日子啊。"

美燕听了一边轻轻拍打天仁的肩膀，一边笑盈盈地说："你呀，什么时候也学会了胡言乱语了？"

天仁笑嘻嘻地说："这不是你引导我说的吗？"

美燕白一眼天仁，然后不冷不热地说："我懒得理你。"

天仁立刻被美燕一副搞笑的样子逗乐了。

……

3月的北京，乍暖还寒，但是暖暖的太阳一出来，人们便可以脱下厚厚的冬装，享受着这温暖、惬意的时刻。此时，北京人民大会堂里，全国政治协商会议正热烈而隆重地举行。此刻，天仁正在一个分会场上发言，为祖国医疗卫生事业的发展建言献策……

天仁的发言稿主要针对两个问题提出自己的见解，一个是关于"药交会"的，标题为《关于继续扩大樟树市药交会的规模及效益的建议》；另一个是关于中医药的临床应用，标题为《关于进一步提升中医药在各大医院的临床应用水平的建议》。

这两个建议，是天仁经过实地调研和走访，并结合自己多年的医疗实践经验以及目前的实际，在大量事实和论证的基础上慎重提出的。建议条理清晰，论证全面而细致，听来令人耳目一新。

天仁发言完毕，会场热烈的掌声久久不息。

四十六

几个月后，南昌市胜利街又迎来一个喜庆的日子。这一天，崇草堂在经历了风风雨雨后，又在原址热热闹闹地重新营业了。上午十点左右，只听见"噼里啪啦"的鞭炮声响起，崇草堂这块金字招牌又在众人的注目下闪闪发光……

前来道贺的亲朋好友及街坊邻居脸上都充盈着笑容。天仁一家人都激动得热泪盈眶。王顾伟说到做到，特意从北京赶回来感受这一激动人心的时刻。王顾伟一到现场，就紧紧握着天仁的手说："太好了，太好了。"

天仁见王顾伟一大把年纪了，还特意从北京赶了过来，心里是既过意不去，又感动不已。天仁紧紧握住王顾伟的手说："王叔叔，您对我们一家的深情厚谊，我真是不知说什么才好啊。"

美燕也在一旁说："王叔叔，您老人家真是重情重义啊。"

王顾伟笑着摆摆手，感慨地说："这下崇草堂开起来了，我心里也就踏实了。"

青莲乐呵呵地走过来，拉着王顾伟的手说："谢谢你啊，老弟。大老远地特意跑过来，辛苦啦。"

王顾伟笑着说："不辛苦，不辛苦。我一路上都想着崇草堂，一路上都开心得很啦。哪里说得上辛苦二字呢？"

青莲开心地点点头，又拍拍王顾伟的手背说："我们两个都一把年纪了，还能够看到崇草堂再开起来，可真是不容易啊。"

王顾伟兴奋地说："是啊，是啊。所以我们要相信，困难和挫折总是暂时的，未来总是美好的呀。"

青莲点点头，感慨道："现在改革开放了，孩子们未来也更有奔头了，老百姓的日子会越来越红火了。"

王顾伟听了满口赞同："是啊，老姐你说得好啊。"

一会儿，青莲想到了天义，便伤感地说："天仁啊，要是天义现在跟我们在一起，那该多好啊。"

天仁安慰青莲："姑姑，我相信天义很快就会回来的。"

青莲感慨道："唉，他现在在哪里都不知道呢。"

王顾伟微笑着说："放心吧，老姐。天义这孩子呀，只要心里还有这个家，他就一定会回来的。"

青莲听了却说："我就怕他回来的时候啊，我这把老骨头早就不在了。"

天仁立刻握着青莲的手说："姑姑，可不许再说这样的话。你老人家可要活 120 岁呢！"

美燕也赶紧宽慰青莲："是啊，姑姑。你老人家和王叔叔，都要身体健健旺旺，都要活 120 岁呢！"

青莲听了呵呵笑道："我要是真能活到 120 岁，我这老太婆都要成为老妖精了。哈哈哈。"

大家听青莲这么自嘲，都不约而同大笑了起来。

这时，美燕的孙子思思来到美燕跟前，笑嘻嘻地递给美燕一颗糖说："奶奶吃糖，可甜呢。"

美燕接过糖，笑眯眯地跟思思说："就只给奶奶一个人吃，这么多人都看着奶奶，奶奶怎么好意思吃啊？"

思思皱着眉头，看看奶奶，又看看其他人……

嘉琳来到思思跟前，蹲下身子笑呵呵地问："你告诉爹，奶奶说得对不对呀？"

思思点点头。

嘉琳又笑呵呵地问："那你是不是每个人都要分一颗糖呀？"

思思看看嘉琳，又看看手中的糖果，突然说："才不要你管呢。"

大家一听，都开心地笑了起来。

美燕也蹲下身子，饶有兴致地说："思思啊，奶奶跟你玩剪刀石头布，谁输了谁就给对方一颗糖，好不好？"

思思眼睛眨巴了几下，笑嘻嘻地说："奶奶，你口袋里又没有糖，怎么跟我玩呀？你是骗三岁小孩吧？"

大家一听，又开心地笑了起来。

美燕笑眯眯地说："你以为你多大呀？你不就是三岁小孩吗？"

思思俏皮地说："给你糖吃不吃，还说这么多？不吃拉倒！"

思思说完转身就要去玩，青莲一把将思思抱在怀里，乐不可支地说："我的小乖乖哟，我的小乖乖哟。"

思思乖巧地递给青莲一颗糖，语气甜甜地说："老姑奶奶吃糖。"

青莲乐呵呵地接过糖，一边吃一边摸着思思的头说："真好吃，真好吃。"

思思一脸天真地看着青莲笑。

大家看着这一老一小亲热无比的样子，心里都感慨不已。

美燕见客人们都站在门外，赶紧笑盈盈地招呼大家："都别站在这里了。走，走，去屋里喝茶、吃点心。"

嘉琳和媳妇也热情地招呼大家往店里走。一会儿，青莲和王顾伟坐在一桌，青莲开玩笑说："老弟啊，趁我们还有几颗剩牙，赶紧多吃几颗糖吧。等到都掉光了，想吃也吃不了咯。"

王顾伟笑呵呵地说："老姐啊，我可不担心这个咯。我这满口牙齿可是坚固得很，想吃什么都能嚼得动哦。"

青莲惊讶地问："不会吧？你一颗牙都没掉？老弟你可是怎么做到的呀？"

王顾伟听了呵呵笑了起来。

青莲催促道："你别光顾着笑，快点告诉我呀。"

王顾伟一脸烂漫地说："告诉你什么？告诉你我满口都是假牙吗？哈哈。"

青莲听了一愣，马上又呵呵笑道："我说奇怪呢，原来你满口雪白的都是假牙啦？"

同桌的人立刻都开心地笑了起来。

王顾伟笑眯眯地说："本来啊，我这右边还剩了两个，我嫌它们累赘，一狠心就把它们全部拔了。"

青莲睁大了眼睛说："哎哟，你可真下得了手。"

王顾伟诙谐地说："那有什么办法呀？与其坐等它来折磨你，还不如先下手为强。"

青莲立刻竖起大拇指说："这个胆气啊，真不愧是战场上打出来的呀。"

王颀伟一脸自豪地说："那当然啦。想当年打日本鬼子的时候，医护人员从我腿上取子弹，我硬是眼睛都没眨一下。当时边上很多人吓得都不敢看。"

青莲啧啧称赞："哎哟，这可不容易啊。"

大家一脸敬佩地看着王颀伟，说着各种各样赞叹的话语。

王颀伟笑着摇摇头，感慨道："唉，说起来，这又算什么呢？比起那些已经英勇牺牲了的战友，我总是感叹，我是多么幸运、多么命大啊。"

青莲听到"牺牲"二字，眼前立即闪现出泉泉的笑脸，闪现出泉泉总是一副诙谐、俏皮的样子……

王颀伟见青莲听得似乎入了神，又接着感叹："老姐啊，我们活到这把年纪，都要好好珍惜这来之不易的幸福生活啊。"

青莲笑着点点头，眼里却已泛着泪花。

……

经过几十年的苦苦等待，天义终于迎来了曙光，迎来了回大陆探亲的大好消息。天义心中从未动摇过的信念，如今终于有了回应。这一天晚上，一家人在客厅里看电视，电视里正在播报时政消息。突然，一则有关当局允许台湾居民赴大陆探亲及经济文化交流的消息立刻让全家人沸腾了。

天义紧紧地抓住丽丽的双手说："可以回去了！咱们终于可以回去了！"

高大英俊的虎子看着天义的满头白发，热泪不禁在眼眶中打转。虎子感慨地说："爹，咱们终于可以回老家了，终于可以去看望奶奶和伯伯了。"

天义频频点头，泪水早已在脸上流淌……

丽丽轻轻地抚去天义脸上的泪水，又摸摸天义的满头白发，心疼地说："白了，全白了！"

天义看看丽丽的头发，突然破涕为笑说："你不要光说我，你自己也一样哦。"

丽丽吓得立刻变了脸色，拔腿就跑去卧室里照镜子。

天义笑呵呵地说："你慢着点哦。崴了脚可不是好玩的。"

圆圆拉着天义的手问道："爷爷，那太婆和伯爷爷的头发也都白了吗？"

天义笑眯眯地说："爷爷现在也回答不了你呀。等咱们回去，一看到他们不就知道了？"

圆圆点点头，又兴奋地说："爷爷，我们这次回去了，你可一定要记得让伯爷爷把你的棋子拿给我看。"

天义用额头拱一下圆圆的额头，一脸童趣地说："好好好。我一定让伯爷爷拿给你看。"

圆圆举起右手，笑嘻嘻地说："爷爷，那咱们'击掌为信'。"

天义兴奋地说："好，'击掌为信'！"

只听见"啪"的一声响，祖孙俩一大一小两个巴掌便紧紧地贴在了一起。

大家一看，都开心地笑了。

……

深夜，天义躺在床上，仍然无一丝的睡意。想着很快就能踏上大陆，很快就要见着朝思暮想的亲人，天义辗转反侧、无法入眠……

天义在心里面默念了无数次："娘，天仁，姑姑姑父，我终于可以回去看望你们了。我们终于可以团聚了。"

丽丽舒舒服服地睡了一觉，醒来之后见天义还睁着一双眼睛在发呆。丽丽轻声问："怎么还没有睡呀？"

天义呆呆的样子说："睡不着。"

丽丽开玩笑说："再不睡，都要成呆子了。"

天义立刻反驳："你才呆子呢。我清醒得很。"

丽丽笑一笑，然后俏皮地说："那你一直在想什么呢？有没有想一下我们的过去？"

天义装作索然无味的样子说："我们的过去有什么好想的？"

丽丽一听立刻变了脸色，嘴上说："你说的是真的？"

天义故意打一个哈欠，然后点点头。丽丽立即转过身，把后背对着天义。天义右手轻轻摇着丽丽的胳膊，笑嘻嘻地说："生气啦？我逗你玩呢。"

丽丽转过身，看着天义说："谁跟你玩呢？无情无义的东西。"

天义睁大了眼睛说："你说什么？我无情无义？"

丽丽俏皮地说："难道不是？"

天义沉默了片刻，然后一副淡淡的表情说："好吧。既然你认为我是无情无义的人，那明天我就把你送给我的手帕烧了吧。反正留着也毫无意义。"

天义说完也转过身，把后背对着丽丽。丽丽赶紧从后面抱住天义，嘴巴轻轻地咬着天义的耳朵。天义心里渐渐躁动起来，一会儿便转过身，紧紧地把丽丽抱在怀里……

两人温存了一会儿，丽丽红润着脸感叹："唉，想想年轻时候的事，仿佛像昨天发生的一般，可没想到我们一眨眼都老了。"

天义听了心里不免伤感起来。一会儿，丽丽突然一脸认真地说："天义，等咱们回去的时候，有一件事可千万不能忘记了。"

天义赶紧问："什么事？"

丽丽说："你还记得吗？爹生前一再叮嘱我们，如果哪一天回老家了，一定要记得把他的一撮头发带回去。"

天义听了心里立刻涌起一股酸楚。丽丽看看天义，又说："爹等了一辈子、念了一辈子，最后还是没能等到今天。庆幸的是，他的遗愿终于可以实现了。"

天义点点头说："是啊。我相信爹在天有灵，一定会很开心的。"

丽丽听了眼睛立刻湿润了。天义摸摸丽丽的脸颊，像哄小孩似的说："睡吧，睡吧。"

丽丽点点头，片刻后又突然说："天义，明天我们一家去龙山寺拜拜菩萨好不好？"

天义说："上个月我们不是刚刚去过了？"

丽丽一脸虔诚地说："上个月是上个月，现在我们终于可以回大陆了，我们是去给菩萨还愿呢。"

天义立即满口答应："好，好。"

四十七

这一天，天义顶着满头白发，带领着一家人，终于返回了阔别多年的故土，返回了这片他既熟悉又陌生的生他养他的土地。一路上，天义都在心里呼唤："老家啊，我们终于回来了，终于回来了！"

一到胜利路大街，天义就激动不已地想象着跟兰儿、跟天仁见面时的情景……然而，令天义万万没有想到的是，当他怀揣着一肚子的话语、一肚子的苦与乐想要跟兰儿倾诉衷肠时，等待他的不是兰儿慈祥可亲的笑脸，而是兰儿不言不语、冷冷冰冰的遗像。

天义不敢相信眼前的事实，双眼直直地盯着兰儿的遗像，整个人久久地呆若木鸡一般。好一会儿，天义仿佛从梦中清醒过来。天义紧紧抱着兰儿的遗像，心疼地抚摸着兰儿的脸颊。天义眼中的泪水，就像下雨一般"滴滴答答"地掉落在兰儿的脸上……

天义哽咽不已地说："娘啊，您为什么不等儿回来呀？您为什么要早早地离开儿呀？娘啊，您知道儿日日想念您、思念您吗？……"

一大家人顿时都沉浸在无限的悲痛之中。

青莲怕天义哭坏了身子，便安慰天义："好了，好了。你娘看到你回来了，在九泉之下也会开心的。"

天义不理睬青莲，仍然抱着兰儿的遗像一边痛哭一边倾诉……

丽丽拍一拍天义的臂膀，语气轻柔地说："好了，好了。你一直这样，还让不让大家说话呢？"

天义这才将兰儿的遗像放回原处，接着便对着兰儿的遗像上香烧纸，然后又领着子孙后辈庄严肃穆地下跪磕头。一番祭拜后，全家人便都来到后院里。此时，院子四周的花花草草绿意盎然、一派生机，灿烂的阳光照射在上面，看上去更是令人迷恋和心醉……

大家沐浴在阳光里，置身于绿意中，沉重的心情渐渐放松了下来。很快，大家就打开了话匣子，你一言我一语地交谈了起来。青莲仔细打量着天义，又摸摸天义的满头白发，心疼不已地说："老了。你也老了。"

天义半开玩笑说："姑姑还没有老。头发都还没有我白得多呢。"

丽丽笑盈盈地说："是啊，姑姑真是保养得好，看起来比我们大十岁都不到呢。"

青莲拉着丽丽的手，欢喜地说："你们两个呀，做了半辈子夫妻，现在连说话都是一模一样了哈。"

丽丽笑呵呵地说："我们说的可都是真的呢。"

青莲笑着感叹："哎呀，我真是有福气啊。能看到咱们老杨家这么多的子孙后辈，我知足了呀！知足了呀！"

大家看着青莲一脸舒心的样子，脸上也都盈满了笑容。

这时，丽丽兴奋地跟青莲说："姑姑，你现在可要教会我做糯米发糕。我真后悔几十年前没有跟你学到诀窍，搞得这个老头啊，三天两头埋怨我笨手笨脚呢。"

丽丽说完就用别样的眼神看一眼天义，天义看着丽丽这别有意味的眼神，立刻呵呵笑了起来。

青莲听丽丽叫天义为"老头"，一下子乐得直不起腰来。青莲笑呵呵地说："你把天义叫老头，那你自己是什么呀？你自己岂不是老太婆了？"

丽丽听了扑哧一声笑了起来。

大家听了也都开心地笑了起来。

天义见丽丽说到发糕，立刻像一只馋猫似的跟青莲说："姑姑，你等下就做发糕给我们吃，好不好？"

青莲看着天义一脸馋相，心中顿时百感交集。青莲拉着天义的手，眼含泪花说："好，好。只要你喜欢吃，姑姑天天做给你吃。"

天义兴奋地说："好啊，我一日三餐吃发糕都可以。"

丽丽开玩笑说："那可不行。姑姑是长辈，你要想吃姑姑做的发糕，得先好好做一顿饭孝敬孝敬姑姑。你说是不是？"

天义赶紧回应："是是是。只要姑姑不嫌弃我做得难吃，我天天做饭给姑姑吃。"

青莲笑盈盈地感慨："你就是做得再难吃，姑姑吃到嘴里也是香的啊。"

天义听了就憨憨地看着青莲笑。天仁看着天义一脸憨憨的样子，右手忍不住握拳在天义胸前试探着击打了一下，然后笑呵呵地说："嗯，头发是白了，身体还挺结实的嘛。"

天义张着嘴正要回应，圆圆却抢着说："当然结实了。要扳起手腕来，我爹都不一定扳得过我爷爷呢。"

天仁摸一摸圆圆的脑袋，亲昵地说："哦？你爷爷这么厉害呀？"

圆圆满脸自豪地说："对呀。伯爷爷不知道呢，奶奶天天逼着爷爷又拉单杠又跑步，如果爷爷想睡懒觉，奶奶就吓唬爷爷说'你不去锻炼了是吧？看你懒懒散散成一个糟老头子，还怎么回老家去'？奶奶只要这么一说，爷爷就起床了。"

大家听了又开心地笑了起来。

天仁见圆圆一脸可爱的样子，就饶有兴趣地问："圆圆呀，伯爷爷问你，你爷爷有没有跟你说过，他会想念伯爷爷啦？"

圆圆眨巴着眼睛想了一下，然后说："爷爷好像没说过呢。但是爷爷总是一个人坐在房间里看刻着伯爷爷名字的棋子，还有太婆织的荷包。"

天仁听了点点头，又亲昵地摸摸圆圆的脑袋。圆圆抬头看着天仁，突然一脸激动地说："伯爷爷，那个荷包还有棋子，我们都特意带回来了呢。"

天仁一听也激动起来，立刻说："哦？快拿出来看看。"

圆圆不急着去拿，却笑嘻嘻地说："伯爷爷你不知道哟，我爷爷把这颗棋子当作宝贝一样呢。每次看完后都要重新放回抽屉里，生怕别人会弄丢了似的。"

天仁听了心里涌起一种说不出来的感动。天义笑着跟圆圆说："你说完了没有？说完了快去拿过来给伯爷爷看啦。"

圆圆笑嘻嘻地看一眼天义，然后就飞快跑去拿棋子了……

这时，思思突然挤到天义跟前，手中举着一颗棋子，激动地说："叔爷爷，你看！"

天义接过棋子一看，双眼立刻睁得老大，嘴里喃喃自语道："这是我的棋子啊！我的棋子啊！"

大家见天义一脸激动，都紧紧围拢过来看天义手中的棋子。天仁却摸摸思思的脑袋，笑眯眯地说："你这小子，手脚倒是挺麻利的哈。"

思思抬头看着天仁，眼神里满是得意。原来，思思听圆圆说他们把棋子带了回来，便立刻想到自己家里的棋子。于是赶紧去房间里把天义的棋子拿了出来……

天义定睛看着手中的棋子，双手大拇指轻轻抚摸着棋子上的"义"字，泪水不知不觉从眼角滑落下来。一会儿，圆圆也把带回来的棋子递到天仁手中，天仁也一脸激动地看着刻有自己"仁"字的棋子。天仁看着看着，爷爷奶奶的身影就不知不觉在眼前闪现。看着看着，童年的一幕幕便在脑海中不断涌来……

一会儿，天仁天义兄弟俩抬起头，彼此看着对方，彼此笑容相接，彼此眼神传递着言语无法表达的情感。这一幕，深深地打动了在场的每一个人，深深地触动每一个人的心灵。这一刻，兄弟俩几十年的相思之苦，终于得到释放与倾泻……

好一会儿，天仁把棋子递给圆圆，又亲昵地摸摸圆圆的脑袋。天义也把棋子递给思思，然后笑眯眯地说："思思呀，你跟叔爷爷讲，你最喜欢吃什么菜，等下叔爷爷做给你吃。"

思思立刻说："我要吃藜蒿炒腊肉。"

天义顿时愣住了，一脸尴尬地说："这个叔爷爷可不擅长哟。"

美燕笑盈盈地替天义解围："思思呀，叔爷爷那边，根本就没有藜蒿呢。"

思思摸摸后脑勺，笑嘻嘻地问天义："那叔爷爷最会做什么？"

天义兴奋地说："做米粉肉好不好？叔爷爷做的米粉肉最好吃了。"

圆圆赶紧接嘴："是啊，思思。我爷爷做的米粉肉可好吃了。"

思思问道："真的吗？比我奶奶做得还好吃吗？"

圆圆说："反正我觉得我爷爷做的米粉肉最好吃了。"

思思突然眼睛一亮，说："要不让他们两个比试一下，看谁做得更好吃？"

圆圆兴奋地说："好啊！好啊！"

美燕笑眯眯地摸摸圆圆的脑袋，张着嘴正要说什么，思思却拉着美燕的手，笑嘻嘻地恳求道："奶奶跟叔爷爷比一下好不好？"

美燕乐呵呵地说："好，比一下就比一下。"

两人一听，立刻兴奋地鼓起掌来。青莲欢喜地拉着两人的手说："你们这两个小家伙呀，还真是会来事。"

思思眨巴着眼睛看着青莲，突然笑嘻嘻地说："老姑奶奶，等下他们两个比赛，你来做裁判，看哪个做得最好吃，好不好？"

青莲听了眼睛一亮，立刻满口答应："好，好。"

圆圆笑着说："老姑奶奶做裁判，可不许偏私向着伯奶奶哟。"

大家听了一愣，然后都开怀地笑了起来。

青莲却忍住笑，装作一本正经的样子跟两人说："你们看，老姑奶奶像不像一个铁面无私的裁判？"

思思一看，立刻说："像，像。"

圆圆一看，笑嘻嘻地说："嗯，现在很像。"

丽丽乐呵呵地问："难道之前不像？"

圆圆看着丽丽说："之前我觉得不像。"

丽丽饶有兴致地问："为什么呀？"

圆圆一脸淘气地说："因为我看姑奶奶，之前笑得跟小孩似的，一点儿都不严肃。"

大家听了都哈哈大笑起来。一家人经过两个小孩这么一热闹，气氛更加融洽，彼此的心也更加贴在一起了。最后，青莲拉着天仁天义兄弟俩的手，语重心长地说："明天天气好，我们一起回白马寨老家去，给你们爷爷奶奶，还有你们爹娘、你们伯伯伯母，都上上坟、烧烧纸吧。"

天义立刻答应："好。正有这个打算。"

天仁也一脸庄重地说："都听姑姑的。"

……

第二天下午，一家人带着香烛、纸钱等祭祀用品来到院坑山杨家祖坟地。祖坟地里，那几棵高高大大的松树仿佛不老的战士，长长久久一直静静地守护着这一片祖坟。此时此刻，松树上站立着许多不知名的鸟儿，这些鸟儿一会儿集群飞走，一会儿又集群飞回来，有时"吱吱"鸣叫，有时又寂然无声。在坟墓旁的灌木丛中，还有几只蝴蝶在其中穿梭、飞舞……

天仁天义领着一家人来到自家祖坟地后，便开始给爷爷奶奶、青山和兰儿以及青松夫妇的坟地除草、培土。一番忙碌后，青莲便领着一家近20口人，庄严肃穆地跪在祖坟前，给静静地安息在这里的先人上香烧纸、献上祭品表达哀思、祈求保佑……

青莲抚摸着父母的墓碑，眼含热泪地说："爹，娘。你们的子孙后代都来祭奠你们了。你们在天有灵，保佑他们都平平安安、顺顺利利。"

天仁天义兄弟俩跪在青山和兰儿的坟前，一个默默地点着香烛，一个默默地摆着祭品、倒着烧酒。天仁声音哽咽着说："爹，娘，你们在天保佑，天义终于回来了。"

天义听天仁这么说，瞬间泣不成声、泪如雨下。一会儿，天义一边抽泣，一边说："爹，娘，我是天义啊，我终于回来啦！你们睁开眼睛看看，看看你们的不孝儿啦！"

天义说着说着，就越发悲痛起来，额头不自觉地触碰起兰儿的墓碑来。天仁赶紧抱住天义，自己的两行热泪也不知不觉夺眶而出……

天义虽然被天仁抱住，但哭泣声却越来越悲切。全家人都被天义感染，有的哭红了眼圈，有的抹着眼泪，有的呜咽不已……

次日，一家人来到村西口的老苦槠树下，一边怀旧，一边准备摘树上的苦槠做苦槠豆腐吃。大家在树底下有说有笑，欢快之情洋溢在每一个人的脸上。天义拉着天仁的手，指着树上挂红丝带的地方说："天仁，上面好多红丝带都掉了呢。"

天仁感叹道："是啊，这么多年了，风吹雨打的。"

天义点点头，又说："也不知道我们绑上去的那两根红丝带还在不在？"

天仁微笑着说："管他在不在呢！我们现在一家团圆了，都是老苦槠树冥冥之中保佑我们啦！"

天义赶紧双手合十，对着老苦槠树默默地祝祷一阵……

一会儿，天仁感慨道："小时候啊，我们天天在这树底下玩，在这老井边钓鱼，童年的日子是多么无忧无虑，多么令人怀念啊。"

天义突然兴奋地说："那我们来钓鱼吧？看还能不能钓到称星鱼？"

天仁激动地回应："好啊。好啊！"

就在两人说话间，思思已经快速爬到了树上，笑嘻嘻地朝两人扮鬼脸。天义见了，赶紧严肃着脸说："思思快下来，不要胡闹。"

圆圆抬头看着思思，也一脸担心地说："你小心点啊，思思。"

思思根本不在乎两人的提醒，还故意在树上做出一些夸张的动作。天义见了紧张地劝道："快点下来，快点下来。"

天仁却笑眯眯地看着思思，一副毫不在意的样子。美燕和青莲也只顾着跟丽丽说话，对思思的举动也是一种放任不管的态度。丽丽一脸担心地提醒美燕，美燕却笑着说："你管他呢。"

丽丽又看着青莲，青莲笑眯眯地说："别管他。咱们说咱们的。"

丽丽不解地看看两人，又看看树上的思思，眼神里满是紧张。青莲拉着丽丽的手说："小孩子管不了那么多！像你这样，难不成天天把他系在裤腰带上？"

美燕也笑着跟丽丽说："是啊，小孩子天天在外面疯玩，哪能时时刻刻在他后面盯着？"

听两人这么说，丽丽似乎也觉得有道理，便不再关注树上的思思，开心地聊着家常……

这边，天义却开始责备天仁，天义说："孩子这么胡闹，多危险啊。你怎么不说一句话？"

天仁睁大了眼睛反问道："嘿，这不应该是从你嘴里说出来的话呀？"

天义说："你这话是什么意思？"

天仁说："我还要问你呢。你怎么年纪大了，胆子却越来越小了？"

天义皱一下眉，突然明白过来，于是笑着说："你是说我小时候胆子大得很？"

天仁说："对呀。难道你忘记了？"

天义感慨道："怎么会呢？小时候快乐的事情，一辈子也忘不了。"

天义说这话时，眼前不知不觉就浮现出小时候跟兰儿和秀秀，还有天仁一起摘苦楮的情景。天义想着想着就开始感叹："时间过得真是很快啊！小时候的日子真是好啊。"

天仁听了也感慨："是啊。人要是不会老那该多好啊。"

这时，思思开始朝地上扔一把一把的苦楮，一边扔还一边喊："你们快点捡呀，快点捡呀！"

青莲说："你这样扔，谁敢在下面捡呀？"

美燕说："这哪里是摘苦楮，分明是拿苦楮来打人！"

圆圆朝思思大声地喊着："你快点下来吧！够了够了！"

思思却说："这点怎么够呢？我们这么多人吃。"

圆圆嘴上还说着什么，思思却不再搭理他。天义见此情景，赶紧拉着天仁的手说："走走走，我们去老井那边说话，不要被这小子砸到了头。"

天仁一边走，一边嘲笑天义："你呀，真是越来越没当年的英雄胆了。"

天义诙谐地说："什么胆不胆？苦槠扔到你头上的时候，就不是英雄胆，而是一个大鸡蛋了。"

天仁立刻呵呵笑了起来。

说话间兄弟俩就来到老井这边，两人在井旁的一块青石上坐了下来，彼此笑盈盈地看着对方。天仁像突然想起什么，叫了一声嘉琳，嘉琳立即跑了过来。

天仁跟嘉琳说："你去把钓鱼竿拿来，我和你天义叔要钓鱼。"

嘉琳应一声"好嘞"转身就走。嘉琳刚走几步，天仁又把他叫住："等一下，把我的二胡也拿来。"

嘉琳应一声"好嘞"转身就要走，天义又把他叫住，笑眯眯地说："把我的笛子也拿来，就在我那个蓝色的旅行包里。"

嘉琳响亮地答应一声"好嘞"，然后笑嘻嘻地问两人："还有没有别的要拿？"

兄弟俩听了立刻呵呵笑了起来。

一会儿，兄弟俩就坐在老井旁，一个拉着自己心爱的二胡，一个吹着自己心爱的笛子。两种乐器的声音浑然交织在一起，点缀得那树上树下的欢声笑语更加温馨、更加甜蜜。

天义闭着眼睛，一边享受着悠扬悦耳的笛声，一边尽情回忆着童年往事——天义又想起那一次兰儿从城里回来，带着秀秀和他们哥儿俩一起来到这里摘苦槠的情景，想起兰儿那笑盈盈、甜蜜蜜的脸，想起秀秀那天真无邪的模样，想起晚上跟奶奶磨苦槠豆腐、跟爷爷下象棋以及跟天仁比力气推磨的情景，想起一家人亲密无间、有说有笑的温馨场面……

天仁拉着二胡，童年时一个个欢快的场景同样在眼前闪现——天仁想起跟天义一起去捉蝌蚪喂鸭子，跟爷爷奶奶一起去摘莲子、挖藕带的欢乐时光，想起跟兰儿、秀秀和天义一起去山上捡蘑菇、采山楂的情景，想起全家人一起过中秋节时其乐融融的画面……

兄弟俩就这样吹着、拉着、想着，沉浸在自己甜蜜的回忆里。好一会儿，兄弟俩都停了下来，彼此甜蜜地看着对方笑……这笑里，包含着默契，包含着熨帖，包含着骨肉亲情，包含着太多的难以言传的情愫。

一会儿，天义笑眯眯地说："咱们钓鱼吧。"

天仁赶紧回应："好。你来上蚯蚓，我来弄鱼漂。"

天义点点头，拿起鱼钩就开始往上面穿蚯蚓，天仁则把大蒜梗做的鱼漂细心地绑在鱼线上。一会儿，兄弟俩就把鱼线下到老井里，然后两人一边闲聊，一边等待着鱼儿咬钩。天义抬起头，看着远处遒劲高大的老苦楮树，突然兴奋地问："天仁，那次我去树上掏鸟蛋，你还记得吗？"

天仁说："怎么会不记得？你那时胆子可大得很。"

天义笑着摇摇头，然后一脸感慨地说："那一天爷爷虽然没有发怒，但在我的记忆当中，却是爷爷最生气的一次。"

天仁点点头说："好像是吧。之前我也没见过爷爷那样生气。"

天义说："要是那天我被毒性大的毒蛇咬了，真不知爷爷的脸色会变成什么样呢？"

天仁说："说到底，爷爷还不是担心我们？"

天义点点头说："爷爷当时说的一句话，让我一辈子记在心里。"

天仁笑着问："哦？什么话让你一辈子记在心里了？"

天义笑着摇摇头，然后说："你一点都不记得吗？爷爷当时说'幸好这只青蛇毒性不大，否则今天你的小命保住了，你哥的小命就要交给你了'。"

天仁皱着眉想了想，然后摇摇头说："记不起来了。"

天义低着头沉默了片刻，突然看着天仁，动情地叫一声："哥。"

天仁愣了一下，然后用力拍一下天义的臂膀，乐呵呵地说："你一辈子叫我'哥'的次数，加起来恐怕也不会超过十次吧？"

天义听了立刻回应道："十次？叫十次都算便宜你了。"

天仁赶紧说："你这话什么意思？"

天义玩笑地说："你想一下啦，你才比我早几分钟出世呢？就这么三五分钟，却让你抢先当上了哥哥。"

天仁听了立刻呵呵笑道："不要说早三五分钟，就是早一秒钟，我也是你实打实的哥哥。"

天义一脸不服地"哼"一声。

天仁立即说："哼什么哼？这亲哥哥还能赖得掉？"

天义笑着说："如果不是三奶奶及时提醒爷爷做个记号，说不定啊，你还反过来叫我一辈子哥哥呢。"

天仁听了呵呵笑道："你倒是想得美。"

天义嘴上还想说什么，突然看见水面上的鱼漂猛地往下一沉。天义立刻提起鱼线，只见一只活蹦乱跳的称星鱼很快被拉出水面。兄弟俩一看，齐声叫了起来："称星鱼！称星鱼！"

圆圆听到激动的叫声，回头一看，立即兴奋地往这边跑来。思思见圆圆突然往老井那边跑去，知道一定是钓到大鱼了，便手忙脚乱地往树下爬。丽丽提心吊胆地看着思思，嘴上却又不敢作声，等到思思平安落地后，丽丽长长地舒了一口气，捂着胸口跟美燕说："哎呀，吓死我了。"

美燕笑呵呵地说："你真是自己吓自己。"

丽丽笑着摇摇头，然后指着思思的背影感叹道："哎呀，这小子动作真是比猴子还利索。"

青莲笑眯眯地说："男孩子就是要让他野一点，怕这怕那长大了没出息。"

丽丽眼睛一亮，然后赶紧说："姑姑说得对。以后要让圆圆跟思思多处一处，锻炼锻炼这孩子的胆量。"

青莲拉着丽丽的手说："这样想就对了嘛。走，我们也过去看看钓到什么鱼了？"

于是，一家人都来到老井边，欢欢喜喜地看天仁天义钓上来的称星鱼。

……

傍晚，一家人又开开心心地在院子里准备着做晚饭、做点心的原材料。大家一边忙碌，一边闲聊，欢声笑语充满了整个院子。此时此刻，一家人其乐融融，沉浸在无比幸福的怀旧氛围中……

嘉琳和虎子力气大，围着一个青石碾盘，乐呵呵地给摘下来的苦槠去壳去皮，然后又将它们细细碾碎，为明天的苦槠豆腐准备好原料。青莲和美燕、丽丽三人则围着一个石磨磨米浆，她们在准备天义最喜欢吃的糯米发糕的原料。年轻媳妇们有的择菜、洗菜，有的洗刷着锅碗瓢盆。孩子们则欢欢喜喜地在大人身边窜来窜去。

当所有的原材料都准备得差不多时，女眷们又来到厨房里烧火做饭、做点心。美燕和丽丽配合着蒸发糕，青莲乐呵呵地在一旁指导丽丽；年轻媳妇们有的添柴烧火，有的在一旁闲聊；孩子们兴奋地在厨房和院子之间跑来跑去，一会儿跟青莲、丽丽开开玩笑，一会儿看看天仁和天义下象棋……

半个时辰后，全家人美美地享受了一顿丰盛而别致的晚餐。晚饭后，一家人又来到前面的院子里，一边乘凉、闲聊，一边品尝着美味的点心……

院子里皓月当空，微风拂面，许多不知名的虫子躲在暗处或土壤里，发出"唧唧""吱吱"等叫声，俨然别有滋味的独唱曲或者交响乐。圆圆从来没有体验过这样的乐趣，从来没有这般贴近过这些大自然的小精灵，内心的激动和好奇都溢于言表。他拉着思思的手，一会儿站在院墙边细细地倾听每一种声音，一会儿又打开手电筒，在墙边的花花草草里搜寻着这些小精灵的踪迹，一会儿又兴奋地叫道："思思快来看，快来看……"

青莲和一帮女眷围成一圈，跟她们聊着家常，跟她们说着乡下久远的逸闻趣事。天仁和天义兄弟俩则就着那个古老的煤油灯，又开开心心地下起象棋来。一会儿，圆圆和思思又缠着天仁天义一起玩古老而有趣的游戏，一会儿，又要求讲英雄故事、讲他们的童年趣事……

兄弟俩都开心地满足两个小家伙的心愿。天仁给两人讲了一个明朝的邓子龙"援朝抗倭"的故事，天义给两人讲朱元璋和陈友谅"大战鄱阳湖"的故事。两人都津津有味地听着，脸上一会儿绷得铁紧，一会儿喜笑颜开，一会儿又风平浪静。之后，天仁天义又绘声绘色地讲起自己小时候一起去捉蝌蚪，去水库游泳，去树上掏鸟窝，去放牛打群架，去捉弄戏子的童年趣事。

圆圆和思思有时一脸吃惊地说："啊？还有这样的事？"

有时乐呵呵地问："不会吧？你们骗小孩的吧？"

有时笑嘻嘻地说："这个别说了，别说了，以前都不知道说了多少遍了。"

当讲完去祠堂前面看戏时，天仁摸着圆圆的脑袋说："圆圆啊，明天伯爷爷带你去看看咱们老杨家的宗祠，去给宗祠里的老祖宗磕磕头、上上香，好不好？"

圆圆一脸欢喜地说："好啊，好啊。"

天仁见圆圆满口答应，便笑着说："在去之前呢，爷爷要先考你一个问题，好不好？"

圆圆又欢喜地回应："好啊，好啊。"

天仁笑眯眯地说："那伯爷爷问你，你能猜想得到，咱们杨家宗祠里供奉的老祖宗是谁吗？"

圆圆皱着眉头想了一下，问道："是不是杨家将杨令公？"

天仁笑着摇摇头。

圆圆眼珠子转了转，又问道："是不是隋文帝杨坚？"

天仁也笑着摇摇头。

圆圆皱着眉头想了想，突然笑嘻嘻地说："那是不是二郎神杨戬？"

思思一听，立刻哈哈大笑起来。

天仁和天义听了也呵呵笑了起来。

圆圆见大家都被自己逗乐了，也跟着笑了起来。圆圆接着说："伯爷爷，我猜不出来。快告诉我吧！"

355

天仁张着嘴正准备回答，思思却抢先说了："还是让我来告诉你吧。这个人不是别人，而是杨震，是汉朝的杨震！你没想到吧？"

圆圆皱着眉问："杨震是谁呀？我怎么没有听说过？"

思思说："你听说过'四知先生'吗？说的就是杨震呢。"

圆圆立刻笑道："你乱说的吧？我只听说过'一问三不知'呢。"

圆圆这话一出口，思思和天仁都立刻笑了起来。

圆圆说："你们笑什么呀？不是'一问三不知'吗？"

思思得意地说："什么'一问三不知'呀？跟这个一点都不搭架。'四知先生'的来历可是有典故的呢，而且这个典故可有名了。"

圆圆立刻被吸引住了，睁大了眼睛问："是吗？我可从来没听说过呢。"

思思赶紧说："怎么会呢？叔爷爷没跟你讲过吗？"

圆圆听了就皱着眉头看着天义，天义笑眯眯地说："哎呀，爷爷上了年纪了，记性又不好，还以为早就跟你讲过呢。"

思思听了赶紧拉着圆圆的手说："圆圆，那就让我来讲给你听吧。"

于是，思思就将杨震"暮夜却金"的典故及"四知先生"的来历绘声绘色地讲了一遍。圆圆听完激动地说："原来'天知、地知、你知、我知'这句话竟然出自于我们的老祖宗啊。"

思思笑嘻嘻地说："对呀。你没有想到吧？"

圆圆不停地点头。

天仁看着圆圆一脸兴奋的样子，就拉着圆圆的小手，拍拍他的手背说："圆圆啊，这个典故呢，外姓人可以不知道，可咱们作为杨震的后人，可不能不知道哦。"

圆圆若有所思地点点头，然后俏皮地说："伯爷爷，我长大了要是当官呀，就要当杨震这样的大清官。"

天仁天义听了立刻呵呵笑了起来。

思思听了立刻接嘴："杨震可不仅仅是个大清官，人家还是个大学问家呢。我长大了要是当官呀，就要当又清廉又有学问的大好官。"

天义摸着思思的脑袋，乐呵呵地说："你这小子，你这小子。"

青莲走过来，双手摸一摸两人的脑袋，笑眯眯地说："你们两个呀，都给我快点长大吧。老姑奶奶还等着看你们怎样做大清官、大好官哟。"

思思和圆圆都抬起头，看着青莲憨憨地笑。

青莲又笑眯眯地说："你们兄弟两个呀，可都要记住自己说过的话哦，如果以后真的当了官，可一定要当个好官。不能给咱们老杨家丢脸，更不能给咱们老祖宗抹黑。"

思思和圆圆都认认真真地回应："记住了，老姑奶奶。"

四十八

国庆节前夕，思思所在的学校举行了一年一度的诗歌朗诵比赛。圆圆作为特邀嘉宾参加了这次比赛。只见南昌市南山小学的礼堂舞台上，挂着一块巨大的红色条幅，条幅上写着一行醒目的大字：南山小学第六届诗歌朗诵大赛。

上一个节目完毕，声音洪亮的小主持人拿着话筒说："下一个节目，余光中的《乡愁》，由杨思思同学与特邀嘉宾圆圆一起倾情朗诵。"

思思与圆圆笑盈盈地走上舞台，手中拿着话筒，一人一句声情并茂地朗诵起来。

思思："小时候，乡愁是一枚小小的邮票，我在这头，母亲在那头。"

圆圆："长大后，乡愁是一张窄窄的船票，我在这头，新娘在那头。"

思思："后来啊，乡愁是一方矮矮的坟墓，我在外头，母亲在里头。"

圆圆："而现在，乡愁是一湾浅浅的海峡，我在这头，大陆在那头。"

天仁天义紧挨着坐在观众席上，饱含深情地看着、听着……

朗诵完毕，台下顿时响起热烈的掌声。天仁天义激动地握住对方的手，彼此深情地看着对方，热泪渐渐盈满了眼眶……